AGNÈS GABRIEL

Die Couturière

atb aufbau taschenbuch

AGNÈS GABRIEL

Die Couturière

Elsa Schiaparelli und die Kunst der Mode

Roman

aufbau taschenbuch

MIX
Papier | Fördert
gute Waldnutzung
FSC® C083411

ISBN 978-3-7466-3879-9

Aufbau Taschenbuch ist eine Marke der
Aufbau Verlage GmbH & Co. KG

1. Auflage 2023

Lektorat Maike Kleihauer
Satz LVD GmbH, Berlin
Druck und Binden CPI books GmbH, Leck, Germany
Printed in Germany

www.aufbau-verlage.de

Für meine Mutmacherinnen

Sie ohrfeigte Paris, sie folterte, sie verhexte es –
und Paris liebte sie dafür.
Yves Saint Laurent (1936-2008)

Kapitel 1

»Was hält dich noch in New York, Elsa? Komm mit mir nach Paris. Die Stadt ist wie geschaffen für jemanden, der ein neues Leben beginnen will«, hatte Blanche vorgeschlagen und sogleich hinzugefügt: »Mach dir wegen der Schiffspassage keine Gedanken. Ich übernehme die Kosten.«

In unserem Haus ist viel Platz, du bist jederzeit willkommen. Ganz sicher findest du hier auch einen Spezialisten, der deiner Tochter helfen kann. Das waren die Worte in Gabrielles Brief.

Kennengelernt hatten sich die drei jungen Frauen vor sechs Jahren, bei einer Vernissage in Manhattan im Frühjahr 1916. Elsa, die gebürtige Römerin mit Wohnsitz in New York, die Pariserin Blanche, die zur Heirat ihrer Schwester angereist war, und die ebenfalls in Paris lebende Gabrielle, die im Auftrag eines französischen Kunstmagazins über amerikanische Fotografinnen recherchierte. Aus dieser zufälligen Begegnung hatte sich über die Jahre eine Freundschaft entwickelt.

Der Gedanke, New York zu verlassen und nach Europa zurückzukehren, war Elsa schon von vor geraumer Zeit gekommen. Nachdem sie sich von ihrem Ehemann getrennt hatte, einem arbeitsscheuen Hochstapler. Er hatte sie betrogen, mit einer Barfuß-Tänzerin, die ihre Liebhaber so häufig wechselte wie manche Frauen die Strümpfe. Die Metropole zwischen Hudson und East River war teuer geworden. Zu teuer für eine geschiedene Frau ohne erlernten Beruf. Zwar hatte Elsa eine Anstellung als Verkäuferin in einem Modegeschäft gefunden, doch ihre Mittel reichten kaum, um sich einen bescheidenen Lebenswandel leisten und die ärztliche Behandlung der Tochter finanzieren zu können.

Das noble Angebot von Blanche konnte sie ohne schlechtes Gewissen annehmen. Die Freundin hatte sich jüngst von einem überaus vermögenden Anwalt scheiden lassen und erhielt eine großzügige Apanage. Zurzeit war sie mit der fünfjährigen Lora bei ihrer Schwester in Brooklyn zu Besuch. Ihre Rückreise nach Frankreich hatte sie für Anfang Juni geplant.

Wenige Tage vor der Einschiffung stellte Elsa fest, dass Gogo am ganzen Körper mit roten Pusteln übersät war. Sie hustete, fieberte und mochte nicht aufstehen. In gekrümmter Haltung lag sie in ihrem Bettchen und presste weinend die Fäuste gegen den Bauch.

Müssen Abreise verschieben. Gogo hat Masern, telegrafierte sie ihrer Freundin Blanche. Mehrmals am Tag flößte Elsa der Tochter lauwarmen Kamillentee ein und legte ihr Waden- und Armwickel an, um das Fieber zu senken. Als die Ansteckungsgefahr vorüber war und die beiden Frauen zehn Tage später mit ihren Kindern an Bord gingen, sah Gogo immer noch aus wie ein gekochter Hummer. Sie klammerte sich an den Hals der Mutter, rief schluchzend nach ihrer Nanny und ließ sich auch nicht durch das Vorsingen aller ihr bekannten Kinderlieder beruhigen. Die Kleine war erst getröstet, als Elsa in der Kabine den größten Koffer ausgepackt und zuunterst eine Stoffgiraffe gefunden hatte. Mit ihrem Lieblingsspielzeug im Arm ließ sie sich widerspruchslos ins Bett bringen und war kurz darauf eingeschlafen.

Während der achttägigen Seereise zeigte Gogo sich als ein fröhliches kleines Mädchen. Bereitwillig ließ sie sich von der drei Jahre älteren Lora Zöpfe flechten und mit diversen Schals und Halsketten mal als Prinzessin, mal als Gespenst verkleiden. Unter viel Gelächter übten die Mädchen, das Lied »Frère Jacques« auf Französisch und auf Englisch zu singen.

»Warum heißt Gogo eigentlich Gogo?«, wollte Lora eines Abends wissen, als sie der Jüngeren das Nachthemd über den Kopf zog.

»Den Namen hat sie sich selbst ausgesucht. Als sie anfing zu sprechen, hat sie sich oft mit dem Finger auf die Brust getippt … siehst du, so …« Elsa ahmte die unbeholfene Handbewegung ihrer kleinen Tochter nach und musste unwillkürlich lachen. »Dann hat sie ganz große Kulleraugen gemacht und ›Go-go … Go-go‹ gebrabbelt. Und jetzt nennen wir sie alle so.«

»Lustig.« Lora strich Gogo sacht über das Haar und drückte ihr die Stoffgiraffe in den Arm.

Elsa und Blanche genossen den Luxus einer elegant eingerichteten Kabine mit Mahagoni-Möbeln und dicken Teppichen, einem geräumigen Badezimmer und zwei Außenfenstern. In bequemen Liegestühlen beobachteten sie an Deck farbenprächtige Sonnenuntergänge und ließen sich nur zu gern die Schmeicheleien junger Stewards gefallen.

Auf die Stunde pünktlich erreichte die *Abraham Lincoln* am frühen Morgen des 20. Juni 1922 den Hafen von Le Havre. Von dort ging es weiter mit dem Zug nach Paris. Und nun, mittlerweile war es Nachmittag, stand Elsa mit ihrem Hab und Gut, verstaut in drei Koffern, auf dem Bahnsteig der Gare du Nord und sog den Geruch nach verbrannter Kohle, Wasserdampf und Öl in sich ein.

Von den Nachbargleisen hallte das Zischen der an- und abfahrenden Züge zu ihr herüber. Aus den Schornsteinen der riesigen Lokomotiven stiegen Dampfwolken in den klarblauen Sommerhimmel.

Wie lange war es her, seit sie zum ersten Mal Pariser Boden betreten hatte? Es war vor Kriegsbeginn gewesen, im Frühjahr 1912, also vor gut zehn Jahren. Damals war sie Hals über Kopf vor einem allzu hartnäckigen Verehrer aus ihrer Heimatstadt Rom geflüchtet. Auf dem Weg nach London, wo sie eine Stelle als Kindermädchen antreten wollte, hatte Elsa einen Zwischenstopp in Paris eingelegt. Knapp zwei Wochen hatte sie hier verbracht und sich augenblicklich in die quirlige Stadt an der Seine verliebt. Bei der Erinnerung an einen Ball im studentischen Quartier Latin, auf dem sie einen wilden und anstößigen Tanz gewagt hatte, lächelte sie versonnen. Dieser Skandaltanz war wenig später in aller Munde gewesen: der Tango.

»Wo ist Nanny?« Der Klageruf ihrer Tochter brachte Elsa in die Gegenwart zurück. Auf wackeligen Beinen stand die Kleine vor ihr und hielt sich am Rocksaum fest, taumelte und fiel hintenüber. Das Schluchzen wurde zu einem Aufschrei, in dem sich die abgrundtiefe Verzweiflung einer Zweijährigen offenbarte. Hastig beugte sie sich hinunter und nahm Gogo auf den Arm, flüsterte ihr Koseworte ins Ohr und strich zärtlich über das zerzauste Seidenhaar.

In ihrem Innern fühlte Elsa einen Stich. War es richtig gewesen, ein so kleines Kind aus seiner vertrauten Umgebung herauszureißen? Hatte sie als Mutter egoistisch gehandelt und zu sehr ihr eigenes Wohl im Auge gehabt? Doch die Umstände hatten sie gezwungen zu handeln. Spät, viel zu spät hatte sie begriffen, dass dank des

Schwindlers, den sie in einem Zustand närrischer Verliebtheit geheiratet hatte, ihre gesamte Mitgift aufgezehrt war.

Also hatte Elsa sich geschworen, nie wieder von einem Mann abhängig zu sein. Weder emotional noch finanziell. Eines Tages würde sie so viel Geld verdienen, dass sie der Tochter die beste medizinische Behandlung zukommen lassen könnte.

»Nanny, will zu Nanny«, jammerte Gogo und weinte heiße Tränen in den Jackenkragen der Mutter. Seufzend blickte Elsa zu der Freundin hinüber, die leise nickend Verständnis signalisierte.

»Kinder leben sich schnell in einer neuen Umgebung ein. Du wirst sehen, nach wenigen Tagen hat Gogo ihr Kindermädchen und auch New York vergessen.« Blanche machte einem Gepäckträger ein Zeichen, der sofort mit seiner Karre herbeieilte. Mit sicheren Handgriffen türmte der kräftige junge Mann Koffer und Hutschachteln aufeinander und manövrierte geschickt das Gefährt durch die Schar von Reisenden und weiterer Kofferboys Richtung Ausgang.

Hinter ihrer Sonnenbrille blinzelte Elsa zum Himmel empor und dankte dem Wettergott, dass er keinen Regen geschickt hatte, denn das hätte sie als schlechtes Vorzeichen empfunden. Verkehr und Straßenlärm erinnerten sie an das hektische Treiben auf der 5th oder der Park Avenue. Automobile fuhren knatternd an ihnen vorüber, überholten in gewagten Manövern die viel langsameren Pferdefuhrwerke. Dazwischen bahnten sich Radfahrer mit lauten Rufen oder energischem Klingeln ihren Weg. Der Geruch von Benzin, Motoröl und Pferdemist durchdrang die milde Sommerluft.

Elsa fiel auf, dass es in der Stadt zwei Arten von Frauen gab. Die jüngeren in ihren schmal fallenden, knielangen Kleidern und mit kurz geschnittenem Haar unterschieden sich äußerlich nur wenig von der modernen Großstadtamerikanerin. Doch viele der älteren Pariserinnen trugen dieselbe Kleidung wie vor dem Krieg, mit knöchellangen Röcken, geschnürter Taille und ausladenden Hüten. Und man konnte erbärmliche Gestalten sehen. Männer, oftmals ganz junge Kerle, denen ein Arm oder ein Bein fehlte, die eine Augenklappe trugen oder mit stierem Blick dicht an Hauswänden entlangschlichen. Der Krieg hatte sich in Europa abgespielt, und seine unheilvollen Spuren, das wurde Elsa unvermittelt bewusst, waren auf den Straßen auch vier Jahre nach dem Ende noch sichtbar.

Der Gepäckträger steckte zwei Finger in den Mund und stieß einen durchdringenden Pfiff aus. Sofort steuerten mehrere Taxifahrer ihre Automobile auf die Wartenden zu.

»Jetzt heißt es Abschied nehmen. Danke für alles, Blanche. Und danke auch dir, Lora, weil du dich auf dem Schiff so lieb um Gogo gekümmert hast.« Elsa setzte ihre Tochter auf dem Kofferstapel ab, umarmte die Freundin herzlich und küsste sie auf die Wange. »Ich revanchiere mich, versprochen.«

Dann beugte sie sich zu Lora hinunter, und hauchte dem fürsorglichen Mädchen einen Kuss auf das helle, gekräuselte Haar, das sie von ihrer Mutter geerbt hatte. »Wir werden euch vermissen.«

»Auf Wiedersehen, Tante Elsa, auf Wiedersehen, Gogo«, nuschelte Lora und zupfte die Mutter ungeduldig am Ärmel. »Jetzt wollen wir aber ganz schnell nach Hause.«

Blanche beugte sich zu Gogo hinunter und strich ihr mit der Fingerspitze über die Nase. »Ihr müsst uns unbedingt bald besuchen kommen. Der Bois de Boulogne ist nicht weit von unserer

Wohnung entfernt. Dort machen wir ein Picknick und füttern danach die Enten am See.«

Augenblicklich ergoss sich ein neuer Sturzbach an Tränen über das Gesicht der Kleinen. Hilfesuchend streckte sie die Ärmchen nach der Mutter aus. Während Elsa die Tochter auf der Hüfte balancierte und zu trösten versuchte, kümmerte sich Blanche Hayes um die Verteilung der diversen Gepäckstücke auf zwei Fahrzeuge. Dann stieg sie mit Lora in den Fond, zückte ein spitzenbesetztes Taschentuch und winkte den beiden durch das heruntergelassene Fenster fröhlich zu. Dabei ließ sie ihr perlendes Lachen erklingen.

»*Au revoir, mes amies.* Und grüßt Gabrielle von mir. Ich finde es wunderbar, dass wir drei von nun an in derselben Stadt wohnen und uns viel häufiger sehen können.«

Ein zweiter Fahrer lud die verbliebenen Koffer ein und tippte sich an die Mütze. »Wohin möchten die beiden Desmoiselles chauffiert werden?«

Empört schnappte Elsa nach Luft. Eine Frau mit einem kleinen Kind auf dem Arm, das ihr zudem ähnlich sah, als *Demoiselle*, als Fräulein, zu bezeichnen, war ungehörig. Aber vielleicht wollte der ältere Mann mit der Zahnlücke und der löchrigen Jacke bloß ein Kompliment machen, und so ermahnte sie sich zu einem höflichen Tonfall.

»In die Rue des Petits Champs.«

Während der Fahrt blickte Elsa aus dem Fenster und versuchte sich vorzustellen, wie sie demnächst mit Gogo in einem Pferdeomnibus über die großen Boulevards fuhr. Nach etwa zwanzig Minuten erreichten sie den Jardin du Palais Royal und waren am Ziel. Die Wohngegend wirkte bürgerlich und gepflegt. Vier- und fünfgeschossige Stadthäuser mit sandsteinfarbenen Fassaden prägten das Straßenbild, dazwischen befanden sich einige niedrigere Gebäude mit kleinen Geschäften und Pensionen.

Ihre Freundin Gabrielle Pasquier hatte einmal erzählt, dass ihr Künstler-Ehemann Henri das Haus vor allem deswegen gekauft hatte, weil es nur wenige Minuten Fußweg vom Seine-Ufer entfernt lag. Dort konnte er über Stunden auf einer Bank sitzen und die Umgebung skizzieren. Wobei sein besonderes Augenmerk den vorbeiflanierenden jungen Frauen galt, die er gerne ansprach, um sie als Modell für seine Malerei zu gewinnen.

Als Elsa die Freundin in ihrem luftigen Sommerkleid und mit weit ausgebreiteten Armen in der Haustür stehen sah, stieß sie einen Seufzer der Erleichterung aus. In diesem Moment war ihr, als würde eine bleierne Last von ihr fallen. Auch wenn sie nicht wusste, was das Schicksal mit ihr vorhatte, spürte Elsa doch, dass eine aufregende Zukunft vor ihr lag. In ihrer neuen Heimat Paris würde Gogo lernen, über Pfützen zu springen, und zu einer wunderschönen jungen Frau heranwachsen. Die Männer würden ihr hinterherpfeifen, und sie als Mutter wäre stolz auf die Tochter.

Kapitel 2

»Köstlich, eine Freude für den Gaumen, wenn auch eine Herausforderung für die Hüften. Wie heißt die süße Sünde, Gabrielle?«

Absichtlich hatte Elsa bisher nicht nach dem Ehemann der Freundin gefragt. Sie wusste, dass Henri nicht nur als avantgardistischer Künstler, sondern auch als unverbesserlicher Schürzenjäger galt. Gabrielle würde ihr beizeiten erzählen, warum der Gatte durch Abwesenheit glänzte.

»Das sind Madeleines. Das Gebäck ist nach einer Köchin benannt, die das Rezept vor zweihundert Jahren am Hof eines lothringischen Herzogs erfunden hat. Ich weiß das nur deshalb so genau, weil ich erst kürzlich für den *Figaro* eine Reportage über diese Frau geschrieben habe«, fügte sie lachend hinzu.

Die beiden Freundinnen hatten sich zum Nachmittagstee auf der rosenumrankten Terrasse eingefunden. Elsa wusste aus früheren Gesprächen, dass Gabrielle diese Gewohnheit von ihrer einstigen Gouvernante, einer aus bestem Hause stammenden jungen Engländerin, übernommen hatte. Mit einem Mal musste Elsa an London denken und wie sie dort bei einem Vortrag einen Religionsphilosophen namens William Wendt de Kerloer kennengelernt hatte. Den ganzen Abend und die ganze Nacht hatten sie miteinander über die Unsterblichkeit der Seele diskutiert. Am nächsten Morgen waren sie verlobt und wenige Wochen später verheiratet gewesen. Ihre Eltern hatten sie vor dieser Ehe gewarnt.

Vergeblich. Aber das war in einer anderen Zeit geschehen, in einem anderen Leben …

Mit gerunzelter Stirn sah Elsa ihrer kleinen Tochter zu, wie sie auf allen vieren durch den Garten krabbelte, während die Kinder ihrer Gastgeberin fröhlich Fangen spielten und auf einem Bein um eine Regentonne herumhüpften. Gogo rupfte Gänseblümchen aus dem Rasen und warf sie juchzend in die Luft.

Gabrielle brach ein Stückchen von dem muschelförmigen Gebäck ab und tunkte es in ihre Tasse. »Es muss ein Schock für dich gewesen sein, als du die Diagnose erfahren hast.«

»Kinderlähmung … Ich war am Boden zerstört, wie du dir denken kannst. Zwei Jahre vor Beginn der Spanischen Grippe hatten wir in den Staaten an der Ostküste eine regelrechte Polio-Epidemie. Du hast sicher davon gelesen. Kurz nach ihrem ersten Geburtstag bekam Gogo hohes Fieber und war über Wochen hinfällig. Später dann merkte ich, dass sie nicht aufrecht stehen und auch nicht geradeaus gehen konnte. Sie bewegte sich lieber seitwärts, wie eine Krabbe …« Elsa musste zwinkern und presste ganz fest die Lippen aufeinander. Dann griff sie in ihre Rocktasche, zog ein Taschentuch hervor und tupfte sich über die Augen. »Ich würde alles dafür geben, dass Gogo einmal laufen und springen lernt wie andere Kinder auch.«

Tröstend legte Gabrielle ihr die Hand auf die Schulter. »Wir finden ganz bestimmt einen Spezialisten für Gogo. Ich will mich bei meinen Freunden und Bekannten umhören. Gib mir einige Tage Zeit, dann kann ich dir Adressen nennen.«

»Danke, meine Liebe. Aber zuallererst muss ich meinen Pass verlängern lassen. Ein Zollbeamter in Le Havre stellte bei der Einreise fest, dass der Ausweis demnächst abläuft. Ich möchte keine

Scherereien mit der Polizei riskieren. Schließlich will ich für längere Zeit in Paris bleiben.«

Die italienische Botschaft befand sich am linken Seine-Ufer im siebten Arrondissement, in einem dieser sandsteinfarbenen Stadthäuser mit hohen Fenstern und schmiedeeisernen Balustraden vor den Fenstern, wie sie für dieses Viertel charakteristisch waren. Signor Carlo Sforza, der Botschafter, war ein etwa fünfzig Jahre alter Mann mit grauen Schläfen und kräftigem Kinn- und Oberlippenbart. An der Wand hinter ihm hing ein goldgerahmtes Foto. Es zeigte Papst Pius XI. und Benito Mussolini, den Anführer der National-Faschistischen Partei, wie sie einander die Hände schüttelten. Den Schreibtisch zierte ein verkleinertes Gipsmodell der Skulptur des David von Michelangelo. Allerdings nicht in unbekleidetem Zustand wie das Original, das in der *Accademia* in Florenz zu besichtigen war, sondern mit einem weißen Leinentuch um die Hüften geknotet. Weswegen Elsa sich die Frage stellte, ob Signor Sforza womöglich prüde war oder Sorge hatte, dass minderjährige Besucherinnen Schaden an Augen oder Seele nehmen könnten.

Der Botschafter tippte mit dem Zeigfinger auf den Pass und musterte sie über den Rand seiner Nickelbrille. »Elsa Schiaparelli … Sind Sie womöglich eine Verwandte meines alten Schulfreundes Attilio? Ich bin ein großer Bewunderer seiner kunsttheoretischen Schriften.«

Einen Augenblick stutzte Elsa. Schon lange hatte niemand mehr diesen Namen mit perfektem italienischem Zungenschlag ausgesprochen. Dennoch fühlte sie sich geschmeichelt. Nicht nur in Rom oder Florenz, sogar in Paris war ihre Familie bekannt.

Wenn das kein gutes Omen war! »Attilio ist mein Cousin. Wir haben uns längere Zeit nicht gesehen. Ich habe die letzten Jahre in New York gelebt.«

»Freut mich sehr, Ihre Bekanntschaft zu machen, Signora … oder muss ich sagen Signorina?«

»Sie dürfen sagen, was Sie wollen, Signor *Ambasciatore*. Ich habe nach der Scheidung meinen Geburtsnamen wieder angenommen.«

»Ein guter Entschluss. Der Name Schiaparelli hat Rang und Klang. Ist Ihr früherer Ehemann ein Landsmann?«

»Nein, er ist polnisch-schweizerischer Abstammung.«

Der Mann setzte eine nachdenkliche Miene auf und schüttelte den Kopf. »Wie bedauerlich, aber unter diesen Umständen kann ich leider nichts für Sie tun.«

»Ich verstehe Sie nicht.«

»Sie sind geschieden, folglich waren Sie einmal verheiratet. Durch die Heirat mit einem Vertreter einer anderen Nation haben Sie die italienische Staatsbürgerschaft verloren. Ihren Pass zu verlängern, würde gegen das Gesetz verstoßen.«

Elsa glaubte, sich verhört zu haben. »Heißt das, Sie wollen meinen Ausweis nicht verlängern, weil ich als Italienerin für Sie nicht existiere?«

»Nicht doch, von wollen kann keine Rede sein.« Signor Sforza verzog den Mund zu einem schiefen Lächeln und blinzelte verlegen zu ihr hinüber. »Ich darf nicht. Mir sind die Hände gebunden. Das müssen Sie verstehen, werte Signora Schiaparelli.«

Elsa sprang so abrupt von ihrem Stuhl auf, dass dieser hintenüberkippte und geräuschvoll auf dem Marmorboden aufschlug. Gabrielle hatte ihr und Gogo für unbegrenzte Zeit ihre Gastfreundschaft angeboten, und sie selbst hatte Pläne. Große Pläne sogar, auch wenn sie noch nicht genau wusste, wie diese aussehen sollten. Da würde sie sich doch nicht von einem verknöcherten Landsmann, auch wenn dieser ein Vertreter der Regierung war, ihre Zukunft rauben lassen! Elsa drückte die Knie fest durch, verlagerte ihr Gewicht nach vorn und reckte das Kinn. Zwar war sie eher als klein und zierlich zu bezeichnen, doch ihr Gegenüber sollte in diesem Moment glauben, er habe eine Riesin vor sich.

»Ich muss gar nichts verstehen! Ich bin als Italienerin geboren und habe nicht die Absicht, meine Nationalität zu verleugnen. Wie so viele Menschen anderer Herkunft möchte ich Frankreich zu meiner Wahlheimat machen und hier als ehrenwerte Bürgerin mit meiner Tochter leben. Es gibt kein Gesetz, das so etwas verbietet. Ich werde mich bei unserem König Vittorio Emmanuele persönlich beschweren!«

Resigniert zuckte der Botschafter mit den Schultern. »Tun Sie das, Signora. Aber der wird Ihnen nichts anderes sagen.«

Blitzschnell beugte Elsa sich vor und riss Signor Sforza den Pass aus der Hand. Grußlos und mit hoch erhobenem Kopf rauschte sie aus dem Amtszimmer. *Go to hell!*, schrie sie ihm in Gedanken auf Englisch hinterher, denn in dieser Sprache ließ es sich am besten fluchen.

»Wer denkt sich nur eine solch absurde Vorschrift aus? Staatsbürgerschaft verloren … Was willst du tun? In zwei Tagen läuft dein Pass ab.« Mit skeptischer Miene warf Gabrielle einen Blick erst auf den Ausweis, dann auf die Freundin.

Doch Elsa war plötzlich die Zuversicht in Person. Noch bevor sie das Botschaftsgebäude verlassen hatte, war in ihr ein Plan gereift. »Wenn ich heute den Nachtzug nehme, bin ich morgen Abend in Rom und kann übermorgen einen neuen Ausweis beantragen. Aber dann werde ich kein Sterbenswörtchen über meine Heirat verlieren. In diese Falle tappe ich kein zweites Mal«, erklärte sie entschlossen.

Wie sie es von Gabrielle gewohnt war, zeigte die Freundin sich augenblicklich von ihrer praktischen Seite. »Ich helfe dir beim Packen. Die Köchin soll einen Proviantkorb herrichten. Gogo bleibt bei mir. Es täte ihr nicht gut, wenn sie so rasch nach der langen Reise wieder in eine neue Umgebung kommt.«

Eine halbe Stunde später befand Elsa sich auf dem Weg zum Bahnhof. Zu ihrer Erleichterung hatte Gogo gar nicht mitbekommen, dass ihre Mutter ohne sie verreisen wollte. Viel zu sehr war die Kleine durch das Spielen mit Gabrielles Kindern abgelenkt. Die beiden größeren der drei- bis achtjährigen Geschwister hatten mit Hilfe von Estelle, ihrem Kindermädchen, ein Zelt im Garten aufgebaut und Gogo auf ein Holzpferd gesetzt, das sie voller Begeisterung anfeuerte. »Hü, Hüja. Schneller! Hüja!«

Kapitel 3

Um die Mutter nicht unnötig zu beunruhigen, hatte Elsa ihren Besuch in Rom nicht angekündigt. Sofort nach der Ankunft an der Stazione Termini suchte sie sich in der Nähe der *Autorità di Registrazione* eine kleine Pension. In einer nahe gelegenen *Trattoria* ließ sie sich zart gebratene Kalbsschnitzel in Zitronensauce mit Blattspinat servieren, trank dazu ein Glas *Vino bianco della Casa* und war bald darauf in dem schmalen Hotelbett eingeschlafen.

Am nächsten Morgen saß Elsa in einem muffigen, spärlich eingerichteten Büro, wo eine halb vertrocknete Topfpalme neben einem Regal voller Aktenordner vor sich hin kümmerte. Der Beamte war ein noch junger Mann mit kindlichen Gesichtszügen und buschigen, über der Nasenwurzel zusammengewachsenen Brauen. Er sprach mit sardischem Akzent, wie sie sofort heraushörte. Ihre frühere Geschichtslehrerin war aus Cagliari gebürtig gewesen, der Hauptstadt Sardiniens.

»Oh, wie ich sehe, läuft heute am ersten Juli neunzehnhundertzweiundzwanzig Ihr Ausweis ab. Sie sind gerade noch rechtzeitig gekommen, Signora Schiaparelli …«

»Signorina! Und daran wird sich auch in Zukunft nichts ändern.« Schon in New York hatte sie eine Entscheidung getroffen, und die war unumstößlich. Nie wieder würde sie heiraten, nie wieder Ehefrau sein! Diesen Fehler wollte sie nicht noch einmal begehen!

Der junge Mann runzelte die Stirn und griff schulterzuckend zu einem Stapel mit Formularen. »Wir benötigen ein aktuelles Personenfoto. Haben Sie eines dabei? Dann können Sie den Ausweis heute schon mitnehmen. Sollten Sie erst eine Aufnahme anfertigen lassen müssen, dauert die Bearbeitung zwei Tage länger.«

»Hier, dieses Foto wurde im vergangenen Monat aufgenommen.« Wohlweislich hatte Elsa vor ihrer Abreise bei einem New Yorker Fotografen mehrere Abzüge bestellt und sogar daran gedacht, ein Exemplar in ihre Handtasche zu stecken. Der Beamte zog ein Stempelkarussell zu sich heran und tunkte seinen Füllfederhalter in ein Tintenglas.

»Statur, Augen, Haarfarbe, Gesichtsform … diese Angaben können wir unverändert übernehmen. Haben Sie besondere Kennzeichen, die in Ihrem alten Ausweis nicht aufgeführt sind?«

Jetzt, da die Dinge sich zu ihren Gunsten entwickelten, war Elsa nach einem Scherz zumute. »Die habe ich, Signor. Ich bin neugierig, chaotisch, ungeduldig, rede manchmal schneller, als ich denke … und ich liebe Eis mit Krokantsplittern.«

Der junge Beamte verzog den Mund, wobei sie nicht erkennen konnte, ob er ein Lachen oder Verständnislosigkeit zu verbergen suchte. »Tut mir leid, Signorina, aber das ist mehr, als in eine Zeile passt …«

Eine halbe Stunde und Dutzende stummer Jubelschreie später stand Elsa draußen auf der Straße und warf einer vorüberziehenden Wolke eine Kusshand zu. Was sie soeben getan hatte, war nicht ganz legal, aber niemandem war Schaden zugefügt worden. Was also hätte sie sich vorwerfen sollen? Und jetzt brauchte sie dringend einen Caffè. Einen starken, italienischen Caffè. In der

Via delle Mantellate entdeckte sie eine kleine Bar, die zu ihrer Zeit noch nicht existiert hatte. Sie stellte sich an die Theke, scherzte mit dem Inhaber und ließ sich die neuesten Skandalgeschichten aus dem Vatikan erzählen.

Danach verspürte sie Lust, noch einen Umweg zu machen, vorbei an Villen, an deren Fassaden sich dunkelviolette Bougainvillea emporrankten. Als sie einen Park durchquerte, stellte Elsa überrascht fest, dass ihr der Anblick von Palmen, Zypressen und Orangenbäumen gefehlt hatte. Oleander- und Hibiskushecken säumten den Weg, in kunstvoll angelegten Rabatten blühten Rosen in allen erdenklichen Farben und verströmten ihren süßlichen Duft. Säulenfragmente und Büsten antiker Dichter und Herrscher verwiesen auf die langjährige Geschichte der Stadt.

Nach dem Tod des Vaters drei Jahre zuvor hatte ihre Mutter eine kleine Wohnung in der Nähe des Palazzo Corsini bezogen, wo Elsa die ersten zwei Jahrzehnte ihres Lebens verbracht hatte. Signora Maria Schiaparelli fiel beinahe der Gehstock aus der Hand, als sie ihre Tochter in der Tür stehen sah.

»Elsa, was machst du in Rom? Warum hast du kein Telegramm geschickt? Ich habe mich gerade so erschrocken, ich hätte einen Herzschlag bekommen können. Du siehst schlecht aus, ganz bleich und mager. Was ist passiert?«

Wortlos umarmte Elsa die Mutter und verspürte beinahe Erleichterung. Sie hatten sich seit ihrer Hochzeit vor acht Jahren nicht mehr gesehen. Maria Schiaparelli hatte inzwischen weißes Haar und faltige Wangen bekommen, doch ihr Wesen war unverändert. Unsentimental, geradeaus und ohne eine Spur von Feinfühligkeit.

Wenig später saßen Mutter und Tochter auf dem kleinen Balkon im ersten Stock, von dem aus sie einen Blick auf den Glockenturm der Kirche San Giacomo alla Lungara hatten. Elsa berichtete vom Verrat ihres Mannes, von Gabrielles großzügigem Angebot und dass sie künftig mit Gogo in Paris leben wollte.

»Nun, ich brauche dich wohl nicht daran zu erinnern, dass dein Vater und ich dich vor diesem Mann gewarnt hatten. Ein Wunder, dass diese Ehe überhaupt so lange gehalten hat. Aber was willst du ausgerechnet in Paris?« Maria Schiaparelli betrachtete das Kinderfoto in ihren Händen und lächelte zufrieden. »Wenigstens hat meine Enkelin das hübsche Gesicht ihrer Tante geerbt … Ich würde mich freuen, wenn Gogo in meiner Nähe aufwächst. Ihr könntet bei mir wohnen.«

Elsa machte sich nicht die Mühe, ein Seufzen zu unterdrücken. Ihre Mutter hatte nie ein Hehl daraus gemacht, dass sie ihre ältere Tochter Beatrice für bildschön hielt – im Gegensatz zu ihr, der zehn Jahre jüngeren Elsa. Und dass die Mutter keinen Sinn für ihre Zukunftspläne hatte, damit hatte sie gerechnet.

»Deine Wohnung ist für uns drei viel zu klein, Mamma«, wehrte sie entschieden ab. »Außerdem haben die Ärzte hier nur wenig Erfahrung mit Kinderlähmung. Ich möchte, dass Gogo von einem Spezialisten behandelt wird. Von meiner Mitgift ist übrigens kein Centesimo übriggeblieben. Mein geschiedener Mann hatte keine Skrupel, dieses Geld, das nicht ihm gehörte, innerhalb kürzester Zeit zu verprassen. Ich werde mir meinen Lebensunterhalt künftig selbst verdienen.«

»Und was willst du machen? Du hast doch nichts gelernt.«

Wäre ich ein Mann, hättet ihr mich etwas lernen lassen, dachte Elsa mit einiger Verbitterung. Dann wäre ich jetzt Höhlenforscher, Flugzeugpilot oder der berühmteste Architekt weltweit. Trotzdem musste sie ihren Eltern dankbar sein, dass sie sie hatten zur Schule gehen lassen. Dieses Glück war nicht allen italienischen Mädchen ihres Alters vergönnt gewesen. Selbstverständlich hatte Maria Schiaparelli verlangt, dass ihre beiden Töchter sich anstrengten und gute Noten nach Hause brachten. Was Elsa zum Kummer der Mutter in nur einem einzigen Fach gelungen war: im Kunstunterricht.

»Dass ich etwas kann, habe ich bereits bewiesen. In New York habe ich als Verkäuferin in einem Modegeschäft gearbeitet und für einen Wall Street Broker Lochkarten geprüft. Für Übersetzungen wurde ich auch angefragt … Paris ist die Stadt der tausend Möglichkeiten, Mamma. Mein Gefühl sagt mir, dass nur dort mein Platz ist.«

Missbilligend schüttelte Maria Schiaparelli den Kopf. »Du kannst deiner Freundin nicht ewig zu Last fallen. Irgendwann willst du eine eigene Wohnung mieten. Da wird von deinem Verdienst nicht viel übrigbleiben.«

»Ich werde genug Geld verdienen. Sogar mehr als genug!«, entgegnete Elsa starrköpfig und fühlte sich wieder als das kleine Mädchen, das gegenüber den Eltern seine Meinung hartnäckig verteidigen musste. Doch Maria Schiaparelli ließ sich nicht so leicht überzeugen.

»Sieh die Dinge einmal von der praktischen Seite. Hier kannst du nahezu umsonst leben. Tagsüber triffst du dich mit deinen alten Schulfreundinnen, Gogo spielt mit ihren großen Cousinen, und am Abend kochen wir zusammen *Risotto* oder *Pasta* und braten *Scaloppine*. Außer deiner Freundin kennst du doch niemanden in Paris.«

»Oh doch. Gabrielle schreibt für diverse Magazine Reportagen und Kunstkritiken und pflegt beste Kontakte. Viele interessante

Menschen, denen ich in New York begegnet bin, leben mittlerweile in Paris. Ich freue mich schon darauf, bekannte Gesichter wiederzusehen. Fotografen, Maler, Schriftsteller … Du weißt, Mamma, wenn ich mir etwas vorgenommen habe, lasse ich mich von niemandem aufhalten. Ich will meinen eigenen Weg gehen.«

Jetzt war es Maria, die seufzte. »Du warst schon immer ein eigensinniges Kind, Elsa … Aber du bleibst doch sicher noch einige Tage. Denk nur, wie lange du deine Schwester nicht gesehen hast. Beatrice ist mit der Familie zur Hochzeit ihrer Patentochter in die Toskana gefahren. Sie kommen nächsten Mittwoch zurück.«

»Beatrice wird mich verstehen. Ich will so schnell wie möglich nach Paris zurück. Gogo ist erst zwei Jahre alt, bestimmt weint sie sich schon die Augen nach mir aus. Ich nehme morgen den Nachtzug.«

Beim Abschied am nächsten Tag drückte Maria Schiaparelli ihrer Tochter eine Schatulle in die Hand. Als Elsa das Kästchen öffnete, sah sie auf dunkelblauem Samt ein mit Amethysten verziertes Medaillon.

»Die Kette ist für Gogo. Meine Eltern haben sie mir geschenkt, als ich in die Schule kam. Aber du musst mir regelmäßig Fotos von meiner Enkelin schicken.«

Elsa umarmte die Mutter, die sich jedoch abrupt umwandte und in die Küche humpelte. Schimmerte da etwa eine Träne im Augenwinkel von Maria Schiaparelli? Aber vielleicht hatte sie sich auch geirrt. Sentimentalität war ihrer Mutter fremd.

Weil ihr bis zur Abfahrt des Zuges noch Zeit blieb, beschloss Elsa, einige Orte ihrer Kindheit aufsuchen. Sie setzte sich auf eine Bank am Ufer des Tibers, wo sie im Alter von elf Jahren ihren ersten

Kuss bekommen hatte. Von einem drei Jahre älteren Jungen, der wegen ihrer stürmischen Erwiderung so erschrocken war, dass er schreiend davonlief und sich nie wieder bei ihr meldete.

Eine Weile schaute sie den jungen Mädchen zu, wie sie kichernd vorbeischlenderten und darauf aus waren, die Blicke einer Rudermannschaft auf sich zu ziehen, die auf dem Fluss trainierte. In einer *Gelateria* kaufte Elsa ein Krokanteis, spürte der kalten Köstlichkeit auf der Zunge nach und schlenderte durch den Botanischen Garten. In dieser blühenden Idylle hatte sie als Kind mit Freundinnen gespielt und jedem Baum einen eigenen Namen gegeben.

Plötzlich war ihr, als zögen unsichtbare Fäden sie Richtung Petersdom, in das Gotteshaus, das sie in ihrer Kindheit von allen Kirchen Roms am häufigsten aufgesucht hatte. Und wie jedes Mal fühlte sie sich überwältigt von der Magie, die von diesem einzigartigen Bauwerk ausging. Farbenprächtige Gemälde, Marmorsäulen und kunstvoll geschnitzte Altäre faszinierten durch die Perfektion ihrer Ausführung. Sie schritt vorbei an der hinreißenden Skulptur der Pietà von Michelangelo. Der Künstler hatte den stillen Schmerz der Gottesmutter über den Tod ihres Sohnes so einfühlsam in Marmor gemeißelt, dass jeder Besucher von diesem Anblick berührt war. Sodann passierte sie den goldverzierten Taufbrunnen, an dem sie zweiunddreißig Jahre zuvor getauft worden war, und wandte sich Richtung Nordosten zur Cappella Gregoriana. Dort befand sich am Altar das Gnadenbild der Madonna di Soccorso, der Madonna der immerwährenden Hilfe.

Elsa kniete in der vorderen Kirchenbank nieder, faltete die Hände und sprach eine stumme Fürbitte zu Maria, der Gottesmutter, zu der sie von klein auf eine innigere Verbindung verspürt hatte als zu deren göttlichem Sohn. In einem tonlosen Gebet äußerte sie ihre Sorge um die Tochter und offenbarte ihren sehnlichsten Wunsch: dass Gogo ihre Krankheit besiegen würde.

Als sie hinter sich Frauenstimmen vernahm, die das Ave-Maria beteten, breitete sich eine tiefe Ruhe in ihr aus. Sie eilte hinaus ins Freie und schritt über den Platz bis zum ägyptischen Obelisken in der Mitte. Dort wandte sie sich noch einmal um, blickte hinauf zu der Kuppel mit dem Kreuz, und dann wollte sie nur noch eines. So schnell wie möglich nach Paris fahren und Gogo in die Arme schließen.

Kapitel 4

Der Arzt hatte seine Praxis in der Rue Montesquieu nahe dem Musée du Louvre. An sämtlichen Wänden hingen Gemälde und Zeichnungen mit Darstellungen ärztlicher Heilkunst. Docteur Martin war ein stämmiger Mittvierziger mit Halbglatze und einer dunklen, volltönenden Stimme. Seine ganze Erscheinung strahlte etwas Väterliches und Beruhigendes aus.

Er forderte Gogo auf, über ein Fußbänkchen in der Mitte des Untersuchungszimmers zu steigen und bis zur gegenüberliegenden Wand zu gehen. Während er das Mädchen mit zusammengekniffenen Augen beobachtete, machte er sich in einem Schreibblock Notizen.

Blitzschnell krabbelte Gogo über den anthrazitfarbenen Marmorboden, stieß das Fußbänkchen um und setzte sich auf den Hosenboden. Docteur Martin rollte ihr einen roten Ball mit weißen Punkten entgegen, den sie ihm zurückbringen sollte. Gogo blieb sitzen, warf den Ball in die Luft und fing ihn glucksend wieder auf.

»Demoiselle Gogo scheint ihren ganz eigenen Kopf zu haben.« Docteur Martin lächelte amüsiert, wurde dann aber wieder ernst. »Leidet Ihre Tochter an Schluck- und Atembeschwerden, Madame Schiaparelli?«

»Glücklicherweise nicht. Allerdings wollen ihre Beine nicht mitwachsen. Sie kann nicht richtig stehen und auch nicht geradeaus laufen, wie Sie sehen.«

»Ich frage, weil bei der Poliomyelitis häufig eine Lähmung des Zwerchfells vorliegt. Dann kommen die Patienten an ein Beatmungsgerät, eine sogenannten Spirophore oder Eiserne Lunge. Andere leiden unter einer Muskellähmung der unteren Extremität, so wie Ihre Tochter. Es gibt allerdings auch Patienten, die beide Krankheitssymptome zeigen.«

Der Arzt machte sich weitere Notizen, dann legte er den Stift beiseite. »Nun, würde Ihre Tochter eine Therapie mittels der Eisernen Lunge benötigen, wären Sie bei mir genau an der richtigen Adresse. In Gogos Fall haben wir es aber mit einer rein funktionellen Störung der Beinmuskulatur zu tun. Ich würde Ihnen gern einen Kollegen in Lausanne empfehlen. Professor Georges Perrault kenne ich von mehreren Kongressen. Er ist Leiter einer Spezialklinik und eine Koryphäe auf seinem Gebiet. In der ganzen Welt hält er Vorträge. Ich bin überzeugt, er weiß, wie Ihrer Tochter zu helfen ist.« Docteur Martin notierte einige Zeilen auf einem Zettel und reichte ihn Elsa. »Hier ist seine Adresse. Und sollten Sie ihn aufsuchen, richten Sie ihm herzliche Grüße von mir aus.«

Als Elsa mit Gogo auf dem Arm die Praxis verließ, fühlte sie große Erleichterung. Es gab also einen Experten, der ihre kleine Tochter behandeln konnte, auch wenn sie dafür in die Schweiz fahren müsste. Wichtig war einzig, dass Gogo zu einem fröhlichen Mädchen heranwuchs. Und irgendwann, so hoffte Elsa, würden sie gemeinsam Seilchen springen und vielleicht sogar Skifahren. Dafür war ihr jeder Aufwand recht.

»Lausanne … Du solltest sofort in der Klinik anrufen und den Professor um einen Termin nachfragen«, schlug Gabrielle vor. Sie ließ die Verbindung beim Telegrafenamt binnen Minuten herstellen, und Elsa übernahm das Gespräch. Die Vorzimmerdame, die sich am Telefon meldete, war offenbar eine wenig auskunftsfreudige Frau.

»Nein, der Professor kann Ihre Tochter zurzeit nicht untersuchen. Er befindet sich auf einer Vortragsreise in Skandinavien.«

»Wann wird er wieder zurück sein?«

»Ende August, vielleicht auch Anfang September …«

»Können Sie mir dann für Mitte September einen Termin geben?«

»Mitte September fährt der Professor zu einem Kongress nach Österreich.« Der Tonfall der Vorzimmerdame war inzwischen gänzlich unterkühlt.

Wäre es nicht um das Wohl ihrer Tochter gegangen, hätte Elsa auf der Stelle das Gespräch beendet. Ihre Stimme wurde laut und ungehalten. »Hören Sie, ich lebe in Paris. Mir wurde Ihre Klinik sehr empfohlen. Nennen Sie mir bitte ein Datum, an dem ich dem Professor meine Tochter vorstellen kann.«

»Rufen Sie Anfang Oktober wieder an. Auf Wiederhören.« Es klickte in der Leitung, dann war es still.

»So eine unfreundliche Person«, schimpfte Elsa und hätte am liebsten den Telefonapparat von der Wand gerissen und aus dem Fenster geworfen. Gabrielle, die das Gespräch mitverfolgt hatte, drückte ihr ein Glas Wasser mit einem Spritzer Pastis in die Hand. »Hier, nimm einen Schluck, das beruhigt die Nerven.«

»Um die zu beruhigen, müsste ich vermutlich ein ganzes Glas Pastis trinken – mit nur einem Spritzer Wasser. Was soll ich jetzt machen? Mit Gogo zu einem weiteren Arzt gehen? Aber zu welchem?«

»Der Professor in der Schweiz gilt als Koryphäe«, gab Gabrielle zu bedenken. »Ich schlage vor, du wartest ab, bis er von seinem Kongress zurück ist. In der Zwischenzeit wird Gogos Krankheit nicht besser werden, sich aller Voraussicht nach aber auch nicht verschlimmern. Lass dir von einer mürrischen Sekretärin nicht den Tag verderben.«

»Vielleicht hast du recht«, seufzte Elsa ergeben und trank ihr Glas in einem Zug leer.

Gabrielle nickte aufmunternd und wechselte das Thema. »Übrigens, Madame Claire Chopinel, eine der bekanntesten Galeristinnen der Stadt, gibt in zwei Wochen einen Empfang. Selbstverständlich kommst du mit, wir werden alte Bekannte aus New York wiedersehen.«

»Wunderbar!« Elsa spürte, wie die Aussicht, sich endlich wieder einmal zu zerstreuen, ihre Stimmung aufhellte. »Ich weiß gar nicht mehr, wann ich das letzte Mal bei einer Festlichkeit war. Es wird also höchste Zeit. Glücklicherweise muss ich nicht nackt auf dem Empfang erscheinen. In zwei meiner drei Koffer habe ich ausschließlich Kleidung verstaut.«

»Eine gute Entscheidung«, lobte Gabrielle. »Denn wie heißt es doch so treffend? Kleider machen Leute. Ich selbst würde mir gern etwas Neues zum Anziehen kaufen. Aber oft gefällt mir nicht, was ich in den Geschäften sehe. Wollen wir morgen meinen Kleiderschrank in Augenschein nehmen? Du weißt, ich schätze deinen guten Geschmack und deinen Blick für das Besondere. Vielleicht kommt dir eine Idee, was mir am besten steht.«

Am nächsten Tag hatten Gabrielles Kinder wieder ihr Zelt im Garten aufgebaut und spielten unter der Aufsicht des normannischen Kindermädchens Estelle Prinz und Prinzessin im Wunderland. Gogo mimte eine verzauberte Katze. So konnten die beiden Freundinnen ungestört mit der Kleiderschau in Gabrielles Zimmer beginnen.

Als ihre Freundin sämtliche Türen des meterbreiten Schrankes öffnete, fühlte sich Elsa an ihre Kindheit erinnert. Mit dem größten Vergnügen hatten sie und ihre ältere Schwester auf dem Dachboden der elterlichen Wohnung gestöbert, in Truhen und Koffern gewühlt und eine Modenschau vor einem imaginären Publikum inszeniert.

»Die meisten Teile stammen aus den Jahren vor Kriegsbeginn, sind also mehr als zehn Jahre alt«, stellte Gabrielle nüchtern fest. »Dem Himmel sei Dank, dass wir diese Schreckenszeit überwunden haben … Ich will etwas Ungewöhnliches tragen, etwas, worüber die Leute reden. ›Provozieren statt lamentieren‹ heißt jetzt meine Devise, wenn du verstehst, was ich meine. Niemand soll auf die Idee kommen, er müsse Mitleid mit einer betrogenen Ehefrau haben.«

»Wen hat dein Henri denn diesmal auserkoren?«, wollte Elsa wissen und fügte sogleich entschuldigend hinzu. »Sofern meine Frage nicht zu indiskret ist.«

Gabrielle lachte bitter auf. »Natürlich darfst du fragen. Da unsere Ehemänner mit derselben Frau, dieser amerikanischen Barfuß-Tänzerin, ins Bett gegangen sind, müssen wir auch keine Geheimnisse voreinander haben.« Dann aber wurden ihre Lippen schmal und ihr Tonfall ernst. »Soweit ich weiß, ist die derzeitige Geliebte verheiratet. Ab und zu taucht der große Künstler hier zu Hause auf. Dann zieht er sich in sein Atelier zurück und malt. Wenn Freunde zu Besuch kommen, mimt er den charmanten

Gastgeber. Bis in den späten Abend diskutiert er mit ihnen über diese neue Bewegung, die sich Dadaismus nennt. Die Maxime lautet, dass Regeln in der Kunst nur dazu dienen, missachtet zu werden.« Sie stockte und fuhr resigniert fort. »Henri hat diese Forderung auch auf das Eheleben übertragen. Zu seinen Gunsten, natürlich. Wären die Kinder nicht, ich hätte mich schon längst scheiden lassen.«

»Ich verstehe das nicht«, empörte sich Elsa. »Du bist eine gebildete, einfühlsame Frau und hast obendrein eine Figur wie ein junges Mädchen. Und das nach vier Kindern … Henri ist nur zu beneiden.«

»Offenbar ist er anderer Meinung.«

»Sag jetzt nicht, dass du diesen Schmierenkomödianten auch noch liebst.« Elsa überlegte, ob sie jemals wahre Liebe empfunden hatte, oder ob es nur Verliebtheit gewesen war, die sich irgendwann in Selbstzweifel und dann in bittere Enttäuschung verwandelt hatte.

Gabrielle zuckte mit den Schultern. »Liebe ist nur ein Wort … Oh, das klingt nicht schlecht. Vielleicht sollte ich irgendwann einen Roman mit diesem Titel schreiben.« Sie machte eine wegwerfende Handbewegung. »Also, was schlägst du vor, meine Liebe? Wie werde ich an diesem Abend zur aufregendsten Pariserin – neben dir als der aufregendsten Römerin? Meine Verwandlung darf allerdings nicht allzu kostspielig werden. Henri ist, was den Unterhalt für seine Familie angeht, ausgesprochen geizig.«

Auf Elsas Vorschlag hin probierte Gabrielle ein gelbes bauschiges Nachmittagskleid mit spitzenbesetztem Halsausschnitt an, danach ein knöchellanges Taftkleid mit einer rauchblauen Samtjacke und schließlich ein zweiteiliges Kleid mit Rüschenärmeln und einer gefältelten Schärpe. Doch jedes Mal schüttelte Elsa den Kopf. Rasch breitete sie einige Dutzend Röcke, Blusen und Kleider auf dem großen Ehebett aus und trennte sie nach Farben. Dann ordnete sie neu, mischte die Teile untereinander, fand aber keine Kombination, die sie überzeugte.

»Nein, ist sehe nichts, was deine hübsche Figur betont. Die Zeit der Korsetts und der steifen Unterröcke ist vorbei, *ma chère*. Wir leben nicht mehr in der Belle Époque, wir schreiben das Jahr neunzehnhundertzweiundzwanzig. In deine Garderobe gehört frischer Wind. Kennst du jemanden, der nähen kann? Ich selbst kann leider nicht einmal einen Knopf befestigen, geschweige denn eine Nähmaschine bedienen.«

Gabrielle öffnete eine Schublade mit Halstüchern und dachte einen Moment konzentriert nach. »Aber ja, Eugénie, meine frühere Nachbarin. Sie hat einige meiner Lieblingskleider umgearbeitet, als sich meine Figur durch die Schwangerschaften fortlaufend veränderte. Warum fragst du?«

Kapitel 5

Madame Claire Chopinel war eine füllige Mittfünfzigerin mit warmherziger Ausstrahlung und einem winzig kleinen, weißgelockten Hund auf dem Arm. In sämtlichen Räumen ihres pompös eingerichteten Stadtpalais in der Nähe des Jardin du Luxembourg hatte sie ausschließlich roséfarbenen Blumenschmuck aufstellen lassen. Kellner im Frack servierten auf hochglänzenden Silbertabletts Champagner und Appetithäppchen mit Entenlebercreme, getrüffeltem Käse, Kaviar und anderen Delikatessen. Ein Quartett, bestehend aus gutaussehenden Männern im Studentenalter, unterhielt die bestens gelaunten Gäste mit Salonmusik. Der Duft der schweren süßlichen Damenparfums mischte sich mit dem von herben Rasierwässern der Herren.

Der Abend wurde ein voller Erfolg. Für Gabrielle, die in ihrem dunkelblauen Seidenensemble mit plissiertem, grasgrünem Taftkragen und einer kleinen, gleichfarbigen Tasche am Gürtel die Aufmerksamkeit aller auf sich zog. Und ebenso für Elsa, die von Gabrielle als ›langjährige Freundin aus Amerika‹ vorgestellt wurde und mit den Gästen über den neuesten Film der beliebten Schauspielerin Gloria Swanson, die besten New Yorker Jazz Clubs und das vor Kurzem in Amerika eingeführte Frauenwahlrecht diskutierte.

Eugénie hatte aus Gabrielles veralteten Kleiderbeständen einen weit schwingenden Rock verschmälert und auf eine Länge knapp unterhalb des Knies gekürzt. Elsa hatte entschieden, dass zu einer dunklen Farbe wie dem klassischen, zurückgenommenen Blau ein unerwarteter Farbkontrast gehörte. Und so hatte die Schneiderin aus einer leuchtend grünen Seidenbluse, die im Vorderteil einen Flecken hatte, der sich nicht herauswaschen ließ, Kragen und Tasche genäht.

Elsa war überrascht, wie schnell und sicher ihr das Skizzieren von der Hand gegangen war. Innerhalb weniger Minuten hatte sie eine Zeichnung angefertigt und damit die Freundin glücklich gemacht. Die hatte nur den Lohn für die Schneiderin zahlen müssen und erhielt in ihrer ungewöhnlichen Aufmachung jetzt die erhoffte öffentliche Aufmerksamkeit.

Am wohlsten fühlte sich Elsa in Kleidern, in denen sie sich ungezwungen bewegen konnte. Deshalb hatte sie für diesen Abend ein schwarzes Kostüm mit hüftlanger Jacke aus einem feinmaschigen Jersey gewählt. Dieser Stoff, benannt nach der britischen Kanalinsel, wurde nicht gewebt, sondern gewirkt. Eine Technik, die ihn nachgiebig und leicht machte. Das Ensemble hatte sie kurz nach Gogos Geburt in einem kleinen Modegeschäft in Manhattan an der Upper West Side nahe der Metropolitan Opera gekauft. Die Verkäuferin hatte es hervorragend verstanden, ihr die Vorzüge dieses Materials zu erklären.

Unterhalb des linken Schlüsselbeins trug Elsa eine handtellergroße Brosche, die unzweifelhaft als eine sitzende, unbekleidete Frau zu erkennen war. Eine antike Göttinnenstatue im Miniaturformat als Reminiszenz an ihr Sternzeichen Jungfrau. Um die Taille hatte sie anstelle eines Gürtels einen golddurchwirkten Seidenschal gewickelt. Plötzlich vernahm sie hinter sich eine bekannte Stimme.

»Das ist aber eine Überraschung, Elsa. Was verschlägt Sie nach Paris?«

Sie wandte sich um und sah sich einem Mann mit intensivem Blick und dunklem, welligem Haar gegenüber: Man Ray, ein Fotograf und Maler, den sie in ihrer frühen New Yorker Zeit bei einer Vernissage kennengelernt hatte und dessen Scharfsinn sie zu schätzen wusste. Freudig ergriff sie seine ausgestreckte Rechte. »Ray, wie lange haben wir uns nicht gesehen? Es müssen drei oder vier Jahre sein. Um Ihre Frage zu beantworten: Ich habe mich scheiden lassen und bin mit meiner kleinen Tochter letzten Monat angekommen. Dies ist mein erster Ausflug in die Pariser Kulturwelt.«

Man Ray gab einem Kellner ein Handzeichen, der sofort mit zwei Gläsern Champagner zu ihnen eilte. »Dann sehen wir uns in Zukunft also häufiger. Darauf sollten wir anstoßen. *Santé!*« Mit einem freundschaftlichen Kopfnicken prosteten sie einander zu.

»Sie haben richtig entschieden, Elsa. Paris ist die Stadt, die den Menschen unerwartete Chancen gibt. Erinnern Sie sich an Marcel Duchamps?« Ihr Gesprächspartner deutete in den Raum. »Er steht dort drüben neben dem Kamin und plaudert gerade mit der Gastgeberin. Wir planen eine gemeinsame Ausstellung, zusammen mit einigen Freunden. Die Namen André Breton, Paul Éluard und Max Ernst sagen Ihnen vermutlich nichts, aber sie werden bald in aller Munde sein.«

Aus dem Augenwinkel bemerkte Elsa, wie einige der männlichen Gäste nicht nur Gabrielle, sondern auch ihr anerkennende Blicke zuwarfen. Worauf deren Begleiterinnen ihre Ehemänner am Ärmel zupften und mit frostiger Miene fortzogen.

»Gehören Sie ebenfalls dieser neuen Kunstrichtung an, von der Gabrielle mir erzählt hat? Dem Dadaismus … In Amerika kann man darüber noch gar nichts lesen. Was ist das Ziel dieser Bewegung?«

»Ich stelle fest, Sie haben nichts von Ihrer Neugierde verloren.« Man Ray schmunzelte. »Ich erinnere mich gern an unsere Begegnungen in New York. Wie oft haben wir bis spät in die Nacht diskutiert.«

Mit rosigen Wangen und einem vollen Glas in der Hand war Gabrielle unbemerkt zu ihnen getreten. »Hier bist du, meine Liebe ... Sie erlauben doch, Ray, dass ich unsere Freundin entführe? Die Gastgeberin möchte Elsa unbedingt kennenlernen und alle Klatschgeschichten über den charismatischen Rudolph Valentino erfahren. Viele Frauen gehen nur seinetwegen ins Filmtheater.«

»Ich trenne mich ungern von zwei so charmanten Damen.« Man Ray verbeugte sich leicht. »Kommen Sie beide mich demnächst in der Rue Compagne besuchen. Ich bin gerade dabei, mir dort ein Wohnatelier einzurichten. Wenn Sie mögen, fotografiere ich Sie. Als kleines Dankeschön für den einfühlsamen Artikel im *Figaro*, den Sie, liebe Gabrielle, über unsere neue Bewegung verfasst haben.«

»Wir kommen auf Ihr Angebot zurück.« Gabrielle hakte sich bei Elsa unter und zog sie mit sich. »Du musst unbedingt alle wichtigen Künstler von Paris kennenlernen. Lass uns noch etwas trinken, der Abend hat erst begonnen.«

Am nächsten Morgen wachte Elsa mit schwerem Kopf und leichtem Herzen auf. Schon lange hatte sie sich nicht mehr so amüsiert. Wie sollte sie sich nur all die Namen und Gesichter ihrer Gesprächspartner merken? Sie würde sich Notizen machen, denn sie wusste, dass sie sich auf ihr Namensgedächtnis nicht verlassen konnte.

Nach der Flut an Komplimenten, die Gabrielle am Abend zuvor entgegengenommen hatte, hatte Elsa vorgeschlagen, die gesamte Garderobe der Freundin umzugestalten. Sie plädierte für eine schmalere und modischere Linienführung, wie sie sie von den jungen Amerikanerinnen her kannte. Von den Fabrikarbeiterinnen, Sekretärinnen und Telefonistinnen, den Frauen, die ihr eigenes Geld verdienten.

Den gesellschaftlichen Vorsprung verdankten die Amerikanerinnen der Tatsache, dass ihre Nation im gegenwärtigen Jahrhundert keinen Krieg erlebt hatte. Die Französinnen dagegen, wie auch die übrigen Europäerinnen, hatten mehrere Jahre aufzuholen. Während des Krieges hatten sie die Arbeit von Männern übernommen, waren Schaffnerinnen, Lehrerinnen und Postbotinnen gewesen. Als dann die überlebenden Männer zurückkehrten, wurden die Frauen eilends an ihren alten Platz zurückversetzt: an den heimischen Herd.

In kürzester Zeit zeichnete Elsa etliche Entwürfe, und Eugénie trennte auf, schnitt zu und nähte neu zusammen. Dass Gabrielle nur wenig Geld zur Verfügung hatte, empfand Elsa keineswegs als Hindernis, sondern als Herausforderung. Ihre Strategie war, aus Vorhandenem etwas zu kreieren, das es so noch nicht gab. Deshalb war jedes Kleidungsstück von ihr mit einem Blickfang versehen, einem Überraschungsmoment. Sei es eine Stickerei am Ärmelaufschlag, Knöpfe in unterschiedlichen Farben oder ein Gürtel mit Pailletten. Nicht zuletzt konnte sie sich auf diese Weise für Gabrielles Gastfreundschaft revanchieren. Die sie aber nur so lange in Anspruch nehmen wollte, bis sie sich eine eigene Wohnung leisten konnte.

Kapitel 6

Einen ganzen Tag lang dauerte die Zugfahrt nach Lausanne. Elsa hatte sich in einer kleinen Pension nahe dem Krankenhaus ein Zimmer genommen. Am nächsten Morgen, als sie noch überlegte, ob sie zu ihrem weinroten Kostüm eine Goldkette mit emailliertem Mondanhänger oder ein Silberarmband in Schlangenform tragen sollte, war Gogo unbemerkt auf den Balkon gekrabbelt und deutete aufgeregt in die Ferne.

»Da! Meer!«, rief sie und richtete sich am Balkongitter auf.

»Aber nein, das Meer ist viel größer. Was du dort hinten siehst, ist ein See, der Genfer See. Nach dem Frühstück gehen wir zu einem berühmten Arzt, der schon die ganze Welt gesehen hat.«

»Ganze Welt?«, wollte Gogo wissen.

»Zumindest ganz viele Länder. Nun komm, Darling, wir wollen den Doktor nicht warten lassen.«

Die Klinik lag inmitten eines großen Parks mit Sitzbänken unter alten Bäumen, deren rot und gelb gefärbtes Laub den Herbstbeginn ankündigte. Buchsbaumrabatten, plätschernde Springbrunnen und Skulpturen schufen eine heitere, fast mediterrane Stimmung. Krankenschwestern mit weißen Flügelhauben schoben ihre gehunfähigen jungen Patienten im Rollstuhl über gewundene Pfade. Gemächlich schritt Elsa mit Gogo an der Hand über einen breiten Zugangsweg auf das hohe holzgeschnitzte Eingangsportal zu. Nur wenige Handbreit von ihnen entfernt huschte ein Eichhörnchen vorüber und hüpfte einen Baumstamm hoch. Plötzlich hielt es inne, um die beiden Besucherinnen kopfüber zu beobachten. Dabei stieß es quiekende Laute aus, der buschige Schwanz zuckte. Gogo lachte und winkte dem kleinen rotbraunen Kletterer zu.

»Mommy, Arm«, forderte sie vergnügt.

Elsa hob Gogo hoch und überlegte, was sie wohl machen sollte, wenn ihre Tochter größer und schwerer würde. Da Gogo sich hartnäckig und lautstark weigerte, in einen Kinderwagen gesetzt zu werden, würde sie sich etwas einfallen lassen müssen. Vielleicht konnte man unter ein Holzpferd ein Brett mit Rollen montieren, dann würde sie die Kleine daraufsetzen und am Zügel hinter sich herziehen können.

Professor Georges Perrault war jünger, als Elsa ihn sich vorgestellt hatte. Er mochte nur wenige Jahre älter sein als sie selbst. Mit seinem roten Haar und dem Oberlippenbart erinnerte er sie an den Studenten, mit dem sie vor Jahren ihren ersten Tango getanzt hatte.

Mit ruhigen und behutsamen Bewegungen untersuchte der Arzt ihre Tochter. Er prüfte Augen, Nase und Mund und horchte Gogo mit einem Stethoskop ab. Dann betastete er ihre Arme und Beine und streckte diese in verschiedene Richtungen. Dabei ließ er sich von Elsa erzählen, wann und wie die Krankheit festgestellt wurde.

»Glauben Sie, dass Gogo ganz gesund werden kann, Professor Perrault?«, fragte sie bang und blickte voller Zärtlichkeit auf dieses fröhliche Wesen, das sie als eine verkleinerte Ausgabe ihrer selbst empfand.

»Bei Ihrer Tochter liegt glücklicherweise keine dramatisch

schwere Erkrankung vor«, sagte der Arzt. »Ich schätze die Heilungschancen als sehr gut ein, Madame Schiaparelli. Mein Bruder ist Kinderarzt in einem Krankenhaus an der Ostküste Australiens. Seit etwa acht Jahren wendet er bei der Beinmuskelschwäche, unter der auch Ihre Tochter leidet, eine spezielle Methode an. Wir in der Schweiz setzen ebenfalls große Hoffnung in diese neue Therapie.«

Ein Bild blitzte in Elsas Erinnerungen auf. »In New York habe ich auf der Straße häufig Menschen an Krücken und mit Beinschienen gesehen. Meist waren es Kinder. Heißt das, dass Gogo auch so etwas tragen muss?«

»Den Patienten derartige Schienen zu verordnen, entspricht der bisherigen Lehrmeinung. Wir aber wollen die betroffenen Gliedmaßen nicht dauerhaft ruhigstellen, sondern ganz im Gegenteil die Muskulatur durch Wärmekissen, Massagen und gymnastische Übungen stärken. Mein Bruder berichtet mir kontinuierlich über Krankheitsverläufe. Mit erstaunlichen Erfolgen, bis hin zur vollständigen Genesung.«

Elsa atmete auf. Es hörte sich an, als würde ihre Tochter zu einem gesunden jungen Mädchen heranwachsen können. Eine solche Antwort hatte sie in zahllosen Gebeten an die Gottesmutter herbeigesehnt. Sie sah, wie Gogo fröhlich zu einem Skelett krabbelte, das neben der Tür hing. Die Kleine hob den Fuß des Knochenmenschen an und ließ ihn wieder los. Dabei entstand ein quietschendes Geräusch, das Gogo glucksend nachzuahmen versuchte.

»Wie sieht Ihre Behandlung aus, Professor Perrault?«

»Wir werden mehrere Operationen vornehmen in Verbindung mit einem strengen Trainingsprogramm. Allerdings muss ich Ihnen sagen, dass sich die Therapie über mehrere Jahre hinziehen wird.«

»Mehrere Jahre?«, wiederholte Elsa erschrocken. Wovon sollte sie das bezahlen? Und, was nicht weniger wichtig war, würde sie Paris verlassen und nach Lausanne ziehen müssen? Dabei hatte sie doch gerade erst begonnen, sich in Paris einzuleben.

»So ist es. Wir können eine Behandlung erst beenden, wenn das Längenwachstum der kleinen Patienten abgeschlossen ist.«

»Operationen … Trainingsprogramm …« Sie geriet ins Stottern. Die Vorstellung, dass ihre kleine Tochter Schmerzen würde leiden müssen, trieb ihr die Tränen in die Augen. »Über die Jahre sind doch sicher schon viele Methoden erprobt worden. Vielleicht gibt es noch eine andere Therapie, die ebenso wirkungsvoll ist …«

»Ich verstehe, was Sie meinen, Madame Schiaparelli. Wie so oft in der Medizin haben auch wir mit unserer Methode Kritiker und Skeptiker.« Mit der Rechten deutete der Professor auf einen Folianten auf seinem Schreibtisch, dessen lederner Einband deutliche Gebrauchsspuren aufwies. »Was nicht schon bei Hippokrates, dem großen Arzt der griechischen Antike nachzulesen ist, wird erst einmal in Zweifel gezogen. So denken vieler meiner Kollegen. Aber auch wenn diese Praktik noch jung ist, heißt es nicht, dass sie nicht wirksam ist. Glauben Sie mir, ich selbst würde sie nicht anwenden, wenn ich nicht von der Wirksamkeit überzeugt wäre.«

Elsa rang um Luft. Diese Informationen kamen so unerwartet, sie musste das alles erst einmal verarbeiten. Aber war ihre eigene Befindlichkeit denn wichtig? Es ging um Gogos Gesundheit und nicht darum, an welchem Ort und auf welche Weise sie die nächsten Jahre ihr Leben verbringen würde. Sie schluckte einige Male, und ihre Stimme zitterte. »Wann wollen Sie mit der Behandlung beginnen?«

»Nicht sofort, wenn Sie das beruhigt. Gogo ist recht klein für ihr Alter, einige Zentimeter darf sie noch wachsen. Trotzdem sollten Sie nicht länger als bis zu ihrem sechsten Lebensjahr warten.«

Erleichtert atmete sie auf. Sie hatte also Aufschub. Und wer weiß, vielleicht geschah bis dahin noch ein Wunder und Gogos Beine würden ganz von selbst kräftig und gerade werden.

»Ich muss in Ruhe über alles nachdenken, Monsieur le Professeur …« Elsa wollte lieber nicht nach den Kosten für diese langwierige Behandlung fragen. Auch so konnte sie sich ausmalen, dass sie wohl ein Vermögen dafür aufbringen müsste. Sie fühlte einen warmen und festen Händedruck.

»Ich hoffe, wir sehen uns spätestens zu Gogos Einschulung wieder. Bis dahin sollte Ihre Tochter, allerdings nur während der Nacht, Beinschienen tragen und tagsüber möglichst oft Treppen laufen und sich viel bewegen. Wichtig ist, dass sie Muskeln in den Beinen aufbaut. Ich bin überzeugt, Gogo wird eines Tages als eine hübsche junge Frau aufrecht und stolz durchs Leben gehen.«

Zurück in Paris, erwies sich Gabrielle wieder einmal als Trösterin und Mutmacherin. »Ich verstehe dich, Elsa. Sein Kind einer solchen Behandlung auszusetzen, ist keine leichte Entscheidung. Doch was wäre die Alternative? Mitanzusehen, wie Gogo mit verkrüppelten Beinen heranwächst und ihr Leben lang Schienen tragen muss und auf Krücken angewiesen ist? Aber du hast keine Eile, und wer weiß … vielleicht bist du nach einer Weile sogar froh, Paris zu verlassen und dir in der Schweiz eine neue Zukunft aufzubauen. Dort lebt es sich nicht schlecht, habe ich mir sagen lassen.«

»Ach, Gabrielle«, seufzte Elsa, »deinen Optimismus in Ehren. Hoffentlich gerate ich nie in die Situation, deine Worte überprüfen zu müssen.«

Als Dankeschön für die so selbstverständliche Gastfreundschaft, die sie und Gogo erfuhren, schlug Elsa vor, am nächsten Abend italienisch zu kochen. Alle Kinder waren aufgekratzt und wollten unbedingt helfen, den Pastateig auszurollen. Der kindliche Einsatz hatte zur Folge, dass die Küche in ein Chaos verwandelt wurde, was Gabrielle aber mit großer Gelassenheit hinnahm. Ihr war wichtiger, dass ihre Sprösslinge mit Freude bei der Essenszubereitung dabei waren – und später die Gerichte auch aßen. Außerdem würde die tüchtige Haushaltshilfe die Spuren von Tomatensauce und Olivenpaste von Wänden und Boden entfernen.

Am Wochenende nach Elsas Rückkehr aus der Schweiz gastierte ein Wanderzirkus im Jardin des Tuileries, und Gabrielle besorgte Karten für die Nachmittagsvorstellung. Wie gebannt verfolgten die fünf Kinder die Darbietungen der einzelnen Artisten. Hielten den Atem an, als eine junge Seiltänzerin in rosafarbenem Tutu plötzlich den Halt verlor und sich gerade noch rechtzeitig mit einem Salto auf den Boden rettete. Schrien auf, als ein Pferd auf die Hinterbeine stieg und im Takt der Musik Pirouetten drehte. Kreischten vor Vergnügen, als ein bunt geschminkter Clown in einem viel zu großen karierten Anzug vergeblich versuchte, einen unsichtbaren Schmetterling mit dem Netz einzufangen. Und auch die beiden Freundinnen fühlten sich in die eigene Kindheit zurückversetzt, lachten und applaudierten.

Elsa genoss jede Minute der Vorstellung. Hatte sie nicht allen Grund, sich am Leben zu erfreuen? Noch wenige Monate zuvor hatte sie in New York mit ihrem Schicksal gehadert. Und nun lebte sie in Paris, der Stadt, die die kühnsten Träume erlaubte. Ihre kleine Tochter blühte auf im Kreis von Gabrielles Kindern, die sie verhätschelten und am liebsten wie eine Puppe hin- und hertrugen.

Jetzt musste sie nur noch möglichst schnell Geld verdienen. Dann würde sie sich eine eigene Wohnung leisten und auch Gogos langwierige medizinische Behandlung bezahlen können. Sie würde unabhängig, reich und erfolgreich sein. Und damit eine Wiedergutmachung für die Demütigung erhalten, die sie wegen eines gewissenlosen Religionsphilosophen hatte hinnehmen müssen.

Kapitel 7

»Stell dir vor, Elsa, gestern rief mich eine befreundete Redakteurin des *Figaro* an«, berichtete Gabrielle beim nachmittäglichen Beisammensein mit englischem Tee und französischem Gebäck. »Ihre Schwester erwartet ihre Schwägerin aus Boston zu Besuch. Allerdings ist die Schwester gerade mit ihrem ersten Kind hochschwanger und hat überdies nur mäßige Englischkenntnisse. Deswegen fragte die Redakteurin, ob ich wohl jemanden weiß, der einer jungen Frau Paris zeigen könnte. Wie wäre es, hättest du Lust, die Fremdenführerin zu geben? Besagte Schwägerin gehört offenbar zu einem entfernten Familienzweig der Rockefellers. Also zum Geldadel.«

»Das klingt, als wäre ich ganz dafür geschaffen«, sagte Elsa erfreut. Dann aber setzte sie abrupt die Teetasse ab und schüttelte den Kopf. »Aber was soll ich währenddessen mit Gogo manchen? Ich kann sie doch nicht die ganze Zeit, während ich die Reisebegleiterin spiele, bei euch allein lassen.«

»Natürlich kannst du das.« Gabrielle strich Gogo lächelnd über das Haar. Die war gerade dabei, auf ihrem Teller hingebungsvoll eine Madeleine in kleinste Krümel zu zerlegen. »Estelle ist Kindermädchen aus Leidenschaft. Ihr macht es nicht das Geringste aus, fünf anstatt vier Schützlinge zu hüten. Außerdem kommt unser Nachwuchs gut miteinander aus. Darf ich der Redakteurin also zusagen?«

Elsa warf der Freundin eine Kusshand zu. »Du darfst, meine Liebe. Ich will mich gut vorbereiten, damit ich die beste Fremdenführerin von Paris werde – zumindest für amerikanische Touristinnen«, fügte sie augenzwinkernd hinzu.

In einer Buchhandlung in der Nachbarschaft erstand Elsa fünf Hefte zum Ausmalen für die Kinder sowie für sich selbst den neuesten Reiseführer von Paris. Jeden Abend vor dem Einschlafen las sie über die Geschichte der Stadt, über die bedeutendsten Kirchen und Museen, über große und kleine Theater, die besten Adressen für Restaurants und Cafés und über Parfümerien. Schließlich wusste sie, dass die Amerikanerinnen ein Faible für ausgefallene Düfte hatten. Besonders für solche, die es in den Staaten nicht zu kaufen gab.

Sally Foster war eine sehr große und sehr blonde Mittzwanzigerin, die sich die Reise von ihren Eltern zum Geburtstag hatte schenken lassen. Sie wollte herausfinden, ob sie ihren Verlobten, einen erfolgreichen Immobilienunternehmer, vermissen würde oder ob sie nicht doch lieber in Paris mit einem Literaturstudium beginnen sollte.

Während Elsa der ungezwungenen und fröhlichen jungen Frau Sehenswürdigkeiten und Geheimtipps zeigte, lernte sie ebenfalls im Eiltempo die Stadt kennen. Und so wie schon beim ersten Aufenthalt verliebte sie sich aufs Neue in das unnachahmliche Flair von Paris. In die noblen Hotelbauten mit ihren farbigen Markisen im Erdgeschoss, in die eleganten Boulevards, die bei nächtlicher Beleuchtung ihren besonderen Reiz entfalteten. In das Seine-Ufer mit den Bouquinisten, in die Straßenmusiker, die Jongleure und Feuerschlucker auf dem Champ des Mars zu Füßen des Eiffelturms und in die Nonchalance der Kellner in den Cafés und Bistros.

Vor dem Zubettgehen skizzierte sie aus dem Gedächtnis die Garderobe der jungen Amerikanerin, die ihr künftig als Anregung für eigene Entwürfe dienen sollte. Kostüme, Pullover, Kleider und Mäntel, die sich für die verschiedensten Anlässe eigneten und ihre Trägerin immer gepflegt und modisch aussehen ließen. Kleidungsstücke, die man wegen ihres dehnbareren Materials sorglos falten und sogar klein zusammengerollt in einen Koffer packen konnte. Die ihre Form erst an einem Körper in Bewegung zeigten. Diese Kleidung war weit entfernt von den Roben vergangener Tage, die, wenn eine Frau sie auszog, durch die Beschaffenheit der Stoffe und die versteiften Unterröcke von selbst stehen blieben.

Nach drei Wochen, in denen sie nahezu jeden Nachmittag oder Abend gemeinsam etwas unternommen hatten, entschied Sally sich, ihre Reise Richtung Italien fortzusetzen. Den Verlobten hatte sie nicht eine Sekunde lang vermisst, und sie überlegte, künftig in Rom oder Florenz Archäologie zu studieren.

Sally verabschiedete sich herzlich und beinahe wehmütig von ihrer Fremdenführerin – mit einem äußerst großzügigen Honorar und der Frage, ob sie Elsa den Freundinnen und Cousinen in Amerika als persönliche Begleitung empfehlen dürfe. Viele der jungen Frauen träumten ebenfalls davon, nach Europa zu reisen und die Stadt an der Seine kennenzulernen. Elsa musste erst gar nicht überlegen und sagte spontan zu.

Von nun an verging fast keine Woche, in der sie nicht mit einer wohlhabenden amerikanischen Touristin Leonardo da Vincis *Mona Lisa* im Musée du Louvre besuchte, in den Galeries Lafayette exklusive Handtaschen und Koffer aus Krokodilleder ausprobierte oder im berühmtesten Hotel der Stadt, im *Ritz*, ebenso köstlich wie kostspielig speiste. Selbstverständlich auf Rechnung ihrer Auftraggeberinnen.

Das sich anschließende Abendprogramm bestand häufig aus dem Besuch eines dieser Varietés, in denen mit einem Augenzwinkern frivole Bühnenshows dargeboten wurden. Halbnackte Tänzerinnen mit Federkopfschmuck und anzügliche Witze von Conférenciers waren im puritanischen Amerika nicht salonfähig, in Paris hingegen ein Bestandteil des kulturellen Lebens.

Star der Varietészene war eine junge Schönheit, die dunkelhäutige Josephine Baker, die nach der Ermordung einer Gruppe afroamerikanischer Landsleute aus ihrer amerikanischen Heimat nach Paris gekommen war. Hier herrschte ein weltoffenes und liberales Klima, in dem die Hautfarbe keine Rolle spielte. Nur mit einem Bananenröckchen bekleidet begeisterte sie das Publikum im Théâtre des Champs-Élysées mit einem neuen Tanz, dem Charleston, der bald darauf im ganzen Land Furore machte.

Als das Jahr endete, hatte Elsa eine erste wichtige Etappe erreicht. Sie hatte genug Geld verdient, um sich eine eigene Wohnung leisten zu können. Ihre Zukunft hatte begonnen!

Kapitel 8

Der Start in das neue Jahr hätte nicht besser verlaufen können. Blanche, die eine eifrige Zeitungsleserin war, hatte Elsa auf eine Anzeige aufmerksam gemacht. Im siebten Arrondissement, auf der gegenüberliegenden Seite der Seine, der Rive Gauche, war eine Mansardenwohnung anzumieten.

Von Gabrielles Haus in der Rue des Petits Champs führte der Weg vorbei am Jardin des Tuileries über den Pont Royal in die Rue de l'Université. Für die Strecke zu Fuß benötigte Elsa nicht einmal zwanzig Minuten. Das fünfstöckige sandsteinfarbene Stadthaus vereinte Vornehmheit und Schlichtheit. Durch das blaugrüne hohe Eingangstor waren vermutlich wenige Jahre zuvor noch Kutschen gefahren, die immer mehr von Automobilen abgelöst wurden. Als sie die kleine Dachwohnung in Augenschein nahm, sagte sie auf der Stelle zu. Der Vermieter, ein charmanter älterer Herr, besiegelte den Vertrag mit einem Handkuss. Schon in der folgenden Woche würde Elsa einziehen.

Die nächsten Tage waren angefüllt mit Aktivitäten rund um den Umzug. Bei einem Händler für gebrauchte Möbel erstand Elsa Bett, Kleiderschrank, einen wackeligen Klapptisch und vier Stühle. Von Blanche erhielt sie eine ausrangierte Kommode und Loras früheres Kinderbett. Nur bei den Vorhangstoffen mochte sie nicht knausern. In den Galeries Lafayette fand sie, wovon sie schon lange geträumt hatte. Einen hellgrauen Satin mit eingewebten Silberstreifen. Dann endlich war der große Tag gekommen.

»Ihr beide werdet uns fehlen«, gestand Gabrielle, während Elsa und Gogo mit gepackten Koffern auf ihr Taxi warteten. »Ihr müsst uns oft besuchen kommen.«

»Das Angebot nehme ich gerne an – sofern du mir erlaubst, mich weiterhin um deine Garderobe zu kümmern.« Elsa umarmte die Freundin. Die Herzlichkeit, mit der Gabrielle sie in den ersten Monaten in Paris unterstützt hatte, würde Elsa nie vergessen. Nicht ein einziges Mal hatte sie das Gefühl gehabt, ihrer Gastgeberin zur Last zu fallen. Dennoch freute sie sich darauf, ein eigenes Zuhause zu haben. Dass sie Gogo ein weiteres Mal aus ihrer vertrauten Umgebung herausriss, bereitete ihr allerdings Sorge. Die Kleine war mittlerweile daran gewöhnt, immer andere Kinder um sich herum zu haben.

Nach nur wenigen Wochen kam es Elsa vor, als würde sie schon viel länger in dieser kleinen, feinen Mansarde wohnen. Auch Gogo hatte sich eine Zimmerecke gemütlich hergerichtet mit einer Korbtruhe für ihre Kleidung und zwei Schuhschachteln für Malutensilien und die geliebte Stoffgiraffe. In der Zeit, in der Elsa sich als Stadtführerin für Frauen aus den Staaten betätigte, war die Tochter gut bei den Kindern von Gabrielle untergebracht.

Bei einem ihrer morgendlichen Gänge zum Bäcker begegnete Elsa einer hübschen, elegant gekleideten jungen Frau mit einem Mädchen in Gogos Alter. Die beiden Kinder blieben voreinander stehen, streckten sich gegenseitig die Zunge heraus und begannen plötzlich zu lachen und in die Hände zu klatschen. Die Mutter stellte sich als Madame Danielle Sardou vor. Sie wohnte in einem der Nachbarhäuser und unterrichtete Klavier, ihr Mann arbeitete bei der schweizerischen Botschaft, und der Name der Tochter war Charlotte.

Schnell wurde es zur Gewohnheit, dass entweder Gogo nebenan zum Spielen war oder Charlotte herüberkam. Dann kochte Elsa die Gerichte ihrer Kindheit nach, die seinerzeit die Köchin der vierköpfigen Familie Schiaparelli zubereitet hatte. Als junges Mädchen hatte Elsa sich oftmals heimlich in die Küche geschlichen und der rundlichen Gianna beim Gemüseschneiden, Teigausrollen und Backen zugeschaut. Wann immer sie Charlotte und Gogo fragte, was sie am liebsten essen wollten, lautete die Antwort: *Spaghetti alla puttanesca*. Spaghetti nach Huren-Art, was Elsa den Mädchen aber weder übersetzte noch näher erläuterte. Wenn sie die dampfenden Nudeln mit der Soße aus Tomaten, Sardellen, Kapern, Oliven und Peperoni auf den Tisch brachte, freute sie sich über die leuchtenden Augen und das zufriedene Schmatzen zweier fröhlicher Kinder.

Während der Stunden, in denen Gogo bei ihrer kleinen Freundin spielte, konnte Elsa sich ungestört ihrer neuen Lieblingsbeschäftigung widmen: Sie zeichnete Kleider. Dabei kam ihr zugute, dass sie schon in jungen Jahren ein Gefühl für Proportionen entwickelt hatte. Sie hatte unzählige Gemälde Alter Meister im Palazzo Corsini studiert, wo ihr Vater, nur wenige Schritte von seiner Dienstwohnung entfernt, Erster Bibliothekar der *Accademia Nazionale dei Lincei* war. Ebenso hatten es ihr die antiken Skulpturen angetan, denen man in Rom allenthalben begegnete und die auch Jahrhunderte nach ihrem Entstehen durch ihr Ebenmaß faszinierten.

Beim Zeichnen von Entwürfen hatte Elsa die Freundin im Sinn.

Sie wollte Gabrielle in eine moderne Französin verwandeln. Eine Schönheit in sportlicher Kleidung, ähnlich der, wie sie die junge Amerikanerin Sally getragen hatte. Kleidung, die eine Frau auf Reisen, bei der Jagd oder beim Golfspielen tragen konnte. Ideale Voraussetzungen hierfür boten Stoffe, die jede Bewegung mitmachten und die es einer Frau erlaubten, auch ohne eine hilfreiche männliche Hand in ein Auto zu steigen und sogar auf eine Straßenbahn aufzuspringen. Und nie fehlte auf Elsas Skizzen ein augenfälliges Merkmal, das die schlichte und zurückgenommene Linie aufbrach. Ein asymmetrischer Kragen, Knopflöcher an einer unerwarteten Stelle oder eine kleine Spitze, unterlegt in einer kontrastierenden Farbe.

Mittlerweile fragten Freundinnen und Bekannte bei Gabrielle nach, woher sie ihre aparte Garderobe beziehen würde. Auf diese Weise wurden immer mehr Aufträge an Elsa herangetragen. Und so zeichnete sie, was Gabrielles Schneiderin Eugénie und deren zwei Cousinen anschließend stoffgewordene Realität werden ließen. Bald waren Elsa und die drei Frauen Stammkundinnen in den Galeries Lafayette, wo sie Stunden in der Stoffabteilung verbrachten und miteinander fachsimpelten. Vorzugsweise über die verschiedenen Varianten von Jersey, den Stoff, der sich wie kein zweiter für ihr Vorhaben eignete.

Jersey konnte aus Wolle, Baumwolle, Viskose oder Seide bestehen. Je nach Material war er wärmend oder kühlend, mit robuster oder edler Textur, voluminös oder mit einem weich fließenden Fall. Nie hätte Elsa vermutet, dass sie mit etwas, das so viel Spaß machte, auch Geld verdienen könnte. Das Leben in Paris war großartig!

Gogo hatte sich schnell in ihrem neuen Zuhause eingelebt. Am liebsten hangelte sie sich über ein Fußbänkchen auf einen Stuhl, krabbelte von dort auf den Fenstersims und schaute in den Pariser Himmel. Vielleicht lag es an den vielen Stufen hinauf zur Mansarde, die sie mehrmals am Tag bewältigen musste. Jedenfalls entwickelte Gogo Kraft in den Beinen, und so gewöhnte sich Elsa regelmäßige Spaziergänge mit der kleinen Tochter an.

Bei einem ihrer Ausflüge gelangten sie in den Invalidendom, in dem sich das Grab Kaiser Napoléons I. befand. Eine Gedenkstätte, die Elsa auch mit den meisten ihrer amerikanischen Touristinnen besichtigt hatte. Durchaus mit gemischten Gefühlen, denn sie verabscheute Feindseligkeit, Gemetzel und Krieg. Den Kopf in den Nacken gelegt und mit offenem Mund blickte Gogo hinauf zu dem gewaltigen Sarkophag aus rotem Stein.

»Was ist das?«, wollte sie wissen.

Elsa überlegte, wie sie einem dreijährigen Kind erklären sollte, wer Napoléon Bonaparte war. In ihren Augen ein machthungriger General, Diktator und Kaiser, den für den Tod Zehntausender von Männern verantwortlich war. Der mit seinem Größenwahn in nahezu ganz Europa Frauen zu Witwen und Kinder zu Waisen gemacht hatte. Sie versuchte eine einfache Erklärung. »Hier schläft Napoléon, der frühere Kaiser von Frankreich.«

Vorsichtig berührte Gogo mit den Fingerspitzen den marmornen Sockel des Denkmals. »So kalt … Schläft er allein?«

»Nein, Sweetheart, er schläft hier mit all seinen kleinen Soldaten.«

Diese Antwort gefiel Gogo, und beim Zubettgehen flüsterte sie von da an häufig: »Der Kaiser von Frankreich schläft und alle seine kleinen Soldaten auch.«

Kapitel 9

Komm doch am Wochenende mit ins Corbeau Blanc. *Mir ist nach Abwechslung zumute, und Dir würde mehr Geselligkeit sicher auch guttun. Wegen Gogo mach Dir keine Gedanken, sie kann bei uns übernachten*, hatte Gabrielle ihr geschrieben.

Erst jetzt fiel Elsa auf, dass sie in letzter Zeit den Kontakt zu Menschen vernachlässigt hatte. Was zweifelsfrei daran lag, dass sie sich ganz in ihre Arbeit vertieft hatte, die sie aber keineswegs als Mühe, sondern als großes Vergnügen empfand. Das Vergnügen wurde noch gesteigert durch das Lob ihrer Auftraggeberinnen, von denen die meisten zum Freundeskreis von Gabrielle und Blanche zählten, und auch durch das Geld, das sie mit ihren Skizzen verdiente.

Bei der Frage nach der passenden Garderobe für den Abend im *Corbeau Blanc* entschied Elsa sich für ein anthrazitfarbenes Ensemble mit einem asymmetrisch geschnittenen Rock nach eigenem Entwurf, kombiniert mit auffallenden Accessoires. Einige Tage zuvor hatte sie in der Auslage eines Schmuckgeschäftes einen Ring mit einem rundgeschliffenen Türkis entdeckt und ihn spontan gekauft. In genau demselben leuchtenden Farbton hatte sie Handschuhe und eine Federboa einfärben lassen. Sie war sicher, dass keine andere Frau einen derart verwegenen Farbkontrast wagen würde.

Als Gabrielle und Elsa am Samstagabend das Lokal betraten, richteten sich alle Augen auf die zierliche Römerin mit dem aristokratischen Profil und der festen Absicht aufzufallen. Das *Corbeau Blanc* war ein angesagtes Etablissement, in dem *tout Paris* tanzte, trank und diskutierte. Man wollte sich amüsieren und für einen Abend vergessen, welche Wunden der Krieg in die Herzen und Seelen der Menschen geschlagen hatte. Die Einrichtung war im Stil der Belle Époque in kräftigen dunklen Farben gehalten. An den Wänden hingen kugelförmige Leuchten und Bilder des viel zu früh verstorbenen Zeitgenossen Henri de Toulouse-Lautrec. Unversehens fand Elsa sich in den Armen von Man Ray wieder, der ihre kleine Plauderei mit dem Kontrabassisten des Orchesters mit einem entschuldigenden Lächeln beendete und sie schwungvoll zu einem Foxtrott über die Tanzfläche dirigierte.

»Dieses Etablissement ist nicht nur ein Tanz-, sondern auch ein Debattierclub, meine liebe Elsa«, erklärte Man Ray. »Also ganz nach Ihrem Geschmack, wie ich hoffe. Wir sehen uns später.«

Bei jedem Tanz wechselte sie in andere Männerarme. Bereitwillig ließ sie sich zu Walzerklängen von geschickten und auch schwerfälligen Tänzern führen, folgte dem sanften Druck einer Hand oder wich stolpernden Füßen aus, lächelte und beeindruckte. Besonders gut gefiel ihr ein neuer Skandaltanz, der Shimmy, zu dem die Tänzer aus den Bauchmuskeln heraus sämtliche Gliedmaßen von Kopf bis Fuß schüttelten und im Rhythmus der Musik mit den Hüften kreisten. Schon lange hatte sie sich nicht mehr so frei und leicht gefühlt. Manchmal schwebte Gabrielle an ihr vorüber und zwinkerte ihr zu.

Als das Orchester eine Pause einlegte, stellte Elsa fest, dass sie offenbar das falsche Schuhwerk gewählt hatte. Jedenfalls kamen ihr die silbernen Spangenschuhe mit einem Mal eine Nummer zu klein vor. Erleichtert bemerkte sie in einer der hinteren Ecken des Lokals Man Ray, der sie an seinen Tisch heranwinkte. Ein halbes Dutzend Männer saß dort beieinander und war in einen lebhaften Disput verstrickt. Darunter zwei Freunde, die er vor einigen Monaten am Abend ihres unerwarteten Wiedersehens erwähnt hatte. André Breton, ein normannischer Schriftsteller von kräftiger Statur und mit zurückgekämmten dunklen Locken, sowie Max Ernst, ein aus Deutschland stammender, schmalgesichtiger Maler mit melancholischen Augen. Gesprächsthema war die neue Kunstrichtung, über die auch die Feuilletonisten der Pariser Journale seit Monaten kontrovers diskutierten: Dadaismus.

»Diese Herren Zeitungsschreiber haben es immer noch nicht begriffen«, ereiferte sich Breton, »Dadaismus lässt sich nicht definieren! Es gibt keine Normen und Ideale, nur den Zweifel an allem, was als Logik oder Gesetz gilt.«

Irgendjemand hatte für die Tischgesellschaft Champagner bestellt, und sobald ein Glas leergetrunken war, brachten diensteifrige Kellner ein volles herbei.

»Es gibt keine Werte und keine Wirklichkeit. Alles ist Illusion«, erklärte ein dunkelhaariger Mann mit spanischem Akzent, ohne die brennende Zigarette aus dem Mundwinkel zu nehmen. Die anderen sprachen ihn mit ›Picasso‹ an.

»Dada ist der Antichrist und die Inhaltslosigkeit. Das ist die Wahrheit«, fügte der Nachbar zur Linken hinzu und klopfte seinem Vorredner wohlwollend auf die Schulter.

Mahnend hob Man Ray den Zeigefinger. »Mitnichten, *cher ami*, denn damit geben Sie dem Ganzen ja wieder eine Definition. Sie wollen doch nicht etwa den Zweifel anzweifeln?«

Gespannt verfolgte Elsa die Diskussion. Ihr gefiel, wie die Männer sich für eine Idee einsetzten und ihre Standpunkte verteidigten. Auch wenn sie nicht ganz sicher war, ob die Debattierenden tatsächlich genau wussten, wovon sie redeten.

»Messieurs, Sie sprechen fortwährend von Werten, Wahrheit und Wirklichkeit. Was aber ist mit unseren Wünschen, mit dem, was im Unterbewusstsein geschieht?«, schaltete sie sich in das Gespräch ein. »In New York habe ich einmal einen Vortrag über Psychoanalyse gehört. Es war die Rede davon, dass insbesondere Amerikaner nach Wien fahren und dort einen Arzt konsultieren, der sich mit Phantasievorstellungen befasst.«

»Professor Sigmund Freund. Ein irregeleiteter Traumdeuter, der den Bezug zur Realität verloren hat, wenn Sie mich fragen …«, entgegnete der Mann neben ihr, doch da setzte schon der Protest der anderen ein. Alle redeten durcheinander, bis Max Ernst auf den Tisch klopfte.

»Ganz im Gegenteil, *mon cher*, Traum und Wirklichkeit können sehr wohl ineinanderfließen in einem surrealen, übernatürlichen Universum. In der Literatur lassen sich diese Kontrapunkte mit Worten darstellen und in der Malerei – mit dem Pinsel. Wobei die Malerei ganz allgemein der Fotografie weit überlegen ist, die nur die Wirklichkeit abbilden kann. Phantasie aber ist wichtiger als Wissen, denn Wissen ist begrenzt.«

So gab ein Wort das andere, und die muntere Diskussion am Tisch schien kein Ende zu nehmen. Erneut ließ Elsa sich zum Tanz auffordern, kehrte zu den Debattierenden zurück, fragte neugierig nach, antwortete schlagfertig und amüsierte sich prächtig. Die Stimmung war berauschend und die Nacht lang.

Als die beiden Freundinnen schließlich ihre Mäntel an der Garderobe abholten, stieß Elsa beim Zurücktreten mit einer hinter ihr stehenden Frau zusammen. »Pardon, Madame«, entschuldigte sie sich.

»Mademoiselle«, korrigierte die andere und musterte Elsa eindringlich von Kopf bis Fuß. »Sie tragen ein ungewöhnliches Ensemble. Darf ich erfahren, wo Sie es gekauft haben?«

»Ich habe es selbst entworfen«, antwortete Elsa leichthin. »*Au revoir*, Mademoiselle, haben Sie einen schönen Abend.« Bevor sie sich umwandte, sah sie noch, wie sich der Gesichtsausdruck der Unbekannten von einer Sekunde auf die andere veränderte. Als habe sie etwas ganz und gar Ungehöriges gesagt. Doch von der sauertöpfischen Miene einer Unbekannten wollte sie sich nicht ihre gute Stimmung verderben lassen.

Draußen vor dem Lokal warf Gabrielle ihr einen vielsagenden Blick zu. »Ich glaube, deine Antwort hat Mademoiselle nicht gefallen. Du bist soeben der eigensinnigsten Modeschöpferin von Paris auf die Füße getreten: Coco Chanel.«

Wenig später fiel Elsa todmüde ins Bett, und dennoch fühlte sie sich wie erfrischt. Was für ein Abend! Und wie aufregend, Dinge einmal aus einer ganz anderen Perspektive zu betrachten und sie neu zu denken. Vom allzu Gewohnten und Gewöhnlichen abzuweichen.

Dieses Prinzip wollte sie sich zu eigen machen. Was für das Wort und für die Kunst galt, sollte auch für die Mode gelten. Für ihre Mode!

Kapitel 10

Die Erinnerungen an die Zeit in New York verblassten. Seit mehr als anderthalb Jahren lebte Elsa mittlerweile in Paris und hatte keine einzige Sekunde ihre Entscheidung bereut. Gogo machte – im wahrsten Sinne des Wortes – Fortschritte. Die Spaziergänge, die Mutter und Tochter in die Umgebung unternahmen, wurden immer ausgedehnter. Manchmal gelang es Gogo sogar, ohne die stützende mütterliche Hand auf einem Mäuerchen zu balancieren. Elsas Hoffnung, dass die schwächlichen Beine ihrer Tochter sich von selbst geraderichten würden, hatte sich jedoch nicht erfüllt. Auch wuchs Gogo, die demnächst ihren vierten Geburtstag feiern würde, nur sehr langsam, während Gabrielles Kinder und die kleine Nachbarstochter Charlotte Zentimeter um Zentimeter größer wurden.

Dennoch wollte Elsa mit einer endgültigen Entscheidung für Gogos medizinische Behandlung abwarten. Wer konnte schließlich vorhersehen, was bis zur Einschulung noch alles geschehen würde? Nur zu gern schob sie den Gedanken an eine mögliche Trennung von der Tochter oder einen Umzug in die Schweiz beiseite. *Alles zu seiner Zeit*, hatte ihre Großmutter immer gesagt.

An diesen Rat wollte sie sich halten.

Der Leiter der Stoffabteilung in den Galeries Lafayette hatte eine neue Lieferung mit Frühjahrsware erhalten und, wie versprochen, seiner Stammkundin umgehend eine Depesche zugesandt. Sofort machte Elsa sich auf den Weg. Milde Märzluft umfing sie, und ihr schien, als bewegten sich die Menschen leichtfüßiger als in den vorangegangenen dunklen Wintermonaten. In den Parks erblühten Krokusse und Narzissen, bald würden die Linden und Platanen an den großen Boulevards erstes Blattgrün tragen und die Spatzen und Amseln darin ihre Nester bauen. Als sie an der Rue Halévy die Straße überqueren wollte, vernahm sie hinter sich eine Männerstimme.

»Schiap, was machst du in Paris?«

Abrupt blieb sie stehen. Sie kannte die Stimme mit dem tiefen, rauen Timbre nicht, und doch klang etwas daran vertraut. Schiap – dieser Spitzname stammte aus ihrer Kindheit, und nur ein einziger Mensch hatte sie jemals so nennen dürfen ... Als sie sich umwandte, sah sie sich einem hochgewachsenen Mann mit kinnlangem schwarzem Haar und tiefbraunen Augen gegenüber. Er zeigte ein Lächeln, mit dem ein Leinwandstar wie Rudolph Valentino die Sinne unzähliger Frauen verwirrt hätte. Nein, dieser attraktive Mann besaß nicht die geringste Ähnlichkeit mit dem Jungen, an den sie denken musste. An Leonardo Baresi, ihren gleichaltrigen, pummeligen Spielkameraden aus Kindertagen.

»Hast du mich etwa vergessen, Schiap?«

»Leone, du?«, fragte sie unsicher.

»Eine andere Antwort hätte mich allerdings sehr enttäuscht.« Und da fühlte sie sich auch schon umarmt und mindestens einen halben Meter in die Luft gehoben.

»Du bist gewachsen, Leone«, stellte sie amüsiert fest, als sie wieder festen Boden unter den Füßen hatte.

»Du nicht«, entgegnete ihr Gegenüber. Und dann mussten

beide lachen, so laut und andauernd, dass einige Passanten kopfschüttelnd an ihnen vorübergingen.

Zuletzt hatten sie sich im Alter von dreizehn Jahren gesehen. Damals war seine Familie von Rom nach Bergamo gezogen, und sie hatten nie wieder etwas voneinander gehört. Mit Leonardo hatte sie viele Nachmittage im Archivkeller des Palazzo Corsini Verstecken gespielt. Manchmal hatten sie sich auch in die marmornen Sarkophage in der Antikenabteilung des Palastes gelegt oder sich zu den barocken Gemälden an den Wänden endlos langer Gänge abenteuerliche Geschichten ausgedacht.

»Ich habe dich sofort wiedererkannt, Schiap. Wann haben wir uns das letzte Mal gesehen? Es müssen über zwanzig Jahre her sein. Wenn du noch Zeit hast, lade ich dich zu einem Kaffee ein.«

Als Elsa im *Café Parisien* neben ihrem gutaussehenden Begleiter Platz genommen hatte, bemerkte sie aus den Augenwinkeln die schwärmerischen Blicke nahezu aller weiblichen Gäste zwischen siebzehn und siebzig Jahren. Mit einer gewissen Genugtuung registrierte sie auch etwas anderes: die neidvollen Blicke derselben Damen – die ihr galten. Sofort war die alte Vertrautheit zwischen ihr und Leonardo zurück, und sie war überzeugt, dass diese Begegnung Vorsehung sein musste.

»Wie lange lebst du schon in Paris?« wollte Elsa wissen, nachdem sie dem Freund von Gogo, ihrer misslungenen Ehe und ihrer neuen Profession erzählt hatte.

»Seit zwölf Jahren. Nach der Schule habe ich es in Bergamo nicht mehr ausgehalten. Auf Wunsch meiner Eltern hatte ich in Mailand ein Jurastudium begonnen, aber ziemlich bald festgestellt, dass es nicht das Richtige für mich war.«

»Und was machst du jetzt?« Elsa blickte auf seine Hände mit den schmalen, schlanken Fingern. Klavierspielerhände. Sie erinnerte sich, dass Leonardo ihr einmal im Vortragssaal des Palazzo Corsini auf dem Flügel ein Stück vorgespielt und behauptet hatte, diese Bagatelle sei von ihm selbst komponiert. Er habe sie *Für Elsa* genannt. Das hatte ihr geschmeichelt. Später dann hatte sie herausgefunden, dass Ludwig van Beethoven der Komponist war und das Stück in Wahrheit *Für Elise* hieß. Das hatte sie enttäuscht. Doch das war Vergangenheit. In diesem Augenblick konnte sie nur staunen über die äußerliche Wandlung, die ihr Freund vollzogen hatte.

»Ich führe einen Musikalienhandel in der Rue de Milan, nur zehn Minuten Fußweg von hier entfernt. Aus mir wäre nie ein großer Pianist oder Geiger geworden, aber ich liebe nun einmal die Musik. In meinem Geschäft findest du historische Streich- und Blasinstrumente, insbesondere aber Partituren aller großen Komponisten, sogar handgeschriebene Originale. Was ich nicht vorrätig habe, kann ich meistens besorgen. Ich pflege Kontakte zu Händlern in der ganzen Welt.«

»Hast du Familie?« Elsa fragte sich, warum ihr Herz mit einem Mal schneller schlug. Und warum sie bei Leonardos Antwort unwillkürlich aufatmete, sie sich ihre Erleichterung aber keinesfalls anmerken lassen wollte.

»Nein, ich lebe allein.« Leonardo blickte auf die Uhr und seufzte. »Am liebsten würde ich mich noch stundenlang mit dir unterhalten. Ausgerechnet heute muss ich zu einer Auktion alter Handschriften nach Brüssel reisen. Mein Koffer ist auch noch nicht gepackt … Ab jetzt dürfen wir uns nie mehr aus den Augen verlieren, Schiap. Versprichst du mir das?«

Kapitel 11

»Was ist ein Pavonuni, Mommy?« Gogo war auf einen Stuhl geklettert und sah ihrer Mutter zu, wie diese einen Rock mit Plisseefalten zeichnete. Immer wenn die Tochter zu Hause war, während sie arbeitete, hatte sie einen Zeichenblock und eine Schatulle mit Pastellkreide auf dem großen Esstisch bereitgelegt. Eine leinene Tischdecke schützte das fein gemaserte Mahagoniholz vor Bleistift- und Kreidespuren. Den Tisch hatte Elsa bei einem Antiquitätenhändler in der Rue de Rivoli entdeckt und spontan gekauft. Das Möbelstück erinnerte sie an den Arbeitstisch im Bibliothekszimmer ihres Vaters, an dem sie während dessen Abwesenheit oftmals über Stunden in alten Folianten mit den Darstellungen antiker Baudenkmäler und Skulpturen geblättert hatte. Gogo griff nach einem roten Stift und zeichnete kreuz und quer Linien auf ein Blatt Papier.

»Pavonuni … wo hast du dieses Wort denn gehört?«

»Hat die Mommy von Charlotte gesagt.«

»Dann hat sie euch aus einem Kinderbuch vorgelesen?«

Gogo wechselte zu einem blauen Stift und malte Wellenlinien über das rote Liniengeflecht. »Kein Kinderbuch, Zeitung.«

Elsa dachte nach. Und plötzlich ahnte sie, was Gogo meinte. Bei den Olympischen Spielen, die zurzeit in Paris ausgetragen wurden, hatte der Finne Paavo Nurmi innerhalb von vier Tagen fünf Goldmedaillen im Laufen gewonnen. Er galt als der Star dieser Wettkämpfe. Die Zeitungen waren voll von hymnischen Berichten über seine außergewöhnliche sportliche Leistung. Wegen des verlorenen Krieges waren keine deutschen Athleten zugelassen worden. Und in vier Jahren, bei der Olympiade achtundzwanzig in Amsterdam, sollten erstmalig auch Frauen teilnehmen dürfen, so hatte Elsa im *Figaro* gelesen. Endlich waren Frauen, die die Hälfte der Menschheit ausmachten, den Männern ebenbürtig – wenn auch nur im Sport. Umso wichtiger, dass sie für diese hintenangesetzte Spezies die passende Kleidung entwarf.

»Ich glaube, ich weiß, was du meinst. Paavo Nurmi ist ein Läufer aus Finnland. Er macht gerade bei den Olympischen Spielen in unserer Stadt mit.«

»Ein Läufer?«, fragte Gogo erstaunt und steckte sich den blauen Stift quer in den Mund.

»So nennt man das. Er läuft ganz, ganz schnell.«

»Schnell laufen? Wie Charlotte?«

»Noch schneller. Er ist der schnellste Mann der Welt.«

»Der schnellste der Welt …« Mit einer ungestümen Handbewegung fegte Gogo zuerst den Zeichenblock und dann die Kreidestifte vom Tisch. Ihr Gesicht verzog sich, als würde ein peinigender Schmerz in ihren mageren kleinen Körper fahren. Von einer Sekunde auf die nächste stiegen ihr Tränen in die Augen und liefen ihr über die Wangen. Sie streckte die Arme vor und ließ sich wimmernd auf Elsas Schoß absetzen.

»Will auch laufen. Mit schnellen Beinen«, schniefte die Kleine und vergrub ihr Gesichtchen in der Halsbeuge der Mutter. Es hätte nicht viel gefehlt, und Elsa wäre ebenfalls in Tränen ausgebrochen. Der Schmerz der Tochter war auch ihr Schmerz. Doch sie musste und wollte sich stark und zuversichtlich zeigen.

»Du wirst eines Tages wunderbare Beine haben und auch laufen können, meine kleine Gogo. Ganz schnell laufen. Erinnerst du dich an den Arzt in der Klinik mit dem Eichhörnchen im Park?«

Gogo nickte schwach und wischte sich mit dem Handrücken über die Nase.

»Dieser Arzt ist ein berühmter Professor, und er hat mir versprochen, dass er dich gesund machen wird. Wollen wir demnächst zu ihm fahren und nachsehen, ob das Eichhörnchen noch im Baum wohnt?«

Gogos Antwort war ein Schluchzen und ein stummes Nicken.

»Wir fahren zusammen in die Schweiz, Darling. Du hast mein Ehrenwort.«

»Ehrenwort«, wisperte Gogo.

Kapitel 12

Als die Tage merklich kürzer wurden und die ersten Blätter von den Straßenbäumen auf die Trottoirs fielen, stellte Elsa überrascht fest, dass ihr dritter Herbst in Paris begonnen hatte. Wo waren nur die Wochen und Monate geblieben? Mit ihren Einkünften aus den Modezeichnungen und der persönlichen Reisebegleitung für Amerikanerinnen hatte sie sich ein komfortables finanzielles Polster zugelegt. Ob sie allerdings mit dieser Tätigkeit weiterhin Geld verdienen könnte, sollte sie in absehbarer Zeit mit Gogo in die Schweiz ziehen müssen, darüber wollte sie sich zum jetzigen Zeitpunkt noch keine Gedanken machen.

Als Nächste würde sie Edith Foster durch Paris führen. Die frisch verwitwete Tante von Sally Foster, ihrer ersten amerikanischen Touristin, hatte die Stadt als Startpunkt ihrer Europareise ausgewählt. Fern der Heimat, so hoffte sie, würde sie den Schmerz über den Verlust ihres geliebten Ehemannes leichter überwinden. Edith war eine große, kräftige Frau jenseits der Fünfzig, mit einem breiten Lächeln und zahllosen Goldreifen an jedem Handgelenk. Nach einer Bootsfahrt auf der Seine waren sie in einem gemütlichen Bistro am Pont de la Concorde eingekehrt. Bei gefüllten Crêpes und einem Salat mit gratiniertem Ziegenkäse kam Edith der Einfall, sich für die weitere Reise neu einzukleiden.

»Ich habe meinem Jefferson versprechen müssen, niemals

schwarze Witwenkleidung zu tragen«, sagte Edith und nahm einen kräftigen Schluck herb-frischen Cidre. »Eine gute Freundin empfahl mir Mister Paul Poiret. Sie hat im vergangenen Jahr in seinem Modehaus ein silberfarbenes Cocktailkleid erstanden, und ich sage Ihnen, sie war tagelang Gesprächsthema in unserem Bostoner Bridgeclub. Alle Frauen wollten auch so ein Kleid besitzen.«

Bis zu ihrer Abreise nach Europa hatte Elsa in Manhattan als Verkäuferin im Modegeschäft von Nicole Groult, der Schwester Monsieur Poirets, gearbeitet. Sie erinnerte sich, wie Nicole stolz zu erzählen pflegte, dass ihr Bruder »die Frauen vom Gefängnis der geschnürten Unterwäsche befreit« hätte. Schon vor Kriegsbeginn hatte er als erster Couturier Kleider entworfen, die ohne Korsett getragen werden konnten und die ihre Trägerin dennoch elegant und damenhaft erscheinen ließen. Sogar Hosenröcke hatte Monsieur Poiret kreiert. Die waren damals nur als Kleidungsstück für Radfahrerinnen akzeptiert, aber nun, in der Ausführung aus schillernder Seide, galten sie mit einem Mal als *dernier cri* in der Abendmode. Hatte Nicole nicht auch von Parfums gesprochen?

Neugierig geworden begleitete Elsa am nächsten Tag ihre Auftraggeberin in die Rue Auber Nummer fünf in Sichtweite der Opéra Garnier. Dort befand sich das Couture-Haus des Mannes, dessen Name in aller Welt bekannt war. Der in Frankreich den Beinamen *Le Magnifique* trug und in Amerika als *King of Fashion* bezeichnet wurde. Diesen Ruf hatte er sich innerhalb zweier Jahrzehnte durch Fleiß, Disziplin und unkonventionelle Ideen erarbeitet, gemeinsam mit seiner hinreißenden Frau Denise, die ihm Modell und Muse war. Insgeheim hoffte Elsa, den Maître, der ein höchst vielseitiger und interessanter Mann zu sein schien, persönlich anzutreffen.

Beim Betreten des Modehauses nahm sie als Erstes einen zarten, frischen Rosenduft wahr. Wie bei einem Sommerspaziergang durch den Jardin des Tuileries nach einem Regenschauer. Vermutlich die aktuelle Duftkomposition des Maître. Und dann konnte sie nur noch staunen angesichts der atemberaubenden Pracht. Sie sah Wände, bespannt mit blaugrauer Seide, handbemalte Paravents mit fliegenden Vögeln, hohe Spiegel in Goldrahmen, funkelnde Kristallleuchter, gläserne Vitrinen, in denen Handschuhe, Abendhandtaschen und Parfumflakons in ausgeklügelter Beleuchtung präsentiert wurden. An den Wänden hingen Zeichnungen von Frauen in verschwenderisch bestickten Abendkleidern, deren Silhouette an einen Lampenschirm erinnerte.

In offenen Schränken aus hochglänzendem Intarsienholz stapelten sich Stoffballen aller Art, nach Farben sortiert. Gleich daneben erwarteten Kleiderträume auf samtbezogenen Bügeln kaufkräftige Kundinnen. Luxus, Eleganz und Überfluss, wohin das Auge blickte!

Eine junge Verkäuferin mit Stupsnase und modischem Pagenkopf kam auf sie zu. »Herzlich willkommen im Haus *Paul Poiret*, Mesdames. Womit kann ich Ihnen dienen?«

»Ich befinde mich auf einer mehrwöchigen Reise durch Europa und benötige eine neue Garderobe«, erklärte Edith Foster so selbstverständlich wie Elsa, wenn sie bei ihrem Gemüsehändler Zwiebeln oder Tomaten kaufte.

Die Verkäuferin wies auf eine von mehreren Türen, die den Salon halbkreisförmig rahmten. »Für Sie ist Kabine Nummer drei reserviert, Madame. Ich schlage vor, dass ich Ihnen zunächst eine

Auswahl an Tageskleidern zeige. Möchten Sie etwas trinken? Kaffee, einen Saft oder Champagner?«

»Da wir in Frankreich sind, entscheide ich mich natürlich für Champagner«, meinte Edith gut gelaunt und schritt entschlossen auf die ihr zugewiesene Tür zu.

»Für Sie ebenfalls, Madame?«, wollte die Verkäuferin von Elsa wissen und deutete auf ein zierliches dunkelblaues Sofa, neben dem zwei mannshohe Topfpalmen für mediterranes Flair sorgte. »Bitte, machen Sie es sich bequem.«

Das ließ Elsa sich nicht zweimal sagen. Reiseführerin zu sein, brachte zwar Geld und Vergnügen, machte aber auch durstig. Und so ließ sie das kühle, perlende Getränk die Kehle hinunterfließen und sah den Verkäuferinnen zu, wie sie mit Stapeln von Kleidungsstücken über dem Arm zwischen Salon und Umkleidekabinen geschäftig hin- und herliefen.

Nach einer Weile fühlte Elsa sich erfrischt und verspürte Lust, sich im Salon umzusehen. Die Stoffballen hatten es ihr besonders angetan. Sie ging zu einem Schrank, in dem sich ausschließlich fliederfarbene Stoffe befanden. Unwillkürlich streckte sie die Hand vor, ihre Fingerspitzen strichen sanft über Samt, Satin, Georgette, Leinen und bestickten Chiffon. Wie unterschiedlich sich all die Stoffe anfühlten und wie verschiedenartig derselbe helle Fliederton durch die jeweilige Struktur zur Geltung kam. Dieses Sortiment hier übertraf sogar das exklusive Angebot in den Galeries Lafayette. Und würde vermutlich ein Vielfaches kosten.

Beim Weitergehen fiel ihr Blick auf etwas Schwarzglänzendes. Weil alle Verkäuferinnen mit ihren Kundinnen in den Kabinen beschäftigt waren, reckte Elsa den Arm und zog einen weit geschnitten Mantel aus schwarzem Samt hervor. Das Futter war aus fester Seide in einem changierenden Blauton, ähnlich einem tiefen Gebirgssee.

Elsa konnte nicht anders, als ihn sofort anzuprobieren. Schon beim Hineinschlüpfen spürte sie, dass er an den Schultern und in der Taille perfekt passte, als sei er speziell nach ihren Maßen angefertigt worden. Sie trat vor einen Spiegel und stellte fest: Dieser Mantel war ein Meisterwerk. Das Schwarz betonte ihren hellen Teint mit dem dunklen Haar und den dunklen Augen und gab ihrem Aussehen etwas Dramatisches. Sie würde diese Farbe zu ihrer ganz persönlichen Farbe machen, entschied sie spontan.

Als sie vor dem Spiegel auf und ab ging und sich mit ausgebreiteten Armen mehrmals um die eigene Achse drehte, gewahrte sie neben der Vitrine mit den Parfumflakons einen Mann. Einen großen und sehr voluminösen Mann mit kurz geschorenem Grauhaar und vollem Kinnbart. Er trug ein helles Leinenjackett mit aufgesetzten Seitentaschen und einem breiten Bindegürtel. Dazu eine dunkle Hose und Schuhe mit Gamaschen. Wie lange mochte er dort schon gestanden haben? Er trat näher zu Elsa heran, und in seiner Miene erkannte sie Überraschung.

»Gestatten, Paul Poiret. Ich habe Sie eine Weile beobachtet, Madame. Mir ist, wenn Sie mir diese Bemerkung gestatten, Ihre ungewöhnliche und unkonventionelle Ausstrahlung aufgefallen. Die Art, wie Sie gehen und die Hüfte leicht schwingen, wie Sie einen Kragen hochschlagen oder mit der Hand den Ärmel glattstreichen … In diesem Moment wurde mir bewusst, für wen ich diesen Mantel entworfen habe. Für eine Frau mit einem einzigartigen Stil. Mit anderen Worten: für Sie, Madame.« Er sprach langsam und artikulierte deutlich jede Silbe.

»Sie sind also der Schöpfer dieses Couture-Hauses«, stellte Elsa fest, überzeugt, dass Monsieur Poiret sie mit seinen Schmeicheleien dazu bringen wollte, das Kleidungsstück zu kaufen und dafür ein Vermögen auszugeben. Vermutlich aus gutem Grund war an dem Mantel nirgends ein Preisschild zu sehen.

»So ist es, Madame.« Der Maître verneigte sich leicht in ihre Richtung. »Habe ich da soeben einen italienischen Zungenschlag herausgehört?«

»Ganz recht, mein Familienname ist Schiaparelli. Zwischen uns beiden besteht eine Beziehung, von der Sie vermutlich nichts ahnen, Monsieur Poiret.«

Ediths Verkäuferin trat aus der Kabine. Sie trug ein elfenbeinfarbenes Cocktailkleid über dem Arm und hängte dieses auf einen rollbaren Kleiderständer, um gleich darauf mit einem rauchblauen wieder hinter der Tür mit der Nummer drei zu entschwinden.

»Eine geheime Beziehung? Sie machen mich neugierig.«

»Ich habe ein Jahr lang als Verkäuferin im Modegeschäft Ihrer Schwester Nicole Groult gearbeitet.«

»Das nenne ich wirklich einen Zufall. Und nun haben Sie New York gegen Paris eingetauscht. Eine wirklich gute Wahl, Madame Schiaparelli … Zumal Sie mir damit die Freude verschafft haben, Sie kennenzulernen. Ihnen gefällt also der Mantel?«

»Er ist wunderbar.«

»Dann sollten sie ihn kaufen.«

»Monsieur, dieser Mantel ist viel zu teuer für mich. Ich bin alleinstehend und muss den Lebensunterhalt für mich und meine kleine Tochter verdienen. Außerdem, wann würde ich denn Gelegenheit haben, ein solch edles Stück zu tragen?«

»Eine Frau wie Sie kann alles immer und überall tragen.«

Dieser Mann verstand es, Komplimente zu machen. Sie schenkte Monsieur Poiret ein Lächeln, zog das Meisterwerk aus und hängte es zurück auf den Bügel.

»Dann sollte ich Ihnen den Mantel schenken.«

Amüsiert ging Elsa auf seinen skurrilen Vorschlag ein. »Oh ja, das sollten Sie unbedingt tun, Maître.«

»Madame, ich meine es so, wie ich gesagt habe. Der Mantel gehört Ihnen.«

»Aber Monsieur Poiret … Sie können doch nicht …« Elsa geriet ins Stottern. Sie, die selten um eine Antwort verlegen war, fand plötzlich keine Worte.

»Ich kann sehr wohl. Sie würden mir eine große Freude bereiten, wenn Sie mein Geschenk annehmen. Ich kann mir keine Frau vorstellen, die besser zum Ausdruck bringen würde, was ich mit diesem Entwurf beabsichtige. Nämlich die Symbiose zwischen dem Kleidungsstück und seiner Trägerin. Etwas, das beide zu einer untrennbaren Einheit macht.«

»Das klingt sehr schmeichelhaft, Maître. Allerdings weiß ich nicht, wie ich mich je erkenntlich zeigen könnte.«

»Wenn Sie diesen Mantel in der Öffentlichkeit tragen, so ist das für mich die beste Reklame. Nebenbei spare ich Werbungskosten für Plakate und Zeitungsannoncen. Sie würden mir sogar einen Gefallen tun, Madame Schiaparelli. Soll ich Ihnen den Mantel einpacken lassen, oder möchten Sie ihn anbehalten?«

»Das ist in der Tat eine zauberhafte Geschichte, meine Liebe. Ich selbst hätte sie mir nicht besser ausdenken können«, sagte Gabrielle, als Elsa ihr von der Begegnung mit Monsieur Poiret erzählt hatte. »Ich hoffe, deine amerikanische Touristin war beim Verlassen des Modehauses ebenso glücklich wie du.«

»Das war sie, zweifellos. Sie hat zwei Koffer voller neuer Kleidung gekauft und Unsummen dafür ausgegeben. Missis Foster ist heute nach Wien weitergereist. Wenn sie dort ins Theater geht, kann sie eine Woche lang jeden Tag ein anderes Kleid anziehen.«

Kapitel 13

Sobald das Wetter und der Anlass es erlaubten, trug Elsa den schwarzen Samtmantel, der ihren Körper auf eine nahezu freundschaftliche Weise einhüllte und wärmte. An manchen Tagen fühlte sie sich erst mit diesem Kleidungsstück vollständig angezogen. Wenn ihr jemand ein Kompliment machte, und das war häufig der Fall, nannte sie bereitwillig den Schöpfer des meisterlichen Mantels und fügte zahlreiche Lobesworte hinzu.

Von ihren Freundinnen Blanche und Gabrielle erfuhr Elsa, dass der Stern Monsieur Poirets seit Kriegsende an Glanz verloren hatte. Seine Mode galt vielen als veraltet. Der üppige, ornamentale Stil war in den Vorkriegsjahren entstanden, in einer Zeit, in der Frauen noch keine Männerarbeit übernehmen mussten. Weitaus gefragter war mittlerweile die Mode von Madeleine Vionnet, deren Kleider in ihrer geradlinigen Schlichtheit an japanische Kimonos denken ließen. Großer Beliebtheit erfreute sich auch der irisch-hugenottische Aristokrat Edward Molyneux mit seinen glatt herabfallenden Abendkleidern. Doch als einflussreichste und erfolgreichste Couturière galt Elsas Zufallsbekanntschaft aus dem *Corbeau Blanc*: Coco Chanel.

Angesichts dieser Konkurrenz freute sie sich, mit ihrem Mantel Reklame für einen Mann zu machen, der sich ihr gegenüber, ohne sie überhaupt zu kennen, so großzügig gezeigt hatte. Auf diese Weise konnte sie sich für seine Freigiebigkeit revanchieren.

Zwei Wochen nach ihrem Besuch in der Rue Auber erhielt Elsa von Monsieur und Madame Poiret eine Einladung zum Tee. Denise Poiret war ein bildschönes Geschöpf mit dunklem Haar, bernsteinfarbenen Augen und den anmutigen Bewegungen einer Tänzerin. Ihr lachsfarbenes Kleid mit dem doppellagigen, gestuften Rock setzte ihre schmale Taille wirkungsvoll in Szene. Sie redete schnell und lebhaft, ganz im Gegensatz zu ihrem bedächtigen Ehemann. Schon bald drehten ihre Gespräche sich um Kunst, Architektur und Mode, und Elsa war hocherfreut, die Bekanntschaft eines Ehepaares mit den gleichen Interessen gemacht zu haben. Aus einem Nebenzimmer erklangen fröhliche Kinderstimmen.

»Kinderlachen ist für mich wie Musik. Denise und ich haben fünf Kinder, aber nicht nur deswegen verehre ich meine Frau. Sie ist meine Muse und aufrichtigste Kritikerin«, bekannte der Maître, zog die Hand seiner Frau zu sich heran und presste seine Lippen zärtlich auf ihren Handrücken. Madame Poiret schien diese öffentliche Liebesbekundung unangenehm zu sein. Sacht, aber bestimmt, entzog sie ihm ihre Hand.

»Sagen Sie, Madame Schiaparelli, hat mein Mann Ihnen schon erzählt, dass er während des Krieges Militärmäntel für unsere Armee entworfen hat? Nun, ich bin jedenfalls froh, dass diese Zeit vorüber ist. Meiner Ansicht nach hat Paul weitaus mehr Talent, uns Frauen schöner zu machen.«

Auf die Einladung folgten weitere, und immer verging die Zeit viel zu schnell bei kurzweiligen und anregenden Plaudereien. Jedes Mal ging Elsa mit einem kleinen Geschenk nach Hause, einem Seidentuch, Handschuhen oder auch einem Gürtel.

Auf Bitte von Madame Poiret brachte sie eines nachmittags ihre neusten Entwurfszeichnungen mit. Der Maître zog ein Monokel aus der Einstecktasche seines Jacketts und betrachtete aufmerksam jedes Blatt. Elsa spürte ihr Herz pochen. Der weltweit namhafteste Couturier begutachtete ihre Skizzen … Die Skizzen einer kleinen Italienerin, die irgendwann nur zum Spaß für ihre Freundin ein Kleid gezeichnet hatte.

Monsieur Poiret reichte die Zeichnungen seiner Frau und legte sein Monokel beiseite. »Ihre Studien sind von hoher Qualität, liebe Madame Schiaparelli. Eine klar umrissene Silhouette mit einem kleinen Überraschungsmoment an unerwarteter Stelle … Haben Sie schon einmal überlegt, Kleidung nicht ausschließlich für die Freundinnen Ihrer Freundinnen zu entwerfen, sondern für weitaus mehr Frauen?«

Elsa hielt den Atem an. Was Monsieur Poiret ansprach, war ein Einfall, der ihr auch schon gekommen war, den sie aber noch nicht zu Ende gedacht hatte. »Kleider zu skizzieren, bedeutet für mich Spaß und Herausforderung. Glauben Sie, man kann etwas, das man zu seinem eigenen Vergnügen betreibt, zu einem richtigen Beruf machen?«

»Genau so ist es. Sehen Sie, Madame Schiaparelli, ich selbst fühle mich der Tradition verpflichtet, wie viele meiner langjährigen Kundinnen auch. Wir gehören einer Generation an, die noch das Zweite Kaiserreich erlebt hat. Ihre Linie dagegen ist modern, sportlich und funktional, wie geschaffen für den Alltag einer Frau von heute. Sicherlich gibt es Modehäuser, die Ihnen sofort Ihre Entwürfe abkaufen würden.«

Seine Frau nickte eifrig. »Ich muss meinem Mann beipflichten. Sie sollten Ihre Begabung allen jungen Frauen zukommen lassen.«

»Fang sofort an und mach aus deinem Talent einen Beruf!«, war Gabrielles Reaktion, nachdem Elsa ihr von dem Vorschlag des Modeschöpfers erzählt hatte. »Einen versierteren Kritiker als Monsieur Poiret findest du nirgends. Auf sein Urteil kannst du dich verlassen.«

Auch Blanche fand nur ermutigende Worte. »Das ist ein großartiger Vorschlag, Elsa. Wie ist es, hast du Zeit, am nächsten Samstag zum Dîner zu kommen? Lora freut sich, wieder einmal mit Gogo zu spielen. Und bring unbedingt deine aktuellen Entwürfe mit. Mir ist soeben eine Idee gekommen …«

Was es mit dieser Idee auf sich hatte, erfuhr Elsa tags darauf, als sie der Freundin zufällig auf dem Weg in ihre Lieblingsbuchhandlung in der Rue de Rivoli begegnete.

»Stell dir vor, ein guter Freund von mir, Alphonse Daumier, trägt sich mit dem Gedanken, eine Firma zu übernehmen, die Damenmode herstellt«, erzählte Blanche ohne Umschweife, und ihre meerblauen Augen blitzten vor Vergnügen. »Die Erzeugnisse sollen in allen großen Pariser Warenhäusern verkauft werden. Das bisherige Sortiment richtete sich an Frauen mittleren und höheren Alters. Aber …«, Blanche machte eine Kunstpause und beobachtete gespannt Elsas Reaktion, »Alphonse will eine neue Linie ins Leben rufen. Für die junge und aktive Frau. Dafür sucht er – eine Modezeichnerin mit Ideen!«

Jubelnd fiel Elsa der Freundin um den Hals. »Also deswegen die Einladung am Samstag … Und dieser Alphonse kommt ebenfalls, wie ich vermute.«

»Erraten. Ihr müsst euch unbedingt kennenlernen.«

Innerhalb von zwei Tagen zeichnete Elsa ein Dutzend legerer Kleidungsstücke, die sich sowohl für eine Reise als auch für den Alltag einer Verkäuferin oder Büroangestellten eigneten. Mit wenigen Accessoires ließ sich das Erscheinungsbild verändern. Dazu genügten ein besticktes Halstuch, ein mehrfarbiger breiter Flechtgürtel oder eine Handtasche mit einer goldglänzenden Kette anstelle eines Trageriemens. Ohne sich umziehen zu müssen, war die Trägerin im Nu für eine Nachmittagseinladung oder für den Besuch in einem Filmtheater passend gekleidet.

Wie mochte wohl Monsieur Daumier ihre Entwürfe aufnehmen? Elsa fieberte dem Abend bei Blanche entgegen. Doch am Morgen des nämlichen Tages – fieberte Gogo. Ihr Gesichtchen war heiß und gerötet. Aus glanzlosen Augen blickt sie ihre Mutter an, mochte weder essen noch trinken und war zu schwach, um aufzustehen. Nur mit gutem Zureden gelang es Elsa, ihr ein halbes Glas Zitronenlimonade einzuflößen.

Was würde jetzt aus Blanches Einladung und dem so wichtigen Zusammentreffen mit Alphonse Daumier? Ein krankes Kind konnte sie nicht mit zu Blanche nehmen. Sie konnte Gogo aber auch nicht bei Charlotte oder Gabrielle und ihren Kindern lassen.

Als die Kleine vom Schlucken erschöpft wieder eingeschlafen war, rannte Elsa ins Nachbarhaus. Madame Sardou vereinbarte mit Charlottes Hauslehrerin, dass diese für eine Stunde auf Gogo aufpassen sollte. Währenddessen ließ Elsa sich mit einem Taxi zu Blanche fahren, drückte der Freundin die Skizzen in die Hand und erklärte in wenigen Worten ihre Situation. Dann kehrte sie umgehend in die Rue de l'Université zurück.

Blanche würde dem Freund die Entwurfszeichnungen präsentieren und ihre Vorstellung von einer originellen und vielseitig tragbaren Mode genau so erklären, wie sie es selbst getan hätte. Für den Fall, dass Monsieur Daumier ihre Skizzen ablehnen würde, wollte Elsa sich rechtzeitig einen Plan zurechtlegen. Und sollte er ihr einen Vertrag anbieten wollen, so hätte sie ebenfalls einen Plan parat. Einen, der weit in die Zukunft reichte.

Gogo hatte die ganze Zeit über geschlafen und gar nicht mitbekommen, dass die Mutter aus dem Haus gegangen war. Elsa benetzte die trockenen Lippen und legte der Tochter ein feuchtes Taschentuch auf die Stirn. Sacht strich sie über die glühenden Kinderwangen. Sobald das Fieber überstanden war, würde Gogo stärker sein als vorher. So wie sie es als Kind an sich selbst erlebt hatte.

Kapitel 14

Leonardo hatte Elsa mit Gogo zu sich nach Hause eingeladen. Seine Wohnung befand sich im ersten Stock eines unauffälligen Stadthauses in der Rue de Milan, in der Etage direkt über seiner Musikalienhandlung.

Elsa staunte über das, was sie hinter der schlichten Hausfassade niemals vermutet hätte. Eine Wohnung, in der sich das Flair einer vergangenen Zeit mit dem Geist der Moderne verband. Vorherrschende Farben waren Resedagrün und Goldbraun. Einige der erlesenen Möbelstücke, wie ein Sekretär aus kunstvoll gestaltetem Intarsienholz, ein Esstisch mit Stühlen und mehrere Konsolen und Beistelltischchen mit geschwungenen Beinen, zeugten von der beschwingten Leichtigkeit des Rokokos. Ein Wandteppich über dem Kamin war nach einem Motiv Antoine Watteaus gewebt, des gefragtesten Malers jener Epoche.

Ganz anders die Wand-, Steh- und Deckenleuchten sowie die mit weinrotem Leder bezogenen Sitzmöbel. Diese waren in einer geradlinigen, schlichten Form gehalten, ohne irgendeine Verzierung oder Verspieltheit. Hier war alles pure Funktion. Trotz dieser Gegensätze wirkte die Einrichtung schlicht und formvollendet zugleich. Jedes Möbelteil, jede Lampe und jede exotische Topfpflanze befand sich am richtigen Platz. Es gab kein Zuviel und kein Zuwenig.

Die Wohnung war ein Gesamtkunstwerk, mit Proportionen so ausgewogen wie bei einem antiken griechischen Tempel oder einem italienischen Palazzo aus der Zeit der Renaissance. Bei ihrem zufälligen Wiedersehen im Frühjahr hatte Leonardo ihr von einem Innenausstatter erzählt, der die Wohnung gestaltet hatte. Monsieur Frank erhielt aus aller Welt Aufträge, und Elsa entschied, dass sie diesen begabten Mann engagieren würde. Sobald sie sich eine solch außergewöhnliche Einrichtung würde leisten können.

Zur Begrüßung hatte Leonardo Gogo auf den Arm genommen und sie mehrmals über seinen Kopf in die Luft geworfen.

»Höher, höher!«, kreischte sie und konnte überhaupt nicht genug bekommen. Von einer solch hohen Warte aus hatte Gogo die Welt noch nie betrachtet, und ganz offensichtlich fand sie großen Gefallen daran. Sie, die Fremden gegenüber meist schüchtern war, wich nicht mehr von Leonardos Seite. Als sie sich an die bereits gedeckte Kaffeetafel setzen, wollte Gogo unbedingt auf seinem Schoß sitzen.

»Du hast eine neue Verehrerin gefunden, Leone«, stellte Elsa amüsiert fest und sah zu, wie Gogo fünf Macarons auf dem Teller zu einer Blüte arrangierte. Diese kleinen runden Mandelbaisers mit einer Cremefüllung in der Mitte zählten derzeit zu Gogos Lieblingsspeise. »Ganz sicher hast du zahlreiche weitere Bewunderinnen, die in diesem Augenblick gern mit Gogo tauschen würden. Habe ich recht?«

»Vielleicht … Aber Gogo ist mir die liebste.« Er strich über die zarte Kinderwange. Um Augen und Mund lagen eine leise Melancholie, die ihn anziehend und zugleich rätselhaft erscheinen ließen. »Erzähl mir von deiner Arbeit, Schiap. Werden die alteingesessenen Modehäuser womöglich Konkurrenz erhalten?«

Elsa berichtete, dass sie vor Kurzem bei Monsieur Alphonse Daumier, einem Freund von Blanche, einen Vertrag unterzeichnet hatte. Künftig würde sie zweimal im Jahr eine Kollektion mit jeweils zwanzig Einzelstücken entwerfen. Ihren ersten Auftrag hatte sie tags zuvor fertiggestellt. »Bei meiner Ankunft in Paris habe ich noch nicht gewusst, womit ich meinen Lebensunterhalt bestreiten soll. Und jetzt, knapp zweieinhalb Jahre später, bin ich eine festangestellte Modezeichnerin und habe außerdem durch Gabrielle, Blanche und deren Freundinnen eine Menge privater Aufträge. Kleider zu entwerfen, empfinde ich als pures Vergnügen. Und dann werde ich auch noch bezahlt dafür. Kannst du dir das vorstellen?«

Gogo steckte sich einen Macaron nach dem nächsten in den Mund, kaute, schluckte und gluckste.

»Das sind sogar die besten Voraussetzungen für einen Beruf, Schiap. Ich spreche da aus Erfahrung. Was planst du als nächsten Schritt? Mit dem, was du erreicht hast, wirst du dich wohl nicht begnügen, dazu bist du viel zu ungeduldig und zu neugierig«, bemerkte Leonardo augenzwinkernd.

Überrascht setzte Elsa die Kaffeetasse ab. »So gut weißt du über mich Bescheid?«

»Selbstverständlich, schließlich kenne ich dich schon lange«, entgegnete er leichthin, wischte mit einer Serviette über Gogos schokoladenverschmiertes Gesicht und rieb ihr die klebrigen Hände ab. Dann setzte er sie auf dem Boden ab, wo sie interessiert die Stuhlbeine mit den geschnitzten Löwentatzen betrachtete und mit den Fingerkuppen darüberstrich.

Er kann gut mit Kindern umgehen, dachte Elsa, doch bevor die Phantasie mit ihr durchging, kam sie rasch auf ihr Gesprächsthema zurück. »Du hast recht, Leone. Tatsächlich ist mein Plan noch ganz frisch, er ist erst beim Frühstück entstanden. Also: Zurzeit verdiene ich mein Geld mit Entwurfsskizzen. Mit einer eigenen Manufaktur könnte ich allerdings weitaus mehr verdienen. Wenn ich nämlich die Kleider, die Eugénie und ihre Cousinen nach meinen Entwürfen schneidern, selbst verkaufen würde. Mir schwebt ein Geschäft in der Nähe meiner Wohnung vor. Damit Gogo nicht so weit laufen muss. Schließlich will ich sie tagsüber in meiner Nähe haben.«

»Das klingt vielversprechend. Solltest du einen kaufmännischen oder irgendeinen anderen Rat benötigen … ich stehe dir immer zur Verfügung.«

»Danke, Leone. Rechne allerdings damit, dass ich darauf zurückkomme.«

Gogo war über dicke Orientteppiche bis unter den Flügel gerobbt. Obwohl ihr das Geradeausgehen immer leichter fiel, war für sie die Fortbewegung auf allen vieren nach wie vor die bequemste. Die Klavierpedale hatten es ihr angetan, und sie versuchte, sie mit den Händen hinunterzudrücken.

»Spielst du uns das Lied vor, das du einmal für mich komponiert hast?«

Leonardo runzelte die Stirn und ging hinüber zum Flügel. Elsa blickte dem Freund hinterher. Ein hochgewachsener, schlanker Mann in einem walnussfarbenen Anzug, der von höchster Schneiderkunst zeugte und seinen Träger zum exquisiten Element eines ebenso exquisiten Interieurs machte. Seine Bewegungen waren geschmeidig, ähnlich denen einer Katze. Er zog die Klavierbank zu sich heran und setzte Gogo neben sich. »Lass mich nachdenken … Du meinst sicher meine Bagatelle *Für Elsa*.«

»Genau die meine ich. Ein solch eindrucksvolles Stück hätte keiner außer dir komponieren können«, entgegnete sie mit betont ernster Miene.

»So ist es, damit habe ich mich sogar selbst übertroffen«, stellte Leonardo mit ebensolchem Ernst fest, konnte aber ein Schmunzeln nicht verbergen.

Mit offenem Mund beobachtete Gogo, wie seine Hände über die Tasten flogen. Nur wenige Takte, und Elsa sah sich wieder als Zwölfjährige im Vortragssaal das Palazzo Corsini auf einem Tisch hocken, während ihr gleichaltriger, dicklicher Kamerad voller Hingabe dieses Lied für sie spielte. Das aber keineswegs seine Eigenkomposition war, doch das hatte sie zu diesem Zeitpunkt noch nicht gewusst.

Als der letzte Akkord verklungen war, war sie wieder die erwachsene Frau, deren erwachsener Freund sich für sie an den Flügel gesetzt hatte. Warum wohl mochte das Schicksal ihr den Gefährten aus Kindertagen über den Weg geschickt haben?

Beim Abschied wollte Gogo unbedingt noch einmal auf Leonardos Arm. Sie schmatzte ihm einen Kuss auf die Wange, und Elsa fragte sich, mit welchem Trick der Freund ihre manchmal so widerborstige Tochter in ein Schmusekätzchen verwandelt hatte.

Kapitel 15

Das Jahr 1925 startete mit eisigen Temperaturen und Elsa mit neuen Plänen. Dick eingepackt in einen Wollmantel, gefütterte Stiefel, eine Pelzmütze und einen wärmenden Muff machte sie einen Spaziergang. Sie wollte Anregungen für ihr nächstes Vorhaben sammeln und schlenderte vorbei an den Geschäften der namhaften Modehäuser. Dort blieb sie eine Weile stehen, sah den Kundinnen zu, die mit geröteter Nase und hochgeschlagenem Mantelkragen kamen und gingen, und betrachtete aufmerksam die Kleiderpuppen in den Schaufenstern. Sie standen dicht beieinander, und es schien, als wollte jeder Couturier den Passanten auf nur wenigen Metern einen Querschnitt seiner nächsten Kollektion präsentieren.

In der Rue du Faubourg Saint-Honoré befand sich der Salon von Jeanne Lanvin. Ganz offensichtlich hatte die Engländerin eine Vorliebe für perfekt aufeinander abgestimmte Kleider für Mütter und Töchter. Ihre Mode erinnerte Elsa an die des 18. und frühen 19. Jahrhunderts. Einige Häuser weiter residierte Marcel Rochas, ein gelernter Rechtsanwalt, den viele Frauen aufgrund seiner Ähnlichkeit mit dem viel zu früh verstorbenen Leinwandstar Rudolph Valentino für einen Zwillingsbruder hielten. Jedenfalls hatten Gabrielle und Blanche ihr das erzählt. Rochas Vorliebe galt in der kommenden Frühjahrssaison dem weit schwingenden, mit Pailletten bestickten Abendkleid aus schwerer Moiréseide.

Madeleine Vionnet, die *Grande Dame* der Pariser Couture, die ihre Modelle an Holzpuppen schnitt und drapierte, führte ihren Salon in der Avenue Montaigne. Ein und dasselbe Cocktailkleid in seiner ursprünglichen, verkleinerten und in der Verkaufsgröße nebeneinander zu sehen, hielt Elsa für einen hübschen Einfall. Jean Patou in der Rue Florentin konnte weder zeichnen noch schneidern, wie sie in einer ihrer Modezeitschriften gelesen hatte. In dieser Saison widmete er dem Mantel seine besondere Aufmerksamkeit, mit üppigem Kragen und weit geschnittenem Ärmel, so dass er über einem bauschigen Tageskleid getragen werden konnte.

Alle diese Modeschöpfer huldigten der Frau, die sich kleidete, um einem Mann zu gefallen. Glanzvoll, bezaubernd, verführerisch. Aber diese Art von Frauen war es nicht, die Elsa vor Augen hatte, wenn sie zu Stift und Papier griff. Sie dachte an die unabhängige Frau, die auf eigenen Füßen stand. Die mit dem Zug und mit dem Schiff reiste oder sogar ihr eigenes Automobil lenkte. Die sich unbefangen die Lebensbereiche eroberte, die bisher den Männern vorbehalten waren.

Am ehesten konnte Elsa sich mit dem Stil von Coco Chanel anfreunden, der Frau, der sie im *Corbeau Blanc* begegnet war. Auch Chanel bevorzugte schmal fallende Kleider aus leichten, nachgiebigen Stoffen. Sie verwendete keinerlei Zierrat oder überflüssige Details. Jedes ihrer Kleidungsstücke war vom Kragen bis zum knielangen Rocksaum schlicht. Diese Schlichtheit und Eleganz, die Mademoiselle Chanel den Frauen gab, wollte Elsa steigern: durch Witz und Originalität.

Anfang März hatte heftiger Schneefall binnen einer Nacht Häuser, Straßen und Bäume in eine zentimeterdicke Decke gehüllt. Juchzend ließ Gogo sich von ihrer Mutter auf einem Schlitten durch die Straßen ziehen. Auf dem Rückweg vom Obst- und Gemüsehändler in der Rue de Seine, wo Gogo bei jedem Einkauf einen Apfel oder eine Möhre geschenkt bekam, fiel Elsa ein handgeschriebenes Schild an einer Haustür auf: *Ladenlokal zu vermieten. Anfragen im Innenhof bei Monsieur Richard.* Ein Pfeil wies zuerst nach links und verlief dann im rechten Winkel nach oben.

Sie zog den Schlitten unter einem Torbogen hindurch und sah sich einem Durcheinander von übereinandergestapelten Holzbrettern, windschiefen alten Schränken, Regalen und Stühlen gegenüber. Hinter dem Gerümpel trat ein etwa siebzigjähriger Mann mit weiten Hosen, grober Strickjacke und Baskenmütze hervor.

»Zu wem wünschen Sie, Madame?«

»Ich komme wegen des Ladenlokals. Sind Sie Monsieur Richard?«

»Ich bin so frei. Kommen Sie herein, sofern Sie das Chaos nicht stört. Ich habe mir gerade einen Kaffee gemacht. Sie mögen doch sicher auch eine Tasse.«

So erfuhr Elsa, dass Monsieur Richard der Hausbesitzer war und sich anschickte, die Werkstatt seines einstigen Mieters leerzuräumen. Dieser hatte mehr als fünf Jahrzehnte in der kleinen Hinterhofwohnung als Cravatier gewirkt und war einen Monat zuvor verstorben.

Man einigte sich rasch über die Miete. Elsa konnte sogar etliche Ballen Krawattenstoff und Dutzende von Garnrollen ohne Zusatzkosten übernehmen. Außerdem eine über dreißig Jahre alte Singer-Nähmaschine mit Holzkofferabdeckung und Gusseisentisch. Monsieur Richard zeigte sich höchst zufrieden über die getroffene Abmachung und zwinkerte seiner neuen Mieterin vertraulich zu.

»Ein Modegeschäft wollen Sie eröffnen? Nur zu. Das hätte ich mir nicht träumen lassen, dass ich auf meine alten Tage noch mal Besuch von eleganten Damen bekomme ... Ich stelle Ihnen einen Buchsbaumkübel neben den Eingang, Madame Schpisarell. Eine frische Grünpflanze macht doch immer einen freundlichen Eindruck.«

Großzügig überhörte Elsa ihren falsch ausgesprochenen Familiennamen. Daran hatte sie sich seit ihrem Weggang aus Italien gewöhnen müssen. Nur wenigen gelang die fehlerlose Intonation der einzelnen Silben. Sie leerte die Tasse mit dem dünnen, nur entfernt an Kaffee erinnernden Getränk, kniff die Augen zusammen und stellte sich die heruntergekommene Werkstatt leer und blitzblank geputzt vor.

Schnell war ihr klar, wie sie ihr erstes, aus einem einzigen Raum bestehendes Geschäft einrichten würde. Die schäbigen, unebenen Wände wollte sie mit hellgrauem Chintz verkleiden. Der glänzende Stoff würde das wenige Tageslicht aus dem Innenhof reflektieren und dem Laden mehr Großzügigkeit verleihen, desgleichen milchig weiße Wand- und Deckenleuchten aus Opalglas. Schränke sollten durch Kleiderständer und eine Umkleidekabine durch zwei Paravents ersetzt werden, hinter denen die Kundinnen ungestört Kleidungsstücke anprobieren konnten. So ließen sich Kosten sparen, ohne dass die Einrichtung allzu bescheiden wirkte.

Elsa erinnerte sich, auf dem Weg zu Gabrielle in einem Einrichtungsgeschäft Möbel aus schwarz lackiertem Holz gesehen zu haben. In genau derselben Art wollte sie Regale, mannshohe Standspiegel und einige Beistelltischchen fertigen lassen. Auf einem würde immer frischer Blumenschmuck stehen, auf einem anderen sollten Modezeitschriften ausliegen. Noch zwei oder drei bequeme Sessel mit Fußbänkchen, dann würde sich schon im nächsten Monat ein Traum erfüllen, den sie bis vor wenigen Tagen noch gar nicht geträumt, der sich aber urplötzlich und hartnäckig in ihrem Kopf festgesetzt hatte. Sie, die kleine Römerin ohne Ausbildung, die Modezeichnerin aus Zufall, stand vor einer neuen, großen Herausforderung: Von nun an würde sie auch Geschäftsfrau sein.

Noch am selben Abend wollte Elsa ihrer Schwester und ihrer Mutter davon schreiben. Sie wusste, Beatrice würde sich freuen und den Brief ihrem Mann und ihren Töchtern vorlesen. Doch Maria Schiaparelli würde vermutlich keinen Grund sehen, stolz auf die Tochter zu sein. In Marias Augen waren Leistung und Erfolg selbstverständlich und mussten nicht ausdrücklich erwähnt werden. Wie sehr hätte Elsa sich als Kind über ein Lob ihrer Mutter gefreut … Umso mehr wünschte sie sich, dass eines Tages ihre eigene Tochter stolz auf sie sein würde.

Zur Geschäftseröffnung Ende April erschienen Gabrielle und Blanche samt Freundinnen, Cousinen, Nichten und deren Freundinnen. Elsas anfängliche Befürchtung, die ersten Kundinnen würden womöglich nur leere Regale und halbgefüllte Kleiderständer vorfinden, hatte sich zum Glück nicht bewahrheitet. Vier Wochen lang hatten ihre Näherinnen die von ihr skizzierten Kleidungsstücke in unterschiedlichen Größen und Farbzusammenstellungen gefertigt. Bis wenige Stunden vor der Eröffnung wurden Röcke gesäumt, Seitennähte geschlossen und letzte Knöpfe befestigt. Sie wollte Mode von der Stange anbieten, Kleidung, die die Kundinnen im Geschäft anprobieren und sofort mit nach Hause nehmen konnten.

Zum Glück blieb das Wetter den ganzen Tag über trocken, und so füllte sich der Innenhof mit Dutzenden Frauen, die bei herzhaften und süßen Appetithäppchen Elsas Modelle in Augenschein nahmen. Sie war ihrem Anspruch treu geblieben, nur funktionale Einzelstücke zu entwerfen, die sich immer wieder neu zusammenstellen ließen.

In ihrer ersten Kollektion fanden sich Röcke mit schmaler oder leicht ausgestellter Silhouette, Jacken mal taillen-, mal hüftlang, einreihig oder zweireihig geknöpft, mit kleinem, asymmetrischem oder ganz ohne Kragen. Die Gewebe waren leicht, weich und nachgiebig. Nichts sollte die Trägerin einengen. Und immer war irgendwo eine individuelle Note wie eine schräg eingesetzte Tasche, eine andersfarbige Paspel oder eine Plisseefalte an unerwarteter Stelle.

Auch wenn der Verkaufsraum kein Fenster zur Straße besaß und kein Türschild auf die versteckt gelegene kleine Manufaktur hinwies, sprach sich die Adresse doch schnell herum. Dazu beigetragen hatte sicherlich ein kurzer Artikel im *Figaro,* hinter dem Elsa ihre Freundin Gabrielle vermutete. Diese hatte vermutlich insgeheim ihre Kontakte spielen lassen und die Redakteurin mit den nötigen Informationen versorgt. »Sportlicher Chic für die moderne Frau – individuell und originell«, lautete das Resümee.

Oftmals standen die Kundinnen vor der improvisierten Umkleide Schlange, und Elsa nahm an einem einzigen Tag mehr ein als früher in einer ganzen Woche. Bald schon musste sie zusätzlich zu Eugénie und deren Cousinen zehn weitere Näherinnen einstellen. Sie hatte erreicht, was sie sich seit ihrer Scheidung vor drei Jahren vorgenommen hatte. Sie war unabhängig und verdiente ihr eigenes Geld, so viel, dass sie sich um die medizinische Behandlung von Gogo keine Gedanken mehr machen musste.

Mindestens ebenso viel Freude wie das Entwerfen von Kleidung bereitete es Elsa, Kundinnen zu beraten und sie ihren persönlichen Stil entdecken zu lassen. Dabei kamen ihr die Erfahrungen zugute, die sie als Verkäuferin im New Yorker Geschäft von Nicole Groult, der Schwester von Maître Poiret, gesammelt hatte.

Jeden Donnerstag kam Eugénie in die Rue de Seine, verlängerte Ärmel, kürzte Röcke oder versetzte Abnäher. Dann saß sie an der alten Singer-Nähmaschine, an der zuvor über Jahrzehnte Krawatten genäht worden waren. Inmitten des Gedränges kroch Gogo zwischen Kleiderständern und Sesseln umher, kasperte mit den Kundinnen oder spielte im Hof mit der Katze von Monsieur Richard. Der Hausbesitzer hatte einen Narren an der Kleinen gefressen und steckte ihr manches Mal, wenn Elsa nicht hinsah, eine Süßigkeit aus seiner Jackentasche zu.

Die Arbeit für ihr eigenes Unternehmen erfüllte und beglückte Elsa. Im Spätsommer kündigte sie ihre Mitarbeit bei Monsieur Daumier, der sie mit inständigen Bitten und einem höheren Honorar vergeblich zum Bleiben zu bewegen versuchte. Leonardo hatte recht. Sie war ungeduldig und neugierig und wollte sich keinesfalls auf ihren Lorbeeren ausruhen. Ein halbes Jahr nach Eröffnung ihrer Manufaktur in der Rue de Seine ging Elsa in Gedanken schon den nächsten Schritt. Sie brauchte dringend ein größeres Ladengeschäft. Eines mit einem Schaufenster.

Kapitel 16

Diesmal wollte sie nichts dem Zufall überlassen und gab eine Zeitungsannonce auf. Von Anfang Oktober bis Mitte Dezember besichtigte Elsa in nahezu allen Pariser Arrondissements muffige Keller und zugige Gartenhäuser, Speicher mit winzig kleinen Dachluken und weitläufige, stuckverzierte Etagen in feudalen Stadtvillen. Nichts war dabei, was auch nur annähernd ihren Vorstellungen entsprach. Sollte sie sich damit abfinden müssen, noch länger in dem kleinen, viel zu engen Laden zu bleiben, wo die Kundinnen sich mittlerweile auf die Füße traten?

Aber dann fand sie doch noch, wonach sie gesucht hatte. Einen hellen, großzügigen Geschäftsraum mit Schaufenster in der Rue de la Paix, auf der rechten Seite der Seine, der Rive Droite. Dort, wo sich auch die berühmtesten Theater, verruchtesten Varietés und angesagtesten Clubs befanden. Wo unbekannte Künstler in neu eröffneten Galerien ihre Werke ausstellten und der Louvre zur Begegnung mit der Antike und den Alten Meistern einlud. Wo sich das geistig-kulturelle Leben der Stadt abspielte. Das Jahr sechsundzwanzig konnte kommen!

Elsa wollte das Mobiliar ihres vorigen Geschäftes wie auch das Dekor in den Farben hellgrau und schwarz übernehmen. Diesmal allerdings mit drei richtigen Umkleiden, mit breiten Kleiderschränken, einem bequemen Sofa, passend zu den schon vorhandenen Sesseln, und einem langen Konsolentisch, um darauf Kleidungsstücke zu falten und in Verkaufstüten zu packen.

Von einem Fotografen hatte sie sich einen Paravent mit der Stadtsilhouette von Paris fertigen lassen. Somit war der Blick von der Straße in das Ladeninnere abgeschirmt. Davor wollte sie nur einzelne Stücke aus ihrer jeweils aktuellen Kollektion zeigen. Etwa eine Jacke, die wie zufällig über der Lehne eines Holzstuhls hing. Ein Pullover, dessen Ärmel aus einem offenen Koffer hervorschaute. Oder eine Bluse, die an einem Kleiderständer baumelte. Sicher würden ihr noch viele weitere Variationen einfallen. Das Schaufenster sollte derart gestaltet sein, dass Vorübergehende erst stehenblieben, dann rätselten – und daraufhin neugierig den Laden betraten.

»Du musst deinem Salon unbedingt einen Namen geben«, hatten Gabrielle und Blanche einstimmig gefordert, und genau das hatte Elsa getan. Am Tag vor der Eröffnung ging sie auf die gegenüberliegende Straßenseite der Rue da la Paix und blickte hinüber zum Haus mit der Nummer vier. An der Ladentür stand in ihrer persönlichen Handschrift in Schwarz geschrieben:

Schiaparelli – Pour le Sport

Ein wohliger Schauer lief ihr über den Rücken. Paris war ein Abenteuer und hatte ihr bisher nur Glück gebracht. Ab morgen würde ein neues Kapitel ihres Lebens beginnen.

Der neue Standort mit den größeren Geschäftsräumen erwies sich als perfekte Wahl. Ihre Mode, ungezwungener als die der traditionellen Couturiers, verkaufte sich höchst erfolgreich und lukrativ. Immer häufiger tauchte der Name Schiaparelli in den Zeitungen auf. Die Näherinnen und Verkäuferinnen, deren Anzahl fortwährend größer wurde, arbeiteten zuverlässig, und die Kundinnen waren kauflustig. Was Elsa Kopfzerbrechen bereitete, war Gogos bevorstehende Einschulung im August, wenige Wochen nach ihrem sechsten Geburtstag. Die mehrjährige medizinische Behandlung duldete keinen weiteren Aufschub. Sie musste eine Entscheidung treffen.

Elsa und Charlottes Mutter hatten es zu einer lieben Gewohnheit gemacht, sich einmal im Monat zum Kaffee zu treffen. An einem Sonntag kurz vor Ostern empfing Madame Sardou sie mit ungewöhnlich ernster Miene. Während die beiden Mädchen im Kinderzimmer mit Charlottes Hauslehrerin ein Mobile mit fliegenden Feen bastelten, erzählte die Gastgeberin, was ihr auf dem Herzen lag.

»Sie wissen, Elsa, unsere Kinder sind ein Herz und eine Seele. Es ist eine Freude, ihnen beim Spielen zuzusehen. Ich weiß noch gar nicht, wie ich es Charlotte erklären soll, aber sie wird bald Abschied von ihrer besten Freundin nehmen müssen. Für Gogo wird die Trennung ähnlich schmerzlich werden, vermute ich.«

»Wie meinen Sie das, Danielle? Wollen Sie für längere Zeit verreisen?«

»Das nicht, aber ab dem Sommer übernimmt mein Mann einen Posten beim Internationalen Roten Kreuz in Genf. Natürlich werde ich ihn in seiner Karriere unterstützen. Eine Frau muss hinter ihrem Ehemann stehen und für sich selbst zurückstecken. Als Klavierlehrerin kann ich schließlich überall unterrichten«, fügte sie hastig hinzu, doch Elsa merkte an der Art, wie sie die Augen niederschlug, dass ihr der Weggang nicht leichtfallen würde.

»Dann ziehen Sie also schon bald nach Genf?«

»Wir wollen uns ein Haus in Lausanne kaufen. Meine beiden Schwestern leben dort mit ihren Familien. Zumindest diesen Kompromiss habe ich meinem Mann abgerungen. Charlotte hätte dann ihre Cousins und Cousinen ganz in der Nähe, wenngleich ich sicher bin, dass Gogo ihr schrecklich fehlen wird.«

»Nach Lausanne …«, wiederholte Elsa gedankenverloren.

»Ich habe mir etwas überlegt«, unterbrach sie Madame Sardou. »Erzählten Sie nicht einmal, dass Gogo dort in einem Hospital behandelt werden soll, sobald sie in die Schule kommt?«

»Ja, bei Professor Perrault. Er ist Spezialist für Kinderlähmung.«

Danielle Sardou nippte an ihrem Kaffee und sprach langsam, als würde sie jedes Wort abwägen. »Sicher haben Sie sich schon gefragt, was aus Ihrem Geschäft wird, sollten Sie nach Lausanne ziehen. Wir wollen Charlotte auf die *École de filles de Lausanne* schicken, die einen ausgezeichneten Ruf hat. Sie ist sowohl Internat als auch Schule für Kinder, die am Ort selbst wohnen. Die Lehrer gelten als die besten und fortschrittlichsten in der gesamten Schweiz. Viele ausländische Diplomaten schreiben dort ihre Töchter ein.«

»Ich verstehe nicht recht«, murmelte Elsa und fühlte sich mit einem Mal müde und erschöpft.

»Was halten Sie von der Idee, Gogo für das Internat anzumelden? Für meinen Mann und mich ist Ihre Kleine wie eine zweite Tochter. Unsere Kinder kämen nach den Sommerferien in dieselbe Klasse und könnten in ihrer Freizeit vieles gemeinsam unternehmen. Sicher würde es Charlotte leichterfallen, aus Paris fortzugehen, wenn sie weiß, dass ihre beste Freundin nachkommt. Sehen Sie es als einen Versuch an, den man, falls erforderlich, jederzeit abbrechen kann.«

»Das kommt so überraschend, Danielle. Ich muss darüber schlafen …« Elsa zog ein Taschentuch hervor und zerknüllte es in ihrer Hand. Einerseits wollte sie sich nicht von Gogo trennen, anderseits wollte sie aber auch Paris nicht verlassen. Was sollte sie nur tun? Sie wusste es nicht.

Danielle Sardou beugte sich vor und berührte sacht ihren Arm. »Überlegen Sie in Ruhe. Für eine Mutter ist es nicht leicht, ein Kind fortzugeben … Vielleicht sind Sie beruhigter, wenn Sie wissen, dass ich mich gern darum kümmern will, dass Gogos Behandlung so vonstattengeht, wie der Professor es mit Ihnen abstimmt.«

Kapitel 17

Die drei Freundinnen hatten sich nach Geschäftsschluss im Salon in der Rue de la Paix eingefunden, um bei kleinen kulinarischen Köstlichkeiten aus der Küche des nahe gelegenen Hotels *Ritz* miteinander zu diskutieren. Gabrielle, die dunkelhaarige Schönheit mit dem makellosen Profil einer antiken Statue. Blanche, die füllige Blondine mit den meerblauen Augen und dem fröhlichen Lachen, und Elsa, die dankbar war, dass die Weggefährtinnen aus gemeinsamen New Yorker Tagen ihr aus der Gewissensnot helfen wollten.

Den Vorschlag von Charlottes Mutter mochte sie vorerst nicht erwähnen, weil sie die Freundinnen nicht voreingenommen machen wollte. Sie sollten unbefangen ihre Meinung äußern. »Wie würdet ihr an meiner Stelle entscheiden? Wenn ich daran denke, dass ich das, was ich mir in den vergangenen Jahren erarbeitet habe, aufgeben muss, um nach Lausanne zu ziehen … Außerdem trage ich die Verantwortung für mehrere Dutzend Angestellte … Andererseits kann ich mir auch nicht vorstellen, in Paris zu bleiben und Gogo allein fortzuschicken. Ich liebe meine Tochter – aber ich liebe auch meinen Beruf«, gab Elsa unumwunden zu. Weil sie den ganzen Tag noch nicht zum Essen gekommen war, griff zu einem Stückchen getrüffelten Käse, dessen vielschichtiges Aroma sie an die Küchendüfte ihrer Kindheit erinnerte.

Gabrielle kostete genießerisch von dem weißen Bordeaux, den

Elsa auf Empfehlung des Hoteldirektors im *Ritz* bestellt hatte. »Wunderbar leicht und fruchtig. Den Sommelier würde ich gern einmal persönlich kennenlernen … Doch jetzt zu dir, Elsa. Natürlich kann man Lausanne nicht mit einer Metropole wie Paris vergleichen, aber auch in der Schweiz gibt es moderne Frauen. Denk nur an die vielen Touristinnen, die im Sommer auf dem Genfer See segeln und im Winter zum Skilaufen kommen. Mode kannst du überall entwerfen. Außerdem sind Genf, Bern, Liechtenstein und auch Mailand nicht weit entfernt. Du wirst neue Kundschaft gewinnen.«

Gabrielles Ansicht klang durchaus plausibel. Und doch erreichten ihre Worte zwar Elsas Ohr, nicht aber ihr Herz. In den letzten Wochen hatte sie im Spiegel Ringe unter den Augen entdeckt. Deutlich sichtbare, dunkle Ringe. Das lag keineswegs an der schummrigen Beleuchtung im Bad, sondern daran, dass sie nicht genügend Schlaf fand.

»Ich sehe das anders als Gabrielle«, wandte Blanche ein, während sie eine mit hauchdünnem Schinken umwickelte Spargelstange graziös zum Mund führte. »Sollte Elsa Paris aufgeben und in die Schweiz übersiedeln, würde sie womöglich eines Tages das Gefühl haben, sie hätte nicht ihr eigenes Leben, sondern das ihrer Tochter gelebt.«

»Ihr habt beide recht«, seufzte Elsa. Sie ließ ihren Blick durch den Salon schweifen und stellte fest, dass die Blumen, die sie in der vergangenen Woche hatte liefern lassen, die Köpfe hängen ließen. Gleich morgen würde sie ein frisches Bouquet bestellen. Am liebsten eines mit pinkfarbenen Rosen, denn diese Farbe heiterte immer ihre Stimmung auf.

Nachdem sie mehrere Tage mit sich gerungen hatte, wachte Elsa eines Morgens auf und wusste plötzlich, was sie zu tun hatte. Sie eilte ins Nachbarhaus, wo sie Madame Sardou noch im Morgenmantel antraf. Elsa hielt sich nicht lange mit Erklärungen auf.

»Ich habe es mir überlegt, Danielle. Auch wenn mir die Entscheidung schwerfällt, will ich das Experiment, das Sie mir vorgeschlagen haben, wagen. Charlotte ist für Gogo die Schwester, die sie nie hatte und nie haben wird. Ich will meine Tochter gehen lassen, aber das kann ich nur, weil ich weiß, dass Sie und ihr Mann auf sie Acht geben. Vorläufig bleibe ich in Paris und führe mein Geschäft weiter. Alles Weitere hängt davon ab, wie Gogo sich im Internat zurechtfindet.«

Danielle Sardou ergriff ihre Hand und drückte sie fest und lange. »Das freut mich. Danke für Ihr Vertrauen, Elsa. Sollte Gogo sich in der Schule nicht wohl fühlen oder Heimweh bekommen, gebe ich Ihnen umgehend Bescheid. Versprochen.«

Was Gogo betraf, hatte sie mit Widerspruch oder zumindest mit Tränen gerechnet. Doch diese reagierte völlig gelassen, als Elsa ihr sagte, dass ihre Freundin demnächst mit den Eltern in die Schweiz umziehen würde. Trotzdem müsse niemand traurig sein, denn sie und Charlotte könnten zusammen zur Schule gehen. An dem großen See, wo auch die Klinik mit dem Eichhörnchen im Park war und wo der Professor versprochen hatte, Gogo gesund zu machen.

»Ich und Charlotte gehen zusammen zur Schule. In der Schweiz. Kommst du auch mit, Mommy?«

Elsa versuchte einen zuversichtlichen Tonfall. »Aber sicher, Sweetheart, wir fahren zusammen hin. Du bekommst ein eigenes Zimmer in der Schule und kannst jeden Tag nach dem Unterricht mit Charlotte spielen. Die Schule hat nur Zimmer für Kinder und nicht für Eltern. Deswegen fahre ich zurück zu meinen Näherinnen. Aber wir telefonieren ganz oft, wenn du möchtest, sogar jeden Tag. In den Ferien besuche ich dich, und wir unternehmen etwas Schönes. Oder du kommst nach Paris, dann machen wir eine Bootsfahrt auf der Seine oder gehen in den Zirkus. Und im Winter laufen wir Schlittschuh auf der Eisbahn im Bois de Boulogne.«

Nun wurde Gogo doch weinerlich. »Torquette muss mitkommen. Ohne Torquette gehe ich nicht in die Schweiz.«

Elsa nahm die Tochter in den Arm und presste den zarten Mädchenkörper fest an sich. Sie beglückwünschte sich selbst, dass sie vier Jahre zuvor in einem kleinen Geschäft am Broadway die Stoffgiraffe entdeckt hatte, die seither Gogos Lieblingsspielzeug war und ohne die sie nie zu Bett ging.

Es wurde ein tränenreicher Abschied, als die kleine Charlotte mit ihren Eltern in den Zug nach Lausanne stieg. Die Aussicht, dass die beiden Mädchen sich schon in wenigen Wochen wiedersehen und von da an gemeinsam zur Schule gehen würden, war in diesem Moment nur ein schwacher Trost.

Eines Abends stellte Gogo beim Zubettgehen eine Frage, mit der Elsa nicht gerechnet hatte.

»Mommy, wo ist mein Vater?«

Noch nie hatte Elsa über den Mann gesprochen, der sich feige der Verantwortung für seine Tochter entzogen hatte. Zu dem Zeitpunkt, als sie die Scheidung einreicht hatte, hatte sie ein Gesuch in Washington gestellt, den Nachnamen ihres Kindes rechtmäßig in den ihrer eigenen Familie abzuändern. Die Tochter sollte unzweifelhaft zu ihr gehören, und so wurde aus Maria Luisa Yvonne Wendt de Kerloer: Gogo Schiaparelli.

Einige Tage zuvor hatte Elsa einen Brief von Amy, Gogos früherer Kinderfrau, erhalten. William Wendt de Kerloer war bei einer Streiterei in einer Bar in Mexiko niedergestochen worden und kurz darauf gestorben. Ein klägliches Ende für einen selbsternannten Grafen. Die Nachricht von seinem Tod hatte ihr Inneres nicht mehr berühren können. Für sie war er in der Sekunde gestorben, als sie ihn bei der Rückkehr von einer Vernissage in den Armen von Isadora Duncan angetroffen hatte. Jener Frau, die das klassische Ballett ablehnte und stattdessen den Tanz der Antike wiederaufleben ließ. Wozu sie meist barfuß und in griechisch-römischen Gewändern auf der Bühne erschien.

Angestrengt suchte Elsa nach einer Antwort, die Gogo nicht beunruhigen würde und zugleich, jedenfalls in großen Teilen, der Wahrheit entsprach. Würde die Tochter eines Tages Nachforschungen anstellen, sollte sie nicht annehmen, ihre Mutter habe sie belogen.

»Dein Vater ist gestorben, mein Liebes. Er ist jetzt ein Stern am Himmel und wacht darüber, dass es seiner kleinen Gogo auf der Erde gut geht.«

Gogo schlang die mageren Ärmchen um den Hals der Mutter und drückte sich zitternd an ihre Schulter. »Tot … So wie der Kaiser von Frankreich und seine kleinen Soldaten? Aber du darfst nicht sterben, Mommy. Niemals! Versprichst du mir das?«

Elsa nickte, ohne zu zögern. Dies war nicht der Zeitpunkt, mit einem kleinen Kind über die Sterblichkeit des Menschen zu diskutieren. Gogo seufzte erleichtert auf und presste einen festen Kuss auf Elsas Wange.

»Weißt du was? Du bist jetzt mein Vater und meine Mutter.«

Kapitel 18

Nachdem sie mit Professor Perrault den Behandlungsplan für das erste Jahr besprochen und mit Gogo ihr Internatszimmer besichtigt hatte, befielen Elsa erneute Zweifel. Würde Gogo ihr womöglich eines Tages vorwerfen, sie hätte die Tochter nie geliebt und aus Eigennutz im Stich gelassen? Doch der Internatsleiter der *École de filles de Lausanne,* ein weißhaariger Hüne mit einer sonoren Stimme und bedächtigen Bewegungen, gab sich große Mühe, ihre Bedenken zu zerstreuen.

»Ihre Tochter wird sich bei uns wohlfühlen, davon bin ich überzeugt, Madame Schiaparelli. Zumal wenn Gogo, wie Sie sagen, keine Geschwister hat. Wir erleben oft, wie Einzelkinder hier geradezu aufblühen und zu selbstbewussten jungen Menschen heranwachsen. Mein Patensohn leidet übrigens ebenfalls an Kinderlähmung, deshalb weiß ich, was dieses Schicksal bedeutet. Ich werde ein Auge auf Gogo haben.«

Trotz der aufmunternden Worte seufzte Elsa laut auf. Der Direktor war ein Mann. Konnte er überhaupt verstehen, was in einer Mutter vorging?

»Wir beobachten unsere Neulinge sehr genau«, fuhr der Schulleiter fort. »Sollten wir irgendwelche Eingewöhnungsprobleme feststellen, setzen wir uns umgehend mit Ihnen in Verbindung. Machen Sie sich keine Sorgen, wir finden immer eine Lösung.«

Eine Woche blieb Elsa in Lausanne, bummelte mit der Tochter

durch die Altstadt mit ihren mittelalterlichen Gassen und unternahm einen Ausflug zum Montblanc. An den anderen Tagen suchten sie die malerisch gelegenen Eiscafés am Ufer des Genfer Sees auf oder fuhren mit dem Tretboot. Beim Abschied weinte Gogo bitterlich.

»Bleib bei mir, Mommy. Wer liest denn jetzt Torquette eine Gute-Nacht-Geschichte vor?«

Sacht strich Elsa über die Wange der Tochter und kraulte den Hals der Stoffgiraffe. »Gogo, Darling, in wenigen Wochen kannst du lesen und schreiben. Dann erzählst du vor dem Einschlafen Torquette eine Geschichte. Ich kann mir vorstellen, eine Giraffe schläft dann am besten, wenn ein kleines Mädchen ihr vorgelesen hat. Wollen wir in die Stadt fahren und Torquette ein eigenes kleines Himmelbett kaufen?«

»Au ja. Aber dann müssen ich und Charlotte am See Möwen füttern gehen.«

Er erst als sie im Zug saß, erlaubte Elsa sich die Tränen, die sie vor der Tochter verborgen hatte. Sie hatte Gogo die Trennung nicht noch schwererer machen wollen. Während der nächtlichen Fahrt tat sie kaum ein Auge zu. Als sie am nächsten Morgen übernächtigt und hungrig auf dem Bahnsteig der Gare du Nord stand, hatte sie einen Plan gefasst. Und diesen wollte sie unverzüglich in die Tat umsetzen.

Der Tag in der Rue de la Paix verlief ganz nach Elsas Geschmack. Kundinnen kamen voller Erwartung – und gingen mit vollen Einkaufstüten. Ein Beistelltischchen und ein noch fehlender Standspiegel wurden nach mehrwöchigem Warten geliefert. Eugénie saß an der Nähmaschine und änderte Ärmelaufschläge und Rocksäume. Eine neu eröffnete Kunstgalerie in der Avenue de l'Opéra hatte eine Einladung zur Vernissage geschickt. Die Ablenkung würde Elsa guttun. so musste sie nicht fortwährend an Gogo denken. Stattdessen dachte sie über sich selbst nach. Über die Zeit, seit sie New York verlassen und in Paris eine neue Heimat gefunden hatte.

Sechs Jahre lang hatten ihre Gedanken von früh bis spät der Tochter gegolten. Ihr hatte sie alle Zuwendung und Zeit geschenkt. Nun war sie mit einem Mal allein, musste nicht mehr nur die fürsorgliche Mutter sein. Ihr hatte etwas gefehlt in der letzten Zeit, dessen wurde sie sich unvermittelt bewusst. Eine starke Schulter und die kräftigen Arme eines Mannes. Sie wollte sich endlich einmal wieder als Frau fühlen. Nicht als Ehefrau, denn der Gedanke, es ein zweites Mal zu versuchen, war in ihr für immer ausgelöscht. Sondern als eine Frau, die begehrt wurde. Elsa wollte keine Zeit verlieren und noch am selben Tag damit beginnen.

Wie jeden Abend verließ sie als Letzte das Geschäft und schloss die Ladentür ab. Diesmal aber schlug sie eine andere Richtung ein als üblich. Sie überquerte die Place Vendôme, kaufte im Hotel *Ritz* eine Flasche vom besten Champagner und stieg in eine der Taxen, die vor dem Hotel rund um die Uhr elegant gekleidete Gäste aus- und andere einsteigen ließen. Sie nannte dem Fahrer die Adresse, lehnte sich in den Sitz zurück und ließ ein Gefühl von Vorfreude wie perlenden Champagner in sich aufsteigen.

In der einen Hand hielt sie die Flasche, mit der anderen drückte sie auf den Klingelknopf neben der Wohnungstür. Dabei pochte ihr Herz so laut, dass sie meinte, man könnte das Geräusch bis unten auf die Straße hören. Sie wartete und klingelte ein zweites Mal, doch von innen drang kein Laut nach draußen. Nach dem dritten Mal presste sie das Ohr gegen die Wohnungstür. Totenstille.

So hatte sie sich das nicht vorgestellt! In den lebhaftesten Farben hatte sie sich einen Abend voller Torheiten ausgemalt, und nun stand sie mit einer Champagnerflasche vor einer verschlossenen Wohnungstür. Ganz fest presste sie die Lippen aufeinander und überlegte, ob sie in Tränen ausbrechen oder auf der Stelle die Flasche allein austrinken sollte. Da öffnete sich die Tür einen Spaltbreit.

»Schiap, du? Ich … mit dir habe ich heute gar nicht gerechnet …« Leonardo stotterte und wirkte eigenartig nervös. Er trug einen seidig glänzenden, burgunderfarben Hausmantel, den er oberhalb der Taille nur halb geschlossen hatte. Seine nackenlangen Haare waren zerzaust und ließen ihn noch unwiderstehlicher aussehen. Eine innere Stimme raunte ihr zu, dass hier irgendein Missverständnis vorliegen musste. Und obwohl sie am liebsten davongelaufen wäre, fühlte sie sich wie festgenagelt.

Der Türspalt wurde breiter. Hinter Leonardos Rücken trat ein junger Mann hervor, mit hellbraunem Lockenhaar und einem unbefangenen, offenen Lächeln, so als wären Elsa und er sich schon einmal begegnet. Sie hielt die Luft an, schloss die Augen, und als sie sie wieder öffnete, stellte sie fest, dass sie sich nicht getäuscht hatte. Das Einzige, was dieser junge Mann am Körper trug, war eine goldene Halskette mit einem Kreuzanhänger.

»Eine wunderbare Idee, *chéri*, du hast uns etwas zu trinken bestellt.« Mit diesen Worten griff der Unbekannte nach der Champagnerflasche in ihrer Hand und verschwand im Inneren der Wohnung.

Leonardo blickte sie verlegen an und zuckte hilflos mit den Schultern. »Wollen wir uns nächste Woche sehen?«

»Ja, natürlich.« Sie verspürte ein eigenartiges Vibrieren irgendwo hinter dem Zwerchfell. Eine ernsthafte Erklärung für ihren Besuch war ihr in diesem Augenblick unmöglich, und so rettete sie sich in Selbstironie. »Ich habe es ohnehin eilig, ich bin auf der Suche nach einem Schlafanzug für eine Stoffgiraffe und kam ganz zufällig hier vorbei …« Elsa winkte Leonardo einen Abschiedsgruß zu und lief die Treppenstufen hinunter. Draußen auf der Straße blickte sie hoch in den blauschwarzen Himmel. Zu ihrer Rechten erleuchteten Straßenlaternen die Rue de Clichy, auf der sich eine Schar nächtlicher Flaneure in gemächlichem Tempo bewegte. Sie fühlte, wie das Vibrieren zu einem Kribbeln wurde und sich einen Weg nach oben bahnte. Das Kribbeln verwandelte sich in ein Kitzeln und wanderte von der Kehle weiter zur Nase, und dann plötzlich musste Elsa lachen. So andauernd und ungestüm, dass sie sich beinahe verschluckt hätte. Lachte über ihre Blindheit und ihre fehlgeleitete Phantasie. Hätte sie sich nicht denken und auch bemerken können, dass ein Mann wie Leonardo viel zu attraktiv für Frauen war?

Sie beschloss, eine zweite Flasche Champagner im *Ritz* zu besorgen. Die wollte sie zu Hause öffnen und mit sich selbst auf ihr ganz persönliches Wohl anstoßen.

Kapitel 19

Seit zwei Wochen war Gogo nun schon im Internat, und jeden Tag telefonierte Elsa mit Danielle Sardou. Was sie auch heute wieder zu hören bekam, klang durchaus beruhigend. Gogo und Charlotte waren weiterhin ein Herz und eine Seele. Sie spielten oft miteinander, und noch kein einziges Mal hatte Gogo Heimweh nach Paris geäußert. Tief in ihrem Innern fühlte Elsa Enttäuschung. Die Tochter vermisste sie nicht. Brauchte sie nicht … offenbar litt sie als Mutter mehr unter der Trennung als Gogo.

Am Abend bereitete sie nur für sich allein Pasta zu. Sie knetete und rollte den Teig, schnitt die Nudeln in schmale Streifen und gab eine Portion davon in kochendes Wasser. Die übrigen hängte sie über einen Ständer zum Trocknen, als Vorrat für die nächsten Tage. Bald stieg ihr der Duft von frischer Tomatensauce, Knoblauch und Oregano in die Nase. Als sie die Aromen ihrer Kindheit auf der Zunge schmeckte, fühlte sie sich besser. Sie öffnete eine Flasche Barolo und trank ein Glas. Weswegen grämte sie sich? Hatte sie sich nicht genau das gewünscht – dass die Tochter auch ohne sie in der Fremde zurechtkäme?

Sie trank ein weiteres Glas und sank satt und getröstet ins Bett. In der Nacht träumte sie von einem Ball, auf dem Gogo zur Spaghetti-Königin gekürt wurde, mit der alle Männer tanzen wollten.

Tags darauf erschien Leonardo mit einem prachtvollen Strauß aus Rosen und Ranunkeln in der Rue de la Paix. Mit einer galanten Verbeugung überreichte er die Blumen.

»Als Entschuldigung für meine Unhöflichkeit neulich«, murmelte er verlegen, doch Elsa widersprach energisch.

»Es gibt nichts zu entschuldigen, Leone. Höchstens, dass ich zu später Stunde unangemeldet bei dir aufgetaucht bin.« Gerührt betrachtete sie den Blumenstrauß und steckte die Nase in die zart duftenden Blütenköpfe. »Würdest du deiner alten Spielgefährtin trotzdem einen Liebesdienst erweisen? Begleitest du mich in der nächsten Woche zu einer Vernissage? In der Avenue de l'Opéra hat eine neue Galerie eröffnet. Vielleicht entdeckst du ein Bild für deine Wohnung.«

»Eine vorzügliche Idee. Aber danach trinken wir bei mir ein Glas Champagner.«

Leonardo erwies sich auf der Vernissage nicht nur als ein kurzweiliger Gesellschafter, sondern auch als versierter Kunstkenner. Elsa und er betrachteten und diskutierten jedes der ausgestellten Werke. Besonders angetan war Leonardo von einem Gemälde, das eine Schar schwarzer Vögel zeigte, die aus der Tiefe einer Grotte über den Bilderrahmen hinauszufliegen schienen. »Grandios, wie der Maler das Auge des Betrachters täuscht. Er gaukelt Dreidimensionalität vor, dabei ist ein Bild immer zweidimensional. Diesen Trompe-l'œil-Effekt konnte man auch auf manchen Gemälden im Palazzo Corsini finden, erinnerst du dich, Schiap? Vor einem hattest du Angst, weil du dachtest, der Löwe würde tatsächlich aus dem Bild herausspringen.« Dann befanden sie sich unversehens in einem angeregten Gespräch mit Man Ray. Der Künstler versäumte offenbar kein einziges gesellschaftliches Ereignis in der Stadt. Man konnte ihn immer und überall antreffen.

Als Elsa gewohnheitsmäßig den Sitz ihrer Halskette prüfen wollte, griff ihre Hand ins Leere. Erschrocken hielt sie inne. Im selben Augenblick schob sich eine Männerhand in ihr Blickfeld, darin befand sich die verloren geglaubte Kette.

»Ein solch ausgefallenes Schmuckstück kann nur Ihnen gehören, Madame. Darf ich Ihnen beim Anlegen behilflich sein?«

Und schon wanderte die Männerhand hinauf zu ihrem Nacken. Aus dem Augenwinkel gewahrte sie einen Mann mit leicht welligem Blondhaar und einem silberfarbenen Einstecktuch, passend zur Krawatte.

Sie war erleichtert, denn die Kette mit dem großen ovalen Jade-Anhänger, auf dem eine Nähmaschine eingraviert war, hatte sie nach einem eigenen Entwurf bei einem Goldschmied anfertigen lassen. Zum Trost für ihren missglückten abendlichen Auftritt bei Leonardo.

»Vielen Dank, Monsieur, Sie haben mir den Abend gerettet.« Noch bevor sie sich dem Unbekannten zuwenden konnte, ergriff jemand ihren Arm und dirigierte sie zielstrebig zu einem Bild, das auf den ersten Blick wie eine Anhäufung von verschiedensten Grautönen erschien. Ihr Entführer war Max Ernst, den sie seinerzeit im *Corbeau Blanc* kennengelernt hatte. Mit einer weit ausladenden Geste wies der Künstler auf sein Bild.

»Meine liebe Elsa, mir scheint, Sie sind an diesem Abend die einzige Kunstverständige hier im Saal. Unser Freund Ray spricht immer nur von Dingen, die längst schon der Vergangenheit angehören. Kunst bedeutet ständige Erneuerung, sonst gäbe es keinen Fortschritt. Wie beurteilen Sie mein Werk?«

Ohne nachzudenken, sprach Elsa das aus, was sie in diesem Augenblick empfand. »Mir gefällt die monochrome Farbgestaltung. Erstaunlich, wie viel Aussagekraft in einer einzigen Farbe stecken kann, wie viele Schattierungen zwischen Weiß und Schwarz liegen. Sagen Sie, Ernst, wieso muss ich bei diesem Bild an Holzbretter denken?«

Max Ernst nickte ihr anerkennend zu. »Sie sind die Erste, der diese Ähnlichkeit auffällt. Ich habe hier die Technik der Frottage angewendet. Dazu legt man ein Papier auf einen grob strukturierten Untergrund und reibt mit einem Bleistift oder mit Kreide über das Papier. Somit wird die darunterlegende Struktur sichtbar. Bei diesem Werk habe ich tatsächlich die Dielenbretter aus meinem Schlafzimmer zum Einsatz gebracht.«

»Das nenne ich originell«, ertönte neben Elsa eine Männerstimme mit starkem spanischem Akzent. »Wenngleich ich mir einen anderen Untergrund weitaus interessanter vorstellen kann als ausgerechnet Bodenbretter. Zumal in einem Schlafzimmer. Haben Sie es schon einmal mit einem nackten Frauenkörper versucht, *mi querido amigo*? Oh, hoffentlich bin ich jetzt nicht in ein Fettnäpfchen getreten. Die bezaubernde Señora an Ihrer Seite nennt sich Elsa, wenn mich meine Erinnerung nicht täuscht.«

Der Spanier ergriff ihre Hand und deutete einen Luftkuss an. »Womöglich erinnern Sie sich gar nicht an mich. An jenem Abend im *Corbeau Blanc* erwies sich unser geschätzter Kollege Man Ray wieder einmal als ungemein wortgewaltig. Vermutlich sind Ihnen nur seine Worte im Ohr geblieben.«

Selbstverständlich erinnerte sie sich an den nicht sonderlich hochgewachsenen Maler mit dem intensiven Blick und der Zigarette im Mundwinkel. »Sie irren, Picasso. Weil ich mir Namen schlecht merken kann, habe ich im Nachhinein die meiner Gesprächspartner aufgeschrieben. Als Gedächtnisstütze und in alphabetischer Reihenfolge.«

Picasso lachte laut und dröhnend. »Wie schmeichelhaft, dass Sie sich sogar an einen Namen vom Ende des Alphabets erinnern … Warten Sie, Elsa, bevor Sie zu den übrigens ganz vorzüglichen Canapés greifen, muss ich Sie mit einem Landsmann bekannt machen. Zweifelsohne sind wir Spanier die derzeit interessantesten Künstler in Paris.«

Er winkte einen schmalen, dunkelhaarigen Mann mit einem bleistiftdünnen Oberlippenbart zu sich heran, der sich aus einer Gruppe von Frauen löste, die alle schwarze Cocktailkleider und bis zur Taille reichende Perlenketten trugen. Ihre Augen waren dunkel umflort, die Münder signalrot geschminkt. Elsa vermutete in ihnen Varietétänzerinnen aus einem der benachbarten Theater, die den Maler umschwärmten, um sich als Modell anzudienen.

»Darf ich vorstellen: Señor Dalí. Dieser Mann beabsichtigt nichts Geringeres, als die Welt umzugestalten. Er will Traumwelten, Mythen, Sehnsüchte und die wahre innere Stimme des Universums in seinen Bildern sichtbar machen. Salvador, vor dir steht Madame Elsa Schiaparelli. Dieser außergewöhnlichen Frau ist gelungen, was noch keinem zuvor geglückt ist. Sie hat unseren Freund Max Ernst durchschaut.«

War es Schüchternheit oder Attitüde? Dalí blickte Elsa aus weit aufgerissenen Augen an und sah doch gleichzeitig durch sie hindurch. Vielleicht war er aber auch kurzsichtig und nur zu eitel, eine Brille zu tragen, überlegte sie. Er strahlte etwas Blasiertes aus, als wolle er sein wahres Ich hinter einer Fassade der Selbstgefälligkeit verbergen. Sein Akzent war noch ausgeprägter als der von Picasso. »Die Kunst muss das Unbewusste offenlegen und die Abgründe der Seele erkunden. Dada ist tot. Nur der Surrealismus ist der wahre Realismus.«

Derart unergründliche Thesen machten hungrig, stellte Elsa fest. Sie gab einem Kellner ein Handzeichen, der ihr sofort mit einem vollen Tablett entgegeneilte. Zielstrebig füllte sie sich einen Teller mit Garnelenspießchen, gegrillten Artischocken und Ziegenkäse auf. Die Verbindung aus milder Säure und leicht bitterer Würze sowie der Gegensatz von Warm und Kalt forderten ihre Geschmacksknospen heraus und ließen sie ihre Gesprächspartner vergessen. Sollten die drei Maler ihre kunsttheoretischen Ansichten allein miteinander diskutieren.

Als sie den Teller geleert hatte, sah sie Leonardo, wie er sich per Handschlag von dem Galeristen verabschiedete. Der Freund hatte ein Bild gekauft, das er in seinem Wohnzimmer über das weinrote Ledersofa hängen wollte. Eine Landschaft, deren Segmente ausschließlich aus geometrischen Formen bestanden, in Farben, die an einen Frühlingstag in der Toskana erinnerten.

»Wollen wir aufbrechen, Schiap? Ich habe zu Hause Champagner kaltgestellt. Nur für uns beide.« Dabei zwinkerte er ihr vergnügt zu. »Wenn du magst, spiele ich dir auch etwas vor.«

»Jederzeit. Du weißt, ich liebe die großen Komponisten der Klassik und der Romantik. Am meisten aber liebe ich deine eigenen Kompositionen.«

Leonardo reicht ihr seinen Arm, und Elsa fragte sich, ob sie bedauern sollte, dass ihr als Frau jede Chance verwehrt blieb, weil der Freund sich zu Männern hingezogen fühlte. Oder ob diese Neigung nicht vielmehr die beste Voraussetzung für eine tiefe und aufrechte Freundschaft zwischen ihnen sein konnte. Die Art von Begegnung, nach der sie sich zunehmend sehnte, konnte sie auch woanders finden.

Kapitel 20

Für ihre Kundinnen hatte Elsa stets einen Stapel aktueller Modemagazine ausliegen. Insbesondere unsichere Käuferinnen fanden Inspiration durch die effektvoll in Szene gesetzten Fotografien und kunstvollen Illustrationen, für die nur die Besten ihres Metiers von den Verlagen engagiert wurden. Künstler wie Christian Bérard, Cecil Beaton oder Jean Cocteau. Gelegentlich blätterte auch ein wartender Ehemann gelangweilt durch die Seiten, während seine Angetraute oder Geliebte in der Umkleidekabine ein Modell nach dem nächsten anprobierte. Manchmal erschien ein Mann auch mit beiden Frauen – an unterschiedlichen Wochentagen.

Bevor die neuesten Journale auf dem Beistelltischchen neben dem Sofa landeten, las Elsa jedes einzelne Heft Seite für Seite durch. So war sie immer über die neuesten Strömungen informiert und konnte überlegen, wie sie einen Stil umsetzte – und ein ganz persönliches Extra hinzufügte, um die vorherrschende Regel zu überschreiten. Während sie ein Kleidungsstück skizzierte, hatte sie nicht nur die Beschaffenheit des Stoffes, sondern auch die geeignete Farbkombination vor Augen. Deswegen war sie besonders gespannt, als ein Artikel in der *Vogue* sich mit genau diesem Thema befasste.

Die einfarbige Garderobe ist tot! Der wahre Chic aber ist die zweifarbige Garderobe. Ganz besonders in den beiden Kombinationen Braun-Beige und Schwarz-Weiß. Schwarz ist im kommenden Herbst/

Winter ein absolutes Muss und die momentan aufregendste Note für die Abendgarderobe.

Die weltweit wichtigste Modezeitschrift empfahl genau die von ihr bevorzugte Farbpalette. Doch anstelle von horizontalen und vertikalen Streifen, die in dieser Saison auf nahezu allen Oberteilen zu finden waren, entschied Elsa sich für Diagonalen. Damit würde sie sich den Erwartungen entgegenstellen. Was es ohnehin schon gab, musste sie in ihren Entwürfen nicht wiederholen.

Eines Morgens, die Tage waren bereits kürzer geworden und die Temperaturen kühler, fiel Elsa ein Brief in ihrem täglichen Poststapel auf. Das ecrufarbene Papier mit Wasserzeichen und Prägedruck ließ sie zuerst rätseln – und dann verträumt lächeln.

Paris, 17. September 1926

Sehr verehrte Madame Schiaparelli!
Sie kennen meinen Namen nicht, und ich bin mir nicht sicher, ob Sie sich an mich erinnern. Wir sind uns vor einer Weile anlässlich einer Vernissage in der Avenue de l'Opéra begegnet. Sie hatten, ohne es zu bemerken, Ihre Halskette verloren, und ich war der Glückliche, der den Schmuck nicht nur finden, sondern Ihnen auch anlegen durfte.
An jenem Tag waren Sie in Begleitung eines, wie ich zugeben muss, blendend aussehenden Herrn. Mit dem Sie jedoch nicht verheiratet sind. Sie merken, ich habe mich über Sie erkundigt. Bedauerlicherweise haben Sie viel zu früh die Veranstaltung verlassen. So war mir die Möglichkeit versagt, mit Ihnen, der aufregendsten Frau dieses Abends, ins Gespräch zu kommen.

Diese verpasste Chance müssen wir unbedingt nachholen! Ich logiere im Hôtel Mondial, dort habe ich für morgen Abend um neun Uhr einen Tisch reservieren lassen. Ich kann es kaum erwarten, Sie wiederzusehen und versichere Sie meiner aufrichtigsten Absichten.

Seien Sie aufs Herzlichste gegrüßt
René Mertens

Das Bild des Briefschreibers hatte Elsa nur vage vor Augen, in Erinnerung geblieben war ihr ein schlanker Mann mittleren Alters mit leicht welligem Haar. Sehr genau aber erinnerte sie sich an seine Stimme, diese hatte weich und melodisch geklungen. Das hatte ihr gefallen. Gern hätte sie eine Unterhaltung mit dem ehrlichen Finder ihrer Halskette begonnen und mehr über ihn erfahren. Bedauerlicherweise hatte Max Ernst sie an diesem Abend vollends in Beschlag genommen.

Umso mehr freute sie sich über die Zeilen, die ihr sehr schmeichelten. In Gedanken sah sie sich schon, wie sie in einem schmalen Ensemble mit goldschimmerndem Stehkragen an einen stilvoll eingedeckten Tisch geführt wurde. Allerdings hielt sie es für angebracht, Monsieur Mertens keine Antwort-Depesche zu schicken. Der Herr sollte nicht den Eindruck gewinnen, dass sie so leicht zu haben war. Sie würde sich morgen im Hotel einfinden, jedoch nicht um neun Uhr, sondern eine halbe Stunde später. Ihr Verehrer sollte sich nicht zu früh in Sicherheit wiegen und ruhig noch ein wenig zappeln.

Elsa fühlte sich bereit für ein Abenteuer.

Den Familienstand ihres Gegenübers hatte sie durch geschicktes Nachfragen bereits beim Aperitif herausgefunden. Denn darüber musste sie sich rechtzeitig im Klaren sein, sollte es nicht bei dieser Einladung zum Essen bleiben und ihre Bekanntschaft sich in eine sehr persönliche Richtung entwickeln. Als betrogene Ehefrau würde sie niemals einer anderen Frau den Ehemann ausspannen. Viel zu sehr hatte sie selbst unter diesem Verrat gelitten. Und niemals wollte sie halbwüchsigen Kindern den Vater wegnehmen.

Monsieur René Mertens war Belgier, Violinist, auf Konzerttournee und – kinderloser Junggeselle. Er erzählte von seiner Zeit auf dem *Conservatoire Royale de Bruxelles* und seinen zahlreichen Konzertreisen, die ihn nach Asien, Australien und Nordamerika geführt hatten. Auch wenn er optisch bei Weitem nicht an Leonardos Niveau heranreichte – was für nahezu jeden Mann ein Ding der Unmöglichkeit darstellte –, so erschien er Elsa doch als perfekter Kandidat. Verbindlichkeiten würde keiner von ihnen eingehen, da der Musiker irgendwann weiterreisen würde. In ihren Augen ein Vorteil, schließlich suchte sie keine Verbindung für die Zukunft, sondern Zerstreuung in der Gegenwart. Von ihrer unglücklichen Ehe und der Scheidung hatte sie ihm wohlweislich nichts berichtet. Es genügte, wenn ihr Galan wusste, dass sie Witwe war.

Als sie nach einem vorzüglichen Menü beim Dessert noch mit einem Zitronensoufflé kämpfte, legte Monsieur Mertens ihr die Hand auf den Arm und blickte sie lange und eindringlich an.

»Spüren Sie es nicht auch, werte Elsa? Wir sind Seelenverwandte. Dabei wissen wir erst so wenig voneinander. Wann sehen wir uns wieder?«

Er wollte sie wiedersehen … Gut so, dann sollte er sich noch ein Weilchen gedulden. Gelassen widmete Elsa sich der Himbeere auf dem Soufflé. »Wissen Sie, René, ich schätze besonders die Musik der Klassik und der Romantik. Schicken Sie mir ein Billet für Ihr nächstes Konzert. Ich werde pünktlich sein. Versprochen.«

Kapitel 21

Zu Elsas Erleichterung berichtete Professor Perrault von ersten Erfolgen seiner kleinen Patientin. Gogo konnte mittlerweile mehr als fünf Sekunden auf einem Bein stehen. Sie gab sich große Mühe bei den Kraftübungen und sprach oft von ihrem größten Wunsch: Sie wollte »schnelle Beine« haben.

Jeden Sonntagvormittag telefonierte sie mit ihrer Tochter. Meist war Gogo wortkarg, und Elsa versuchte, sie mit heiteren Anekdoten aus dem Alltag von Gabrielle und ihren Kindern zum Reden zu bringen. Manches Mal beendete Gogo das Gespräch abrupt, weil sie noch etwas »gaaanz Wichtiges« zu erledigen hatte. Mit Charlotte Verstecken spielen, einer Puppe neue Kleider anziehen oder auf dem Genfer See Segelboote zählen … Und wieder fühlte Elsa einen Stich in ihrem Innern, weil sie in Gogos Leben nicht mehr die Hauptrolle spielte. Aber hatte sie nicht gehofft, dass die Tochter beizeiten ihren eigenen Weg finden möge? Was ihr als Mutter die Freiheit gab, ihr Leben nach ihren ganz persönlichen Bedürfnissen auszurichten.

Elsa saß in der ersten Reihe des Théâtre du Châtelet. Schon seit Tagen kündigten Plakate an den Litfaßsäulen in der Stadt den ersten Konzertabend im Rahmen der großen Herbst-Wintertournee 1926/27 von René Mertens mit dem *Orchestre Symphonique de Paris* an. Das Publikum bestand zumeist aus Paaren gesetzten

Alters. Die jungen Paare fand man in den Revuetheatern, den Künstlerkabaretts und Tanzpalästen.

Die Männer waren im obligatorischen Frack erschienen, der bereits während der Regentschaft Louis XV. in Mode gekommen war und seither nur geringe Änderungen erfahren hatte. Ihre Begleiterinnen trugen Festroben aus schwerer Seide mit Rüschen und Schleppen, wie sie ein Vierteljahrhundert zuvor vermutlich als *dernier cri* gegolten hatten. Bei diesen Frauen war das Korsett weiterhin unverzichtbarer Bestandteil ihrer Bekleidung. Anders als ihre Töchter waren sie noch nicht in der Gegenwart angekommen. Doch was mochte der Grund sein?

Vielleicht hatte der Krieg den Menschen zu viele Veränderungen abverlangt, weswegen so viele der älteren Frauen an etwas festhielten, was ihnen von klein auf vertraut war und nicht nur ihrem Körper, sondern auch ihren Gefühlen Halt gab. All die Frauen, die ihre Männer, Brüder oder Söhne verloren hatten und sich eine Erinnerung an die Zeit bewahren wollten, als für sie die Welt noch schön und heil gewesen war. In Gedanken ließ Elsa sie das Schnürmieder abstreifen und kleidete ihre Geschlechtsgenossinnen neu ein, gab ihnen Kleider, die die Körperkonturen umschmeichelten, ohne sie zu verstecken. Die Frisuren kürzte sie auf Kinnlänge.

Sie selbst hatte sich für ein dezent tailliertes Kostüm aus schwarzem Wolljersey entschieden. Dazu trug sie eine Stola aus stahlblauer Seide mit eingestickten Schmetterlingen. Bei der Farbwahl hatte sie sich an die Schmetterlingssammlung ihres Onkels Giovanni, eines renommierten Astronomen, erinnert. Als junges Mädchen hatte sie oft staunend vor einem Kasten mit blauen Morpho-Faltern gestanden, die in den Tropen beheimatet waren. Damals hatte sie sich gewünscht, sich einmal in einen solch prachtvollen Schmetterling zu verwandeln.

Der Applaus des Publikums riss sie aus ihren Gedanken. Das Orchester erschien und nahm Platz, der Dirigent trat vor und verneigte sich. Und dann erschien der Solist auf der Bühne: René Mertens mit seiner hochversicherten Violine, einer Stradivari aus dem Jahr 1707, wie er Elsa beim Dîner im Hotel *Mondial* im Flüsterton anvertraut hatte. Bevor Mertens das Instrument an seiner Schulter anlegte, wandte er den Kopf zu Elsa herüber und schenkte ihr ein Augenzwinkern.

Nie zuvor hatte sie ein Violinkonzert besucht, und schon nach den ersten Takten, die der Virtuose erklingen ließ, wusste sie – diese Töne waren nicht für ihre Ohren geschaffen. Zwar liebte sie Bach, Beethoven und Mozart, die auf dem heutigen Programm standen. Doch sie liebte ausschließlich deren Klavierkompositionen. Am meisten gefiel ihr, wenn Leonardo für sie spielte. Die Geige war kein Instrument, das die Saiten in ihrem Innern in Schwingungen versetzte.

Also konzentrierte sie sich auf die Gesichter der Musiker, darauf, wie sie die Notenblätter auf den Ständern vor sich umwendeten, auf den simultanen Bogentanz der Geigen und Bratschen. Warum saßen auf der Bühne eigentlich nur Männer? Vermutlich war Orchestermusik eines der vielen Gebiete, auf denen Frauen einiges aufzuholen hatten. Nach jedem Satz wurde die musikalische Darbietung vom Applaus des Publikums unterbrochen, und als schließlich Bravo-Rufe ertönten und einzelne Rosen mit angebundenen Briefchen auf der Bühne landeten, wusste Elsa, dass das Konzert beendet war.

René Mertens reichte erst dem Dirigenten, dann dem Konzertmeister die Hand und verschwand in den Kulissen. Der Beifall ebbte jedoch nicht ab, sondern wurde frenetischer. Fünfmal erschien der Solist auf der Bühne, verneigte sich, wobei er die Rechte gegen die Brust presste, lächelte dankbar seinen Anhängern zu und zog sich wieder zurück. Beim sechsten Mal kam er mit Geige und Bogen zurück, und der Jubel der Konzertbesucher steigerte sich erneut. Mertens trat an die Rampe, und augenblicklich wurde es still im Auditorium.

»Sie hören jetzt die Nocturne-Sérénade Opus fünfundvierzig von Pablo de Sarasate.« Er verbeugte sich tief in Elsas Richtung, die geistesgegenwärtig ihre perlenbestickte Abendtasche zu Boden fallen ließ. Hastig steckte sie den Kopf zwischen die Knie und tastete bewusst umständlich nach dem Täschchen. Sie hoffte, dass niemand sie mit Mertens Geste in Verbindung bringen würde. Sie war eine in der Nähe des Petersdoms aufgewachsene Katholikin und als Mutter einer minderjährigen Tochter darauf bedacht, dass ihr Privatleben niemals Anlass zu Spekulationen oder Klatsch geben würde. Das hatte sie sich geschworen, noch bevor sie überhaupt daran gedacht hatte, ein Privatleben zu führen.

Wenige Minuten später trafen sie und der Künstler sich am Hinterausgang des Theaters und nahmen ein Taxi zu Mertens' Hotel. Als sie die Eingangshalle betraten, machte Elsa sich unabhängig von ihrem Verehrer. Weder Gäste noch Personal sollten sie gemeinsam im Hotelfoyer oder Fahrstuhl sehen dürfen, hatte sie entschieden. Sie wollte ohne Begleitung in seine Suite im dritten Stock vorausgehen. Mertens sollte sich eine Viertelstunde Zeit nehmen, um an der Bar ein Glas Calvados oder Cognac zu trinken. Erst danach hatte er die Erlaubnis, ihr aufs Zimmer zu folgen.

Mertens' Virtuosität beschränkte sich nicht allein auf die Handhabung von Violine und Bogen, wie Elsa während der folgenden Stunden feststellte. Mit einem Mal fühlte sie sich wieder als die begehrenswerte Frau, die sie so lange nicht mehr hatte sein können. Ihr gefiel, wie ihr Verehrer ihr Gedächtnis hinsichtlich der Freuden der Liebe auffrischte und sogar zu neuen Erkenntnissen verhalf. Die wichtigste Erkenntnis aber war, dass sie jedes Recht der Welt hatte zu tun, was sie glücklich machte.

Von da an war Elsa häufiger in Konzertsälen anzutreffen. Um seine »Muse« zu beeindrucken, hatte Mertens für seine musikalischen Zugaben mehrere italienische Komponisten in sein Repertoire aufgenommen, wie Locatelli, Torelli, Veracini, Tartini und natürlich Vivaldi. Dies führte immer wieder zu kontroversen Diskussionen mit dem Dirigenten und dem Orchester, die eigens für den Starviolinisten neue Stücke einstudieren mussten.

Elsa fand Gefallen. Nicht an den Konzerten, sondern an den sehr vergnüglichen Begegnungen im Anschluss an das musikalische Ereignis, die sie in ihrem Selbstverständnis bestärkten. Sie fragte sich nicht, was aus ihrer Bekanntschaft würde, sobald ihr Verehrer in einer anderen Stadt gastieren würde, sondern kostete den Augenblick aus.

Bei jedem Zusammensein in seiner Hotelsuite betonte Mertens, dass er noch nie eine Frau getroffen habe, die sein Spiel so nachdrücklich beflügelte wie Elsa. »Sie sind für mich Euterpe, die Muse der Lyrik und der Musik«, schwärmte er. »Ich sehe mich dem Olymp bereits ganz nahe.« Die Kritiker übertrumpften sich gegenseitig in ihren Lobeshymnen, und der Agent jubelte. Sämtliche Konzerte des Künstlers waren ausverkauft, Karten gab es nur noch auf dem Schwarzmarkt, und zwar zu Höchstpreisen.

Kapitel 22

»Elsa, das ist aber eine Überraschung. Sind Sie etwa auch vor der New Yorker Eintönigkeit geflüchtet?«

Die Frau, die sie auf dem Nachhauseweg in die Rue de l'Université unvermittelt ansprach, hatte ein schmales Gesicht mit einer feinen Nase und hohen Wangenknochen. Ihr Teint erinnerte in seiner noblen Blässe an Engländerinnen, die ihren Schirm sowohl bei Regen als auch bei Sonne aufspannten. Elsa wusste sofort, wen sie vor sich hatte. Eine alte Bekannte aus ihrer Zeit in New York, eine gute Freundin von Maître Poirets Schwester Nicole Groult.

»Melanie Parker, was für eine Überraschung. Nun, ich bin gewissermaßen vor meiner Vergangenheit aus New York geflüchtet und lebe jetzt in Paris. Aber wie geht es Ihnen? Haben Sie Zeit für einen Kaffee? Ich kenne eine hübsche kleine Konditorei ganz in der Nähe.«

Auf Elsas Wunsch hin führte sie der Kellner an einen Tisch im hinteren Teil des Cafés, wo sie, eingerahmt von hohen Kübelpflanzen, ungestört miteinander reden konnten. Ohne sich vorher abgesprochen zu haben, bestellten beide Frauen mit Himbeercreme gefüllte Éclairs und einen Café Americain. »Offenbar haben wir beide denselben Geschmack«, stellte Melanie Parker lachend fest.

Nachdem Elsa von ihrer Scheidung und dem Neuanfang in Paris berichtet hatte, erzählte Missis Parker, dass sie von ihrer verstorbenen Tante eine kleine Wohnung im zwölften Arrondissement geerbt hatte und nach Paris gekommen war, um den Nachlass zu regeln. Die Amerikanerin trug einen enganliegenden blaugrauen Pullover, dessen besondere Verarbeitung Elsas Neugierde erregte. Er war fest, beinahe grob, und strahlte doch eine gewisse Eleganz aus.

»Wo gibt es einen solchen Pullover zu kaufen, Melanie?«, wollte sie wissen. »Das Material wirkt um so vieles interessanter als die übliche glatte Maschinenstrickerei.«

»Ich habe ihn von einer Armenierin anfertigen lassen. Sie wendet eine spezielle zweifädige Stricktechnik an, die in ihrer Heimat eine lange Tradition hat. Dieser Pullover ist zurzeit mein Lieblingsstück. Egal, wie oft ich ihn trage, er verzieht sich nicht und behält immer die Form.«

»Verraten Sie mir die Adresse dieser Frau?«

Melanie Parker griff in ihre Handtasche und notierte die Anschrift auf der Rückseite ihrer Visitenkarte. Die Frauen plauderten noch eine Weile über die letzte Misswahl in Amerika und über eine aus Schweden stammende Schauspielerin, in der die Kritiker den künftigen Star Hollywoods sahen: Greta Garbo.

»Bevor ich nach New York zurückreise, müssen wir uns unbedingt noch einmal treffen«, stellte Missis Parker fest.

Zu Hause angekommen, holte Elsa umgehend Skizzenheft und Stift hervor. Der Pullover von Melanie hatte ihr vor allem wegen des perfekten Sitzes und seiner Geradlinigkeit gefallen. Etwas Entscheidendes aber hatte dem Strickwerk gefehlt: Originalität und Witz. Beides war unabdingbar für das, was Elsa vor Augen hatte. Bis spät in die Nacht zeichnete sie Ziffern, Kreise und Schlangenlinien. Am nächsten Tag verwarf sie ihre Skizzen und begann von

Neuem. Sie analysierte und korrigierte, doch noch immer war sie nicht zufrieden.

Ihr Arbeitseifer wurde kurz und auf recht angenehme Weise unterbrochen. René Mertens hatte sich offenbar vorgenommen, seiner Angebeteten Anlass zu geben, fortwährend an ihn zu denken. Jeden Tag schickte er ihr ein Präsent in die Rue de la Paix. Mal war es ein Blumenbouquet von Lachaume, eine riesige Schachtel belgischer Schokoladentrüffel oder ein halbes Dutzend Gläser italienisches Pistazienmark aus der Feinkostabteilung der Galeries Lafayette. Und immer lag ein Brief dabei, in dem er die Harmonie ihrer beider Seelen und ihr Füreinanderbestimmtsein heraufbeschwor. Vielleicht würde sie diese Aufmerksamkeiten vermissen, wenn sie ihre Rolle als »Muse und Gefährtin« der Nacht zu Ende gespielt hatte. Vielleicht.

Nach mehrtägigem Experimentieren blickte Elsa zufrieden auf ein Skizzenblatt, auf dem jeder Strich ihre Idee exakt wiedergab. Jetzt galt es, diese Idee umzusetzen.

Aroosiag Mikaelian, eine kleine, füllige Armenierin von Mitte vierzig, wohnte und arbeitete in einer Dachwohnung in der Nähe der Église de Madeleine. Auf dem Sofa, auf Stühlen, auf einer Kommode, sogar auf der Fensterbank stapelten sich Pullover, Schals und Jacken. Von den Möbeln war kaum noch etwas zu sehen. Elsa zeigte ihr eine Entwurfszeichnung: einen Pullover mit eingestrickter Schleife am Halsausschnitt, die man auch für einen Schmetterling mit ausgebreiteten Flügeln hätte halten können. An den Ärmeln handbreite Manschetten.

»Können Sie so etwas stricken?«, wollte Elsa wissen und wartete gespannt auf die Antwort. Die Armenierin ließ sich Zeit, bevor sie antwortete.

»Will versuchen.«

»Ich möchte einen schwarz-weißen Pullover haben. Im unteren Teil und an den Ärmeln herrscht Schwarz vor, aber das Weiß soll wie kleine Sprenkel von unten durch die Maschen durchschimmern. Anders bei der Schleife, hier ist die dominierende Farbe Weiß, und die schwarzen Fäden bilden den Hintergrund.«

Die Strickerin runzelte die Stirn und drehte die Skizze in ihren Händen. »Wollen zwei Farben haben?«

»Ja. Meinen Sie, das ist zu schaffen?«

»Will versuchen.«

»Wie lange brauchen Sie?«

»Nächste Woche.«

Wieder zu Hause kamen Elsa Zweifel, ob Aroosiag sie richtig verstanden hatte. Sie selbst hatte sich derart in die Idee eines Schleifenpullovers verliebt, dass sie überlegte, selbst das Stricken zu erlernen, sollte ihr das Resultat nicht gefallen. Doch dann erinnerte sie sich daran, wie sie früher im Handarbeitsunterricht bereits beim Aufnehmen der Maschen gescheitert war. Besser war es, auf die Geschicklichkeit der Armenierin zu setzen.

Als sie eine Woche später voller Ungeduld das Ergebnis in Augenschein nahm, hielt sie einen Pullover in den Händen, der unverkennbar zweifädig gestrickt war. In den Farben Schwarz und Weiß. Und er war formvollendet gestrickt. Aber das, was sie sich als Schleife vorgestellt hatte, sah aus wie ein konturloser, heller Fleck.

Sie wählte ihre Worte sorgsam, um sich ihre Enttäuschung nicht anmerken zu lassen. Denn irgendetwas in ihr glaubte weiterhin daran, dass nur diese Strickerin ihre Idee in Maschen umsetzen konnte.

»Dieser erste Versuch ist Ihnen gut gelungen, Aroosiag. Aber können Sie die Schleife deutlicher herausarbeiten? Am liebsten so, dass man auch an einen Schmetterling denken könnte.«

»Nicht gefallen? Ich soll machen neuen Pullover?«

»Ja bitte, ich zahle auch für jeden weiteren Versuch.«

Aroosiag nickte. »Kommen nächste Woche, Madame Schiaparelli.«

Fünf weitere Versuche waren nötig, und jedes Mal wurde der weiße Fleck am Halsausschnitt einer Schleife ähnlicher, bis Elsa eines Tages jubelte: »Ja, genau so habe ich ihn mir vorgestellt.«

Aroosiags Augen leuchteten vor Freude und Stolz. »Ist schwer zu stricken. Aber Armenier können alles stricken.«

Um die Reaktion auf ihr Strick-Experiment zu testen, hatte sie sich kurz darauf mit Gabrielle und Blanche im *Café Vendôme* verabredet.

»Wo hast du diesen originellen Pullover her, Elsa? Den würde ich am liebsten auf der Stelle gegen meinen eigenen Langweiler eintauschen.« Gabrielle beugte sich auf dem Stuhl vor und sprach flüsternd und mit ironischem Unterton weiter. »Ich glaube, der Kellner dort drüben hat genau verstanden, was ich gesagt habe. Hoffentlich macht er sich jetzt keine falschen Hoffnungen.«

»Ich sage dir, dieser Pullover wird ein Verkaufsschlager! Woher nimmst du nur deine Ideen, Elsa?«, fragte Blanche und bestellte dreimal Café Royal, mit Cognac flambierten Kaffee. »Geistesblitze müssen angemessen gefeiert werden«, entschied sie mit einem Augenzwinkern.

Elsa fühlte sich erleichtert. Ihre Freundinnen waren ihre strengsten und wichtigsten Kritikerinnen. Sie hatten nicht nur einen gesunden Menschen-, sondern auch Modeverstand. Was sie nicht allein daran bemaß, dass die beiden ausschließlich von ihr entworfene Kleidung trugen. »Ich gebe zu, die Idee stammt ursprünglich nicht von mir. Bei der grobkörnigen Struktur und der Zweifarbigkeit habe ich an Bilder von Max Ernst gedacht.«

»Du hast recht«, rief Gabrielle überrascht aus. »Der Pullover erinnert tatsächlich an eine Frottage. Ich habe gar nicht gewusst, dass man diesen Effekt auch auf die Strickerei übertragen kann.«

Blanche tunkte den Löffel mit dem brennenden Zucker in den Kaffee und sah zu, wie die kleine Flamme erlosch. Vorsichtig rührte sie in der Tasse um. Nach dem ersten Schluck lächelte sie höchst zufrieden. »Hm, Café Royal ist die Spezialität des Hauses …« Zu Elsa gewandt fuhr sie fort: »Ich wette, die Presse wird sich vor Begeisterung überschlagen. Schleifen und Manschetten kannte man bisher doch nur als Aufputz. Aber als Strickmuster sind sie etwas völlig Neues.«

Elsa sah sich bestätigt. »So ist es. Ich wollte von der Gewohnheit abrücken und eine optische Täuschung schaffen, einen Trompe-l'œil-Effekt. Man findet diese Finesse häufig auf Gemälden der Renaissance. Bei uns zu Hause im Palazzo Corsini hingen Dutzende derartiger Bilder.« Sie blickte in die Runde. »Jetzt aber zu meiner nächsten wichtigen Frage: Was haltet ihr von einer zweiten Runde Café Royal?«

Kapitel 23

Es sollte Mertens letzter Konzertabend in Paris werden, bevor er Anfang Dezember seine Tournee in London fortsetzen würde. Er hatte ein Dîner für zwei Personen auf seine Suite bestellt. Elsa wartete im Bad, bis der Kellner das Zimmer verlassen hatte. Mertens erschien ihr an diesem Abend besonders leutselig. Schwungvoll erhob er das Glas und blickte ihr lange in die Augen. Seine weiche, melodische Stimme versetzte ihr Herz in Schwingungen.

»*Santé*, meine wunderbare Elsa. Auf unsere Zukunft und das, was noch kommen mag.«

Sie stutzte und überlegte, was diese Worte zu bedeuten hatten. Denn für sie stand fest: Ihre persönliche Zukunft lag in Paris und die ihres Liebhabers auf Zeit beim jeweils nächsten Gastauftritt. »Sagten Sie nicht, René, Sie hätten ein Engagement in London?«

»So ist es. Unser künftiger konspirativer Treffpunkt ist das *Regent Park Hotel*. Ich habe bereits eine Wohnung für Sie ganz in der Nähe angemietet, in Little Venice. Ein zauberhafter Stadtteil, der Sie nicht nur wegen seines Namens an Ihre frühere Heimat erinnern wird.«

Fast hätte Elsa sich am Champagner verschluckt. Mertens hatte sich als ausdauernder und einfallsreicher Liebhaber gezeigt. Die gemeinsamen Stunden hatten ihr Herz zum Beben und ihren Mund zum Lächeln gebracht. Wie aber konnte er davon ausgehen, dass sie mitkommen würde? Noch dazu ungefragt!

»René, ich bin Römerin von Geburt und Pariserin aus Überzeugung. Warum sollte ich Sie nach London begleiten?« Sie widmete sich der Wachtelpastete im Blätterteigmantel mit in Armagnac marinierten Pistazien, die in dieser gewagten Kombination außergewöhnliche Aromen entfalteten.

»Warum? Was für eine Frage. Weil ich Sie brauche, Elsa. Nie habe ich in meinem Spiel einen intensiveren Ausdruck erreicht als bei meinen Konzerten in Paris. Sie sind meine Muse, und eine Muse hat keine vornehmere Aufgabe, als ihrem Gebieter zu dienen und ihm überallhin zu folgen …«

Elsa fragte sich, wie wohl das Gehör eines Musikers beschaffen sein mochte, wenn es jeden noch so geringen Misston in einem Orchester wahrnahm, zu dem aber nicht vordrang, wenn eine Frau von ihrem Beruf sprach. Einem Beruf, den sie liebte, der ihr Anerkennung und Einkünfte einbrachte. Geld, auf das sie angewiesen war, um die Kosten für das Internat und die medizinische Behandlung ihrer Tochter in der Schweiz zu finanzieren.

Sie überlegte, ob sie sich weitere Betrachtungen zu diesem Thema sparen und stattdessen ihren Mantel nehmen und gehen sollte. Allerdings mochte sie nicht auf ein exquisites Menü verzichten. Auch wenn sie italienische Gerichte liebte, weil sie sie an ihre Kindheit erinnerten, so hatte die französische Küche doch Qualitäten, die sie zu schätzten wusste.

Also ließ sie ihren Kavalier reden, ihn von künftigen gemeinsamen Reisen zu den Stätten umjubelter Auftritte fabulieren. Seine Stimme war urplötzlich aus dem Takt geraten und hatte an Reiz verloren. Offenbar hatte sie ihn falsch eingeschätzt und den sensiblen Musiker für einen ebenso sensiblen Mann gehalten. Doch sie wollte ihm zugutehalten, dass er ihr nach jahrelanger Leere ihre Weiblichkeit zurückgegeben hatte. Elsa richtete ihre Aufmerksamkeit auf die Wildkräutersuppe mit Honig-Senf-Croutons, das Kalbsragout mit Pfifferlingen und den sensationellen *Ananas meringués*. Erst dann wieder drang die Stimme Mertens in ihr Bewusstsein.

»... also nehmen wir am kommenden Samstag um elf die Fähre nach Dover.«

Nonchalant führte sie ein Stückchen Brie de Melun zum Mund und kostete. Jetzt war der Zeitpunkt gekommen, Dinge, die klar auf der Hand lagen, auch klar auszusprechen.

»Hier liegt ein Missverständnis vor, mein lieber René«, sagte sie. »Nicht wir nehmen die Fähre, sondern Sie. Allein. Wie Sie wissen, habe ich in Paris eine Aufgabe, die mich erfüllt. Sie ist Teil meines Lebens. Oder würden Sie Ihr Geigenspiel für eine Frau aufgeben?« Eine Antwort brauchte sie gar nicht abzuwarten, weil sie diese bereits wusste. »Sehen Sie, und ebenso wenig bin ich bereit, für einen Mann meine Bestimmung aufzugeben.«

Mertens starte sie ungläubig und mit offenem Mund an. Seine Tonlage änderte sich, die Worte klangen mit einem Mal rau und herausfordernd. »Welch absonderlicher Vergleich. Meine Bestimmung ist die Musik, Ihre ist es, den Musiker zu inspirieren. Wenn Sie nicht mitkommen, verliert mein Spiel seinen Glanz. Sie verhöhnen das Publikum! Bedeutet Ihnen die Kunst denn so wenig?«

»Kunst bedeutet mir sogar sehr viel, denn das, was ich mache, ist Kunst.« Sie tupfte sich mit der Serviette den Mund ab, stand auf, nahm Mantel und Tasche aus dem Garderobenschrank und ging zur Tür. »Sie müssen sich eine neue Muse suchen. *Au revoir*, René. Lassen Sie mich wissen, wenn Sie wieder einmal in Paris gastieren.«

Kapitel 24

Müde blickte Elsa zur Uhr. Schon nach Mitternacht. Zweifellos steckte sie in einem Dilemma. Denn je erfolgreicher sie mit ihrem Unternehmen wurde, desto mehr unerfreuliche Tätigkeiten hatte sie zu erledigen. Etwa die Bestellung von Ober- und Futterstoffen, Knöpfen, Nähgarn, Scheren und Maßbändern. Als besonders lästig empfand sie die Auflistung der monatlichen Ein- und Ausgaben für ihre Manufaktur sowie die Überprüfung der Gehälter für die stetig wachsende Anzahl an Zuschneiderinnen, Näherinnen und Verkäuferinnen.

Elsa hasste es, Zahlen in Spalten und Tabellen einzutragen, diese anschließend zu übertragen und dann auch noch zu addieren. Post zu bearbeiten war ebenfalls etwas, das sie von ihrer eigentlichen Bestimmung abhielt. Ganz zu schweigen von der mühseligen alljährlichen Inventur, die ihr in diesen ersten Januartagen bevorstand. Was nur den einen Schluss zuließ: Sie brauchte jemanden, der ihr diese Arbeit abnahm. Sie brauchte eine Sekretärin. Eine tüchtige Sekretärin.

Am liebsten stellte Elsa Mitarbeiterinnen ein, die aus dem engeren oder entfernteren Bekanntenkreis stammten. Zu solchen Leuten konnte sie leichter Vertrauen aufbauen als zu wildfremden Menschen. Und wieder war es Blanche, ihre verlässliche Freundin, die einen zielsicheren Vorschlag machte. Sophie, die Schwester ihres Bäckers, war nach zwölfjähriger glücklicher und kinderloser

Ehe Witwe geworden. Ihre Rente war knapp, und so suchte sie nach einer Anstellung. Vor der Heirat hatte sie als Schreibkraft in einer großen Anwaltskanzlei in der Nähe des Élysée-Palastes gearbeitet.

In dem Augenblick, als die Sekretärin in spe den Salon in der Rue de la Paix betrat, wusste Elsa, dass sie es mit einer gutherzigen und zuverlässigen Person zu tun hatte. Sophie Valmont war eine mollige Mittvierzigerin mit Stupsnase, grünbraunen Augen und kupferfarbenem Haar, das sie sich zu einem Chignon-Knoten aufgesteckt hatte. Ähnlich den Frauen, die Toulouse-Lautrec um die Jahrhundertwende porträtiert hatte. Alles an ihr wirkte weich und weiblich.

Ihr Kleidungsstil entsprach allerdings nicht Elsas Vorstellungen. Sophies dunkelgraues, weit schwingendes Kostüm und die gelb gestreifte Bluse mit hochgeschlossenem Kragen mochten für eine Anwaltskanzlei angemessen sein, gehörten aber einer anderen Zeit an. Ebenso wie die Schnürstiefeletten. Elsa würde ihrer Sekretärin einige schmale Röcke und Jersey-Oberteile als »Dienstkleidung« zur Verfügung zu stellen. Schließlich sollten auch ihre Angestellten Aushängeschild für ihr Modegeschäft sein.

An ihrem ersten Arbeitstag beschriftete Sophie leere Kartons und räumte diese in ein Regal in Elsas Büro. Sie ordnete Belege über verkaufte Kleidungsstücke, außerdem Handwerker- und sonstige Rechnungen, die bereits bezahlt waren oder noch beglichen werden mussten, Quittungen über die verschiedensten Warenlieferungen, Ausgaben für Miete … Nachweise, die Elsa wahllos in einer Hutschachtel gesammelt hatte. Am Telefon begegnete Sophie den Gesprächspartnern mit einer Verbindlichkeit, als handele es sich bei jedem Einzelnen von ihnen um einen langjährigen Bekannten. Sogar kurz vor Feierabend wirkte sie noch ruhig und konzentriert.

»Einmal im Monat müssen die Belege aus den Kartons abgeheftet werden«, erklärte Sophie. Sie sprach mit einer Entschiedenheit, als wolle sie am liebsten sofort damit beginnen. »Dazu benötigen wir Aktenordner. Außerdem brauchen Sie einen Kalender für Ihre geschäftlichen Termine, Madame Schiaparelli. Ich würde gern eine Kundenkartei anlegen, damit Sie jederzeit Zugriff auf Namen, Anschrift und Konfektionsgröße einer Kundin haben. Dann erkennen Sie auf einen Blick, welches Kleidungsstück diese Dame wann und in welcher Farbe gekauft hat und welche persönlichen Vorlieben und Abneigungen sie hegt. Mit einer solchen Übersicht bleibt Ihnen mehr Zeit für wichtigere Dinge.«

»Ich gebe zu, dass ich zum Chaos neige«, räumte Elsa ein. »Schon seit meiner Kindheit und damals zum Leidwesen meiner Eltern. Wie gut, dass ich nun Sie habe. Im Gegensatz zu mir scheinen Sie die Ordnungsliebe in Person zu sein, und das ist genau das, was ich brauche.« Elsa bedachte Sophie mit einem anerkennenden Blick. In Gedanken lobte sie Blanche, die ihr diese kompetente Frau vermittelt hatte.

Als Sophie Valmont sich verabschiedete, glänzten ihre Augen. »In einer schönen Umgebung zu arbeiten, macht viel mehr Freude als in einer Rechtsanwaltskanzlei.« Sie knotete ein geblümtes Kopftuch unter dem Kinn zusammen und schlug den Mantelkragen hoch. »*Au revoir* und bis morgen, Madame Schiaparelli.«

Es dauerte nicht einmal zwei Wochen, und Sophie hatte sich unentbehrlich gemacht. Mit fliegenden Fingern tippte sie Briefe auf einer Olivetti-Schreibmaschine, die Elsa eigens in Italien bestellt hatte. Sie nahm die Lieferung von Zubehör und neuer Waren entgegen oder brachte Bestellungen für Kundinnen auf den Weg. Einmal im Monat besorgte sie die neuesten Ausgaben aller wichtigen Modemagazine und machte Elsa darauf aufmerksam, wenn wieder einmal eine Reportage über sie in einer der Pariser Tageszeitungen erschienen war. Jeden Artikel heftete sie in einem speziellen Ordner ab.

Sophie schätzte alle technischen Neuerungen, die Zeitersparnis bedeuteten und die alltägliche Büroarbeit einfacher machten, wie beispielsweise eine elektrisch betriebene, vollautomatische Rechenmaschine. Auch hatte sie Elsa zu einem Telefonanschluss mit mehreren Geräten geraten. Nun konnte aus jedem Raum telefoniert werden, und weder Kundinnen noch Verkäuferinnen wurden zu unfreiwilligen Ohrenzeugen, wenn ihre Chefin vertrauliche Gespräche mit ihren Näherinnen, Lieferanten oder auch mit Gogo führte.

Weniger aufgeschlossen war Sophie modischen Neuerungen gegenüber. Sie liebte ihre Garderobe aus den Vorkriegsjahren. Manches Teil hatte sie von einer verstorbenen Tante geerbt. Elsa konnte ihre Sekretärin zwar nicht überzeugen, aber doch überreden, bei der Arbeit »Dienstkleidung« zu tragen. Diese bestand aus einem meist zweiteiligen Jersey-Ensemble in Dunkelblau oder wechselweise einem warmen Grünton, harmonisch abgestimmt auf ihr kupferfarbenes Haar. In ihren neuen Kleidern wirkte Sophie wie verwandelt. Sie sah plötzlich aus wie eine fortschrittliche Frau.

Die Kundinnen konnten an ihr wie auch den beiden jungen, deutlich schlankeren Verkäuferinnen ablesen, dass Elsas Entwürfe von Frauen verschiedenster Altersklassen und Konfektionsgrößen getragen werden konnten. Unbedingt beibehalten wollte Sophie ihre nostalgische Frisur mit dem weich aufgesteckten Knoten oben am Hinterkopf. Für Elsa war das in Ordnung, machte doch gerade der Kontrast zwischen modern und altmodisch Sophies Charme aus.

So vergingen arbeitsreiche Wochen. Der Winter hatte die Stadt noch fest im Griff, da wurden in den großen Couture-Häusern die Frühjahrsschauen 1927 gezeigt. Mittlerweile hatte Elsa eine beträchtliche Zahl an Stammkundinnen, immer häufiger tauchte ihr Name in den Feuilletons der Pariser Tageszeitungen auf.

»Für nächsten Freitag hat Monsieur Main Bocher, der neue Chefredakteur der *Vogue Paris*, zu einem Empfang ins *Hôtel Elysée* eingeladen«, erinnerte Sophie und zeichnete ein dickes E in Elsas Terminkalender. »Dort werden alle zusammenkommen, die in dieser Stadt etwas mit Mode zu tun haben. Wissen Sie schon, was Sie zu diesem Anlass tragen werden, Madame Schiaparelli?«

Kapitel 25

Natürlich wusste Elsa, was sie an diesem Abend tragen wollte. Tragen musste! Zu ihrem Schleifenpullover wählte sie einen schmalen, knielangen schwarzen Rock sowie Schuhe und Handtasche aus schwarzem Wildleder. Die Accessoires sollten bewusst zurückgenommen und schlicht sein. Nichts sollte von ihrem Pullover, ihrem Prachtstück, ablenken. Das kinnlange schwarzbraune Haar trug sie mit viel Brillantine glatt nach hinten gekämmt. Monsieur Alexandre, der aus Polen stammende Star unter den Pariser Coiffeuren, hatte ihr zu dieser Frisur verholfen. Zu einem dezenten Lidstrich und viel Mascara hatte sie burgunderroten Lippenstift aufgetragen.

Elsa beschloss, eine Dreiviertelstunde zu spät zum Empfang zu kommen. Zu einem Zeitpunkt, wenn der Hausherr bereits die Gäste begrüßt hatte, wenn wichtige Menschen einander vorgestellt worden waren, wenn die erste Anspannung und Aufregung sich gelegt und alle gemeinsam auf einen gelungenen Abend angestoßen hatten … Dann würde sie ihren großen Auftritt haben.

Ihr Plan ging auf. Als sie den Festsaal des *Hôtel Elysée* mit seinen funkelnden Kristallleuchtern und den hohen Kübelpalmen betrat und einen Augenblick stehen blieb, ebbte das Stimmengewirr mit einem Mal ab. Alle Augen waren auf sie gerichtet. Sie tat, als würde sie die Aufmerksamkeit nicht bemerken, und schritt geradewegs auf den Gastgeber zu. Dieser unterbrach sein Gespräch und musterte sie mit einem anerkennenden Blick. Dabei spitzte er die Lippen wie zu einem lautlosen Pfiff.

»Madame Schiaparelli, wie ich vermute. Willkommen in unserer Runde.«

»Zunächst meinen Glückwunsch zu Ihrem neuen Posten, Monsieur Bocher. Ist es richtig, was man mir sagte, Sie sind in Chicago geboren? Ich habe mehrere Jahre in New York gelebt.« Sogleich entwickelte sich zwischen Elsa und dem Chefredakteur der *Vogue Paris* ein lebhaftes Gespräch, in dessen Verlauf sie feststellten, dass sie einmal gemeinsam ein Jazzkonzert in einem Club in Manhattan besucht haben mussten.

Mittlerweile waren sie von den Redakteuren aller großen Modezeitschriften umringt. Sie hatten bereits Stift und Notizbuch gezückt, um über den Empfang zu berichten. Doch nicht nur der Gastgeber war ein gefragter Interviewpartner, auch Elsa erregte die Neugier der Journalisten, wobei die erste Frage immer ihrem außergewöhnlichen Pullover galt. Bereitwillig erteilte sie Auskunft, lachte und scherzte mit den Fotoreportern, die sich durch die Schar der Gäste schlängelten und dabei mit hoch ausgestrecktem Arm ihre Blitzlichtgeräte ausrichteten. Offenbar hatten sie den Ehrgeiz, sämtliche Anwesende von möglichst vielen Seiten abzulichten. Mancher Kellner, der ein Tablett mit vollen Gläsern transportierte, konnte einen Zusammenstoß nur knapp vermeiden.

Unverhofft lief Elsa einem Mann in einem weißen Anzug und mit einer Rose im Knopfloch in die Arme, dessen Bekanntschaft sie seinerzeit bei einem Besuch im Metropolitan Museum in New York gemacht hatte. Edward Steichen, der in den Staaten als »Wunderkind der Fotografie« gefeiert wurde.

»Steichen, wie schön, Sie heute hier zu treffen«, rief Elsa. »Monsieur Bocher erwähnte vorhin einen ganz hervorragenden Fotografen, den er für die *Vogue* gewinnen konnte. Ich habe sofort vermutet, dass von Ihnen die Rede war.«

»Die Freude ist ganz meinerseits, Elsa. Sie leben also jetzt in Paris und entwerfen Mode … Ich hoffe, wir haben bald einmal beruflich miteinander zu tun.« Steichen deutete eine Verbeugung an und entschwand Richtung Bar.

»Sie sind uns eine Auskunft schuldig, Madame«, vernahm sie hinter sich eine helle Stimme. Sie wandte sich um und sah sich einer Gruppe von etwa einem Dutzend Frauen gegenüber, die sie neugierig anschauten.

»Sehr gerne, meine Damen. Was möchten Sie wissen?«, fragte sie betont gleichmütig.

Plötzlich redeten alle durcheinander.

»Aus welchem Material besteht dieser Pullover?«

»Wo kann man ihn kaufen?«

»Behält er seine Form, oder muss man ihn nach dem Tragen aufdämpfen?«

Äußerlich ruhig beantwortet Elsa alle Fragen, während in ihrem Innern etwas laut jubelte.

Aufmerksam lauschten die Frauen ihren ausführlichen Erklärungen, und dann hatten alle nur noch einen Wunsch: Sie wollten auch so einen Pullover besitzen. In Elsa triumphierte es weiter, und sie ließ sich diese Chance nicht entgehen.

»Besuchen Sie mich in meinem Salon in der Rue de la Paix«, sagte sie. »Zuerst stellen wir fest, welche Größe Sie benötigen. Danach müssen Sie sich allerdings einige Tage gedulden. Dieser Pullover ist keine Konfektionsware, jede von Ihnen wird ein individuell angefertigtes Exemplar erhalten.«

In diesem Moment eilte ein Gast vorüber, der in jeder Hand einen großzügig gefüllten Teller trug. »Die Damen sollten unbedingt die Gänseleberpastete und den Hummer probieren«, raunte er ihnen zu. Elsa nutzte die Gelegenheit, sich von den Frauen zu verabschieden und dem Buffet zuzuwenden, auf dem alle Köstlichkeiten aufgetischt waren, die die französische Küche zu bieten hatte. Ausnahme bildete ein wagenradgroßer Cheesecake – als Reminiszenz an den aus Amerika stammenden Gastgeber.

Bei Garnelen und Trüffelpastete lernte Elsa Redakteure, Zeichner und Fotografen kennen, die für die großen Modemagazine arbeiteten. Die Porträts von George Hoyningen-Huene, des noch jungen Cheffotografen der französischen *Vogue*, waren ihr bereits in verschiedenen Zeitschriften aufgefallen. Sie bewunderte ihn für den einfühlsamen Einsatz von Licht und Schatten, die seine Modelle wie dreidimensionale Skulpturen erscheinen ließen. Persönliche Bekanntschaft machte sie auch mit einigen der Couturiers, deren Namen sie bisher nur aus den bekannten Modejournalen kannte, wie Madame Vionnet, Monsieur Rochas und Monsieur Patou. Schnell kam man miteinander ins Gespräch, wechselte mehr belanglose als persönliche Worte und wahrte eine freundliche Distanz.

Was Elsa insgeheim erleichterte. Offenbar sah niemand in ihr eine ernstzunehmende Konkurrentin. Ihr gefiel es, unterschätzt zu werden. Noch … unterschätzt zu werden! Sie würde sorgsam überlegen, welche Rolle sie künftig in der Pariser Modewelt spielen wollte. Denn eins spürte sie ganz deutlich. Dieser Abend war erst der Anfang von etwas, dessen Ausmaß sie noch gar nicht überblickte.

Unter den Gästen suchte sie nach dem Gesicht einer Frau, vor deren Misstrauen Blanche und Gabrielle sie eindringlich gewarnt hatten. Nach dem Gesicht von Coco Chanel. Sie wollte sich nicht von der Skepsis der Freundinnen beeinflussen lassen. Womöglich waren die beiden durch sensationslüsterne Berichte in den Boulevard-Zeitungen beeinflusst, die sich mehr mit dem abwechslungsreichen Privatleben der Modeschöpferin als mit ihren Entwürfen befassten. Vielmehr war Elsa neugierig auf diese Frau, die sich aus eigener Kraft und höchst erfolgreich ein Unternehmen mit mehreren hundert Angestellten aufgebaut hatte. Die, so war in den Zeitungsreportagen zu lesen, gern betonte, dass Mode zu machen ein Handwerk sei. Eines, das sie erlernt hatte.

Und dann sah Elsa, wie die Gesuchte schön, schmal und elegant mit einer Zigarette zwischen den Fingern an einer Säule lehnte. So, als würde sie für einen Fotografen posieren. Doch außer ihr stand dort niemand. Mit einem Glas in der Hand eilte Elsa zu ihr.

»Guten Abend, Mademoiselle. Ich bin Elsa Schiaparelli. Wollen wir gemeinsam auf diesen wunderbaren Abend anstoßen?«

Coco Chanel blickte sie aus kühlen Augen an, hob nur ein wenig die linke Braue an. »Ich pflege in der Öffentlichkeit keinen Alkohol zu trinken.«

»Auf Ihr Wohl, Mademoiselle.« Elsa trank einen kräftigen Schluck Champagner aus ihrem Glas. Keinesfalls wollte sie sich entmutigen lassen und versuchte einen anderen Weg, ein Gespräch zu beginnen.

»Man sagte mir, Sie würden reiten. Sehr gut reiten sogar.«

»Sagte man so?«

Warum nur gefiel diese Frau mit der makellosen Figur und dem makellosen Teint sich darin, die Wärme eines Eisbergs zu verströmen?, fragte sich Elsa und versuchte es mit einem Plauderton. »Ich selbst bin leider völlig unbegabt. Als ich etwa zehn Jahre alt war, gastierte bei uns in Rom der Zirkus Rosai. In der Pause schlich ich mich zu den Pferden und entdeckte unter ihnen ein Pony. Einer der Clowns half mir auf, und sofort rannte das Tier los und galoppierte mit mir auf dem Rücken durch die Manege. Urplötzlich blieb es stehen und schüttelte sich. Und schon lag ich im Sand. Seither habe ich nie wieder in einem Pferdesattel gesessen.«

»Sie sind Italienerin? Was machen Sie in Paris?«

Elsa verspürte plötzlich Lust, diese unnahbare Frau herauszufordern. »Ich lebe hier und tue das, was mir am meisten Vergnügen bereitet. Ich entwerfe Kleider.«

»Viel Erfolg, Madame.« Abrupt wandte Coco Chanel ihr den Rücken zu und eilte auf einen Mann mittleren Alters in schwarzem Frack zu, bei dem sie sich vertraulich unterhakte. Lachend verschwanden die beiden in Richtung Bar.

»Ich sagte dir doch, Mademoiselle ist ein schwieriger Charakter. Sie gilt als grenzenlos ehrgeizig, und ganz bestimmt war sie neidisch, weil du der Star des Abends warst«, versuchte Gabrielle beim Nachmittagstee eine Erklärung für dieses sonderbare Verhalten. »Glaub mir, Elsa, Mademoiselle wird nicht amüsiert sein, wenn bald die halbe Welt von deinem Pullover redet.«

Kapitel 26

Aroosiag konnte gar nicht so viele Pullover auf einmal stricken, wie Elsa Bestellungen nach dem Abend bei Monsieur Main Bocher erhielt. Die vier Schwestern und drei Schwägerinnen der Strickerin mussten aushelfen, und so fertigten mittlerweile acht armenische Frauen in ihrer landestypischen Technik mehrere Dutzend Schleifenpullover in unterschiedlichen Größen und Farbzusammenstellungen.

Eines Morgens kam Sophie mit geheimnisvoller Miene in Elsas Büro. »Stellen Sie sich vor, soeben kam ein Telegramm aus New York.«

Elsa war gerade dabei, ein neues Muster für ihren Pullover zu skizzieren, eine auf einem Quadrat stehende Raute. Weil sie diese Tätigkeit nicht unterbrechen wollte, bat sie Sophie, den Text vorzulesen.

Eilige Bestellung: vierzig Schleifenpullover und vierzig Röcke. Lieferung innerhalb drei Wochen. Adam Gimbel, Saks New York City, Geschäftsleitung.

Sofort legte Elsa Stift und Lineal zur Seite und nahm das Telegramm zur Hand. »Lassen Sie sehen, Sophie.«

Sie las … und las ein zweites Mal … und dann hatte sie sich auch schon den Mantel übergeworfen und war aus dem Geschäft gestürmt. Sie musste mit Aroosiag sprechen. Umgehend!

In der Rue de la Paix war weit und breit kein Taxi zu sehen. Und so hastete Elsa vorbei an der Église de Madeleine in die Rue de l'Arcade. Knapp zehn Minuten später rannte sie die fünf Stockwerke bis zur Mansardenwohnung hoch und presste die Faust in die schmerzende Seite. Sie schnappte nach Luft. So schnell war sie seit Kindertagen nicht mehr gelaufen. Als sie Aroosiag ihr Anliegen vortrug, schüttelte diese bedauernd den Kopf.

»Kann nicht machen, Madame Schiaparelli. Habe ich schon so viele Aufträge. Vierzig Pullover! In welcher Zeit sollen sein fertig?«

»In zwei Wochen muss die Ware nach Amerika verschickt werden, damit sie dort rechtzeitig ankommt.«

Aroosiag verschränkte die Arme vor der Brust und setzte eine strenge Miene auf. »Zwei Wochen. Unmöglich!«

»Das Wort *unmöglich* existiert in meinem Wortschatz nicht«, entfuhr es Elsa heftiger, als sie beabsichtigt hatte. Mit beschwörender Stimme sprach sie weiter. »Hören Sie, Aroosiag, dies ist mein erster großer Auftrag. Noch dazu ein internationaler. Saks ist ein Luxuskaufhaus, jeder in Amerika kennt diesen Namen. Wir müssen es schaffen, irgendwie. Wer außer Ihnen, Ihren Schwestern und Schwägerinnen beherrscht diese Stricktechnik?«

Aroosiag runzelte die Stirn und blickte zur Decke, als suchte sie dort nach einer Antwort. »Also, ich kann fragen in unsere armenische Gemeinde. Da sind Frauen, jung und alt. Ich sie sehe am Sonntag, wenn wir alle gehen in Kirche. Aber weiß nicht, ob haben Zeit.«

»Ja, fragen Sie alle. Sagen Sie ihnen, dass sie berühmt werden und dass ihre Pullover demnächst sogar in New York getragen werden.«

Unten auf der Straße hielt Elsa ein Taxi an und ließ sich zum

Boulevard Haussmann bringen. Mit dem Aufzug fuhr sie in die zweite Etage der Galeries Lafayette, wo sich die Stoffabteilung befand. Innerhalb weniger Minuten hatte sie mehrere Meter leichten Wolljersey für vierzig Röcke gekauft, die auf schnellstem Weg zu Eugénie gebracht werden sollten. *An Taille und Hüfte schmal, Knielänge, unten leicht ausgestellt, wie beim letzten Modell für Madame Martine Renard*, schrieb sie auf einen Zettel und heftete ihn an den Stoff.

Am Montag kam die erlösende Mitteilung, dass sich drei weitere Frauen aus der armenischen Gemeinde bereit erklärt hatten, Aroosiag zu unterstützen. Auf ihre bewährten Zuschneiderinnen und Näherinnen hatte Elsa sich immer verlassen können. Sie waren es gewohnt, auch in kurzer Zeit Aufträge zu erledigen. Wie aber war es um die ihr unbekannten Strickerinnen bestellt?

Täglich fragte sie bei Aroosiag nach, wie viele Pullover schon fertig waren. Ihre Nervosität stieg. An diesem Auftrag zu scheitern, noch bevor ihre eigentliche Karriere begonnen hatte, würde sie sich niemals verzeihen können. Und immer brachte sie etwas für die Frauen und Mädchen mit, um sie bei Laune zu halten. Mal waren es Nougattrüffel, dann kleine Seifen in Rosenform oder Lippenstifte.

Nach zehn Tagen waren zwar sämtliche Röcke fertig – aber erst die Hälfte der Pullover. Vor dem Zubettgehen benötigte Elsa einen doppelten Grappa, um überhaupt einschlafen zu können. Einen Tag vor der geplanten Verschiffung zählte sie bei Aroosiag siebenunddreißig Pullover. *Damn crap!*, fluchte sie in Gedanken. Die ganze Nacht lag sie wach und malte sich in den dunkelsten Farben aus, was wohl geschehen würde, wenn ihre Lieferung nur unvollständig ankäme. Was, wenn die Presse die Blamage aufgreifen würde? Zuerst die in New York und dann die in Paris ... Sicherlich würde diese Nachricht sogar bis nach Rom vordringen, und ihre Mutter würde sich in ihrer Meinung bestätigt sehen, dass die Tochter bei ihr zu Hause viel besser aufgehoben wäre, wohingegen Paris ihr kein Glück bringen könnte.

Am nächsten Morgen machte Elsa sich in aller Frühe auf den Weg in die Rue de l'Arcade und betrat mit Herzklopfen die Wohnung unter dem Dach, in der ein einziges Durcheinander an Wollknäueln, begonnenen und fertigen Strickwaren herrschte. Auf einem Tisch lagen sorgfältig gestapelt und nach Farben sortiert ihre Schleifenpullover. In Schwarz-Weiß, Braun-Beige und Blau-Grau. Jeden einzelnen Pullover nahm sie in die Hand, betrachtete ihn von vorn und von hinten. Alle waren fehlerfrei und makellos. Sie zählte nach, erst einmal, dann ein zweites Mal.

»Vierzig!«, jubelte sie, umarmte Aroosiag und drehte sich übermütig mit ihr im Kreis. »Danke! Ihnen und Ihren Freundinnen. Sie haben Großartiges geleistet.«

Verlegen strich sich Aroosiag die Arbeitsschürze glatt. »Eine Pullover hat gestrickt meine Mann. Am Abend. Am Tag muss arbeiten in Fabrik.«

»Ihr Mann kann stricken?«, fragte Elsa überrascht und überlegte, welchen der ihr bekannten Männer sie sich mit Stricknadeln und einem Wollknäuel im Schoß vorstellen konnte. Aber ihr fiel keiner ein.

»In Armenien jede Mann kann stricken. Franzosen nicht. Deshalb erzählt meine Mann nicht. Hat Angst, dass Franzosen lachen.«

Am Nachmittag befanden sich vierzig Röcke und vierzig Pullover sorgsam verpackt und mit allen Zollpapieren versehen auf einem Ozeandampfer mit Fahrtrichtung New York. Das Ziel, das Elsa sich gesetzt hatte, hatte sie erreicht, dank der Unterstützung vieler hilfreicher Geister. Ob allerdings die Amerikanerinnen ihre Schleifenpullover bejubeln oder ablehnen würden, konnte sie nicht vorhersehen. Das lag allein in der Macht des Schicksals.

Kapitel 27

Für die Sommerferien hatte sie Gogo nach Paris geholt. Die Tochter wirkte fröhlich und ausgeglichen und war seit ihrer Einschulung ein Jahr zuvor sicher eine halbe Handbreit gewachsen, stellte Elsa überrascht fest. Von Aroosiag hatte sie einen roten Kinderpullover mit einer Möwe stricken lassen. Gogo liebte ihr neues Kleidungsstück. Wäre es nach ihr gegangen, hätte sie den Pullover überhaupt nicht mehr ausgezogen.

Elsa hatte der Tochter ein Überraschungsprogramm versprochen. Und so gingen sie an einem Tag in den Zoo, wo Gogo am liebsten bei den Giraffen geblieben wäre, und am nächsten ins Puppentheater im Jardin des Tuileries. In ihrem Lieblingseiscafé am Boulevard des Capucines probierten sie jeden Tag eine andere Eissorte. Mit den Kindern von Gabrielle und Blanche buken sie Mandelkuchen und bereiteten *Spaghetti alla puttanesca* zu.

Wenn die Kinder am Abend fröhlich wieder nach Hause gezogen waren und Elsa das Chaos in ihrer Küche sah, wünschte sie sich eine Maschine, die ihr das Spülen abnahm. Zwar hatte eine Amerikanerin ein solches Gerät schon vor Jahren erfunden, aber es war so groß und teuer, dass sich nur wenige Hoteliers dafür interessiert hatten. Hätte Elsa sich nicht für das Entwerfen von Kleidern entschieden, sie hätte sich womöglich darangemacht, eine solche Erfindung weiterzuentwickeln.

An manchen Tagen nahm Elsa die Tochter für einige Stunden

mit in ihr Geschäft in die Rue de la Paix. Die kinderlose Sophie war ganz vernarrt in Gogo und schenkte ihr Haarspangen und Luftballons. Gogo langweilte sich, wenn über neue Schnitte, Stoffproben oder Monatsbilanzen gesprochen wurde, und drängte dann die Mutter, mit ihr etwas zu unternehmen.

»Besuchen wir denn auch Leonardo?«, fragte Gogo eines Morgens beim Frühstück. »Weißt du noch, Mommy, als wir einmal bei ihm Macarons gegessen haben? Er spielt so schön Klavier.« Sie war enttäuscht, als sie erfuhr, dass ihr heimlicher Schwarm derzeit gar nicht in Paris war.

Leonardo war nach Bergamo gefahren, um seine plötzlich erkrankte Mutter zu betreuen. Der Vater war vor einigen Jahren gestorben, und Elsa hatte aus den Worten des Freundes herausgehört, dass das Vater-Sohn-Verhältnis schwierig gewesen sein musste. Weil der Vater den Sohn dafür verachtete, dass dieser sich zu Männern hingezogen fühlte. An diesem Tag bestellte Gogo im Eiscafé für sich eine zweite Portion Walnusseis. »Die muss ich für Leonardo mitessen«, erklärte sie und aß im Wechsel mal von dem einen, dann von dem anderen Teller.

Elsa wurde wehmütig, wenn sie daran dachte, dass die Ferien bald zu Ende gingen und sie die Tochter in die Schweiz zurückbringen müsste. Aber auch Gogo schien zwiespältige Gefühle zu hegen. Sie setzte sich zu ihrer Mutter auf den Schoss und kuschelte sich eng an sie. »Jetzt bist du wieder ganz allein, wenn ich nach Lausanne fahre. Bist du traurig ohne mich?«

»Ja, das bin ich, Sweetheart. Aber wenn ich weiß, dass es dir in der Schweiz gut geht und deine Beine immer stärker und schneller werden, dann geht es mir auch gut.«

Mit gerunzelter Stirn sah Gogo sie von der Seite an. »Bestimmt?«

»Ganz bestimmt.«

Gogo gab ihr einen Kuss auf die Wange. »Du hast ja immer noch Leonardo. Ist er dein bester Freund? Und du bist seine beste Freundin? Wie Charlotte und ich?«

»So ist es, wir sind beste Freunde. Wir kennen uns seit unserer Schulzeit. Also schon viele, viele Jahre.«

»Kann Charlotte auch einen Pullover mit Möwe haben? Dann sind wir nämlich Zwillinge.«

Kurz vor der Abreise wurde der Pullover für Charlotte fertig, und als Elsa mit ihrer Tochter in den Zug nach Lausanne stieg, warf Gogo Kusshände in die Luft.

»Ich fahre jetzt zu meiner Schwester.«

Wie gewohnt hatte Sophie die neuesten Modemagazine auf die Spiegelablage im Büro gelegt. Bei einer Tasse Kaffee blätterte Elsa durch die Seiten und hielt plötzlich inne. Sie blinzelte mehrmals. Nein, was sie dort auf dem Foto sah, war keine Sinnestäuschung. Es war – ihr Schleifenpullover! Abgebildet in der *Vogue Paris*. Gelobt wurde ihr Strickpulli als … *Triumph der Farbmischung, … ein künstlerisches Meisterwerk.*

Sofort griff sie zur amerikanischen Ausgabe der *Vogue* und fand, was sie kaum zu hoffen gewagt hatte. Eine Lobeshymne auf … *den außergewöhnlichsten Sweater, den die moderne Frau in dieser Saison trägt.*

Gabrielle und Blanche beglückwünschten Elsa zu diesem Erfolg. Und dann tat sie etwas, was Leonardo, der kaufmännisch versierte Freund, ihr schon vor geraumer Zeit geraten hatte: Sie gründete eine eigene Firma. Denn was riskierte sie schon? Sie hatte keine Vorgesetzten und war niemandem Rechenschaft schuldig. Ihre kleinen und großen Freiheiten gehörten ihr ganz allein. Als Geldgeber und Geschäftsführer hatte sie Charles Kahn, den einstigen Direktor der Galeries Lafayette gewinnen können. Den humorvollen älteren Herrn hatte sie bei einem ihrer zahlreichen Besuche in der Stoffabteilung des Kaufhauses kennengelernt.

Also wurde Elsa jetzt auch offiziell und von Amts wegen als Unternehmerin bestätigt. Mit mehr als hundert Mitarbeiterinnen und Mitarbeitern. Sie brannte darauf, diese neue Herausforderung zu erfüllen.

Von ihrem unerwarteten Erfolg beflügelt ließ Elsa weitere Pullover stricken. In anderen Farben und mit neuen Mustern wie Krawattenknoten und geometrisch angeordneten Streifen. Ihre Auftragsbücher wurden voller und voller.

Amy Adams geborene Hoover, Gogos früheres Kindermädchen, schickte Elsa einige Zeitungsausschnitte aus der *New York Times* sowie der *Los Angeles Times*. Amy hatte vor Kurzem den verwitweten Onkel eines ihrer Zöglinge geheiratet, einen fünfzigjährigen Bankier, und lebte nun in einem großzügigen Appartement mit Blick auf den Central Park. Als frischgebackene Ehefrau mit gesellschaftlichen Pflichten war Amy neuerdings über aktuelle Modeströmungen bestens informiert. Selbstverständlich, schrieb sie in dem Brief, der den Ausschnitten beilag, galt ihr besonderes Augenmerk – der Marke Schiaparelli.

... Bei so vielen Gelegenheiten schon habe ich Frauen getroffen, die Ihren Schleifenpullover tragen. In Restaurants und Cafés, in Galerien, bei Empfängen und sogar bei einer Matinee in der Metropolitan Opera. Und stellen Sie sich vor, sogar Anita Loos

trägt diesen Pullover. Sie ist die wichtigste Drehbuchautorin in Hollywood. Ihre Erzählung »Blondinen bevorzugt« erschien vor zwei Jahren als Fortsetzungsroman in Harper's Bazaar. Ich hatte mir damals nur ihretwegen die Zeitung gekauft.
Auch Leinwandgrößen lieben die Linie Schiaparelli – Pour le Sport. Vermutlich kennen Sie in Frankreich die Namen Joan Crawford und Greta Garbo nicht. Sie sind ganz junge Filmschauspielerinnen, erst Anfang zwanzig. Die Kritiker sagen ihnen eine große Zukunft voraus. Auf dem Foto in der Los Angeles Times sehen Sie beide bei einem Empfang neben dem berühmten Charlie Chaplin.
Sie sollten ein Geschäft in New York eröffnen, liebe Elsa. Amerika ist bereit für Ihre Mode. Dann können wir uns endlich einmal wiedersehen und von alten Zeiten und neuen Ideen erzählen.
Bitte grüßen Sie meine kleine Gogo, auch wenn sie sich vermutlich nicht mehr an ihre frühere Nanny erinnern kann. Ich freue mich, dass sie so fleißig lernt in der Schweiz und dort einen guten Arzt hat. Kann es wirklich sein, dass sie nun schon in die zweite Klasse geht?
Wenn ich wieder einmal einen Zeitungsartikel entdecke, in dem der Name Schiaparelli auftaucht, schicke ich Ihnen den Bericht zu. So kann ich Sie mit Ihren Erfolgen ein wenig aus der Ferne begleiten.
Seien Sie ganz herzlich gegrüßt von Ihrer

Amy Adams
(vormals Hoover)

Kapitel 28

»Madame Pasquier wünscht Sie zu sprechen.« Sophie reichte den Telefonhörer weiter und entfernte sich diskret aus dem Büro.

»Hast du heute schon in die Zeitung geschaut, Elsa? Ich muss etwas mit dir besprechen«, kam Gabrielle unverzüglich auf den Grund ihres Anrufs zu sprechen.

»Nein, und bis zum Abend werde ich auch keine Zeit dazu finden. George Hoyningen-Huene will einige der neuen Pullover-Motive mit Ankern und Fischen für die *Vogue Paris* fotografieren. Die Markise vor dem Schaufenster muss repariert werden, und in wenigen Minuten kommt eine Redakteurin von *Le Monde* zum Interview … Warum fragst du?«

»Lass uns in Ruhe darüber sprechen. Wollen wir uns in der Brasserie bei dir um die Ecke treffen? So gegen acht?«

»Einverstanden.«

In diesem Moment klopfte Sophie an die Bürotür und meldete die Journalistin.

Längst schon wollte Elsa in dem Lokal sein, stattdessen führte sie ein dringliches Telefongespräch mit Gogo. Die Kleine weinte herzerweichend, denn ihre Stoffgiraffe hatte ein Bein verloren. Elsa versuchte zu trösten, so gut es ging. Schließlich schlug sie vor, Gogo solle Charlottes Mutter bitten, die Giraffe per Kurier nach Paris zu schicken.

»Du bist nicht bei mir, Torquette ist nicht bei mir … Ich habe niemanden, ich bin ganz allein auf der Welt …« Erneut begann Gogo zu schluchzen.

»Gogo, Sweetheart, Eugénie wird Torquette ganz bestimmt heil machen können.«

»Bringst du mir Torquette zurück, Mommy? Ganz schnell, sonst kann ich nicht schlafen«, jammerte Gogo.

»Aber sicher, Pumpkin. Ich komme so schnell wie möglich mit deiner Giraffe nach Lausanne. Versprochen.«

Gabrielle wiegelte Elsas Entschuldigung wegen des Zuspätkommens ab. »Du brauchst gar nichts zu erklären. Wenn Kinder Kummer haben, brauchen sie den Trost einer Mutter.«

Elsa ließ sich auf einen der typischen Bistro-Stühle mit einer Rückenlehne aus gebogenem Holz und geflochtener Sitzfläche sinken und nahm sich ein Stückchen Baguette aus dem Brotkorb. »Du weißt, Gabrielle, ich werde ziemlich unleidlich, wenn ich hungrig bin. Den ganzen Tag über bin ich nicht zum Essen gekommen, ein Termin jagte den nächsten.« Sie blickte über die Schulter der Freundin hinweg auf die Wand, wo auf einer Tafel die Empfehlungen des Tages mit Kreide geschrieben standen. »Wollen wir uns eine Quiche Lorraine mit Salat und dazu einen Roséwein bestellen?«

Nach dem Essen fühlte Elsa ihre Lebensgeister zurückkehren. Nun konnte sie sich mit ganzer Aufmerksamkeit der Freundin zuwenden. »Was hast du auf dem Herzen, Gabrielle? Am Telefon kamst du mir so ernst vor.«

»Es geht um eine Nachricht, die mich sehr aufwühlt. Ich muss mit einem Menschen darüber reden, der meine Verwirrung versteht.«

»Es geht also wieder einmal um Henri und seine Liebschaften?«, mutmaßte Elsa.

»In gewisser Weise, ja. Ich habe dir doch erzählt, wie wütend ich auf diese amerikanische Barfuß-Tänzerin war. Weil sie mir meinen Mann genommen hatte. So jedenfalls dachte ich lange Zeit. Ich ahnte ja nicht, dass Henri noch Dutzende weiterer Frauen haben würde. Und sie danach noch Dutzende anderer Männer. Damals habe ich sie gehasst. Und ihr den Tod gewünscht.«

»Du warst nicht die Einzige, die diesen Wunsch hatte«, entgegnete Elsa. Dann wurde sie nachdenklich. »Vielleicht bin ich ihr sogar zu Dank verpflichtet. Denn hätte mein verflossener Mann nicht mit dieser Frau ein Verhältnis begonnen, hätte ich mich nicht scheiden lassen. Dann würde ich jetzt auch nicht in Paris leben und hätte kein eigenes Geschäft. Mein Name stünde in keinem Modemagazin, und wir beide säßen heute Abend nicht bei einem Glas Wein beisammen.«

»Sie ist gestorben, Elsa. Isadora Duncan ist tot.« Gabrielle nahm einen kräftigen Schluck, als wolle sie einen Kloß in ihrem Hals hinunterspülen. Dann griff sie in ihre Handtasche und zog eine zusammengefaltete Zeitungsseite hervor. »Hier steht es: … *Am 14. September 1927 kam in Nizza die weltberühmte Tänzerin Isadora Duncan unter tragischen Umständen zu Tode. Während der Fahrt in einem offenen Sportwagen verfing sich ihr Seidenschal in einem Speichenrad. Sie wurde aus dem Fahrzeug geschleudert und starb durch einen Genickbruch.*«

»Wie schrecklich, was für ein verhängnisvolles Schicksal!« Mit beiden Händen griff Elsa sich an den Hals und verspürte ein Gefühl, als müsse sie würgen. »Erinnerst du dich noch an die Zeitungsberichte über den Unfall, bei dem ihre beiden Kinder hier in

Paris ums Leben gekommen sind? Das ist lange her. Zu dieser Zeit lebte ich in London und war noch unverheiratet ... Der Chauffeur hatte wohl vergessen, die Bremse anzuziehen. Jedenfalls ist das Automobil rückwärts in die Seine gerollt. Eine größere Tragödie kann man sich für eine Mutter nicht vorstellen.«

Mit leiser Stimme fuhr Gabrielle fort. »Ich habe Isadora Duncan gehasst, das gebe ich zu. Aber ein solches Ende habe ich ihr niemals gewünscht.«

Elsa bekam eine Gänsehaut und begann zu frösteln. Nein, sie verspürte schon lange keinen Groll mehr gegen die Tänzerin. Das Einzige, was sie angesichts der Nachricht von ihrem Tod empfand, war Mitleid für die Verstorbene. Und niemals mehr würde sie einen Schal tragen, wenn sie in ein Automobil stieg, das schwor sie sich.

»Tragödien machen mich immer sentimental, Gabrielle.« Elsa hob ihr Glas. »Wir sollten auf das Leben anstoßen und jede Minute als ein Geschenk des Schicksals annehmen. *Santé, ma chère*!«

Kapitel 29

Wann immer Elsa eine Ausstellung besuchte oder sich mit einem Redakteur für ein Interview im Hotel *Ritz* verabredete, überall sah sie Frauen, die ihren Schleifenpullover trugen. Weitaus mehr, als Aroosiag und ihre Helferinnen hätten stricken können. Was nur den einen Schluss zuließ: Ihre Pullover wurden kopiert.

»Das ist Diebstahl! Du musst dagegen vorgehen!«, forderten Blanche und Gabrielle einhellig.

Auch Elsa war außer sich. Geistiges Eigentum zu stehlen, war nichts anderes, als jemandem eine Brieftasche oder ein wertvolles Gemälde zu stehlen. Sofort beriet sie sich mit ihrem Geschäftsführer Monsieur Kahn und einem Anwalt, den Leonardo ihr genannt hatte. Die Gespräche jedoch waren ernüchternd, denn die Chancen, vor Gericht einen Sieg zu erzielen, standen schlecht für sie. Ganz abgesehen vom Kosten- und Zeitaufwand für die Beschaffung von Beweisen sowie die schlaflosen Nächte, die ein Prozess ihr bereiten würde.

Also beschloss Elsa, die Dinge aus einem anderen Blickwinkel zu betrachten. Den Freundinnen erklärte sie ihre neue Sichtweise so: »Warum soll ich meine Energie für juristische Auseinandersetzungen verschwenden? Lieber will ich mich auf etwas konzentrieren, das ich beeinflussen kann, auf meine Arbeit nämlich. Nachgeahmt zu werden ist ein Kompliment und eine kostenlose Werbung obendrein. Außerdem wird ein Kenner sofort bemerken, dass er es mit einem Plagiat zu tun hat und nicht mit dem Original.«

Kein Modemagazin kam mehr an Elsas Pullovern vorbei. Man fotografierte, zeichnete und umjubelte dieses Kleidungsstück, das sie seit Monaten mit immer neuen Mustern ausstattete. Vor allem weiße Querstreifen in Höhe der Rippen sorgten für Furore. Sie erweckten den Eindruck, es handele es sich um eine Radiographie. Elsa hatte einen Zeitungsbericht über ein neues Röntgengerät in der medizinischen Fakultät der *Université de Sorbonne* gelesen, und dabei war ihr der Einfall zu diesem Motiv gekommen. Eintönigkeit kannte sie nicht, sonst hätte sie sich gelangweilt.

Mit Bedacht hatte sie ihr Geschäft *Pour le Sport* benannt. Keine zweite Firma in Paris trug dieses Attribut im Namen. Ihre Heldinnen waren im Begriff, ein Terrain zu erobern, das bisher den Männern vorbehalten war. Sie liefen Ski, spielten Tennis, schwammen, gingen auf die Jagd und wanderten in den Bergen. Dazu benötigten sie eine nachgiebige Bekleidung, die auch extreme Bewegungen zuließ. Die wagemutigen unter ihnen trugen sogar einen Hosenrock, der entweder begeisterte oder schockierte und zum meistdiskutierten Kleidungsstück in den Modekolumnen avancierte. Mit großem Vergnügen las Elsa die kontroversen Kommentare und ließ sich am liebsten in diesem umstrittenen Kleidungsstück in der Öffentlichkeit blicken.

Inspiriert durch Charles Lindbergh und seinen ersten Nonstop-Atlantikflug im zurückliegenden Mai 1927 wollten nunmehr auch Frauen ihren Flugschein machen. Für sie entwarf Elsa einen Pilotenanzug, den sie über einem Jersey Kostüm tragen und am Zielort rasch ausziehen konnten, so dass sie immer gepflegt aussahen.

Für ihre Sportensembles und Badeanzüge hätte sie sich kein überzeugenderes Mannequin als Bettina Jones wünschen können. Sie war mittelgroß, schlank, hatte ein wunderschönes, ebenmäßiges Profil und kurzes blondes Haar, das weder frisiert noch unfrisiert wirkte. Als hätte es sich von selbst in eine leicht wellige, perfekte Form gelegt. Von der ganzen Erscheinung ging etwas Leuchtendes und zugleich Unergründliches aus.

Schon bevor Elsa die junge Frau eingestellt hatte, war sie ihr aufgefallen. Sie hatte wiederholt für einige Minuten vor dem Schaufenster in der Rue de la Paix gestanden, um dann plötzlich zu verschwinden. Eines Tages war Elsa dabei, die Auslage zu verändern, wie immer zu Beginn einer neuen Woche. Sie stellte eine Dartscheibe auf eine Staffelei, die sie schon für die verschiedensten Zwecke verwendet hatte. Daneben würde sie einen Pullover mit einem Herz hängen, das von einem Pfeil durchbohrt wurde. Sie achtete stets darauf, Originalität mit Sparsamkeit zu verbinden. Es widerstrebte ihr, für Fensterdekoration viel Geld auszugeben. Plötzlich bemerkte Elsa in ihrem Rücken eine Bewegung, und als sie sich umwandte, sah sie wieder die junge Frau auf der Straße stehen. Die Unbekannte winkte ihr zu, straffte die Schultern und trat in den Salon.

»Sind Sie Madame Schiaparelli?«, fragte sie mit einer tiefen rauchigen Stimme, die an die Tonlage eines Mannes erinnerte.

»Die bin ich.«

»Mein Name ist Bettina Jones. Ich möchte bei Ihnen arbeiten«, erklärte die Schöne wie selbstverständlich.

Die junge Frau faszinierte nicht nur durch ihr Aussehen, sondern auch durch die Art, wie sie sich bewegte und sprach. Gleichzeitig hatte sie etwas Flirrendes, Irritierendes an sich. So, wie Elsa es noch bei keinem Menschen zuvor erlebt hatte. Doch offenbar war die Besucherin sich ihrer besonderen Ausstrahlung gar nicht bewusst.

»Sie sind Amerikanerin?«, wollte Elsa wissen.

»Ja. Wann kann ich bei Ihnen anfangen?«

»Was können Sie denn?«

»Nichts.«

»Gut, kommen Sie morgen um zehn.«

Mittlerweile war Bettina in allen großen Modemagazinen präsent, fotografiert von den Großen ihrer Zunft. Und immer strahlte sie das gewisse Etwas aus, das nicht nur in der persönlichen Begegnung, sondern sogar durch die Linse eines Fotoapparates sichtbar wurde.

Bei den Entwürfen für die nächste Badesaison hatte Elsa sich etwas ganz Besonderes ausgedacht, stieß damit allerdings bei ihrer Sekretärin auf wenig Verständnis.

»Sehen Sie sich das an, Madame Schiaparelli. Was mag nur in die Näherinnen gefahren sein? Sie müssen alles neu machen. Überall schauen die Reißverschlüsse hervor.« Kopfschüttelnd wies Sophie auf eine frische Lieferung von Strandkleidern.

Elsa legte Stift und Skizzenheft beiseite und nahm ein Kleid aus dem Karton. Mit gerunzelter Stirn betrachtete sie es von allen Seiten, prüfte auch die Säume und Nähte. Dann nickte sie und wirkte äußerst zufrieden. »Genau so habe ich es mir vorgestellt.«

»Aber, Sie können doch nicht …«, wollte Sophie einwenden, wurde aber von Elsa unterbrochen, die sich ganz offensichtlich über die Sekretärin amüsierte.

»Doch, Sophie, ich kann. Ich will beweisen, dass ein Reißverschluss nicht nur eine Funktion hat, sondern auch Dekoration sein kann. Ähnlich einem Abnäher oder einer Biese.«

Bettina Jones kam zur Tür herein. Sie trug einen dünnen, lindgrünen Trenchcoat und war wie immer strahlend schön und bestens gelaunt. Als sie das Strandkleid in Elsas Hand sah, wirkte sie zuerst überrascht, dann aber verstand sie. »Was für eine grandiose Idee. Warum sollen Reißverschlüsse immer zwischen Nähten verschwinden? Man muss doch auch keine Knöpfe verstecken. Die Presse wird jubeln.«

Missbilligend schüttelte Sophie den Kopf. »Ich kann mir nicht vorstellen, dass eine Frau so etwas tragen würde.«

»Warten wir es ab. Vielleicht kommen sogar Sie irgendwann auf den Geschmack.« Bettina warf Sophie ein versöhnliches Lächeln zu und suchte aus dem Stapel ein baumwollenes Strandkleid in ihrer Größe heraus.

Resigniert zuckte Sophie mit den Schultern. Dann reichte sie Elsa die aktuelle Ausgabe des *Figaro*. »Übrigens, meine Patentochter hat eine neue Stelle angetreten. Sie arbeitet jetzt als Verkäuferin. Und raten Sie einmal, wo … bei Coco Chanel.« Sophie wartete einige Sekunden ab, um die Wirkung ihrer Worte zu testen. Doch weder Elsa noch Bettina zeigten eine Reaktion. Um zumindest ein wenig Aufmerksamkeit zu erzeugen, sprach Sophie in eindringlichem Tonfall weiter. »Ninette erzählt, dass Mademoiselle gar nicht amüsiert ist, wenn wieder einmal der Name Schiaparelli in einem Zeitungsbericht auftaucht. Dann hat sie den ganzen Tag schlechte Laune und schimpft die Mitarbeiterinnen wegen jeder Kleinigkeit aus.«

»Nun, Mademoiselle wird sich daran gewöhnen müssen«, meinte

Elsa leichthin und half Bettina bei der Suche nach einem Badeanzug und einer dazu passenden kurzen Hose. Die *Vogue* plante eine Fotoreihe mit Strandmode, und Bettina würde mit der ihr eigenen Ungezwungenheit jedes Bekleidungsstück zu einem begehrenswerten Objekt machen. Einem, das jede Frau, die das Modemagazin in den Händen hielt, würde besitzen wollen.

Ganz sicher aber würde jeder Mann, der, sei es aus Zufall oder aus Langeweile, durch das Heft blätterte – das Mannequin besitzen wollen.

Es mussten viele Frauen sein, die diese Magazine studierten, denn immer mehr wollten sich in *Schiaparelli* kleiden. Wenn Elsa Stift und Skizzenheft in den Händen hielt, war sie wunschlos glücklich. Auf eine Anregung von Bettina fertigte sie einen Badeanzug mit eingenähtem Büstenhalter. So hatte jede Trägerin die Gewissheit, an Land ebenso wie im Wasser eine gute Figur zu machen.

Auch wenn Elsa, geprägt durch ihre Kindheit und Jugend in Rom, die warme Jahreszeit bevorzugte, hatte sie doch auch die Kundinnen im Blick, die den Schnee liebten. Für die künftige Winterkollektion hatte sie Skianzüge aus wasserundurchlässigem Gabardine entworfen, die Jacken wurden mit metallenen Haken geschlossen. Diese Art Verschlüsse waren eine praktische Alternative zu Knöpfen. Die moderne Frau sollte, so Elsas Grundsatz, jederzeit eine unkomplizierte, ihrem Lebenstempo angepasste Kleidung tragen.

Kapitel 30

An einem strahlend hellen Herbstnachmittag beschloss Elsa, eine kleine Arbeitspause einzulegen, und verabredete sich mit Gabrielle und Blanche zu einem Besuch im neuen Filmtheater auf den Champs-Élysées. Für das Treffen wählte sie ein Kostüm mit asymmetrisch angebrachten Jackentaschen aus ihrer neuen Herbst-Winter Kollektion. Ein Ensemble aus Baumwolle und Leinen, das eine Frau ebenso beim Wandern oder Bogenschießen tragen konnte. Selbstverständlich in Schwarz, der Farbe, deren dramatisches Potenzial sie für sich an dem Tag erkannt hatte, als Monsieur Poiret ihr einen umwerfend schönen Mantel schenkte.

Beim Blick in die Schmuckschatulle entdeckte Elsa ganz zuunterst die Brosche mit der unbekleideten Göttin, die sie bei ihrem ersten Ausflug in das Pariser Nachtleben getragen hatte. Sie nahm die Brosche heraus und hielt sie gegen das Licht, betrachtete von allen Seiten die feinziselierte Goldschmiedearbeit. Und begann zu grübeln.

Tausende von Frauen in Frankreich und Amerika trugen Kleidungsstücke, in denen ein Etikett mit dem Namenszug *Schiaparelli* eingenäht war. Wenn diese Frauen die Kleider ablegten und nackt waren, so wie die Miniatur-Göttin in ihrer Hand, dann legten sie auch *Schiaparelli* ab. Wie eine überflüssig gewordene Hülle. Dieser Gedanke war ihr bisher noch nie gekommen und stimmte sie melancholisch. Sie griff zu ihrem Parfumzerstäuber mit *Rosine,* einem Duft, den Paul Poiret kreiert und ihr bei einem ihrer nachmittäglichen Besuche geschenkt hatte. Doch der Flakon war leer.

Während der Vorführung achtete sie nicht auf die Handlung des Films. Gabrielle und Blanche dagegen amüsierten sich über die Verwicklungen, die ein Florentinerhut auslöste. Elsa aber hing ihren Gedanken nach. Zwei Stunden später standen sie zu dritt vor dem Eingang des Theaters, wo eine milde Herbstsonne die prachtvollen Bauten und Allee-Bäume an den Champs-Élysées in ein goldschimmerndes Licht tauchte. Elsa wusste jetzt, wie sie Frauen dazu bringen konnte, auch dann *Schiaparelli* zu tragen, wenn sie nackt waren.

»Herrlich die Szene, als das Pferd den Strohhut gefressen hat … Ich habe mich selten bei einem Film so amüsiert«, kicherte Blanche.

»Besonders gut gefallen hat mir Olga Tschechowa. Eine Schauspielerin mit Witz und Charme. Was meinst du, Elsa?«, fragte Gabrielle.

»Ich will als Nächstes ein Parfum kreieren«, verkündete sie den Freundinnen, die nicht im Geringsten überrascht schienen. Weder darüber, dass Elsa nicht auf Gabrielles Frage antwortete, noch auf ihre Ankündigung. Schließlich kannten sie die Gefährtin gut genug, um zu wissen, dass diese fortlaufend mit neuen Plänen für ihr Geschäft befasst war.

»Das erscheint mir konsequent. Zu einer sportlichen Mode gehört auch ein passender Duft. Weißt du schon, wie du dein Parfum nennen willst?«, fragte Gabrielle und wunderte sich, weil Blanche mit einem Mal zu lachen begann. Ihr helles, perlendes Lachen schien einige Passanten zu irritieren, sie warfen ihr verständnislose Blicke zu.

»Offenbar habe ich heute meinen kindischen Tag«, entschuldigte sich Blanche. »Aber wenn Mademoiselle Chanel ein Parfum verkauft, dass sie *Nummer fünf* nennt, dann sollte Elsa sie übertrumpfen und ihres – *Nummer sechs* nennen! Hach, ich würde zu gern Mäuschen spielen, wenn sie das erste Mal den Flakon in die Hand nimmt.«

Elsa und Gabrielle stimmten in ihr Lachen ein und hakten sich gegenseitig unter. Fröhlich schritten sie Richtung Arc de Triomphe, wo sie in einem Café mit Klaviermusik und Tanz ihren Ausflug ausklingen lassen wollten.

»Dein Vorschlag hat durchaus Charme«, bekannte Elsa augenzwinkernd. »Allerdings habe ich mir schon einen Namen ausgedacht.«

»Aber Madame Schiaparelli, ein einziger Buchstabe ist doch kein Name für ein Parfum!« Missbilligend schüttelte Sophie den Kopf, während sie die neuesten Zeitungsberichte abheftete, die Amy Adams im Lauf eines Monats gesammelt und nach Paris geschickt hatte. Auf das Rückenschild des Ordners hatte sie ein Etikett mit einer amerikanischen Flagge geklebt.

»Natürlich kann ich das. *S* ist der Anfangsbuchstabe meines Nachnamens. Diesen Buchstaben kann man selbst dann lesen, sollte der Flakon einmal versehentlich auf dem Kopf stehen«, erklärte Elsa mit todernster Miene. Doch in Wirklichkeit belustigte sie sich über den tadelnden Blick ihrer Sekretärin.

»Überlegen Sie nur, welches wunderbare Wort mit diesem Buchstaben beginnt, sogar in mehreren Sprachen: S steht für *Sonne*, französisch *soleil*, italienisch *sole*, spanisch *sol*, englisch *sun* … aber *S* steht auch für – *Sophie*.«

Sophie war auf einen Fußhocker gestiegen, um den Ordner an seinen Platz auf dem obersten Regalboden stellen. Nun aber hielt sie in der Bewegung inne. Sie lächelte, und in ihre grünbraunen Augen trat ein warmer Glanz. »Sie haben mich überzeugt. *S* ist ein wunderbarer Name für ein Parfum.«

An manchen Abenden, wenn Elsa müde von einem langen und turbulenten Arbeitstag allein in ihre Wohnung kam, verspürte sie eine Mischung aus Lustlosigkeit und Melancholie. Dann band sie sich die Schürze um, knetete aus Mehl, Wasser, Olivenöl und etwas Salz einen Teig und rollte ihn dünn aus. Die abgetrennten Streifen ließ sie ins kochende Wasser gleiten. Sobald sich die Aromen einer mild-würzigen oder feurigen Sauce in der Küche ausbreiteten und sich mit den Erinnerungen an ihre Kindheit verbanden, fühlte sie neue Energie. Vielleicht, so dachte sie in einem solcher Momente, sollte sie einen Seidenstoff mit gefüllten Pastatellern bedrucken lassen und unter das Motiv *Spaghetti delle sante – Spaghetti nach Heiligen-Art* schreiben, anstelle von *Spaghetti alla puttanesca – Spaghetti nach Huren-Art.* Beaton, Cocteau, Bérard, Dalí und Picasso würden für sie jeder seine persönliche Interpretation zeichnen.

Einmal im Monat traf sie sich mit Leonardo, meist bei ihr, hin und wieder gingen sie auch zu einer Vernissage oder in ein Konzert. Bei jedem Beisammensein spürte Elsa mit allen Fasern ihres Herzens ihren gegenseitigen Respekt und die tiefe innere Verbundenheit.

Für den heutigen Abend hatte sie Leonardo zum Essen eingeladen und den Esstisch mit kleinen, farbigen Windlichtern und einem Blumengesteck dekoriert.

»Du bist eine fabelhafte Köchin, Schiap. Die Minze rundet die *Pasta al limone* perfekt ab. Am liebsten würde ich eine zweite Portion nehmen, aber ich brauche noch Platz für das Dessert.«

Augenzwinkernd tupfte Leonardo sich den Mund mit der Serviette ab und holte den Nachtisch von der Anrichte. Bei seinem Obsthändler am Boulevard Haussmann hatte er ein halbes Dutzend frischer Feigen gekauft, diese eigenhändig halbiert und mit kandierten Walnüssen auf einem Glasteller angerichtet. Dazu tischte Elsa einen *Vino Santo* aus dem Trentino auf. Kochen für zwei bereitete weitaus mehr Vergnügen als für einen allein. Sie nahm einen Schluck von dem süßen Likörwein.

»Dann sollten wir auch beim nächsten Mal einen italienischen Abend veranstalten: Zuerst essen und trinken wir, und danach erzählen wir uns Geschichten von früher.«

»Wie ein altes Ehepaar, das auf dem Sofa sitzt und bei einem Glas Wein durch sein Fotoalbum blättert.« Leonardo hielt inne und blickte mit gerunzelter Stirn zu Elsa hinüber. »Jetzt gefällst du mir schon besser. Als ich vorhin ankam, machtest du auf mich keinen glücklichen Eindruck. Kann es sein, dass dir etwas fehlt? Ich frage mich schon seit einer Weile, warum eine so kluge und erfolgreiche Frau wie du niemanden an ihrer Seite hat.«

»Warum? Weil ich unabhängig bleiben will, Leone. Ich wurde hintergangen, und diese bittere Enttäuschung will ich kein zweites Mal erleben. Meinetwegen kannst du mich kleinmütig nennen. Allerdings lebe ich keinesfalls wie eine Nonne, falls du das meinst. Von Zeit zu Zeit gönne ich mir – Zerstreuung.«

»Und wenn du dich ernsthaft verliebst? Wenn dein Herz stärker ist als dein Verstand?«

Energisch schüttelte Elsa den Kopf. »Das werde ich nicht zulassen.« Sie griff zu einer Walnuss und betrachte die vielfach gewundene Struktur. Die Frucht erinnerte sie an ein Gemälde des Spaniers Salvador Dalí, der den Betrachter im Unklaren darüber ließ, ob er die Hälfte einer Walnuss darstellen wollte – oder ein menschliches Gehirn. »Was ist mit deinem Freund, der so gern Champagner trinkt? Trefft ihr euch weiterhin?«

Gleichgültig zuckte Leonardo mit den Schultern. »Eine Zufallsbekanntschaft. Ich habe ihn nach diesem Abend nie wiedergesehen. In gewisser Weise führen wir beide ein ähnliches Leben, Schiap. Wir sind allein und haben dafür unsere Gründe …«

»Und was ist dein Grund, Leone? Sag nicht, dass du dich nie ernsthaft verliebt hast.«

Elsa sah, wie seine Lippen zitterten und sich ein Schleier aus Melancholie und Trauer über sein Gesicht legte. Er schluckte einige Male und kämpfte mit den Tränen. Am liebsten hätte sie ihm über das dunkle Haar gestrichen und ihn in den Arm genommen. Hätte ihm Worte des Trostes ins Ohr geflüstert, wie damals, als er von seinen Eltern erfahren hatte, dass die Familie Rom verlassen und nach Bergamo ziehen würde.

»Doch, ich habe mich verliebt. Mein erster richtiger Freund war Klarinettist in einem Orchester. Er ist beim Bergsteigen in den Schweizer Alpen verunglückt. Da war ich zweiundzwanzig. Damals habe ich geglaubt, dass auch mein Leben zu Ende wäre. Dann aber habe ich mich erneut verliebt, in einen katholischen Priester. Er hat irgendwann den Gewissenskonflikt nicht mehr ausgehalten – und Selbstmord begangen. Das ist jetzt acht Jahre her. Seither pflege ich nur unverbindliche Bekanntschaften. Weil ich Angst habe, dass ich den Menschen, die ich liebe, Unglück bringe, und auch, weil ich einen solchen Verlust kein weiteres Mal erleben will. Also könnte man auch mich als kleinmütig bezeichnen.«

Elsa streckte die Hand vor und strich dem Freund über den Arm. Streichelte seinen Handrücken und verschränkte ihre Finger in seine. »Das habe ich nicht geahnt, Leone. Und es tut mir leid. Ich verstehe dich sehr gut.«

»Was ich gerade gesagt habe, habe ich noch niemandem zuvor erzählt.«

»Du kannst mir alles erzählen, was dich bewegt. Du findest bei mir immer ein offenes Ohr.«

»Das gilt für dich ebenso, Schiap. Aber das weißt du ja längst.« Mit einiger Mühe gelang Leonardo ein schwaches Lächeln. Er versuchte einen ungezwungenen Tonfall. »Was hältst du von folgendem Vorschlag? Beim nächsten Mal kommst du zu mir, und ich schiebe eine Kalbshaxe mit Gemüse in den Ofen. *Ossobuco* ist nämlich das einzige Gericht, das ich zubereiten kann. Weil es von allein gart. Nach dem Essen spiele ich dir auf dem Flügel vor – und dann setzen wir unser Gespräch fort.«

Am folgenden Tag konnte Elsa es kaum erwarten, bis die Kundinnen und auch die Mitarbeiterinnen gegangen waren. Sie schloss die Ladentür ab und zog sich in ihr Büro zurück. Dann schenkte sie sich ein Glas Weißwein aus dem Veneto ein und setzte sich an den Schreibtisch. Das leere Blatt vor ihr war wie eine Aufforderung. Doch heute wollte sie kein Kostüm, keinen Hosenrock und auch keinen Badeanzug skizzieren, sie musste sich über etwas Grundsätzliches klar werden. Etwas, womit sie ihre bisherige Sportkollektion ergänzen wollte: mit Kleidung für jede Gelegenheit, für die Städterin, die sich ihren eigenen Platz im urbanen Leben erobert hatte. *Pour la Ville,* so wollte sie ihre zweite Linie nennen.

Dass sie konfektionierte und individuelle Freizeitmode entwerfen und verkaufen konnte, hatte sie hinlänglich bewiesen. Auf dieser Erfolgswelle weiterzumachen, hätte jedoch Stillstand bedeutet. Und Stillstand bedeutete für sie Langeweile. Sie brauchte den Reiz des Neuen, das Risiko, den Nervenkitzel. Aber die neue Linie verlangte nach anderen Regeln als die vorige.

Ruhig und konzentriert nahm Elsa den Füller mit der vergoldeten Feder zur Hand, den sie bei Montegrappa, der renommiertesten italienischen Manufaktur, bestellt hatte, und schrieb in die Blattmitte den Begriff *Tagesmode*. Dann zeichnete sie einen Kreis um das Wort, trank einen Schluck Wein und grübelte. Nach und nach fielen ihr weitere Ausdrücke ein, die sie notierte und ebenfalls einkreiste. Stellte sie eine Verbindung zwischen zwei Begriffen fest, so verband sie diese durch einen Strich. Immer mehr Stichworte fielen ihr ein, und immer mehr Verknüpfungen kamen hinzu. An einigen Stellen sah das Blatt aus wie eine Aneinanderreihung von Gliedern einer Kette. Elsa notierte, formte Kreise, strich durch und ergänzte.

Als sie das Glas Wein geleert hatte, hatte sie die Maxime für ihre neue Linie festgelegt.

1. Kleidung ist Architektur.
2. Jede Spielerei der Linien und jeder asymmetrische Effekt muss eine enge Verbindung zur vorgegebenen Architektur haben.
3. Der Körper muss respektiert und eingesetzt werden wie die tragenden Pfeiler eines Hauses.
4. Je mehr der Körper respektiert wird, umso mehr Vitalität erhält das Kleid.

5. Breite Schultern sind ein Muss, denn sie lassen eine Taille schmaler wirken.
6. Erlaubt ist, Kurven zu akzentuieren oder zu verändern. Für jedes Kleidungsstück aber gilt: Die Harmonie soll immer gewahrt bleiben!

Wenn Sophie die am Abend zuvor entstandenen Skizzen mit der Tagesmode auf dem Schreibtisch im Büro liegen sah, mahnte sie ihre Chefin zu einer weniger ausgefallenen Linie. Damit sich die Kundinnen nicht überfordert fühlten und irgendwann ausblieben. Elsa lachte über diese gut gemeinten Bedenken hinweg. Sie ließ sich zwar inspirieren, aber niemals irritieren. Und so musste Sophie zusätzliche Ordner besorgen, um die vielen neuen Artikel über die »außergewöhnliche Couturière« abzuheften.

»Das wird Mademoiselle aber gar nicht gefallen, dass du jetzt auch noch Tagesmode machen willst. Damit brichst du in eine weitere Domäne dieser strebsamen Dame ein.« Gabrielle trat aus der Umkleidekabine heraus und betrachtete sich im großen Standspiegel. Zwei weitere Spiegel an der Wand hinter ihr reflektierten die Rückenpartie. Sie trug einen Hosenrock in einem rauchblauen Farbton und dazu eine enganliegende, hüftlange Jacke mit einem geflochtenen Lackledergürtel.

»Du siehst von Jahr zu Jahr jünger und attraktiver aus«, stellte Elsa fest, und das war sehr ernst und sehr ehrlich gemeint. Ihre besten Freundinnen durften selbstverständlich auch außerhalb der Ladenzeiten bei ihr einkaufen, und das zu Spezialpreisen. Sie trat dicht an Gabrielle heran, stellte den Kragen auf und prüfte die Passform an Schultern und Taille. Dann machte sie einen Schritt zurück und kniff die Augen zusammen. »Das Kostüm sitzt perfekt. Was meinst du?«

»Blanche kennt eine der Direktricen, und die meinte letztens, Mademoiselle habe einen Hofstaat von Schmeichlern um sich geschart«, fuhr Gabrielle in ihrem Redefluss fort. »Sie könne sich überhaupt nicht vorstellen, dass irgendeine Frau anders aussehen will als sie selbst … Aber sicher, Elsa, ich nehme das Kostüm. Es ist wunderbar.«

Kapitel 31

Seit Einführung ihrer Modelinie *Pour la Ville* fünf Monate zuvor liefen die Geschäfte für Elsa besser denn je. Die Kundenkartei wuchs stetig an, als wichtige Persönlichkeit innerhalb der Pariser Modeszene erhielt sie Einladungen zu Empfängen, Bällen und Kostümfesten. Manchmal wusste sie nicht, woher sie die Zeit für ein weiteres Interview eines der internationalen Modemagazine nehmen sollte. Noch bis spät nach Mitternacht hatte sie Entwürfe für die nächste Alltagskollektion gezeichnet. Kleider aus Viskose mit bestickten, knapp taillenlangen Jacken, Kostüme, Mäntel und Capes …

Schlaftrunken, aber in bester Stimmung, betrat Elsa am Morgen den Salon in der Rue de la Paix, wo ihre Verkäuferinnen bereits Kundinnen bedienten. Im Büro läutete das Telefon. Bettina musste an diesem Vormittag mehrere Wickelhosen und farblich abgestimmte, ärmellose Seidenoberteile ins Fotostudio der *Vogue* bringen, und Sophie war zum Geburtstag ihrer Mutter nach Fontainebleau gefahren. Deshalb nahm sie selbst den Hörer ab und wartete, bis die Verbindung hergestellt war.

»Spreche ich mit Madame Schiaparelli? Madame Elsa Schiaparelli?«, fragte eine ferne, undeutliche Männerstimme.

»Ja, ich bin am Apparat. Worum geht es?«

»Hier spricht Doktor Bernard aus dem *Hôpital de Suisse* in Lausanne. Ihre Tochter wurde vor einer halben Stunde zu uns gebracht. Sie hat eine akute Blinddarmentzündung. Wir brauchen Ihre Einwilligung, dass wir sie umgehend operieren dürfen.«

Noch im Mantel und am ganzen Körper zitternd ließ Elsa sich in den Armlehnstuhl an ihrem Schreibtisch sinken und versuchte zu begreifen, was ihr soeben mitgeteilt wurde. Ihr Blick fiel auf den aufgeschlagenen Kalender mit dem Datum 20. Juni 1928. Sechs Jahre zuvor, an genau diesem Tag, war sie in Le Havre von Bord eines Ozeandampfers gegangen, mit einer Zweijährigen auf dem Arm …

»Madame Schiaparelli, sind Sie noch am Apparat?

»Ja, ich bin noch dran …« Wollte sich jemand einen üblen Scherz mit ihr erlauben? Ihre Tochter hatte doch am letzten Sonntag am Telefon noch so fröhlich von einer Bootsfahrt auf dem Genfer See erzählt. Und dass ihr Kunstlehrer sie für eine Zeichnung gelobt hatte.

Die Stimme wurde drängender. »Hören Sie, es handelt sich um einen Notfall. Bitte willigen Sie umgehend in die Operation ein. Ansonsten können wir nicht für das Leben Ihrer Tochter garantieren.«

In diesem Augenblick schien Elsa wie aus einem tiefen Traum zu erwachen. Panik ergriff sie, ihr war, als würde eine unsichtbare Hand ihr die Luft zum Atmen abschnüren. »Ja! Ja, ich stimme zu … Tun Sie alles, um meine Tochter zu retten. Ich komme so schnell wie möglich.«

Mit einer Reisetasche, in die sie nur das Nötigste gepackt hatte, saß Elsa wenig später im Zug nach Lausanne. Sie war voller Angst und zugleich aufgebracht. Gogo war durch ihre Kinderlähmung geplagt genug, da konnte das Schicksal doch nicht noch eine weitere Krankheit zulassen! Und zudem eine lebensbedrohliche!

Spät am Abend erreichte sie ihr Ziel. Sie quartierte sich in der Pension ein, in der sie auch bei ihren früheren Besuchen logiert hatte, und verbrachte dort eine unruhige Nacht.

Kurz nach Sonnenaufgang bestellte sie ein Taxi und fuhr zum Krankenhaus. Es war dasselbe, in dem Gogo von Professor Perrault behandelt wurde. Eine gefühlte Ewigkeit musste Elsa in dem engen Flur vor der Kinderstation warten, weil die Krankenschwestern Anweisung hatten, niemanden ohne ärztliche Einwilligung zu den kleinen Patienten vorzulassen.

»Madame Schiaparelli? Ich bin Doktor Bernard«, wurde sie unvermittelt aus ihren Gedanken gerissen. Sie hatte den schmalen weißhaarigen Arzt mit der Narbe auf der linken Wange gar nicht kommen hören. Im Nu sprang sie von ihrem Sitz auf.

»Wie geht es meiner Tochter?«, fragte sie bang.

»Wir hätten keine Minute länger warten dürfen. Als wir mit der Operation begannen, war der Blinddarm bereits geplatzt. Gogo hat hohes Fieber, aber wir tun alles, um ihren Zustand zu stabilisieren.« Die Stimme des Arztes hatte etwas Beruhigendes, Zuversichtliches. Vermutlich hatte er sich im Laufe der Jahre diese Tonlage für seine Patienten und deren Angehörige angewöhnt. Um sie von vornherein zu beruhigen.

Elsa schwirrte der Kopf. »Fieber … stabilisieren … dann geht es ihr also schlecht?«

»Es geht ihr den Umständen entsprechend. Eine Infektion in der Bauchhöhle kann lebensbedrohlich sein.«

Aber für Gogo ist sie nicht lebensbedrohlich! Gogo ist stark, sie ist meine Tochter!, schrie etwas in ihr. »Kann ich zu ihr?«, fragte sie matt.

»Eine Schwester wird Sie begleiten. Ich möchte Sie bitten, nicht länger als eine halbe Stunde bei der kleinen Patientin zu bleiben. Jede Anstrengung sollte vermieden werden. Wenn Sie möchten, kommen Sie am Nachmittag noch einmal vorbei. Und jetzt entschuldigen Sie mich bitte, ich muss in den Operationssaal.« Der Arzt deutete eine Verbeugung an und entschwand eilig durch eine Schwingtür am Ende des Flurs.

Eine noch junge Krankenschwester mit aufgestecktem Blondhaar unter der weißen Haube führte Elsa in den Krankensaal. Die jungen Patienten lagen, nur durch einen Vorhang voneinander getrennt, in ihren Betten. Einige trugen Bandagen an Armen oder Beinen, andere hatten einen Kopfverband, wieder andere lagen wimmernd und in gekrümmter Haltung unter der Decke. In der Luft hing ein Geruch von Kampfer und Karbol.

Ganz am Ende des Saals deutete die Schwester auf ein Bett, und Elsa stockte der Atem. Winzig klein und zerbrechlich lag Gogo mit hochrotem Kopf unter einem dünnen Laken, das dunkle Haar wirr und zerzaust auf dem Kopfkissen. Sie hatte die Augen geschlossen und stöhnte leise vor sich hin. Elsa griff nach der schmächtigen, heißen Kinderhand.

»Gogo, Darling, ich bin bei dir. Ganz viele Ärzte und Schwestern sind hier und kümmern sich um dich. Bald geht es dir wieder besser. Versprochen.« Aber konnte Gogo überhaupt verstehen, was sie sagte?

Die Krankenschwester zog einen Stuhl heran, und Elsa setzte sich ganz nach vorn auf die Kante. Erneut griff sie nach der Hand der Tochter und hätte nicht sagen können, wer von ihnen beiden zitterte. Gogo warf den Kopf von einer Seite auf die andere und stöhnte, manchmal zuckten ihre Lider. Plötzlich spürte Elsa etwas Feuchtes auf ihrem Handrücken. Es waren ihre eigenen Tränen.

»Ihre Besuchszeit ist zu Ende, Madame Schiaparelli. Möchten Sie am Nachmittag noch einmal wiederkommen?« Die Krankenschwester tunkte ein rechteckiges Stück Stoff in eine Schale mit Wasser und legte das feuchte Tuch auf Gogos Stirn. Elsa nickte und eilte vorbei an der Reihe der Kranken zurück in den Flur.

Als sie endlich draußen im Freien stand, holte sie einige Male tief Luft. Am liebsten wäre sie jetzt in ihre Pension gefahren und hätte das Schicksal angeklagt, das zuließ, dass ihre Tochter derart leiden musste. Zuvor aber würde sie Danielle Sardou aufsuchen, die sich seit dem ersten Tag im Internat liebevoll um Gogo kümmerte.

»Kommen Sie herein, Elsa. Wie geht es Gogo? Wir alle waren sehr besorgt, als sie mitten aus dem Unterricht heraus in die Klinik gebracht werden musste.«

Sie setzten sich in den Wintergarten, von wo aus sie einen Blick in den weitläufigen Garten und auf den Genfer See hatten. Elsa erklärte in knappen Worten, was ihr der Arzt gesagt hatte und in welchem Zustand sie die Kranke angetroffen hatte.

»Was für dramatische Nachrichten … Charlotte wäre am liebsten heute gar nicht in die Schule gegangen, bevor sie nicht wusste, wie es um ihre beste Freundin steht. Ich bange mit Ihnen. Ihre Tochter ist für meinen Mann und mich wie ein zweites Kind. Bitte halten Sie uns auf dem Laufenden. Sie bekommen von uns jede Unterstützung, die Sie benötigen.«

Zurück in der Pension ließ Elsa sich in einen Sessel mit grünem, ausgeblichenem Samt fallen und starrte auf die Wand über dem Bett, an der eine gerahmte Fotografie vom Genfer See hing. Mit einem Mal fühlte sie sich kraftlos und erhob sich erst wieder, als es Zeit wurde, noch einmal ins Krankenhaus zu fahren. Gogos Zustand war unverändert. Sie fieberte und schien nichts von dem mitzubekommen, was um sie herum geschah. Angestrengt versuchte Elsa, einen klaren Gedanken zu fassen. Sollte sie in Lausanne bleiben, um zweimal täglich für eine halbe Stunde am Krankenbett der Tochter zu verweilen? Oder sollte sie zurückfahren, in ihrem Geschäft die dringendsten Arbeiten erledigen, um am übernächsten Tag wieder bei Gogo zu sein? Was konnte sie für dieses kranke, schwache Wesen tun, außer die Gottesmutter um Beistand zu bitten?

Irgendwann riss sie sich vom Krankenbett los und fuhr zum Bahnhof, um in den Nachtzug nach Paris zu steigen. Dann begann sie zu beten.

Von nun an pendelte Elsa zwischen Paris und Lausanne hin und her. Sie fuhr mit dem Nachtzug, blieb für einen Tag und eine Nacht in Lausanne und kehrte dann für zwei Tage nach Paris zurück. Danach fuhr sie wieder nach Lausanne. Mit äußerster Disziplin zwang sie sich, alle sorgenvollen Gedanken während der nächtlichen Zugfahrt auszublenden und an ihren Entwürfen weiterzuarbeiten. In nicht einmal zwei Monaten sollte ihre Herbst-Winter-Kollektion 1928/29 vorgestellt werden, und die Näherinnen hatten längst noch nicht sämtliche Skizzen vorliegen.

Sobald sie am Bett der Tochter saß, fühlte sie, dass es in ihrem Leben nichts Wichtigeres gab als dieses Kind. An manchen Tagen glaubte Elsa, einen zarten rosafarbenen Hauch auf Gogos Wangen zu sehen, dann wieder lag die Kleine schmächtig und apathisch in ihrem Bett, die Finger in das Laken gekrallt.

Nach einem Besuch im Hospital saß Elsa meist noch mit Danielle Sardou beim Tee zusammen, berichtete über Gogos Gesundheitszustand und ihre eigene Gemütsverfassung. »Es fällt mir schwer, Gogo in diesem Zustand allein zurückzulassen. Sobald ich nach Paris zurückfahre, plagen mich Gewissensbisse, weil ich nicht jeden Tag bei ihr bin. Auch wenn ich den Eindruck habe, dass sie überhaupt nicht wahrnimmt, ob jemand neben ihr sitzt.«

Danielle nickte mitfühlend. »Ich kann Sie gut verstehen, Elsa. Sie sind Mutter und leiten ein Unternehmen, und beides scheint miteinander unvereinbar. Ein Vater würde sich vermutlich nie Gedanken machen, ob er genügend Zeit für sein Kind hat, sei es nun gesund oder krank. Wir Frauen fühlen uns schnell schuldig, wenn wir unsere persönlichen Bedürfnisse nicht für das Wohl der Familie hintenanstellen.« Sie schenkte frischen Kaffee aus derselben Silberkanne ein, die Elsa von den Nachbarschaftstreffen in der Rue de l'Université her vertraut war. Dann sprach Danielle überlegt und mit fester Stimme weiter. »Als Geschäftsfrau tragen Sie die Verantwortung für Hunderte von Mitarbeiterinnen und Mitarbeitern, aber als Mutter tragen Sie nicht die Verantwortung für Gogos Leben. Die müssen Sie in die Hände dessen legen, der über unser Leben bestimmt – und in die von Ärzten und Krankenschwestern. Lösen Sie sich von Ihren Gewissensbissen und tun Sie das, was Ihnen nötig erscheint.«

Vier Wochen lang befand Gogo sich in einer Art Dämmerzustand – und Elsa zwischen Hoffnung und Verzweiflung. Als sie eines Morgens übernächtigt den Krankensaal der Kinderstation betrat, saß Gogo blass, aber mit klaren Augen aufrecht im Bett. Sie streckte die mager gewordenen Arme nach ihr aus und zog sie an sich, so fest sie konnte.

»Mommy, endlich bist du gekommen … Ich habe dich ganz schrecklich vermisst. Weißt du was? Ich bin sooo hungrig. Wann machen wir endlich wieder einmal *Spaghetti alla puttanesca*?«

Nie hatte Elsa größere Erleichterung verspürt. Sie sprach ein inniges, stummes Dankesgebet und setzte sich auf die Bettkante. Eng aneinandergeschmiegt machten Mutter und Tochter Pläne, wie sie die ersehnte Genesung feiern wollten. Nach wenigen Minuten war Gogo erschöpft und mit einem leisen Lächeln eingeschlafen. Elsa verließ die Krankenstation und lief ein Stück durch den Park vor dem Hospital. Mit einem Mal nahm sie den Duft von Rosen und Jasmin wahr.

Als Gogo aus dem Krankenhaus entlassen wurde, fühlte sie sich immer noch recht schwach. Elsa ließ ihr einige Tage Zeit, sich zu erholen. Sie telefonierte mit Sophie, dass sie erst in der kommenden Woche zurück nach Paris fahren würde, und bat sie, alle wichtigen Termine zu verschieben.

Am Wochenende ging Gogos Wunsch in Erfüllung. Danielle Sardou stellt ihre Küche zur Verfügung, und gemeinsam kochten sie Gogos Lieblingsgericht. Alle Klassenkameradinnen waren gekommen, und Charlotte wich nicht mehr von Gogos Seite. Der Freundin zu Ehren hatte sie ihren Möwenpullover angezogen.

Als Elsa in die glücklichen Kindergesichter blickte und das vielstimmige fröhliche Geschnatter vernahm, wusste sie, dass dieser Tag der glücklichste in ihrem Leben war. Ihre Tochter war genesen.

Von den Ärzten und Pflegerinnen verabschiedete Elsa sich herzlich und mit einer großzügigen Spende. Ohne deren aufopferungsvolle Pflege hätte Gogo womöglich nicht überlebt. Mit leichtem Herzen fuhr sie zurück nach Paris. Bis zur Premiere waren es nur noch vier Wochen, aber wie hatte sie der armenischen Strickerin einmal erklärt?

»Das Wort *unmöglich* existiert in meinem Wortschatz nicht.«

Als wolle das Schicksal Wiedergutmachung an ihr leisten für die Ängste, die sie um ihre Tochter ausgestanden hatte, wurde die Premierenschau ihrer Linie *Pour la Ville* ein sensationeller Erfolg. Binnen weniger Tage war die gesamte Kollektion ausverkauft, die Presse überschlug sich mit Lob. In der *Vogue Paris* war zu lesen:

Nur zwei Jahre nach ihrem aufsehenerregenden Schleifenpullover ist Madame Schiaparelli ein neuerlicher Coup gelungen. Geschickt vermischt sie klassische Schneiderkunst mit Elementen moderner und barocker Kunst. Ihre Kundinnen sind kosmopolitisch, freigeistig und experimentierfreudig. Man darf Madame Schiaparelli zu Recht als eines der aussichtsreichsten Talente in der französischen Mode bezeichnen.

Kapitel 32

Wenn Elsa in ihre Arbeit vertieft war, vergaß sie oftmals Zeit und Raum. Irgendwann stellte sie überrascht fest, dass das neue Jahr bereits etliche Wochen alt war. Als sich im Februar die Auftragsbücher für ihre jüngst vorgestellte Frühjahrskollektion füllten, widmete sie sich einem Thema, das sie längst schon hatte in Angriff nehmen wollen. Ihre Dachwohnung in der Rue de l'Université war ihr zu klein geworden. Sie brauchte ein neues, größeres Zuhause. Und Gogo sollte, wenn sie in den Sommerferien zu Besuch kam, ein eigenes Reich haben.

Kurz darauf kam ihr der Zufall zu Hilfe. Durch einen Hinweis von Bettina Jones fand Elsa eine geräumige Wohnung mit bodentiefen Fenstern am Boulevard Saint-Germain, nicht weit von ihrer Mansarde entfernt. Mit Küche, einem großen Bad, Kinderzimmer, Salon, Schlafzimmer, Wohnzimmer und einer Essecke. Sie erfüllte sich einen lang gehegten Traum und beauftragte mit der Ausstattung den gefragtesten Inneneinrichter zwischen Paris, New York, Los Angeles und Tokio: Jean-Michel Frank.

Leonardo hatte sie mit dem Designer bekannt gemacht, der für ihn die Wohnung im Stockwerk über der Musikalienhandlung so geschmackvoll eingerichtet hatte. Frank war ein schmaler, dunkelhaariger, in einen anthrazitfarbenen Zweireiher gekleideter Mann. Er schien mit seiner Zigarette im Mundwinkel geradezu verwachsen zu sein. Die Art, wie er die Füße aufsetzte und ein Bein nachzog, ließ Elsa vermuten, dass er an Kinderlähmung litt. Gogo würde dank der neuen Behandlungsmethode in der schweizerischen Klinik hoffentlich einmal wie jedes gesunde Mädchen gehen und springen können. Frank sprudelte über von Ideen, und Elsa hatte den Eindruck, er könne manchmal gar nicht so schnell sprechen, wie ihm zuerst Fragen und dann Einfälle kamen.

»Wie sehen Ihre Wünsche und Visionen für jeden einzelnen Raum aus? Wo empfangen Sie Gäste? Wo und wie entspannen Sie sich? Was sind Ihre bevorzugten Materialien, Farben, Oberflächen?«

Drei Abende saßen sie zusammen in seinem Büro in der Rue du Faubourg Saint-Honoré, skizzierten, verwarfen, ergänzten und begannen von vorn. Von Zeit zu Zeit schoben sie Zeichenschablonen für die Möblierung über den Wohnungsgrundriss, den Frank auf dem langen Arbeitstisch in seinem Atelier ausgebreitet hatte. Die Debatte verlief mal gegensätzlich, mal einvernehmlich und immer leidenschaftlich.

Plötzlich hielt Elsa mitten im Satz inne. Weil ihr etwas bewusst wurde, das sie schon längst hätte erkennen können. Sie selbst kreierte Kleidung – und Jean-Michel Frank kreierte Möbel und auch »Lebensräume«, wie er ihr erklärt hatte. Das Interieur sollte nicht überladen, sondern auf das Wesentliche beschränkt bleiben. Sein wichtigstes Gestaltungselement war – die Leere. Ebenso wenig wie Elsa zugelassen hätte, dass er Anweisungen für ihre Modeentwürfe gab, sollte sie seine Phantasie durch Vorgaben einschränken. Beide waren sie Spezialisten auf ihrem Gebiet, und jeder konnte dem anderen vertrauen.

»Ich will meine Kundinnen motivieren, ihren eigenen Kleiderstil zu finden. Machen Sie dasselbe mit mir, Monsieur Frank. Helfen Sie mir, meinen persönlichen Einrichtungsstil zu entdecken. Ich lasse Ihnen freie Hand.«

Der Inneneinrichter hatte sich selbst übertroffen, wie Elsa glücklich feststellte. Wände und Vorhangstoffe ihres neuen Domizils waren in klarem, strahlendem Weiß gehalten, was den Räumen Großzügigkeit und Weite verlieh. Die schwarz lackierten Holzoberflächen von Schränken, Tischen, Kommoden und Stuhlgestellen bildeten hierzu den denkbar größten Farbkontrast. Auf sämtlichen Tischen und Beistelltischchen befanden sich Glasauflagen. Augenfälliger Blickfang im Wohnzimmer war eine fünfsitzige Couch in Orange und mehrere niedrige Sessel in Grün. Für Vorhänge und Sitzauflagen hatte Frank ein gummiertes, glänzendes Material gewählt.

Im Salon wechselten sich weiße und schwarze Louis-Seize-Sessel ab – eine ebenso reizvolle wie ungewohnte Kombination aus traditioneller Form und modernem Textil. Leonardo schenkte Elsa zum Einzug eine gerahmte Kohlezeichnung mit der Ansicht des Palazzo Corsini, ihrem elterlichen Zuhause. Dieses Bild war zugleich eine Erinnerung an ihre gemeinsame Kindheit und an die zahlreichen Blindekuh- und Versteckspiele in diesem Prachtbau.

Schon wenige Tage nach ihrem Einzug konnte Elsa sich kaum noch vorstellen, jemals in einer anderen Umgebung gewohnt zu haben. Nachdem Gabrielle, Blanche und Leonardo die Wohnung besichtigt und das Werk des Inneneinrichters diskutiert hatten, lud sie diese engsten Freunde zu einer spektakulären Artistenshow ins Varietétheater *Bataclan* ein. Der Abend endete in heiterster Stimmung und weit nach Mitternacht vor dem Sofa auf Elsas Wohnzimmerteppich. Sodann beschloss sie, auch eine offizielle

Einweihungsfeier zu veranstalten. Einladen wollte sie alle, die Mode schufen, zeichneten, fotografierten oder darüber berichteten und mit denen sie eine mehrjährige Bekanntschaft verband.

An diesem milden Frühsommerabend im Mai herrschte eine ausgelassene Stimmung am Boulevard Saint-Germain. Aus den umliegenden Gärten stieg der Duft von Flieder in die Luft. Die Gäste drängten sich im Salon und im Wohnzimmer, stießen auf die Gastgeberin an und würdigten den Inneneinrichter, der wegen eines Auftrages in Madrid weilte. Man erörterte Fragen der Mode und der Politik, knüpfte oder erneuerte Kontakte und ließ sich Speisen und Getränke aus der Küche des *Ristorante da Giovanni* schmecken. Dieses neu eröffnete Restaurant in der Rue des Capucines hatte Elsa kurz zuvor zusammen mit Leonardo entdeckt. Der Freund hatte sie spontan eingeladen, weil er der Ansicht war, sie arbeite zu viel und dürfe nicht länger auf den Geschmack von *Brasato* und *Saltimbocca* verzichten. Giovanni Salvini, der Inhaber, stammte ebenfalls aus Rom und war ein Patensohn des amtierenden Papstes Pius XI.

Man Ray kam in Begleitung zweier Freunde, die Elsa nur vom Sehen her kannte und die sich als gebildete und ebenso amüsante Gesprächspartner erwiesen: Christian Bérard, ein hochgewachsener, schwergewichtiger Maler und Illustrator, der in der Pariser Theater- und Ballettszene auch als Bühnenbilder gefragt war. Und Jean Cocteau, ein Mann mit einer jungenhaften Ausstrahlung und markanten Gesichtszügen, der als Schriftsteller, Maler und Filmregisseur von sich reden machte. Am liebsten hätte Elsa mit diesen vielseitigen und interessanten Männern noch Stunden weiterdiskutiert, doch als Gastgeberin hatte sie sich um das Wohl aller Gäste zu kümmern.

Dann plötzlich bemerkte sie, wie einige Stimmen leiser wurden und das Gelächter schlagartig verstummte. Sie wandte sich um und eilte im nächsten Moment mit zum Gruß ausgestreckter Hand auf die Person zu, die diese Reaktion verursacht hatte. Selbstverständlich erinnerte sie sich, dass ebenjene Person in der Öffentlichkeit keinen Alkohol zu trinken pflegte. »Guten Abend, Mademoiselle. Schön, dass Sie meiner Einladung gefolgt sind. Was möchten Sie trinken, ein Glas Wasser? Ich muss Ihnen wohl niemandem vorstellen, Sie kennen die meisten der hier anwesenden Gäste.«

Coco Chanel war wie stets, von den Haar- bis zu den Schuhspitzen, der Inbegriff von Eleganz und Distanz. Mit ihrer makellos manikürten Hand griff sie zu einem Glas Wasser, das eine junge Bedienung ihr in einem goldgeränderten Sektkelch darbot. Sie erhob das Glas, nickte Elsa kurz zu und nahm einen tiefen Zug. »*Santé*. Hm, sehr erfrischend …«

»Was sagen Sie zu den Einfällen von Monsieur Frank?«, wollte Elsa von ihr wissen und war sehr gespannt auf die Antwort.

»Nun, Monsieur Frank ist bekannt als Meister der Stille und der Leere. Seine Devise lautet, dass der Mensch, der einen Raum bewohnt, im Mittelpunkt stehen soll. Wenngleich er hier, für mich ganz unerwartet, von seinem Konzept abgewichen ist. In dieser Wohnung dominiert die Farbe, es geht laut und vor allem – bunt zu.«

Die Kälte, die die Couturière wie eine Aura umgab, konnte Elsa körperlich spüren. Absichtlich setzte sie ein wohlwollendes Lächeln auf. »Sie haben recht, Mademoiselle. Ich habe Frank gebeten, das Interieur auf die vielfältigen Facetten meiner Persönlichkeit abzustimmen. Deshalb hat auch vielfältige Farben eingesetzt.«

»Mich wird man nie anders als in Schwarz und Weiß gekleidet

sehen.« Der Ton von Mademoiselle Chanel klang streng und erinnerte Elsa an ihre Handarbeitslehrerin, die von allen Schülerinnen gefürchtet wurde, sogar von den begabtesten. *Schwierigen Charakteren sollte man tunlichst recht geben. Damit erspart man sich Diskussionen und gewinnt Lebenszeit*, lautete ein Rat ihrer Großmutter, und an den wollte Elsa sich halten.

»Eine perfekte Wahl, Mademoiselle, diese beiden Farben sind wie geschaffen für Sie. Eine perfekte Wahl war für mich zweifellos Monsieur Frank, der nicht nur ein Möbelschöpfer und Raumkünstler, sondern auch ein Menschenkenner ist. Er hat in diesen Räumen eine Stimmung eingefangen, die meinen Charakter widerspiegelt. Würden Sie mir zustimmen?«

Statt einer Antwort erhielt Elsa – einen eisigen Blick. Eine knappe halbe Stunde nach ihrem Erscheinen war Mademoiselle Chanel wieder verschwunden. Die meisten Gäste gingen erst weit nach Mitternacht. Elsa wollte Man Ray bitten, demnächst einige Farbfotografien von ihrer Wohnung zu machen. Die wollte sie Gogo nach Lausanne schicken, damit die Tochter erfuhr, wie ihr neues Pariser Zuhause aussah.

»Ihr urteilt zu hart«, wehrte Elsa die Vorbehalte ihrer Freundinnen ab, denen sie während eines Spaziergangs im Jardin des Tuileries von der Feier erzählte. Links und rechts des Weges zeigten in den mit Buchsbaum eingefassten Beeten Rosensträucher die ersten Knospen. »Mademoiselle hatte, wie über sie zu lesen ist, keine leichte Kindheit. Mit zwölf Jahren die Mutter verloren, zusammen mit der Schwester vom Vater in ein Waisenhaus gebracht … Wer weiß, was aus uns geworden wäre, hätten wir dasselbe Schicksal erdulden müssen.«

Gabrielle deutete auf das breite, goldverzierte Tor am Ende des Parks. »Apropos Schicksal … Bekommt ihr auch immer Gänsehaut, wenn ihr dort hinten den Obelisken auf der Place de la Concorde seht? Weil er an das Blutvergießen während der Französischen Revolution erinnert … Vielleicht sollte ich irgendwann einen Roman über das Schicksal der hingerichteten, namenlosen Frauen schreiben.«

»Diesen Platz habe ich bei keiner meiner Führungen auslassen dürfen. Meist wollten meine amerikanischen Touristinnen wissen, wo die Guillotine stand, unter der Marie Antoinette und ihr Gemahl Louis Seize exekutiert worden sind. Ich mag solche Schauergeschichten nicht«, bekannte Elsa und zog schaudernd die Schultern hoch.

Blanche nickte verständnisvoll. »Lora ergeht es nicht anders. Sie hat kürzlich im Geschichtsunterricht die Französische Revolution durchgenommen und konnte wegen der zahllosen Gräuel nächtelang nicht schlafen.«

Elsa griff in ihre Handtasche und zog ein Foto heraus, das Gogo und einige Mitschülerinnen fröhlich winkend an einem Bootssteg zeigte. »Habe ich euch erzählt, dass Gogo im Sommer zusammen mit ihrer Freundin Charlotte nach Paris kommen will? Ich muss mir rechtzeitig ein Unterhaltungsprogramm für die Mädchen einfallen lassen. Kaum zu glauben, dass sie schon in die dritte Klasse gehen.«

Gabrielle zwinkerte Blanche zu. »Ein Programmpunkt steht doch bereits fest. Wir kommen mit unseren Kindern zu dir und bereiten gemeinsam italienische Gerichte zu.«

Zu Beginn der Sommerferien holte Elsa ihre Tochter und deren Freundin mit dem Zug in Lausanne ab. Charlottes Eltern sollten im Auftrag des Roten Kreuzes bei der Planung eines Waisenheims in Kamerun mitwirken. Elsa hatte in einem ihrer Telefonate von Danielle Sardou erfahren, dass Charlotte von Alpträumen geplagt wurde, seitdem sie erfahren hatte, dass sie zu dritt nach Afrika fahren würden. Die Kleine hatte große Angst, von einem Löwen gefressen zu werden, sie drängte sogar die Eltern, die Reise abzusagen. Daraufhin waren die beiden Mütter übereingekommen, ihre Töchter den Sommer gemeinsam in Paris verbringen zu lassen.

Elsa hatte sich vorgenommen, sich so viel Zeit wie möglich für die Mädchen zu nehmen. Ihre Mitarbeiterinnen und Mitarbeiter hatte sie mit Bedacht und Fingerspitzengefühl ausgewählt. Daher wusste sie, dass auf jede und jeden einzelnen Verlass war. Also überließ sie ruhigen Gewissens ihr Geschäft den tüchtigen Angestellten und erschien nur vormittags für eine halbe Stunde in der Rue de la Paix.

Allerdings stellte sie fest, dass es anstrengend sein konnte, zwei Neunjährige zu unterhalten. Zusammen besuchten sie eine Zirkusvorstellung, fuhren mit Leonardo bis in die Spitze des Eiffelturms und sahen sich die Stadt von oben an. Mit den Kindern von Blanche und Gabrielle gingen sie im Bois de Boulogne auf Schatzsuche und fütterten am See die Enten und Blesshühner. Danach versetzten sie beim gemeinsamen Kochen Elsas Küche in ein Chaos. Aber am meisten ließen die Mädchen sich fesseln, wenn sie im Lager hinter dem Büro Stoffreste aussuchten, aus denen Eugénie ihnen die phantasievollsten Gewänder nähte. Dann vergaßen sie alles um sich herum.

Viel zu schnell gingen die Ferienwochen vorüber. Als Elsa die beiden nach Lausanne zurückbrachte, fiel ihr der Abschied schwer. Gogo wuchs heran, und sie würde die Entwicklung ihrer einzigen

Tochter nur in größeren zeitlichen Abständen mitverfolgen können. Zugleich war sie erleichtert, weil Gogo in der ihr vertrauten Umgebung so vieles hatte, was sie ihr als berufstätige Mutter nicht bieten konnte. Und sie selbst konnte sich auf das konzentrieren, was sie erfüllte und glücklich machte. Auf das Entwerfen von Mode.

Das Geschäft in der Rue de la Paix entwickelte sich immer mehr zu einem Treffpunkt, wo die Reichen und Schönen der Gesellschaft auf Bühnen- und Leinwandstars trafen. Amy Adams, Gogos einstiges Kindermädchen und nunmehr Elsas private Berichterstatterin über die amerikanische Modeszene, teilte in einem mehrseitigen Brief mit, dass die Marke *Schiaparelli* in allen großen US-Kaufhäusern zu finden war und sie selbst am liebsten diese Kreationen trug.

Kapitel 33

Binnen weniger Tage überschlugen sich die Meldungen, es gab nur noch ein einziges Thema: die Finanzkrise. Begonnen hatte alles an einem Freitag im Oktober 1929 in New York, als eine gewaltige Spekulationsblase platzte. Die amerikanische Regierung verfügte, dass umgehend ausländische Importe erschwert und bereits erteilte Kredite zurückgezogen wurden. Der Welthandel geriet ins Stocken, Banken brachen zusammen, Unternehmen mussten Konkurs anmelden.

Mit Sorge verfolgte Elsa die beunruhigenden Reportagen. Immer häufiger tauchten Bettler in den Pariser Straßen auf, alte und junge Menschen, Männer und Frauen, sogar Kinder. Seit ihrer Schulzeit hatte sie sich angewöhnt, niemals ohne einige Münzen in der Manteltasche aus dem Haus zu gehen. Weil sie an keinem Bettler achtlos vorübergehen konnte, waren mittlerweile beide Manteltaschen gefüllt. Im Eiltempo breitete sich die amerikanische Wirtschaftskrise über den ganzen Erdball aus. Viele Menschen verloren zuerst ihre Arbeit, dann ihre Wohnungen und zuletzt ihre Hoffnungen.

Noch spürte Elsa in ihrem Geschäft kaum Veränderungen, doch sie stellte sich darauf ein, demnächst weniger Kundinnen und auch weniger Einnahmen zu haben. Was aber, wenn sie mit ihrer Firma in ernsthafte finanzielle Schwierigkeiten geriete? Sie trug die Verantwortung für mehr als zweihundert Angestellte und deren Familien.

Da sie selbst nicht gut mit Zahlen umgehen konnte, war sie froh, dass sich ein kompetenter Buchhalter um die Finanzen kümmerte. Der konnte sie jedoch beruhigen und ihr bestätigen, dass das Haus *Schiaparelli* einen wirtschaftlich soliden Stand hatte. Das finanzielle Polster reichte aus, um sowohl die Gehälter für die Belegschaft als auch die Rechnungen der Lieferanten zu zahlen. Sogar über einen längeren Zeitraum.

Eines Morgens, als sie bei einem Croissant und zwei Tassen starken italienischen Caffès die neuesten Radiomeldungen hörte, fiel Elsa auf, dass die Wände in ihrer Wohnung eine Auflockerung vertragen könnten. Sie überlegte, einiges Geld aus ihren Rücklagen in Gemälden anzulegen. Mit einer derartigen Investition würde sie der fortschreitenden Inflation zuvorzukommen, so hoffte sie. Sie wollte einen sachkundigen Freund zu Rate ziehen, einen, auf dessen Urteil sie sich verlassen konnte und der ihren persönlichen Geschmack genau kannte.

Gleich am nächsten Tag machte Elsa sich in Begleitung von Leonardo auf den Weg. Die Galerie Bonjean, spezialisiert auf zeitgenössische Kunst, hatte erst einige Monate zuvor eröffnet. Sie befand sich im achten Arrondissement, nicht weit vom Boulevard Haussmann entfernt. Leonardo hatte ihren Besuch zuvor angekündigt.

Sie wurden bereits erwartet. »Madame Schiaparelli und Monsieur Baresi? Herzlich willkommen. Monsieur Bonjean, mein Kompagnon, ist zu einer Auktion nach Nizza gereist. Deswegen müssen Sie heute mit mir vorliebnehmen. Mein Name ist Dior, Christian Dior.«

Der Galerist war sehr jung, sehr höflich und sehr schüchtern. Ein unscheinbarer Mann, mittelgroß und leicht füllig, mit einer spitzen Nase und melancholischen Augen. Seine hohe Stirn verriet, dass er vermutlich schon früh Geheimratsecken entwickeln würde. Er sprach leise und akzentuiert, als wolle er jeder Silbe besondere Bedeutung schenken.

»Sicher möchten Sie wissen, wonach ich suche, Monsieur Dior. Tja, das wüsste ich selbst gern«, gestand Elsa und registrierte mit geschultem Blick den perfekt sitzenden zweireihigen Anzug aus graublauem Tweed. Krawatte und Einstecktuch besaßen denselben kräftigen Burgunderton. Entweder hatte dieser Mann ein Gespür für Mode – oder einen erstklassigen Schneider, der ihn beriet. Sie musste sich zurückhalten, um nicht mit den Fingerkuppen über den weichen Anzugstoff zu fahren.

Monsieur Dior lächelte verständnisvoll. »Meist ist es so, dass nicht die Kunden ihre Bilder finden, sondern dass umgekehrt die Bilder ihren Besitzer finden. Möchten Sie sich in Ruhe umschauen? Danach beantworte ich gern alle Ihre Fragen.«

Elsa und Leonardo einigten sich durch einen raschen Blickwechsel und stimmten dem Vorschlag zu. Der Galerist zog sich diskret in sein Büro zurück. Neugierig machten sich die beiden an die Bilderschau.

»Hast du schon bemerkt, Leone, hier treffen wir lauter alte Bekannte.« Elsa blieb vor einem Bild des Spaniers Dalí stehen, das ihr ebenso rätselhaft vorkam wie der Maler selbst, dem sie ein Jahr zuvor während einer Vernissage begegnet war. Vor allem sein seltsam starrer Blick war ihr in Erinnerung geblieben. Zu sehen waren auf dem Gemälde menschliche Hände und Köpfe, die zusammen mit Nervenbahnen, Uhren und Herrenhüten auf einer kreisförmigen Umlaufbahn in einem unbestimmten Raum schwebten.

»Dalí versteht es, Träume auf die Leinwand zu projizieren«,

stellte Leonardo fest. »Wenngleich mich die Darstellung an einen Alptraum denken lässt. Doch was sagst du hierzu, Schiap? Wäre das nicht etwas für dein Wohnzimmer? Ein Gemälde deines heimlichen Verehrers Max Ernst.«

»Bist du etwa eifersüchtig?« Spielerisch stieß sie den Freund in die Seite. »Das Bild gefällt mir gut. Ich mag den Zweiklang von Blau und Grün. So stelle ich mir den Dschungel vor, mit Blättern, Blüten, Moos und schwirrenden Kolibris … diese Darstellung ist so ganz anders als seine Frottagen. Gegenständlich und zugleich unwirklich.«

Gemeinsam schritten sie von Bild zu Bild, diskutierten, interpretierten und vergaben aus Spaß Schulnoten für die Maltechnik. Beim Anblick eines Zauberers, der aus seinem Zylinder ein Bügeleisen hervorholte, lachten beide laut auf. Das lockte Monsieur Dior aus seinem Büro. Er bot ihnen einen Calvados aus seiner normannischen Heimat an und wusste zu jedem Künstler eine persönliche Anekdote zu erzählen.

Nach einer Stunde ebenso fachkundiger wie vergnüglicher Konversation hatte Elsa das Dschungelbild von Max Ernst und ein Gemälde des italienischen Künstlers Giorgio de Chirico gekauft. Es zeigte einen leeren Platz mit Brunnen, eingerahmt von den Mauern zweier Renaissancepaläste, und erinnerte sie an die Stätten ihrer Kindheit.

Nicht nur Elsa, auch Monsieur Dior wirkte zufrieden. »Eine ausgezeichnete Wahl, Madame Schiaparelli. Ich bin sicher, die Bilder finden bei Ihnen einen angemessenen Platz. Sie müssen wissen, dass mir meine Künstler sehr am Herzen liegen. Ihre Werke sind für mich zwar nicht wie Kinder, schließlich habe ich die Gemälde nicht selbst geschaffen, aber sie sind doch so etwas wie – Patenkinder.«

Als sie sich verabschiedeten, schien es Elsa, als zögere der Galerist, die Hand Leonardos loszulassen. Seine Stimme zitterte, und in seinem flackernden Blick lag etwas, das sie nicht zu deuten wusste. Etwas, das sowohl Sehnsucht als auch Hoffnung bedeuten konnte. Und mit einem Mal ahnte sie, dass es beides zusammen war.

»Für Sie, Madame Schiaparelli. Ein Herr möchte Sie sprechen, er sagt, er würde Sie kennen.« Sophie reichte den Telefonhörer an Elsa weiter.

»Hallo, wer ist am Apparat?«

»Guten Morgen, Elsa, hier ist Edward Steichen. Erinnern Sie sich noch an den Abend bei Monsieur Main Bocher? Und dass ich sagte, wir würden hoffentlich einmal zusammenarbeiten? Die *Vogue* plant ein Porträt über Sie. Eine unserer Moderedakteurinnen wird sich demnächst wegen eines Interviewtermins mit Ihnen in Verbindung setzen.« Er machte eine kurze Pause, bevor er überschwänglich fortfuhr. »Und wie ich soeben in unserer Dienstbesprechung erfuhr, wird mir die Ehre zuteil, Ihr Fotograf zu sein. Meine Anfrage kommt zugegebenermaßen ziemlich kurzfristig, aber meine Frau und ich gehen in drei Tagen auf eine Kreuzfahrt … Hätten Sie vielleicht morgen Nachmittag Zeit für mich?«

Bedaure, ich habe leider keine Zeit. Vorgestern habe ich den Kaufvertrag für das Haus Nummer vier in der Rue de la Paix unterzeichnet. Endlich sind Verkaufsraum, Lager und Ateliers unter einem Dach. Dieses Ereignis will ich morgen mit Freunden in meinem Lieblingsrestaurant feiern. Die *Vogue,* und leider auch Sie, mein lieber Steichen, müssen warten. Das verstehen Sie doch, nicht wahr? – antwortete Elsa im Stillen.

»Das klingt ganz nach einem interessanten Projekt. Und da Sie so liebenswürdig fragen, möchte ich Ihnen keinen Korb geben. Ich kann morgen um zwei bei Ihnen im Studio sein«, hörte Elsa sich selbst sagen.

»Sehr gut. Und bitte bringen Sie die schönsten und teuersten Stücke aus Ihrer neuen Kollektion mit. Die Finanzkrise raubt zurzeit vielen Menschen den Schlaf. Gerade deswegen wollen wir die Leserinnen staunen – und auch träumen lassen.«

Nachdenklich legte Elsa nach dem Ende des Gesprächs den Hörer auf. Was würde jetzt aus ihrer geplanten privaten Feier werden? Ganz sicher würde keiner von den Freunden es ihr verübeln, dass sie auf die Bitte eines Fotografen der *Vogue* eingegangen war. Den gemeinsamen Restaurantbesuch würden sie alsbald nachholen.

Bei der Zeitungslektüre am nächsten Morgen fiel Elsa eine Todesanzeige ins Auge. Gestorben war ein Monsieur Robert Melville im Alter von nur 39 Jahren. Betrauert wurde er von seiner Witwe Marianne und den drei Kindern. Sofort hatte sie das Bild der lebensfrohen, glutäugigen Frau mit den unzähmbaren braunen Locken vor Augen. Madame Melville war eine Stammkundin und sorgte bei jedem ihrer Besuche für eine ausgelassene Stimmung unter den Verkäuferinnen.

Elsa wusste, dass ihre Sekretärin in der Nachbarschaft dieser Familie wohnte. Als Sophie ihr wie jeden Morgen die Post ins Büro hereinreichte, sprach Elsa sie auf die Annonce an.

»Stellen Sie sich vor, Madame Schiaparelli. Gestern traf ich Madame Melville auf der Straße. Sie war schwarz gekleidet, und dann erzählte sie mir, dass ihr Mann sich auf dem Speicher erhängt hat. Ist das nicht schrecklich? … Offenbar konnte er nicht verwinden, dass er Konkurs anmelden musste.« Sichtlich bewegt schüttelte Sophie den Kopf und sprach stockend weiter. »Er hatte von seinem Vater einen florierenden Kohlehandel übernommen, aber seit einiger Zeit schon waren ihm die Kunden ausgeblieben … Heutzutage ist es doch so, dass die Leute in ihren Wohnungen eher frieren, als dass sie sich wegen Briketts noch weiter verschulden. Rücklagen hat die Familie keine, lieber schenkte Monsieur Melville seiner Frau hübsche Kleider.«

Bei Sophies Worten verspürte Elsa eine Gänsehaut. Was für ein tragisches Schicksal für eine junge Familie. Zum Glück litt sie selbst trotz der Wirtschaftskrise keine finanzielle Not, ihr Geschäftshaus hatte sie sogar erweitern können. Auch lebte sie in einer behaglichen und warmen Wohnung. So viel Glück war keine Selbstverständlichkeit. Sie hatte allen Grund, dafür dankbar zu sein.

Nach einem arbeitsreichen Vormittag widmete sich Elsa der sorgfältigen Auswahl der Kleider für den Fototermin und ließ sich mit drei großen Koffern zum Verlagshaus chauffieren. Dort empfing man sie herzlich und mit Kaffee, Gebäck und Pralinés. Im Studio der *Vogue* standen ihr zwei junge Frauen zur Seite, eine Visagistin und eine Umkleidehilfe.

»Wie man mir vorhin mitteilte, wünscht unsere Chefredaktion eine Schwarz-Weiß-Aufnahme. Unser Beruf lebt von spontanen Entscheidungen«, fügte Steichen wie zur Entschuldigung hinzu. »Haben Sie vielleicht einige Teile in den beiden Farben mitgebracht? Ich garantiere Ihnen, mit diesem Kolorit lassen sich die dramatischsten Hell-Dunkel-Kontraste erzielen.«

Dramatische Kontraste waren Elsa nur recht. Die entsprechende Kleidung, die diese Anforderung erfüllte, hatte sie schnell aus den mitgebrachten Koffern herausgesucht. Ein schwarzes Tweed-Kostüm mit einem breiten weißen Hermelinkragen. Bei der Stoffwahl hatte sie sich vom Anzug Monsieur Diors, des jungen Galeristen, inspirieren lassen. Weil sie wusste, dass sich ihr Haar an manchen Tagen sogar der geschickten Hand eines Meisters wie Monsieur Alexandre widersetzte, hatte sie sich als Accessoire für eine eng anliegende, schwarze Filzkappe entschieden. Seit Wochen erklärten die Modekolumnisten halblange Handschuhe aus Ziegenleder zum absoluten Muss für Tagesmode. Also wählte Elsa zu ihrem Kostüm – einen Pelzmuff.

Eine besondere Herausforderung bestand für sie darin, den Anweisungen Steichens zu folgen und die verschiedensten Posen einzunehmen. Mal sollte sie den Kopf nach links, dann nach rechts wenden, den Blick direkt in die Kamera richten oder über die Schulter des Fotografen hinweg. Sie sollte lächeln, nachdenklich sein, die Brauen heben, mit einer Hand die Schulter berühren. Währenddessen schoben die Assistenten des Fotografen Kamera- und Lichtstative von der einen Ecke des Studios in die andere, zogen schwarze Vorhänge auf und schlossen diese wieder, verschoben schirmähnliche Reflektoren und stiegen auf Leitern, um die Blitzgeräte unterhalb der Decke neu auszurichten.

Im gleißenden Scheinwerferlicht begann Elsa zu schwitzen, die Visagistin eilte mit Tüchern und Puderquaste zu Hilfe. Manchmal, wenn sie lange unbeweglich in einer Pose verharren musste, schliefen Elsa Hände und Füße ein. Der Nacken schmerzte, die Lippen wurden trocken. Nach fünf Stunden befürchtete sie, ohnmächtig vom Stuhl zu fallen.

»Alle Aufnahmen im Kasten, Schluss für heute«, rief Steichen plötzlich. Am liebsten wäre sie ihm vor Erleichterung um den Hals gefallen.

Zwei Tage später sichteten sie gemeinsam die Abzüge und waren sich schnell einig, welche Version den Auftakt für die Reportage bilden sollte. Die elegante Frau auf dem Foto war Elsa vertraut und fremd zugleich. Sie blickte zur Seite und schien ganz in sich gekehrt, die rechte Hand ruhte auf einer Handtasche, die linke steckte im Pelzmuff. Das Stille und Nachdenkliche, das von diesem Porträt ausging, erinnerte sie an Gemälde des großen niederländischen Künstlers Jan Vermeer. Was ihr besonders gefiel, war, dass die Aufnahme nicht die selbstbewusste, stolze Elsa Schiaparelli zeigte, als die sie sich meist präsentierte. Auf diesem Foto hatte Edward Steichen einen Teil ihrer Seele eingefangen.

Drei Monate später hielt Elsa die gedruckte Ausgabe der *Vogue* in den Händen und las die Bildunterschrift zu Steichens meisterlicher Porträtaufnahme: *Madame Schiaparelli ist eine der glühendsten Vertreterinnen von Schwarz und Weiß. Viele Frauen teilen diese Begeisterung und finden diese Kombination vornehm und kleidsam.*

Was wohl Mademoiselle Chanel zu diesem Kommentar sagen würde? Sie, die seit Jahren die Kombination von Schwarz und Weiß als den einzig wahren Chic predigte und zu ihrem Erkennungszeichen gemacht hatte.

Trotz der weltweit angespannten Finanzlage erzielte Elsa mit ihrer Firma auch in den Monaten nach dem Ausbruch der Wirtschaftskrise weiterhin gute Gewinne. Die eigentliche Arbeit machten, wie sie oft betonte, ihre zahlreichen Mitarbeiterinnen und Mitarbeiter. In acht Ateliers wurden Schnittmuster gezeichnet, Stoffe zugeschnitten, genäht und bestickt, Hüte modelliert und Federn zu Kragen oder Stolen verarbeitet. Andere Angestellte führten die Aufsicht über das Stofflager und die Garn- und Reißverschluss-

Vorräte, eine junge Engländerin war Herrin über das Reich unzähliger Knöpfe. Ein Goldschmied schuf die Verschlüsse für Kleider und Taschen, und um die Finanzen kümmerte sich ihr Geschäftsführer.

Mehr als ein Dutzend Verkäuferinnen beriet die Kundinnen mit Sachverstand und Leidenschaft. Sophie war eine unersetzliche Sekretärin und Bettina ihr erfolgreichstes Mannequin, gleichzeitig Pressereferentin und ihre rechte Hand. Sie war diejenige, die die Wogen glättete, wenn es Missstimmung in der Belegschaft gab, wenn jemand sich ungerecht behandelt fühlte oder sich über eine Kollegin beschweren wollte. Bettina sorgte dafür, dass ihre Chefin ungestört das tun konnte, was sie am besten konnte: Kleidung entwerfen.

Das machte Elsa Mut, den nächsten Schritt zu planen. Ihr war nach Veränderung zumute, denn Mode brauchte stete Erneuerung. Der Einfall war ihr gekommen, als sie mit Leonardo eine Aufführung im *Bataclan* besuchte, einem der renommiertesten Varieté-Theater der Stadt, das sich auch beim internationalen Publikum größter Beliebtheit erfreute.

Nach der Freizeit- und der Tagesmode wollte sie sich ein drittes Standbein zulegen, mit einer Linie für Abendgarderobe: *Pour le Soir*. Wenn alles nach Plan liefe, würde sie vielleicht schon im Sommer die ersten Galaroben präsentieren können.

Kapitel 34

»Ein Traum, Elsa. Als hätte ein Kleid Flügel bekommen.« – »Du hast hinreichend bewiesen, dass du originelle Kleidung als Konfektion entwickeln kannst. Aber jetzt bist du in der Haute Couture angekommen.«

Gabrielle und Blanche saßen auf einem hellgrauen Ledersofa und stießen mit der Freundin an. Der vergrößerte Salon im Geschäftshaus *Schiaparelli* in der Rue de la Paix zeigte in seiner Geradlinigkeit und Schlichtheit ganz unverkennbar die Handschrift des Innenarchitekten Jean-Michel Frank.

Elsa hatte die Freundinnen gerufen, um ihnen eine Abendrobe vorzuführen, die nach ihrer allerersten Entwurfsskizze für die neue Linie geschneidert worden war. Ein bodenlanges Etuikleid aus weißem Crêpe de Chine, dazu aus demselben Material eine Jacke mit langen Schärpen, die an Frackschöße erinnerten und sich im Rücken überkreuzten.

»Das Tempo, in dem du dein Unternehmen ausbaust, ist atemberaubend. Jeden Monat stellst du neue Premièren, Zuschneiderinnen und Näherinnen ein. Wann gönnst du dir einmal eine Pause?« – »Du hast kein Privatleben und auch keinen Mann, der dich zumindest gelegentlich zerstreut. Daran solltest du unbedingt etwas ändern.«

Etwas Ähnliches wie Gabrielle und Blanche hatte Leonardo ihr vor geraumer Zeit ebenfalls gesagt. Elsa rührte die Anteilnahme und Fürsorglichkeit der Freunde. Allerdings liebte sie das rasante Leben, das sie sich selbst ausgesucht hatte. Hätte jemand anderes ihr Leben geführt, hätte sie diese Person zutiefst beneidet.

Sie umarmte die Freundinnen und ließ sich zwischen ihnen auf dem Sofa nieder. »Ihr beide macht euch Gedanken um mich, das ist wirklich fürsorglich, aber ganz und gar unnötig. Niemand drängt mich zu etwas, ich entscheide alles allein. Was mein Privatleben angeht, so warte ich ab, ob und wann mir ein geeigneter Mann begegnet. Ich kann mich nicht in den Erstbesten verlieben, ich habe meine Ansprüche, und ich habe es nicht eilig.« Sie machte eine entschuldigende Handbewegung und sprach lebhaft weiter. »Erst einmal bin ich anderweitig beschäftigt, schließlich bin ich auch noch Mutter. Gogo kommt nächsten Monat nach Paris. Wir haben uns ganz viel für die Sommerferien vorgenommen … Ich freue mich, meine Kleine wiederzusehen. Bestimmt ist sie wieder ein Stück gewachsen.«

»Aber Madame Schiaparelli, was hat der Fotograf sich dabei wohl gedacht? Bettina sieht aus, als sei sie soeben aus dem Wasser gezogen worden.« Entrüstet deutete Sophie auf ein Foto in der *Vogue*. Es zeigte ihre Kollegin in einem schräg geschnittenen Abendkleid aus hochglänzendem Satin, der in der Taille gerafft und an der linken Hüfte hochgebunden war.

Ungeduldig zupfte Gogo die Mutter am Ärmel. »Wie lange wollt ihr noch über diesen Artikel diskutieren, Mommy?«

Elsa strich ihrer Tochter über das Haar. »Nur einen kleinen Moment, Darling. Ich bin sofort für dich da.« Dann wandte sie sich an ihre Sekretärin. »Zeigen Sie her, Sophie … Im Gegenteil, Hoyningen-Huene hat eine bezaubernde Aufnahme geschaffen.

Außer mir hat in dieser Saison noch keiner diesen neuartigen Stoff verwendet. Die anderen Modehäuser werden sicher bald gleichziehen wollen.« Nachsichtig schüttelte Elsa den Kopf. Noch immer hatte ihre Sekretärin die Befürchtung, die Kundinnen würden irgendwann ausbleiben und sich den traditionellen Couturiers mit ihren vorhersehbaren Entwürfen zuwenden.

»Du hattest aber doch versprochen, dass wir zusammen ins Filmtheater gehen«, beschwerte sich Gogo und zog die Mundwinkel nach unten.

Elsa zwang sich zur Gelassenheit. Seit zwei Wochen war ihre Tochter in Paris. Zwar versuchte sie, so viel Zeit wie möglich mit Gogo zu verbringen, um sie für die langen Trennungen zu entschädigen. Aber die Zehnjährige, die immer hübscher wurde und ihr mittlerweile bis zur Schulter reichte, fand nahezu alles fürchterlich, was mit Mode zu tun hatte.

Heute hatten sie sich am späten Nachmittag mit Blanche und Lora für den neuen Film mit Pola Negri verabredet. Und obwohl die Kinder sich schon viele Jahre kannten und bisher immer gut miteinander ausgekommen waren, standen sie im ersten Moment voreinander wie Fremde. Erst als sie nach der Vorstellung in ein Eiscafé gingen, tauten die Mädchen auf und steckten kichernd die Köpfe zusammen.

»Du musst uns unbedingt besuchen kommen, Gogo«, schlug Blanche beim Abschied vor. »Übrigens, die langen Haare stehen dir sehr gut. Du siehst damit aus wie ein Modell von Renoir.«

»Wer ist dieser Renoir?«, wollte Gogo beim Abendessen von ihrer Mutter wissen.

»Ein wunderbarer Maler. Einer der ganz großen.«

Am nächsten Tag waren Elsa und Gogo mit Edward Steichen verabredet. Er hatte versprochen, sie beide zusammen zu fotografieren. Auf dem Weg ins Studio fiel Elsas Blick in das Schaufenster einer Galerie für Moderne Kunst. Sie blieb stehen und deutete auf ein Gemälde, das ein junges Mädchen mit einer Katze auf dem Arm unter einem blühenden Mandelbaum darstellte. Das Bild zeigte grobe Pinselstriche und war überwiegend in Rottönen gehalten.

»Schau, Darling, dieses Gemälde stammt von dem Maler, über den wir gestern gesprochen haben: Jean Renoir.«

»Das ist von Renoir?« Eine Weile stand Gogo wie erstarrt und blickte verstört auf das Bild. Dann stapfte sie zornig mit dem Fuß auf. »Das ist ein hässliches Bild! Und ich soll genauso hässlich wie das Mädchen aussehen? Ich will nicht zum Fotografen gehen! Ich will nach Hause, nach Lausanne!«

Die gelegentlichen Unstimmigkeiten zwischen Mutter und Tochter hielten während der gesamten Ferien an. Als Elsa ihre Tochter ins Internat zurückbrachte, war sie einerseits traurig, denn sie würden sich für mehrere Monate nicht sehen. Sie versprach Gogo, dass sie im Winter gemeinsam Skifahren wollten. Andererseits freute sich Elsa aber auch darauf, wieder im selbstbestimmten Tempo ihrer Arbeit nachzugehen.

Dass Gogo Mode schrecklich fand, konnte Elsa ihr nachsehen. Sie war noch so jung und glaubte vielleicht auch, der Beruf der Mutter wäre der Grund für ihr Getrenntsein. Was für sie, die Couturière, Leidenschaft und Lebensinhalt bedeutete, kehrte Gogo ins Gegenteil. In einigen Jahren würde sie stolz auf die Mutter sein und ihrer eigenen Bestimmung folgen, dessen war Elsa sich ganz sicher. Umgekehrt würde auch sie stolz auf die Tochter sein. Eine Gefühlsregung, die sie bei ihrer eigenen Mutter immer vermisst hatte.

Kapitel 35

Zweimal im Jahr Kollektionen für Sport-, Tages- und Abendmode zu entwickeln, erforderten Elsas ganze Konzentration und Zeit. Und so hatte sie nach Gogos Abreise beschlossen, ihre Linie *Pour le Sport*, mit der sie ihre Karriere fünf Jahre zuvor begonnen hatte, einzustellen. Mehr Zeit für die Tages- und Abendmode zu haben, mit neuartigen Stoffen zu experimentieren oder Filz, Federn und Leder miteinander zu kombinieren, beflügelte ihre Phantasie. Und ohne dass es ihr recht bewusst wurde, war ein weiteres Jahr zu Ende gegangen. In das neue startete sie mit Plänen. Mit großen Plänen …

Amy Adams, Gogos ehemaliges Kindermädchen, hatte es sich nicht nehmen lassen, ein Überseetelefonat anzumelden. Nachdem die Verbindung mehrere Male abgerissen war, konnte Elsa ihre aufgeregte Stimme hören, unterlegt von einem Rauschen.

»Ist es wirklich wahr, was Sie mir am Morgen telegrafiert haben? Sie kommen zu Ostern nach New York und zeigen eine Modenschau bei Saks? Das ist einfach großartig. Sie sind mittlerweile eine Berühmtheit in den Staaten. Wann kommen Sie an? Wir müssen uns unbedingt sehen …«

Sechs Wochen nach diesem Telefonat saß Elsa in einer Hotel-Lobby in der E 48th Street. Mit Mahagoniholz getäfelte Wände und schwere, cognacfarbene Ledersessel vermittelten eine Atmosphäre von Solidität und Gediegenheit. An den Decken erstrahlten vielarmige Kristallleuchter, aus kupfernen Blumenkübeln wuchsen Palmen bis fast an die Decke. Im hinteren Teil der Lobby unterhielt ein Klavierspieler die Gäste mit Walzermelodien.

Elsa hatte einen ungesüßten, starken italienischen Espresso mit dem Saft einer halben Zitrone bestellt. Eine von ihr vielfach erprobte und bewährte Mixtur gegen Müdigkeit. Tags zuvor war sie von Bord der *S. S. Bretagne* gegangen und hatte mit Macht alle unangenehmen Erinnerungen an die Monate vor ihrer Übersiedelung nach Paris ausgeblendet. Denn jetzt herrschte eine andere Zeit, und sie war ein anderer Mensch geworden.

Und da eilte auch schon Amy Adams mit weiten Schritten auf sie zu. Auch Gogos früheres Kindermädchen war ein anderer Mensch geworden, zumindest optisch. Die einst hagere, unscheinbare Frau sah fraulicher und attraktiver aus. Anstelle des einstigen Nackenknotens trug sie einen Pagenkopf, der in Höhe der Ohrläppchen endete. Unter ihrem halboffenen Mantel blitzte etwas hervor, das Elsa schmunzeln ließ: ein Schleifenpullover.

Ihre Begrüßung war so selbstverständlich und herzlich, als wären sie sich erst vor Kurzem das letzte Mal begegnet.

»Sie sehen blendend aus, Elsa. Viel besser als vor neun Jahren, als Sie so niedergeschlagen waren und von hier fortgegangen sind. Ich habe für mich und meine Freundinnen schon Karten für die Modenschau reserviert. Oh, ich bin so aufgeregt.«

»Setzen Sie sich, Amy, wir sollten uns eine kleine Erfrischung gönnen. Sie sind also eine einflussreiche Society Lady geworden …« Auf ein Handzeichen brachte ihnen ein Kellner frischen Tee und kleine Lachssandwiches. Die beiden Frauen saßen und erzählten von den Höhen und Tiefen, die sie in den vergangenen

Jahren erlebt hatten. Dabei bemerkten sie nicht, wie die Zeit verging. Irgendwann blickte Elsa überrascht auf ihre Armbanduhr.

»Schon fast drei Uhr … In zwanzig Minuten habe ich eine Verabredung mit Mister Gimbel, dem Geschäftsführer von Saks. Er will mir den Raum zeigen, in dem die Modenschau morgen stattfindet. Danach findet die Anprobe für die Mannequins statt. Mister Gimbel sagt, seine Vorführdamen seien die hübschesten in New York. Wollen Sie nicht morgen mit Ihrem Mann zum Frühstück ins Hotel kommen, Amy? Er wird sich die Modenschau doch auch ansehen?«

Amy schüttelte bedauernd den Kopf. »Steve hätte Sie liebend gern kennengelernt, weil ich ihm schon so viel von Ihnen und Gogo erzählt habe. Aber er ist zu einem wichtigen Treffen mit Geschäftspartnern nach Boston gefahren. Ich soll ihm ganz genau von der Premiere berichten. Seine Schwägerin stammt aus Mailand, und er schwärmt für alles Italienische. Er hat gesagt, er würde ebenfalls *Schiaparelli* tragen – wenn Sie Mode für Männer machen würden. Steve ist ein so großzügiger und einfühlsamer Mensch.«

Am Glanz in ihren Augen und der schwärmerischen Stimme erkannte Elsa, dass Amy sehr glücklich sein musste. Was sie für diese warmherzige Person überaus freute.

»Vorerst will ich weiterhin Mode für Frauen machen«, erwiderte sie. »Aber sollte ich mich je anders entscheiden, werde ich Ihren Mann als Berater hinzuziehen.«

Mister Adam Gimbel, der Geschäftsführer des Kaufhauses Saks an der renommieren Adresse 611 5th Avenue, war ein mittelgroßer, breitschultriger Mann mit einem festen Händedruck. Der Scheitel seines dunklen, kurz geschnittenen Haars saß wie mit dem Lineal gezogen.

»Missis Schiaparelli, es ist mir eine Ehre, die neue Kollektion der ungewöhnlichsten französischen Couturière in unserem Haus präsentieren zu dürfen.«

»Die Freude ist ganz meinerseits, Mister Gimbel. Zumal ich mehrere Jahre in dieser Stadt gelebt habe.«

»Man erzählte mir davon. Ich möchte Ihnen gern zeigen, wo die Premierenschau stattfinden soll. Wir haben so viele Reservierungswünsche von Kundinnen erhalten, dass wir eine halbe Etage leerräumen mussten.«

Mit der Rolltreppe fuhren sie hinauf in den vierten Stock, wo Handwerker dabei waren, einen Laufsteg in Form eines Hufeisens aufzubauen. Überall wurde gehämmert und geschraubt, Standscheinwerfer wurden hereingetragen, vor den mit hellgelbem Chintz bespannten Wänden stapelten sich Stühle. Der Geschäftsführer machte eine weit ausladende Geste.

»*Voilà*, das große Ereignis wirft seine Schatten voraus … Hinten links neben der Spiegelwand kommen die Mannequins durch einen Rosenbogen herein. Hier vorne bleiben sie einen Moment stehen, machen eine Drehung und gehen anschließend auf der gegenüberliegenden Bahn des Laufstegs bis zum Ende und dann rechts zur Tür hinaus. Die Stühle platzieren wir um den Laufsteg herum.«

»Großartig.« Elsa nickte anerkennend. In Gedanken sah sie schon die Mannequins in breitschultrigen Mänteln und weich fließenden Abendkleidern anmutig und graziös über den Laufsteg schweben. Die Frauen im Publikum würden lange Hälse machen und die in vermutlich deutlicher Unterzahl anwesenden Männer würden den Vorführdamen heimlich begehrliche Blicke hinterherschicken.

Mister Gimbel winkte einen jungen Mann mit kreisrunder Brille und spitzem Kinnbart zu sich heran. »Das ist mein Neffe, Missis Schiaparelli ... Wie sieht es aus, Geoffrey, sind die Transportkisten mit den Kleidern eingetroffen?«

Der junge Mann machte ein bekümmertes Gesicht. »Leider nein. Ich habe vorhin mit der Spedition gesprochen, niemand weiß, wo sich die Fracht befindet.«

Elsa wünschte, sich verhört zu haben, befürchtete aber, dass sie sehr wohl jedes Wort richtig verstanden hatte. »Auf den Kisten ist die Lieferadresse vermerkt, Mister Gimbel. Fünfzehn Gepäckstücke dieser Größe können nicht verloren gehen.« Mit diesen Worten versuchte sie, auch sich selbst Mut zuzusprechen.

Der Geschäftsführer straffte die Schultern und setzte ein joviales Lächeln auf. »Selbstverständlich, Missis Schiaparelli, sicher nur ein Missverständnis ... Möchten Sie einstweilen in Ihr Hotel zurückgehen und sich ein wenig ausruhen? Ich hinterlasse Ihnen eine Nachricht, sobald die Fracht angekommen ist. Die Mannequins sind schon ganz aufgeregt und können die Anprobe kaum erwarten.«

Elsa willigte ein und verabschiedete sich von Mister Gimbel. Zurück in ihrem Hotelzimmer, legte sie sich eine Wolldecke über die Knie und machte es sich im Sessel bequem. Schon bald war sie eingenickt. Plötzlich schreckte sie aus dem Halbschlaf auf. Hatte sie etwa das Telefon überhört? Eilig zog sie ihren Mantel über und fragte an der Rezeption nach. Doch Mister Gimbel hatte sich in der Zwischenzeit nicht gemeldet.

Nach einem kurzen Fußweg über die 5th Avenue betrat Elsa erneut das Kaufhaus Saks. Der Geschäftsführer empfing sie in seinem Büro mit schweren ledernen Clubsesseln und hohen Bücherregalen. Blickfang an der Wand hinter dem Schreibtisch war ein goldgerahmtes Gemälde, das einen älteren Herrn im Dreiviertelporträt zeigte. Vermutlich der Gründer des Kaufhauses. Mit seinem nachdenklichen Blick schien er eine stumme Frage an den Betrachter zu richten. Durch die Fenster waren die Kirchtürme der St. Patrick's Cathedral zu sehen, des größten Gotteshauses nicht nur New Yorks, sondern der gesamten Vereinigten Staaten. Ebenso nachdenklich wie der Mann auf dem Porträt wirkte auch Mister Gimbel.

»Ich würde gern erfreulichere Nachrichten vermelden, Missis Schiaparelli. Wir haben mehrfach im Büro der Reederei in Manhattan und auch beim amerikanischen Zoll nachgefragt, der jedoch keine sachdienliche Auskunft geben konnte. Die Fracht ist wie vom Erdboden verschluckt. Dennoch sehe ich keinen Grund zur Besorgnis. Bestimmt lässt sich der Verbleib der Sendung rechtzeitig aufklären.« Elsa hatte den Eindruck, als sei der Geschäftsführer von den eigenen Worten nur wenig überzeugt.

Bis jetzt hatte sie sich zur Ruhe gezwungen und sich eine ebenso harmlose wie plausible Erklärung zurechtgelegt. Womöglich hatte das Fahrzeug, das die Kisten zu Saks transportieren sollte, eine Motor- oder Reifenpanne, oder der Fahrer war wegen einer Straßensperre aufgehalten worden … Doch allmählich wurde sie unruhig. Was, wenn die Kollektion nicht rechtzeitig auftauchte? Oder überhaupt nicht auftauchte? Weil die Behältnisse beim Be- oder Entladen des Schiffes über Bord gegangen oder während des Transports durch die Straßen von Manhattan gestohlen worden waren? Der Schaden wäre ohne Zweifel immens. Elsa dachte an die Liste mit Namen und Uhrzeiten, die Sophie als perfekte Terminplanerin und umsichtige Sekretärin für sie zusammengestellt hatte. Journalisten der einflussreichen Modemagazine sowie aller großen Tageszeitungen hatten sich für ein Interview im Anschluss an die Modenschau angemeldet. In Gedanken sah sie schon die Schlagzeilen:

Elsa Schiaparelli und die Geschichte
von den verlorenen Koffern.
Lieber amerikanische Mode kaufen als vergeblich
auf französische warten.
New Yorkerinnen enttäuscht von Elsa Schiaparelli –
Der Laufsteg bleibt leer.

Ein solches Desaster würde Folgen haben. Ihr Ruf wäre für immer beschädigt, nicht nur in Amerika, sondern auch in Frankreich. Für einen kurzen Augenblick schloss sie die Augen und holte tief Luft. »Lassen Sie uns jeder für sich versuchen, etwas über den Verbleib der Kollektion herauszufinden, Mister Gimbel. Zwei Fragende erfahren mehr als einer. Ihre Mannequins müssen sich noch eine Weile in Geduld üben.«

Zurück in ihrem Hotel wies der Direktor eine junge Rezeptionistin an, sich ausschließlich um die Belange der »berühmten Couturière aus Paris« zu kümmern und für den prominenten Gast jede gewünschte Telefonvermittlung bei den freundlichen Damen vom Amt herzustellen zu lassen. Weil die Verbindung für die Gespräche nach Europa mehrmals fehlschlug, verbrachte Elsa minutenlang wartend im Foyer und trank zum ersten Mal ein Glas Coca-Cola. Dabei gelangte sie zu der Überzeugung, dass allein dieses dunkle, mit Zuckercouleur gefärbte und mit Maissirup gesüßte Getränk als Grund ausreichen würde, dieses Land zu verlassen.

In einer Kabine, durch deren isolierte Wände kein Laut nach draußen dringen konnte, telefonierte Elsa zuerst mit dem Leiter des Zollamts in Le Havre. Dieser versicherte ihr, dass die Frachtpapiere für ihre Koffer anstandslos akzeptiert worden waren. Danach sprach sie mit dem Schiffsmakler der *Compagnie Générale Transatlantique,* um sich von offizieller Seite bestätigen zu lassen, dass die Fracht tatsächlich an Bord der *S. S. Bretagne* gelangt waren. Nach diesen Telefonaten war Elsa überzeugt, dass sich die Behältnisse in New York befinden mussten. Wo auch immer.

Wer konnte ihr jetzt noch Auskunft geben? Sie ließ sich mit dem französischen Generalkonsulat in New York verbinden und schilderte ihre prekäre Lage. Der Konsul versprach, sich persönlich um die Angelegenheit zu kümmern, sollten die Kisten nicht innerhalb der nächsten vierundzwanzig Stunden gefunden werden.

Doch Elsa wollte keine vagen Versprechungen, sondern Gewissheit. Und zwar sofort! Also forschte sie weiter nach, telefonierte, telegrafierte und bangte. Ihre Koffer waren und blieben verschwunden, also würde auch keine Modenschau stattfinden können. Die Blamage schien unausweichlich – das erste Mal in ihrer Modekarriere. Dabei war ein »unmöglich« für sie doch immer unmöglich gewesen.

Die Stunden vergingen, ohne dass Elsa einen ernstzunehmenden Hinweis auf den Verbleib der Fracht erhalten hätte. Jede Sekunde hoffte sie auf den erlösenden Anruf von Mister Gimbel. Doch der konnte ihr lediglich mitteilen, dass die Suche nach den

Koffern unvermindert weiterginge. Sie solle jedoch unbesorgt zu Bett gehen und ruhig schlafen, in New York würden sich jeden Tag Wunder ereignen.

Übernächtigt, blass und mit tiefen Ringen unter den Augen begab sich Elsa am nächsten Morgen ins Kaufhaus Saks. Nicht einen Bissen hatte sie zum Frühstück zu sich nehmen können, nur zwei Tassen Melissentee getrunken, um ihre angespannten Nerven zu beruhigen. Als sie in Mister Gimbels Büro eintrat, legte dieser soeben den Telefonhörer auf und eilte mit ausgebreiteten Armen auf sie zu.

»Missis Schiaparelli, stellen Sie sich vor. Vor wenigen Minuten sind die Kisten angeliefert worden. Der Fahrer hat offenbar … einige Umwege gemacht. Unsere Schneiderinnen sind schon dabei, die Kleider auszupacken und aufzudämpfen. Und die Mannequins warten sehnsüchtig darauf, endlich den ersten Durchgang auf dem Laufsteg zu proben. Ich weiß, das Jahr einunddreißig wird in die Geschichte unseres Hauses eingehen.«

Sofort fühlte Elsa sich hellwach und entschlossen. Sie fragte nicht, wo die Kisten gewesen waren, und wollte es auch nicht wissen. Wichtig war jetzt, die New Yorkerinnen für ihre Tages- und Abendmode zu begeistern. Für deren Anfertigung hatten so viele Mitarbeiterinnen und Mitarbeiter in der Rue de la Paix all ihr Wissen und Können eingesetzt – sie musste es schaffen!

Noch sechs Stunden blieben ihr bis zum Beginn der Schau. Sagte nicht Mister Gimbel, dass sich in New York jeden Tag Wunder ereigneten?

Die Präsentation wurde ein voller Erfolg. Das Publikum war hingerissen und applaudierte stehend, die Presse überschlug sich vor

Begeisterung, lobte Elsas Ideenreichtum und ihren Mut, Phantasie und Eleganz auf die Spitze zu treiben. Würde Gogo irgendwann einmal eine ihrer Schauen sehen und verstehen, was die Mutter mit ihrer Arbeit zum Ausdruck bringen wollte?

Am Tag darauf spazierte Elsa, noch mit den Bravo-Rufen im Ohr, durch den Central Park. Wie jedes Jahr lockte die rosafarbene Kirschblütenpracht unzählige Besucher an. In den Beeten am Wegesrand leuchteten Tulpen in allen Farben, es roch nach feuchter Erde und nach Frühling. Während ihrer New Yorker Jahre hatte sie diese grüne Oase mitten in Manhattan regelmäßig besucht, zuletzt mit einer kleinen Tochter im Kinderwagen. Spaziergänger kamen ihr entgegen, Touristen, die an nahezu jeder Ecke ihre Kameras hervorholten. Ältere Damen, die ihre Hündchen ausführten, und junge Männer, an ihren Mützen unschwer als Studenten zu erkennen. Vermutlich waren sie an der nahe gelegenen Columbia University eingeschrieben.

Elsa schlenderte über die Bow Bridge, ihre Lieblingsbrücke im Park. Die sanft geschwungene Konstruktion mit dem aufwendigen Dekor zeugte von architektonischer Leichtigkeit und ließ vergessen, dass sie aus Eisen gefertigt war. Sie ging bis zur Mitte, beugte sich über das Geländer und sah den Ruderbooten zu, die unter ihr vorbeiglitten. In Ufernähe hatte sich eine Ente inmitten von Schilfpflanzen ein Nest gebaut.

Was wäre wohl geschehen, wenn sie New York nicht verlassen hätte, womit hätte sie dann ihr Geld verdient?, fragte sich Elsa. Hätte sie weiterhin bei Nicole Groult, der Schwester von Paul Poiret, als Verkäuferin gearbeitet und womöglich irgendwann das Geschäft übernommen? Vielleicht wäre sie auch weggezogen, nach Texas oder Nebraska und hätte auf einer Farm Rinder gezüchtet. Hätte sie das glücklich gemacht und wären sie und die Tochter sich heute näher? Aber wer hätte dann Gogos Krankheit behandelt? Die medizinischen Koryphäen praktizierten alle in Europa …

Ein gefaltetes Papierschiffchen schwamm Elsa kreiselnd entgegen, von irgendwoher waren Kinderstimmen zu hören. Sie blickte auf die Uhr. Amy Adams wollte ihr zu Ehren einen kleinen Empfang geben, in ihrer Wohnung in den Dakota Appartements, nur wenige Minuten Fußweg entfernt. Elsa löste sich vom Brückengeländer und schritt weiter in Richtung Westen. Doch warum machte sie sich Gedanken über etwas, das hätte sein können, aber nicht geschehen war? Vielleicht war es auch so, dass das Schicksal sie genau dorthin gelenkt hatte, wo ihr Platz im Leben war. In einem Couture-Haus in Paris.

Kapitel 36

Vom Fenster ihres privaten Pariser Salons blickte Elsa hinunter auf den weiten Platz mit den sandsteinfarbenen Prachtbauten aus dem 19. Jahrhundert. Blankgeputzte Automobile neuester Bauart standen dort in Reihen dicht an dicht. Chauffeure lehnten sich gegen die Kühlerhaube und rauchten eine Zigarette, während ihre Herrschaften in den umliegenden Luxusgeschäften Einkäufe tätigten. Sie setzte sich in den samtbezogenen Ohrensessel und nickte ihrem Gegenüber zu. »Wir können beginnen, Mister Burton.«

»Missis Schiaparelli, vor nunmehr vier Jahren zeigte das New Yorker Kaufhaus Saks Ihre gesamte Kollektion. Seither sind die Amerikanerinnen nahezu süchtig nach *Schiaparelli*, nach Ihren Kleidern, Accessoires und Parfums – die charmanterweise alle mit dem Buchstaben S beginnen. Als erste Modeschöpferin waren Sie im vorigen Jahr auf dem Titelbild der *Times* zu sehen. Hollywoodgrößen wie Katharine Hepburn, Greta Garbo und Marlene Dietrich zählen zu Ihren Kundinnen, ebenso der europäische Adel und die internationale Kunstszene. Was ist das Geheimnis Ihres Erfolges?«

Augenblicklich setzte Elsa ihr Berufslächeln auf, das sie sich für Auftritte in der Öffentlichkeit und für Interviews angeeignet hatte. Ihr heutiger Gesprächspartner Paul Burton war der stellvertretende Chefredakteur der amerikanischen *Vogue*. In der Ausgabe vom September 1935 sollte ein Porträt über sie erscheinen. Ihr Blick fiel durch das Fenster auf eine hohe bronzene Säule. Dass deren Spitze eine Statue Kaiser Napoléons I. bekrönte, gekleidet als römischer Feldherr, empfand sie als Ironie des Schicksals. Sie, die freiheitsliebende und freisinnige Italienerin, die jegliches Blutvergießen hasste, hatte seit Kurzem tagtäglich den größten französischen Kriegstreiber der letzten zwei Jahrhunderte vor Augen. Seitdem sie ihr Couture-Haus von der Rue de la Paix an die Place Vendôme Nummer 21 verlegt hatte, nur hundertfünfzig Meter von der alten Adresse entfernt. Ein Modetempel für rund fünfhundert Angestellte war hier entstanden, mit achtundneunzig Räumen, verteilt auf fünf Stockwerke. Die Ausstattung hatte Jean-Michel Frank übernommen, den sie inzwischen zu ihren Freunden zählte.

Wie von selbst kam ihr die Antwort über die Lippen, die sie so oder ähnlich schon viele Male gegeben hatte. »Es gibt kein Geheimnis, Mister Burton. Vor etwa zwölf Jahren begann ich, Freizeitmode für die moderne, aktive Frau zu entwerfen. Zunächst nur für einen engen Kreis von Freundinnen. Glück und Zufall kamen zusammen, denn meine Kreationen gefielen auch anderen Frauen. Zwei Jahre später eröffnete ich mein erstes kleines Geschäft. Irgendwann fügte ich Tages- und Abendgarderobe hinzu. Der Erfolg ist das Ergebnis der Hingabe, mit der meine Mitarbeiterinnen und Mitarbeiter ihren Beruf ausüben.«

Mister Burton schrieb eifrig in sein braunledernes Notizbuch. Dabei lugte hin und wieder seine Zungenspitze zwischen den Zähnen vor. »Seit Ihrem legendären Schleifenpullover halten Sie die Modewelt in Atem. Plisseefalten sind bei Ihnen nicht eingereiht oder durch Dampfdruck erzeugt, sondern auf den Stoff aufgedruckt. Manche Kleider sehen aus, als seien sie aus Glas, andere lassen an eine Collage aus Zeitungsartikeln denken. In dieser Saison haben Sie erstmals in der Geschichte der Mode eine Kollektion geschaffen, die eine Reihe aufeinander abgestimmter Kleidungsstücke unter einem Motto vereint. Aktuell kann man in *Stop, Look and Listen* so ungewöhnliche Accessoires wie schwarze Handschuhe mit roten und goldenen Fingernägeln sehen. Woher nehmen Sie Ihre Ideen?«

Elsa schenkte ihrem Gast und sich selbst frischen Kaffee ein. Auf einem Porzellanteller mit Sternzeichen-Motiven von Salvador Dalí lagen Macarons in den verschiedensten Geschmacksrichtungen und Farben. Sie wusste, dass die meisten Männer Süßes lieben, und auch der amerikanische Redakteur konnte bei diesem zarten Gebäck nicht widerstehen. Derartige Frage-und-Antwort-Spiele langweilten sie. Doch sie wollte höflich und konzentriert bleiben, schließlich ging es um den Ruf ihres Unternehmens und somit auch um die Angestellten samt ihren Familien, für die sie Verantwortung trug.

»Mode zu entwerfen ist kein Beruf, sondern eine Kunst. Allerdings eine äußerst schwierige und unbefriedigende Kunst. Denn kaum ist die Idee für ein Kleid geboren, gehört sie bereits der Vergangenheit an. Ich suche nicht nach Ideen, Mister Burton. Irgendwann sind sie gegenwärtig, und dann setze ich mich hin und beginne zu zeichnen.«

Dem Gesichtsausruck des Redakteurs konnte sie entnehmen, dass er mit dieser Antwort nicht zufrieden war. Doch eine andere konnte sie ihm nicht geben. Wiederholt hatte Elsa an die Worte Monsieur Diors denken müssen, des jungen Galeristen. Dass nicht die Kunden ihre Bilder finden, sondern dass umgekehrt die Bilder ihren Besitzer finden. Vielleicht war es mit Ideen ähnlich. Dass nämlich die Ideen ihre Köpfe fanden.

Mister Burton schluckte verzückt den letzten Bissen eines Macarons hinunter und griff sofort nach dem nächsten. »Neben einer klaren, kantigen Silhouette mit breiten Schultern und schmaler Taille zeichnen sich Ihre Kleider durch eine perfekte Architektur aus. Oftmals sind die Schnitte schlicht, aber dann entdeckt man an unerwarteter Stelle etwas Spielerisches, Ironisches in Form von farbigen Reißverschlüssen, skurrilen Knöpfen oder transparenten Halskolliers mit künstlichen Insekten. Welchen Einfluss hat die Bildende Kunst auf Ihre Entwürfe, insbesondere die Malerei des Surrealismus?«

»Viele Künstler wie Bérard, Cocteau, Picasso und Dalí darf ich zu meinen Freunden zählen. Wir sind in regem Kontakt, treffen uns auf Empfängen und Bällen, besuchen gemeinsam Vernissagen und diskutieren dann miteinander. Diese Künstler entwickeln ihre individuellen Konzepte, und ich mache daraus Mode. Allerdings vermag ich nicht zu sagen, ob sie meine Arbeit beeinflussen – oder ich die ihre.«

Mister Burton nickte und strich sich mit der Hand über den kahlen Schädel. Einer der wenigen Vorteile von Frauen war, dass sie auch mit zunehmendem Alter ihre Haare behielten, überlegte Elsa. Gleichwohl nahm sie gelegentlich die Dienste von Monsieur Alexandre in Anspruch, der für sie Perücken in den verschiedensten Farben anfertigte. Was sie als überaus praktisch empfand. Sie musste nicht selbst zu ihm in den Salon gehen, sondern setzte sich zu Hause die fertige Frisur auf.

Der Redakteur räusperte sich, bevor er zur nächsten Frage kam. »Missis Schiaparelli, die Kritiker nennen Sie die kreativste und unerschrockenste Couturière unserer Zeit. Dennoch gab es auch Widerstand gegen Ihre Mode. Mein Stichwort lautet: London …«

Beim Stichwort London dachte Elsa als Erstes an Peter, den bejubelten Shakespeare-Schauspieler vom *Globe Theatre*. Er hatte ihr nicht nur *Hamlet* und *Richard III.* rezitiert, sondern sie in Stunden leidenschaftlicher Zweisamkeit auch darüber aufgeklärt, welche Ausgefallenheiten und sinnenfrohe Spiele unter Paaren in der Zeit um 1600 geschätzt wurden. Nachdem sie Peter wegen der Premiere ihrer neuesten Kollektion auf der Insel zurücklassen musste, bedauerte sie, nicht zur Zeit des großen Dichters geboren worden zu sein. Ein halbes Jahr später hatte Peter ihr eine Postkarte geschickt. Aus Korsika, wo er seine Flitterwochen verbrachte.

»London, Mister Burton, war eine großartige Erfahrung für mich, nicht nur wegen der Zweigniederlassung, die ich vor zwei Jahren dort eröffnet habe. Zu dieser Zeit waren Hosenröcke meine absoluten Favoriten. Sie sind bequemer als Röcke und für jeden Anlass geeignet: beim Sport, auf Reisen oder auch als Abendgarderobe. Allerdings erhielt der *Daily Mirror* einige groteske Leserzuschriften. Darin wurde gefordert, dass für Frauen das Tragen männlicher Kleidungsstücke unter Strafe zu stellen sei. Ich bin nachsichtig, weil nicht jeder weiß, dass in manchen orientalischen Ländern Frauen zu Hause die Hosen tragen – und Männer in der Öffentlichkeit Kleider. Aber müsste die britische Leserschaft nicht wissen, was ihre Landsleute in Schottland tragen? Röcke!«

Mister Burton lachte laut und kräftig und machte sich weitere Notizen, dann griff er ein weiteres Mal zu einem Macaron und schob es sich in den Mund.

»Köstlich, die Feinbäckerei Ladurée sollte unbedingt in New York eine Filiale eröffnen, ich wäre dort Stammkunde … Nun zu meiner nächsten, vielleicht etwas prekären Frage, Missis Schiaparelli. Wie ist Ihr Verhältnis zu Ihrer großen Konkurrentin, zu Miss

Coco Chanel? Sie selbst bezeichnet Mode als ein Handwerk. Von Ihnen aber sagt sie, Sie seien ›die italienische Künstlerin, die auch Mode macht‹.«

Auf eine solche Frage hatte Elsa gehofft. So konnte sie ihre persönliche Haltung in aller Klarheit darlegen. Hochherzig, diplomatisch und ohne jeden Sarkasmus. Sollte die erwähnte »Konkurrentin« ruhig öffentlich über sie spotten, sie wollte sich bewusst gegenüber einer solchen Position abgrenzen. Auch, weil sie sich moralisch dazu verpflichtet fühlte. Denn anders als Mademoiselle, die in einem Waisenhaus aufgewachsen war und sich schon früh einen Platz in der Gesellschaft erkämpfen musste, hatte sie selbst eine behütete Kindheit erlebt, umgeben von Büchern und Gemälden und in Kontakt mit Gelehrten und Forschern. Sie war gespannt, was Ninette, die Patentochter von Sophie und nach wie vor Verkäuferin bei Chanel, über die Reaktion von Mademoiselle berichten würde, sobald diese die bevorstehende Ausgabe der *Vogue* in den Händen hielt.

»Ich möchte betonen, Mister Burton, dass Mademoiselle Chanel eine bedeutende Couturière ist, die von Frauen auf der ganzen Welt bewundert wird. Aber ich sehe sie keinesfalls als ›Konkurrentin‹, wie Sie es formulieren. Dazu sind unsere Grundsätze, nach denen wir Mode gestalten, viel zu unterschiedlich. Was sie über mich als Italienerin sagt, freut mich jedoch sehr, und ich nehme es als großes Kompliment. Ja, ich bin eine Künstlerin, und ich mache Mode.«

»Eine Frage zum Schluss. Was planen Sie als Nächstes, Missis Schiaparelli?«

Elsa zwinkerte ihrem Gegenüber vertraulich zu und lächelte vielsagend. Sollte dieser Redakteur ruhig glauben, sie würde ihm ganz persönlich etwas anvertrauen, was noch keiner vor ihm erfahren hatte. Er würde sich geschmeichelt fühlen und seinen Artikel mit besonderem Engagement verfassen. »Es sollte zwar noch ein Geheimnis bleiben, aber Ihnen und den Leserinnen der *Vogue America* möchte ich meine taufrische Verkaufsidee verraten. Hinter dem Eingang im Erdgeschoss soll eine Boutique mit Strickwaren, Blusen, Wäsche, Hüten, Schmuck und Accessoires entstehen. Anders als bei der Haute Couture, die Maßanfertigung ist und eine gewisse Zeit benötigt, sollen die Kundinnen die Waren sofort mitnehmen können. Dieses Prinzip nenne ich: Prêt-à-porter.«

Kapitel 37

Nach einem ausgedehnten Wannenbad hatte Elsa es sich gemütlich gemacht. Eingehüllt in eine Wolldecke räkelte sie sich auf dem Sofa und schlug die Zeitung auf. An manchen Tagen kam sie erst nach Feierabend dazu, sich über das aktuelle Weltgeschehen zu informieren. Was sie zunehmend beunruhigte, waren Berichte über ihre italienische Heimat. Ihre Schwester Beatrice, die wie sie für das Grundrecht der Meinungsfreiheit eintrat und Mitgefühl als einen hohen moralischen Wert erachtete, verabscheute jede Art von Willkür und Unterdrückung. Einige Tage zuvor hatte sie ihre ganz persönlichen Eindrücke in einem Brief geschildert:

… Habt ihr in Paris mitbekommen, dass unser selbsternannter Führer Benito Mussolini eine innige Freundschaft zu dem deutschen Reichskanzler Adolf Hitler eingegangen ist? Der oberste Hakenkreuzträger hat offenbar vor, Juden die Bürgerrechte zu entziehen. Wie absurd! Meiner Meinung nach sind beide hohlköpfige, machtgierige Emporkömmlinge. Und dann jubeln die Massen ihnen auch noch zu. Kann man so etwas verstehen? Sobald im Radio eine Rede von Mussolini zu hören ist und er die Großartigkeit seiner faschistischen Partei beschwört, schalte ich den Ton ab. Mamma regt sich immer furchtbar über solche Meldungen auf und bekommt Herzrasen.

Gab es denn niemanden, der diesem Willkürherrscher und Demagogen Einhalt gebieten konnte?, fragte Elsa sich bestürzt. Ihm und allen Gleichgesinnten in der Welt. Hatten die Menschen denn nicht aus der Geschichte gelernt, dass Hass und Krieg noch niemals Frieden gebracht hatten?

Um sich von ihren dunklen Gedanken abzulenken, wandte sie sich dem Feuilleton zu. Gabrielle hatte einen Artikel über eine junge Schriftstellerin verfasst, die mit ihren gesellschaftskritischen Erzählungen und dem Kampf um die Rechte von Frauen einigen Literaturkritikern als legitime Nachfolgerin der großen George Sand, der zeitweiligen Gefährtin des Komponisten Frédéric Chopin, galt. Dann hörte Elsa die Türklingel. Seltsam, um diese Uhrzeit kam doch sonst niemand zu Besuch. Vorsichtig öffnete sie die Tür einen Spaltbreit.

»Leone«, rief sie überrascht. »Habe ich etwa vergessen, dass wir heute verabredet sind? Aber was spielt das für eine Rolle? Komm herein.«

Leonardo nahm sie zur Begrüßung in den Arm und legte dann Mantel und Hut ab. »Ich kam hier vorbei und sah, dass bei dir noch Licht war.« Seine Erklärung klang wie eine Entschuldigung.

»Du kommst genau zum richtigen Zeitpunkt. Ich habe vorhin ein neues Rezept für Cantuccini ausprobiert. Wir sollten unbedingt testen, ob die Kekse gelungen sind.« Bewusst wählte sie eine heitere Tonart, denn ihr war aufgefallen, dass der Freund ernster als gewöhnlich war.

»Wenn ich hier schon unangemeldet auftauche, Schiap, möchte ich mich zumindest nützlich machen. Du setzt dich wieder aufs Sofa, und ich gehe in die Küche und hole uns Cantuccini und etwas zu trinken.«

Kurz darauf kam Leonardo mit einer Gebäckschale und zwei Gläsern Vino Santo zurück. Er ließ sich auf dem Sofa neben Elsa nieder, streckte die langen Beine aus und fuhr sich müde mit der Hand über das Gesicht.

»Was bedrückt dich, Leone?« Mit den Fingerspitzen strich sie dem Freund über den Arm, sah dicht vor sich sein ebenmäßiges Profil, das auch mit den Fältchen um Augen und Mundwinkel jeden Bildhauer der Antike oder der Renaissance in Verzückung versetzt hätte.

»Ich gebe zu, ich bin absichtlich hier vorbeigegangen. Weil ich gehofft hatte, dass du noch wach bist. Ich komme gerade aus Bergamo zurück. Von der Beerdigung meiner Mutter.«

»Oh, das tut mir leid. Ich ahnte ja nicht …«

»Als ich die Nachricht von ihrem Tod erhielt, habe ich sofort den nächsten Zug genommen. Mir blieb keine Zeit, irgendjemanden zu benachrichtigen.«

»Nun bist du also ein Waisenkind … Wird sie dir sehr fehlen?«

»Das ist schwer zu beantworten. Ich habe sie in den vergangenen Jahren nur aus Pflichtgefühl besucht. Sie war eine Frau, die sich irgendwann aus der Welt zurückgezogen hat, jedenfalls kam sie mir immer so vor. In ihrer Ehe hatte ihr Mann das Sagen. Sie hat das Geigenspiel aufgegeben, weil mein Vater äußerst geräuschempfindlich war, sie hat alle Kontakte abgebrochen, weil mein Vater meinte, ihre Freundinnen hätten einen schlechten Einfluss auf sie … Meine Mutter war seit Jahren herzkrank. Ich weiß nicht, ob es jemals einen glücklichen Tag in ihrem Leben gegeben hat.« Leonardo tunkte einen Cantuccino in den dunkelroten Likörwein und biss ein Stückchen ab. »Nachdem ich aus Bergamo weggegangen war, habe ich mein Elternhaus erst nach dem Tod meines

Vaters wieder betreten. Als ich vor drei Tagen nach Jahren wieder in meinem früheren Zimmer stand, wurden Vergangenheit und Gegenwart eins.«

»Du hast einmal erzählt, dass die Beziehung zu deinem Vater – schwierig war.«

»So kann man es ausdrücken … Ich war zwanzig und hatte gerade mit dem Studium begonnen. Eines Abends kam mein Vater unerwartet in mein Zimmer – und fand mich und den Sohn seines Arztes im Bett vor. Am nächsten Tag packte ich auf seinen Befehl meine Sachen. ›Geh, und wage es ja nicht, mir jemals wieder unter die Augen zu treten! Ich habe keinen Sohn mehr! Für mich bist du gestorben!‹, rief er mir hinterher. Diese Worte haben sich in mein Gedächtnis eingebrannt, und sie schmerzen noch heute.«

Elsa wickelte sich enger in ihre Decke ein und lehnte den Kopf gegen Leonardos Schulter. Beide saßen sie eine Weile schweigend nebeneinander, blickten durch das Fenster in den Pariser Nachthimmel. Wenn jetzt eine Sternschnuppe auftauchte, würde sie sich etwas wünschen. Etwas, das den Freund wieder lachen machte.

»Das ist schrecklich. Ich kann mir gut vorstellen, wie traurig und enttäuscht du sein musst. Aber das waren Worte, Leone. Worte, die allein die Gesinnung deines Vaters widerspiegeln, die aber nichts mit dir zu tun haben. Du bist ein wunderbarer Mensch, und ich bin froh, dich zum Freund zu haben.«

Leonardo zog sie ein wenig fester zu sich heran. »Unsere Freundschaft bedeutet mir viel, Schiap. Natürlich weiß ich, dass Worte nicht Realität sind. Trotzdem holen mich die Geister der Vergangenheit in diesen Tagen wieder ein. Und ich kann sie nicht abwehren.«

»Dieses Gefühl kenne ich. Warum nur wiegen Verletzungen so schwer? Manchmal sogar schwerer als Glücksgefühle?«

Leonardo holte einige Male tief Luft und schüttelte den Kopf. »Ich weiß es nicht, ich bin wohl auch zu müde. Lass uns heute nicht länger über diese Frage nachdenken … Was meinst du, soll ich nachsehen, ob ich irgendwo noch Pistazien finde?« Ohne ihre Antwort abzuwarten, ging er in die Küche und kam mit einem gefüllten Schälchen zurück. Beim Hinsetzen zwinkerte er Elsa zu.

»Denk nicht, ich würde auf dich herabschauen, aber du hast weiße Haare bekommen.«

»Wo?« Erschrocken griff sie sich an den Kopf. Sie war seit jeher stolz auf ihr dunkles, glänzendes Haar gewesen.

»Links neben dem Scheitel. Es sind mindestens drei.«

Seinem spöttischen Lächeln konnte sie entnehmen, dass der Freund seine anfängliche Melancholie abgelegt hatte. »So etwas kann ich nicht dulden, ich bin doch erst fünfundvierzig. Monsieur Alexandre muss mir unbedingt morgen die Haare färben.«

Leonardo legte ihr einen Finger an die Lippen. »Psst, sag diese Zahl nicht so laut. Schließlich sind wir ein und derselbe Jahrgang. Ich bin sogar sechs Wochen älter als du.«

Spielerisch stieß Elsa ihn mit der Faust gegen die Brust. »Dafür hast du dich recht gut gehalten, alter Mann.«

Er griff nach ihrer Hand und hauchte einen Luftkuss darauf. »Ich liebe Komplimente. Davon kann ich gar nicht genug bekommen.«

Mit niemandem sonst konnte Elsa Gespräche führen, die wie selbstverständlich zwischen Ernsthaftigkeit und leisem Spott hin und her pendelten. In Leonardos Gegenwart fühlte sie sich deshalb so wohl, weil sie immer sie selbst sein konnte.

»Ich weiß, und deswegen habe ich dir nicht ohne Hintergedanken Schmeicheleien gesagt. Spielst du mir noch etwas vor? Schließlich habe ich das Instrument nur aus dem Grund gekauft, damit du für mich musizierst, wenn du zu Besuch kommst.«

Leonardo erhob sich und ging hinüber zu dem Klavier, über dem das Landschaftsbild von Max Ernst hing, das sie gemeinsam in der Galerie von Monsieur Dior entdeckt hatten.

»Was darf ich zu Gehör bringen, teure Freundin? Mozart, Beethoven, Schumann, Chopin?«

»Ja, und bitte in dieser Reihenfolge.«

Schon bei den ersten Akkorden fühlte Elsa sich von den Melodien umfangen wie von einem zarten Gespinst. Sie griff zu dem Skizzenheft auf dem Beistelltischchen und begann zu zeichnen. Wie von selbst jagte der Stift über das Papier. So füllte sie Seite um Seite, und als Leonardo seine musikalische Darbietung beendet hatte, sah sie im Geiste schon die nächste Kollektion vor sich.

Kapitel 38

Elsa hatte sich von Monsieur Alexandre das Haar färben und in kinnlange Wellen legen lassen. Deswegen kam sie erst am Nachmittag ins Geschäft. Sophie hatte bereits ungeduldig auf das Erscheinen ihrer Chefin gewartet.

»Ihre Tochter hat schon dreimal angerufen, Madame Schiaparelli. Sie sollen sich sofort melden, es sei wichtig.«

Was mochte vorgefallen sein, dass Gogo mitten in der Woche mehrfach angerufen hatte?, fragte sich Elsa und fühlte, wie ihre Hand, die den Telefonhörer hielt, zitterte. Sie würde doch wohl nicht krank geworden sein oder sich verletzt haben … Dann vernahm sie die Stimme der Tochter. »Gogo, Darling, ist alles in Ordnung bei dir?«

»Natürlich. Warum fragst du?«

»Weil ich mir Sorgen gemacht habe. Warum wolltest du mich so dringend sprechen?«

»Kann ich mit Charlotte und ihren Eltern während der Sommerferien zum Segeln an die Adria fahren?«

»Ob du …« Für einen Moment war Elsa sprachlos. Sie ließ sich in ihren Sessel fallen und wiederholte in Gedanken Gogos Frage. Das war also der Grund, weswegen die Tochter im Geschäft angerufen hatte. »Aber … du wolltest doch nach Paris kommen.«

»Das war deine Idee. Und wenn ich in Paris bin, denkst du doch immer nur an deine Arbeit. Hier ein Interview, da ein Fototermin, dann musst du dringend ins Geschäft, weil eine ganz wichtige Kundin ausschließlich von dir bedient werden will … Dich interessiert überhaupt nicht, was ich möchte.«

Die Vorwürfe trafen Elsa hart. Wenn Gogo zu Besuch gekommen war, hatte sie immer nur die allernotwendigsten Geschäftstermine wahrgenommen. Sie hatte sich möglichst ganz auf die Tochter konzentriert, sich Mühe gegeben, ihr die Ferien so abwechslungsreich und schön wie möglich zu gestalten. Im Winter waren sie zusammen nach St. Moritz zum Skilaufen gefahren. Wenn sie sah, wie schnell und geschickt die Tochter die Berghänge hinunterwedelte, war sie voller Stolz gewesen. Doktor Perrault hatte recht behalten, Gogo hatte die Krankheit besiegt. Doch die Behandlung in der fernen Schweiz hatte Mutter und Tochter voneinander entfremdet.

Elsa seufzte tief auf. »Wenn Paris so langweilig für dich ist, wollen wir stattdessen zusammen nach Rom reisen? Wir könnten durch die Stadt bummeln, Ausflüge machen und ans Meer fahren. Du weißt, wie sehr unsere Verwandten sich freuen würden.«

»Aber da waren wir doch erst im letzten Sommer. Granny hört nicht mehr richtig und ist schrecklich vergesslich. Immerzu fragt sie mich, wie es mir in der Schule gefällt und ob ich auch fleißig lerne und welche Note ich in Religion habe. Und meine Cousinen sind mit ihren quäkenden Kleinkindern beschäftigt. Ich will nicht schon wieder nach Rom.«

Widerstrebend musste Elsa Gogo recht geben. Ihre Mutter war weit über siebzig Jahre alt und verwechselte in letzter Zeit Wochentage und Personennamen. Sie sollte die Mutter wieder einmal besuchen und den Karton mit den alten Fotos hervorholen, denn über die Vergangenheit redete Maria Schiaparelli am liebsten.

Mit einem Mal fühlte Elsa sich sehr traurig und sehr hilflos. »Was hat es denn mit dem Segeln auf sich?«

Als hätte Gogo nur auf dieses Stichwort gewartet, erzählte sie begeistert von einem Segelkurs, den Charlotte im Urlaub mit ihren Eltern an der Adria machen wollte und dass sie die Freundin schrecklich vermissen würde, wenn sie so viele Wochen getrennt wären. »Charlottes Eltern haben gesagt, dass ich mitkommen kann, wenn du es erlaubst.«

»Ich gönne dir jeden Spaß, Gogo, aber dann sehen wir uns ja überhaupt nicht in den Ferien.«

»Dafür kannst du die ganze Zeit ungestört arbeiten und musst dir kein Programm für mich ausdenken. Also, darf ich fahren?«

Elsa schluckte mehrmals und versuchte, die Tränen zurückzuhalten. »Ich hatte mich schon darauf gefreut, mit dir zusammen den Sommer zu verbringen. Aber wenn dir so viel an dem Segelurlaub liegt … dann fahr.«

»Danke, Mom«, und schon hatte Gogo aufgelegt.

In der Nacht schlief Elsa schlecht. Gogo fühlte sich vernachlässigt, sie glaubte, dass für ihre Mutter die Arbeit das Wichtigste im Leben war und sie dabei nur störte. War das der Preis, den sie für ihren beruflichen Erfolg zahlen musste, dass die Tochter sich distanzierte, so wie sie selbst auch kein inniges Verhältnis zu ihrer Mutter hatte, wenn auch aus anderen Gründen? Dabei hatte sie für Gogo immer das Beste gewollt: die besten Ärzte, eine namhafte Schule, sie sollte selbstständig und selbstbewusst werden … Das war Gogo zweifellos, doch auf dem Weg dorthin waren sie sich innerlich fremd geworden. Wusste Elsa wirklich, was für die Tochter richtig und wichtig war, wovon dieses junge Mädchen träumte oder was sie bedrückte? Ihre guten Absichten hatten offenbar das Gegenteil von dem bewirkt, was sie als Mutter sich erhofft hatte.

Am nächsten Vormittag, als sie gerade ihren dritten Espresso aufgebrüht hatte, reichte Sophie ein Telegramm ins Büro. Mit gerunzelter Stirn las Elsa die Zeilen – und staunte.

Mom, komm doch mit uns an die Adria. Charlottes Eltern freuen sich. Ich mich auch. Küsse. Gogo

Was für ein unerwarteter, anrührender Vorschlag von Gogo. Also waren sie sich innerlich doch näher, als es gestern am Telefon geklungen hatte. Elsa dachte nach. In letzter Zeit fühlte sie sich manchmal abgespannt, und eine kleine Erholungspause würde ihr sicherlich guttun. Ihre Mitarbeiter konnten eine Zeitlang ohne sie auskommen, sie wusste aus Erfahrung, dass auf ihre Belegschaft Verlass war.

Ihre Hände griffen zum Skizzenheft, und sie zeichnete einen knöchellangen Abendmantel mit breiten Schultern und schmaler Taille, von der Hüfte abwärts ausgestellt. Der Schnitt sollte klar und kantig sein, Jean Cocteau würde die Knöpfe entwerfen. Sofort hatte sie die Farbe vor Augen: ein kräftiges Rot. Ein Rot wie Feuer, Leidenschaft und Liebe – und wie die untergehende Sonne am Meer.

Bettina, die ein Jahr zuvor den Politiker Gaston Bergery geheiratet hatte, blieb Elsa privat und auch beruflich weiterhin eng verbunden – als Freundin, gefragtes Mannequin und als Vermittlerin zwischen Couture-Haus und Öffentlichkeit. Über die Jahre hatte sie eine perfekt organisierte Werbemaschinerie entwickelt. Moderedakteure und Einkäufer wurden vor einer Premierenschau durch

Pressemitteilungen über sämtliche Neuerungen und Finessen informiert. Was ihre Neugierde zusätzlich schürte.

Wie gewöhnlich tauchte Bettina verspätet an der Place Vendôme auf. Aber das störte weder sie noch ihre Chefin. Bettina war wie immer bestens gelaunt und umwerfend schön in ihrem smaragdgrünen Ensemble, den goldenen Ohrhängern und mit der ihr eigenen irritierenden, unnahbaren Ausstrahlung. Neugierig griff sie zu dem aufgeschlagenen Skizzenheft auf Elsas Schreibtisch und blätterte langsam die Seiten um. Ihre Miene verriet äußerste Konzentration, in ihrem Urteil war sie unbestechlich.

»Sachlich, konturiert und ausdrucksstark. Damit schaffst du einen offenkundigen Gegensatz zu der vorigen Kollektion *Stop, Look and Listen*.«

»Gut, denn das war meine Absicht.«

»Wie wirst du das Kantige, Strenge aufbrechen, Elsa? Mit Federn? Die haben etwas Leichtes, Verspieltes. Oder lieber mit Perlen und Pailletten? Das wäre ein Kontrast mittels Luxus und Romantik.«

Elsa blickte zu ihr hinüber, überlegte einen kurzen Moment, dann umarmte sie die kongeniale Mitarbeiterin und Freundin. »Bettina, du bringst mich auf eine Idee.« Sie eilte ins Büro, wo ihre Sekretärin gerade die Liste mit den Lieferanten auf den neuesten Stand brachte.

»Sophie, rufen Sie bitte Monsieur Lesage an. Und fragen Sie ihn, ob er in einer halben Stunde hier sein kann. Sie finden mich in meinem Arbeitszimmer.«

Gustave Lesage war ein Mann mit wachen Augen, einer hohen Stirn und einem sorgsam gestutzten Bart. Eilig räumte Elsa mehrere Stapel von Schnittmuster und Stoffproben beiseite, bevor sie dem Gast einen Platz an ihrem Arbeitstisch anbot.

»Monsieur Lesage, danke, dass Sie so schnell kommen konnten. Was möchten Sie trinken, Kaffee oder Cognac?«

»Ich nehme gern beides.«

Elsa schmunzelte, noch nie hatte sie einen männlichen Besucher erlebt, der sich ausschließlich für den Kaffee entschieden hätte.

»Was verschafft mir die Ehre, Madame Schiaparelli?«

»Ihre Firma gilt als französische Institution. Sie haben den Ruf, sowohl handwerklicher Perfektionist als auch Künstler zu sein. Ich möchte mit Ihnen zusammenarbeiten.«

Monsieur Lesage griff zum Cognacglas und nahm einen kräftigen Schluck. »Ich bin ebenso überrascht wie erfreut. Das Unternehmen, das ich leite, wurde vor etwa sieben Jahrzehnten gegründet. Aber unser Handwerk reicht weit bis in die vorchristliche Zeit zurück. Ich sage immer, Sticken ist das zweitälteste Gewerbe der Welt.«

Lachend breitete Elsa einige ihrer neuesten Skizzen auf dem Tisch aus. »Sehen Sie, Monsieur Lesage, das sind Entwürfe für meine nächste Kollektion. Wir präsentieren Jacken, Kostüme, Mäntel, Kleider, Boleros und ebenso Gürtel und Kragen. Ich will strenge Schnitte mit klaren Konturen zeigen. Als Gegensatz zu dieser Sachlichkeit schweben mir ausdrucksstarke Effekte an der Stoffoberfläche vor. Grafische Muster, verspielte Muster, Trompe-l'œil, Blätter, Kokarden ...«

Monsieur Lesage beugte sich vor und nahm die Skizzen zur Hand. »Das ist wirklich phantastisch. Ihre Entwürfe lassen jeden nur erdenklichen Freiraum für Dekor, ohne dass die Bedeutung der Silhouette gemindert wird. Ich sehe sie geradezu vor mir, all die Stickereien im Relief. Ich sehe Golddraht, übersponnene Metallfäden, Perlen aus Muranoglas, Strandkiesel, Halbedelsteine, Chenille und Nerz, eingebunden in zarte Geflechte aus Golddraht. Ich sehe Gold, ganz viel Gold. Warten Sie, ich habe einige Muster mitgebracht.«

Er griff in seine Aktentasche und holte ein großes und schweres Musterbuch heraus. »Hier finden Sie einige Beispiele mit unterschiedlichen Garnen, Farben und Techniken wie flache und erhabene Stiche, Stempel-, Muschel-, Buillonstiche ...«

Elsa konnte sich nicht sattsehen an so viel luxuriöser Schönheit und Kunstfertigkeit. Blüten, die wie frisch gepflückt aussahen, Fische, als hätten sie ein silbrig schimmerndes Schuppenkleid, Blätter, als seien sie soeben vom Baum gefallen. Hier waren Meisterinnen und Meister ihres Fachs am Werk gewesen.

»Ich bin sicher, Monsieur Lesage, dass meine Entwürfe durch Ihre Mitwirkung die Ausstrahlung erhalten, die mir vorschwebt.« Sie schenkte ihrem Gast Kaffee und Cognac nach und erzählte, dass sie kürzlich zu einem Kostümfest bei André Breton eingeladen war, auf dem die Gäste in phantasievollen, orientalischen Gewändern erschienen waren. »Mein Freund Cecil Beaton wird von unserer künftigen Kooperation angetan sein. An jenem Abend brachte er Ihren Namen ins Spiel und sprach voller Bewunderung über Ihre Hingabe zu Ihrem Beruf. Beaton begleitet mich übrigens im November zur französischen Verkaufsmesse nach Moskau, wo ausschließlich Luxusgüter gezeigt werden.«

»Sie beide werden die französische Seele und den russischen Esprit miteinander zu vereinen wissen.« Mit einem breiten Lächeln erhob sich Monsieur Lesage und reichte Elsa die Hand. »Ich danke

Ihnen für Ihr Vertrauen, Madame Schiaparelli. Für eine Couturière wie Sie zu arbeiten, kommt einem Ritterschlag gleich.«

»Und du warst wirklich die einzige Modeschöpferin, die nach Moskau eingeladen wurde, Elsa?« Blanche zerteilte mit der Gabel ein Petit Four und schob sich eine Hälfte in dem Mund. Sie hatte eine neue Pâtisserie am Boulevard des Capucines entdeckt und die Freundinnen zu Kaffee und süßen Sünden eingeladen. Mit ihren exotischen Pflanzen und kleinen Springbrunnen erinnerte die Konditorei an ein tropisches Gewächshaus.

»So ist es, ich wurde als Modebotschafterin Frankreichs ausgewählt.«

»Zu Recht, schließlich giltst du als die aufregendste Couturière der Gegenwart.« Gabrielle zog eine zusammengefaltete Zeitungsseite aus der Handtasche und las vor. »Hier steht es, *Le Monde* schreibt: *Die Kollektion der Schiaparelli genügt, um eine Krise im Vokabular hervorzurufen. Für ihre aufsehenerregenden Kreationen findet man kaum Worte.*«

»Was hast du in Moskau erlebt? Aber erzähl uns nicht nur von Kleiderpuppen, Botschaftsempfängen und unfreundlichem Hotelpersonal«, forderte Blanche.

»Unfreundliches Hotelpersonal? Wo denkt ihr hin? Ich habe völlig gegenteilige Erfahrungen gemacht. Besonders, was den Barkeeper angeht …«

Gabrielle und Blanche bekamen große Augen, ihnen stand die Neugierde ins Gesicht geschrieben. »Erzähl, wir wollen alles wissen.«

»Oleg, groß, athletisch, dunkelhaarig … ein überaus charmanter Kasache. Er wusste mich auf recht amüsante Weise zu unterhalten.«

»Konnte er Französisch? Oder Englisch?«, wollte Gabrielle wissen.

»Kein Wort.« Elsa lächelte versonnen in Gedanken an die Stunden, die sie in ihrem Hotelzimmer verbracht hatten, nachdem sein Dienst zu Ende war. Er hatte sie mit Heißblütigkeit überrascht, und sie hatte ihm in derselben Tonart geantwortet.

»Und wie habt ihr euch verständigt?«, fragte Blanche und widmete sich konzentriert der zweiten Hälfte ihres Petit Four.

»Ganz ohne Worte.«

Kapitel 39

Eine mehrseitige Reportage im renommierten amerikanischen Modemagazin *Harper's Bazaar* belegte einmal mehr die herausragende Rolle, die Elsa mittlerweile in der Haute Couture spielte. Was bei Mademoiselle Chanel zu einer mehrtägigen Unpässlichkeit führte, während der sie nicht in ihrem Geschäft in der Rue Cambon erschien, wie Sophies Patentochter brühwarm ausplauderte. Doch so fulminant das Jahr für die Couturière Elsa Schiaparelli begonnen hatte, so bedrückend wurde der weitere Verlauf für die freiheitsliebende, aus einem humanistischen Elternhaus stammende Tochter.

Auch wenn sie nicht unmittelbar und persönlich betroffen war, so erschütterten Elsa doch die Meldungen über einen blutigen Militärputsch in Spanien unter der Führung des faschistischen Generals Franco. Ihre Freunde Picasso und Dalí stammten aus diesem Land, ebenso wie mehrere ihrer langjährigen Kundinnen. Der Bürgerkrieg, der daraufhin entbrannte, machte alle fassungslos und wütend. In bewegenden Diskussionen mit den Malerfreunden wurde Elsa nicht müde, ihre Abscheu gegenüber jeglicher Art von Hass und Hetze zu betonen.

Dann musste die Privatfrau Elsa Schiaparelli eine Niederlage einstecken. Die Nachricht erreichte sie Anfang November, kurz vor ihrem sechsundvierzigsten Geburtstag, und traf sie völlig unvorbereitet. Ihre Vermieterin, eine alte Marquise, ließ ihr über einen Anwalt die Kündigung für ihre Wohnung am Boulevard Saint-Germain zukommen.

Elsa fragte nicht nach dem Grund, wollte ihn auch nicht wissen, sie wollte nur so schnell wie möglich ein neues Zuhause finden, eines, aus dem man sie nicht mehr hinauswerfen konnte. Zu ihrer Überraschung und Freude hatte Gogo in den Sommerferien, die sie zusammen teils in Rom, teils am Meer verbracht hatten, wie selbstverständlich erklärt, dass sie nach dem Ende der Schulzeit nach Paris zurückkommen wolle. Nach Jahren strenger Internatserziehung freute sie sich auf ein ungezwungenes, abwechslungsreiches Großstadtleben. In anderthalb Jahren also würde Gogo bei ihr einziehen, und die Tochter sollte ein behagliches Zuhause vorfinden, wo sie sich ein Zimmer ganz nach ihrem Geschmack einrichten würde.

Bei einem gemeinsamen Varieté-Besuch im Künstlerviertel Montmartre erzählte Gabrielle von einer älteren, aber gut erhaltenen Stadtvilla, die zum Verkauf anstand. Das Haus hatte einst Prinzessin Mathilde, einer Nichte Napoléons I., gehört und lag in der Rue de Berri, einer Seitenstraße der Champs-Élysées. Und so entdeckte Elsa, nur wenige Schritte von einer der lautesten Straßen der Großstadt entfernt, ein Kleinod. Ruhig gelegen, mit großzügig geschnittenen Räumen, einer geräumigen Terrasse, von der man in einen weiten, gepflegten Garten mit Blumenrabatten und altem Baumbestand blickte.

Schon bei ihrem ersten Besuch spürte Elsa, dass nicht sie das Haus gefunden hatte – sondern das Haus sie. Sie kaufte die Villa, und wieder entwarf Jean-Michel Frank die Einrichtung. Diesmal aber stellte sie den Inneneinrichter mit seiner Forderung nach Einfachheit und Modernität auf eine Geduldsprobe. In der Bibliothek ließ sie Gobelins anbringen, die nach galanten Motiven des Rokoko-Malers François Boucher gestaltet waren. Boucher war ein Meister der dekorativen Kunst und enger Vertrauter Madame Pompadours gewesen.

Viele der Schätze, die im Bibliothekszimmer untergebracht werden sollten, hatte Elsa von ihren Reisen mitgebracht oder auf unzähligen Streifzügen durch Pariser Antiquitätengeschäfte erworben. Nicht nur an den Wänden, auch auf dem Boden, auf Stühlen oder gegen chinesische Bronzefiguren gelehnt verteilte sie Gemälde. Auf nahezu allen waagerechten Flächen stellte sie Porzellanfiguren und gerahmte Fotos auf. Anstelle von Leere entschied Elsa sich für Überfülle. Versöhnt zeigte sich Frank erst, als er ein Vis-à-vis-Sofa entwerfen konnte, von dem Elsa schon lange geträumt hatte. Es zeigte klare Konturen, war mit dunkelrotem Samt bezogen und hatte eine S-Form, so dass zwei Personen sich gegenübersitzen konnten.

Im Untergeschoss ließ sie eine Küche und eine Bar einrichten und erfüllte sich damit einen weiteren Traum. Hier würde sie für Freunde kochen und mit ihren Gästen bis in die Morgenstunden essen, trinken und diskutieren.

Trotz des Umzugs und der damit einhergehenden Planungen wurden die Skizzen für die neue Frühjahrskollektion rechtzeitig fertig. Nun war es Aufgabe der Mitarbeiterinnen und Mitarbeiter, aus Elsas Zeichnungen zuerst Schnittmuster aus Papier zu fertigen, um danach Modelle aus Nesselstoff und zuletzt die endgültigen Kleidungsstücke zu nähen.

Nach dieser Phase konzentrierten Arbeitens war Elsa nach Abwechslung und frischen Impulsen zumute. Endlich fand sie wieder Zeit, sich mit Freunden zu treffen. Sie wollte einige Maler einladen, mit denen sie oft und gern zusammenarbeitete. Diese Künstler waren Teil ihres Erfolgs als Couturière geworden. Elsa ihrerseits setzte die Entwürfe in Mode um und sorgte dafür, dass deren Namen weitere Zugkraft erhielten.

Zu den Eingeladenen gehörten Pablo Picasso, Christian Bérard mit seinem Lebensgefährten, dem russischen Tänzer Boris Kochno, und Salvador Dalí mit seiner Ehefrau Gala, einer herben, dunkelhaarigen Schönheit mit ebenfalls russischen Wurzeln. Gala war Dalís Muse und die einstige Ehefrau des Dichters Paul Éluard. Der konnte sich mit der Trennung nicht abfinden und schrieb ihr weiterhin Liebesbriefe, wie sie voller Mitleid erzählte.

Als Erstes würde Elsa einen Salat servieren, dann eine Kürbissuppe, danach auf besonderen Wunsch Dalís Hummerspaghetti, als vierten Gang Huhn mit Gemüse und Oliven aus dem Ofen und zum Dessert *Cassata Siciliana*. Bis auf die Pasta ließen sich alle Gerichte vorbereiten, so dass ihr am Abend selbst genügend Zeit für die Konversation mit den Gästen blieb. Auch für Wein und Spirituosen wollte sie in ausreichender Menge sorgen. Sie wusste aus früheren Begegnungen, dass die Männer äußerst trinkfest waren. Im Gegensatz zu Gala Dalí, die eine erfrischende Limonade bevorzugte.

Elsa schrieb eine lange Einkaufsliste und übergab sie ihrer Sekretärin Sophie. »Ich erwarte am Samstag Gäste. Könnten Sie wohl für mich diese Zutaten in der Feinkostabteilung der Galeries Lafayette bestellen? Die Lieferung geht in die Rue de Berri.«

Über den Rand ihrer Brille blickte Sophie auf das Blatt Papier. Sie war einem Rat Elsas gefolgt und hatte sich ein Brillengestell in Grünbraun zugelegt, das ihre aparte Augenfarbe noch verstärkte.

In dieser Angelegenheit hatte Sophie sich ausnahmsweise überzeugen lassen und modische Courage bewiesen.

»Gern, Madame Schiaparelli, ich rufe sofort an. Oh, ich sehe Hummer auf der Liste … Sagten Sie nicht, dass Sie auch Monsieur Dalí einladen wollen? Und hat Dalí nicht letztens für einen englischen Dichter ein Telefon entworfen mit einem Hörer in Form eines Hummers? Igitt, nie würde ich einen solchen Hörer anfassen! Passen Sie nur auf, dass dieser verrückte Maler Ihnen nicht einen Hummer aufs Tischtuch malt und glaubt, man könne daraus doch ein Kleid nähen. Womöglich sogar ein Abendkleid. So jemandem ist alles zuzutrauen.«

Entgegen der Gewohnheit in Italien, wo die Menschen oftmals mit einer viertelstündigen Verspätung zu einer Einladung erschienen, waren ihre Besucher pünktlich. Elsa ahnte den Grund: Wenn sie zu einem eigenhändig zubereiteten Menü einlud, wollte kein Gast sich auch nur einen einzigen Bissen entgehen lassen.

Obwohl sie die Freunde ausdrücklich darum gebeten hatte, ohne Geschenke zu kommen, hatte dennoch jeder eine kleine Überraschung dabei. Ein Fächer, von Bérard mit Motiven aus einer Inszenierung der *Ballets Russes* verziert. Sein Tänzerfreund Kochno war lange Jahre Mitarbeiter dieser Kompanie gewesen. Picasso brachte einen Hut aus gefaltetem Zeitungspapier mit. Bemalt hatte er ihn auf der einen Seite mit einer fliegenden Taube, auf der anderen mit einem tanzenden Satyr. Und das Ehepaar Dalí überreichte eine Espressotasse. Darauf war eine Fliege zu sehen, die einen Frosch fing. Nach einem Entwurf des Meisters persönlich.

Sie war mit dem Ergebnis ihres Wirkens zufrieden. Kochen, und darunter verstand Elsa ausschließlich italienisch kochen, bedeutete für sie Zerstreuung und Erinnerung an ihre Kindheit. Mit jedem Gang, und somit proportional zum Weinkonsum, stieg bei den Gästen die Stimmung. Die Männer erzählten sich Witze, über die sie dröhnend lachten, während sie sich gegenseitig auf die Schulter klopften. Manchmal blickte Gala kopfschüttelnd zu ihrem Mann hinüber, doch an ihrem nachsichtigen Blick war zu erkennen, dass sie derartige Szenarien gewohnt war.

»Jeder Bissen ist ein Hochgenuss, Elsa. Schade, dass Sie einen Mode- und keinen Gourmettempel betreiben. Bei Ihnen wäre ich Stammgast«, bekundete Picasso, wurde aber sogleich von Gala zurechtgewiesen. »Keinesfalls, *cher ami*, das würde ich nicht zulassen. Schließlich will ich weiterhin im Modehaus Schiaparelli Stammgast sein.«

Als Elsa die Spaghetti mit Hummer servierte, sprang Dalí von seinem Stuhl auf und fiel vor ihr auf die Knie. »Sie haben meinen Wunsch erhört, Sie holde, teure Freundin. Seien Sie gepriesen.«

Zu ihrer Beruhigung stellte Elsa fest, dass sie für genügend alkoholische Getränke gesorgt hatte. Denn anders als Italiener, die zwar gern, aber maßvoll tranken, hatten ihre Freunde an diesem Abend Durst. Großen Durst sogar. Die Menge, die bis zum dritten Gang verkonsumiert worden war, hätte womöglich auch für eine zwölfköpfige Seemannschaft genügt. Auch die Essensportionen hatte sie großzügig bemessen. Christian Bérards Appetit war als überaus gesegnet zu bezeichnen. Seine Leibesfülle entsprach seiner Liebenswürdigkeit, beide waren enorm.

Gala, die von allem nur eine kleine Portion genommen hatte, hob beim Dessert bedauernd die Hände. »Vielen Dank, Elsa, aber weder mein Magen noch mein Kleid fühlen sich dieser Herausforderung gewachsen.«

Mit glänzenden Augen griff Bérard zu einem zweiten Schälchen mit *Cassata Siciliana.* »Eine solche Köstlichkeit ist leicht verderblich und sollte kurz nach der Zubereitung verspeist werden.«

Zum anschließenden Kaffee gingen sie hinüber an die Bar, die Jean-Michel Frank mit schwarzem Holz und gelben Sitzbezügen ausgestattet hatte. Die Unterhaltung verlief laut und lebhaft. Gala berichtete, dass sie als neues Hobby das Fotografieren mit einer Kodak-Kamera entdeckt hatte. Ihr Lieblingsmotiv war, was niemanden der Anwesenden verwunderte, ihr Mann. Daraufhin holte Bérard einige Fotos aus seiner Jackentasche, die ihn und Boris Kochno bei den Filmfestspielen in Venedig zeigten, zusammen mit den Schauspielern Greta Garbo und Douglas Fairbanks junior. Sofort entspann sich ein lebhafter Disput, ob Film die Mode beeinflusse oder die Mode den Film.

Picasso saß auf seinem Barhocker, die unvermeidliche Zigarette im Mundwinkel, und hörte wortlos zu. Als er die fragenden Blicke der anderen bemerkte, seufzte er einige Male tief auf. Dann erzählte er mit weinerlicher Stimme davon, dass er zwei Frauen gleichzeitig liebe und nicht wisse, für welche er sich entscheiden solle. Für seine langjährige Geliebte Marie-Thérèse Walter, mit der er eine zweijährige Tochter hatte, oder für seine neue Bekanntschaft Dora Maar, eine Fotografin. Ärger bereitete ihm obendrein seine Ehefrau Olga Chochlowa, von der er seit Langem getrennt lebte.

»Jetzt fordert diese Halsabschneiderin die Scheidung. Nach französischem Recht müsste ich meinen gesamten Besitz mit ihr teilen. Bin ich Krösus? Ich schufte Tag für Tag in Paris, und Madame Picasso macht sich in Südfrankreich ein bequemes Leben. Nein, nicht mit mir, da kann sie lange warten. Ich lasse mich nicht scheiden. *¡Nunca!*«

Kochno legte ihm tröstend die Hand auf die Schulter. »So sind sie eben, die Frauen. Man kann ihnen nicht trauen. Kopf hoch, *cher ami.*«

Picasso schluckte mehrmals und schien in Tränen ausbrechen zu wollen. Bérard schlug mit der Faust auf den Bartresen und ließ seinen Bass ertönen.

»Wir wollen tanzen.« Mit einer Behändigkeit, die man seinem massigen Körper gar nicht zugetraut hätte, erhob er sich und tänzelte mit weit ausgebreiteten Armen Richtung Esstisch. »Boris, spiel uns etwas Russisches«, rief er seinem Freund zu.

Boris Kochno griff in die Jackentasche und zog eine Mundharmonika hervor. Er begann zu spielen, und Bérard drehte sich elegant um die eigene Achse, hob im Wechsel die Beine an und klatschte dabei in die Hände.

Elsa schnippte im Takt mit den Fingern, ihre Fußspitze zuckte. »Kommen Sie, Gala, wir machen mit.« Lachend zog sie die Ehefrau Dalís hinter sich her, und gemeinsam ahmten sie die Schritte und Sprünge nach. Plötzlich fühlten beide keinen Boden mehr unter den Füßen und schrien auf. Bérard hatte sie emporgehoben. Und so tanzte er weiter, die eine Frau links, die andere rechts im Arm. Sie lachten und sangen, und Kochno improvisierte auf seiner Mundharmonika.

Picasso ließ sich von der Fröhlichkeit der anderen anstecken, und gemeinsam mit seinem Landsmann Dalí mimten sie grölend, schnaubend und mit dem Fuß aufstampfend einen Stierkampf, bei dem jeder im Wechsel die Rolle des Stiers und die des Toreros einnahm.

Unvermittelt hielt Dalí inne und strich sich mit dem Zeigfinger über den bleistiftdünnen Oberlippenbart. Mit seinem starren Blick aus weit aufgerissenen Augen fixierte er die Runde.

»Als Ausdruck meiner Bewunderung für die Gastgeberin möchte ich ein metaphysisches Zeugnis ablegen mit einer tiefen, komplexen, zusammenhängenden, ungewollten Bedeutung, die sich der Analyse einer logischen Intuition entzieht und Realität mit Surrealität vereint.«

Behutsam setzte Bérard seine beidseitige Last ab, und Kochno steckte seine Mundharmonika zurück. Mit einer theatralischen Geste legte Dalí eine Hand gegen die Stirn, mit der anderen deutete er auf Elsa. Dann schloss er die Augen.

»Sie möge mir Stifte bringen, farbige Kreide, Puder und Pinsel, Tinte … was immer sie in diesem Hause finde.«

Da es nichts gab, was sie bei Dalí überraschen konnte, ging Elsa sogleich hinauf in ihr Schlafzimmer. Sie öffnete die Schubladen ihres Schminktisches und entnahm Augen-, Wangen- und Lippenfarbe, außerdem Mascara und Augenbrauenstifte. Aber wo sollte sie farbige Kreide hernehmen? Ihr fiel ein Karton ein, der in Gogos halbfertigem Zimmer stand, und suchte Pastellstifte und einen Tintenfüller heraus.

Zurück in der Bar stellte sie fest, dass Geschirr, Besteck und Gläser am Ende des langen Esstisches aufeinandergestapelt worden waren. Was für ein Glück, dass sie sich später nicht um den Abwasch kümmern musste, das würde am nächsten Tag das Hausmädchen erledigen. Dalí nahm ihr die eingesammelten Utensilien ab, legte sie auf ein Tablett und stellte sich breitbeinig vor den Tisch. Gala reichte ihm ein Glas mit Wasser und strich das Tischtuch glatt. Dann holte Dalí mit dem Arm weit aus und begann zu zeichnen.

In einem atemberaubenden Tempo formte er aus Brauenstift und Mascara die Umrisse, mischte Wangen- und Lippenpuder, fügte einige Tropfen Wasser hinzu und verteilte die Paste mit dem Pinsel auf dem Tuch. Er mischte neu, vertiefte oder hellte den Farbton auf, verstärkte hier eine Kontur mit der Mascara oder verwischte da eine mit dem Kreidestift. Fasziniert sah Elsa zu, wie das »metaphysische Zeugnis« ihres Gastes Gestalt annahm. Sie wusste um die Originalität dieses Unikats – und um das Können französischer Textildrucker.

Bei der Verabschiedung hielt sie den Maler einen Augenblick zurück. »Sagen Sie Dalí, möchten Sie nicht in den nächsten Tagen mit Ihrer Gattin zum Tee zu mir ins Couture-Haus kommen? Ich glaube, wir sollten etwas miteinander besprechen.«

»Aber Madame Schiaparelli, ich hatte doch nur einen Scherz gemacht!« Entgeistert blickte Sophie auf das Kleid, das an einem unter der Decke befestigten Seil freischwebend herabhing.

Eine der Atelierleiterinnen für Abendkleider hatte das lange weiße Seidenkleid mit dem Hummer auf der Vorderseite in Elsas Arbeitszimmer für eine letzte kritische Beurteilung hochgebunden. Jeder Nadelstich war perfekt ausgeführt, wie sie zufrieden festgestellt hatte. Auf ihre Mitarbeiterinnen war Verlass. Erneut amüsierte sie sich über die Fassungslosigkeit ihrer Sekretärin. Trotz ihrer langjährigen Mitarbeit hatte Sophie sich nicht an Überraschungen gewöhnen können. Was jedoch keineswegs ihre Qualitäten als patente Sekretärin minderte.

Aufmunternd nahm Elsa sie in den Arm. »Sie dürfen stolz sein, Sophie, denn Sie hatten die Vision gehabt, bevor der große Meister sie hatte. Das Hummerkleid von Dalí wird in die Geschichte der Mode eingehen.«

»Ich soll Visionen haben? Ich habe zwar schon einiges erlebt in diesem Haus, aber das hier ist doch … ziemlich visionär. Meinetwegen soll man es als bizarres Kunstobjekt ansehen, aber doch nicht als Kleidungsstück. Welche Frau würde so etwas denn freiwillig tragen?«

Mit einem triumphierenden Lächeln verkündete Elsa ihr die Neuigkeit, die sie am Vortag erfahren hatte und die sie besonders für ihren Freund Dalí freute, dessen Kunst nunmehr auf ganz spezielle Weise geadelt würde.

»Eine Freiwillige hat sich bereits gemeldet, meine liebe Sophie. Cecil Beaton soll sie für die *Vogue* fotografieren. Nun raten Sie einmal, wer dieses Kleid tragen wird … Wallis Simpson, die künftige Gattin Edwards VIII., der im vergangenen Dezember als König von England abgedankt hat!«

Kapitel 40

Aber auch Elsas Können wurde geadelt, und das sogar in mehrfacher Hinsicht: Nachdem von offizieller Seite als herzoglicher Hochzeitstermin der 3. Juni 1937 bekanntgegeben worden war, wählte Missis Simpson für ihre Aussteuer achtzehn Kleidungsstücke aus dem Haus *Schiaparelli.*

»Ninette sagt, Mademoiselle schäumt vor Wut, weil nicht sie die Aussteuer liefern durfte«, wusste Sophie zu berichten. »Außerdem klagt sie darüber, dass in der *Vogue* der Name Chanel seltener genannt wird als der Name Schiaparelli.«

Währenddessen blätterte Bettina durch diverse Modemagazine und zog die Stirn kraus. »Ist dir auch schon aufgefallen, dass zwar die französische und die amerikanische *Vogue* über die Hochzeit des Herzogs und der Herzogin von Windsor berichten, nicht aber die britische *Vogue?* Was mag der Grund sein?«

Elsa musste nicht lange nachdenken. »Ich vermute, die Mitarbeiter haben Sorge, sie könnten gegenüber dem neuen Monarchen Georg VI. und dessen Ehefrau Königin Elizabeth als illoyal gelten, würden sie über diese Skandalhochzeit berichten. Ein König dankt ab, um eine zweifach geschiedene Amerikanerin zu heiraten – für eine solche Tat sind die britischen Moralhüter noch längst nicht bereit.«

Bettina, die mit der Neugestaltung des Schaufensters beschäftigt war, sammelte ein Dutzend Hüte aus Zeitungspapier zusammen, die Elsa eigenhändig gefaltet und auf ihrem Arbeitstisch ausgelegt hatte. »Welchen Regenschirm könnte ich wohl für die Fensterdekoration nehmen, Elsa?«

»Lass uns gemeinsam in meiner Sammlung nachschauen. Alles Fundstücke von vergesslicher Kundschaft.«

Der große, runde Schirmständer in Elsas Büro war vollgestopft mit Stockschirmen verschiedenster Ausführung. Bettina stellte sie geöffnet und in Reihen nebeneinander auf den Boden. Angesammelt hatten sich über Jahre Damen-, aber auch einige Herrenschirme. Aus Seide, aus robuster Baumwolle, aus Tüll mit Spitze, mit silbernem Handgriff, mit holzgeschnitztem Griff in Form eines Entenkopfes, in Schwarz, in Weiß oder in verblassenden Pastellfarben. Zielgenau suchte Bettina einen robusten Herrenschirm heraus, dem die Jahre anzusehen waren. Die schwarze Seide war brüchig geworden und zeigte Risse, einige Speichen waren verbogen, die Holzspitze war gesplittert.

»Den hier nehme ich. Außerdem brauche ich zwei Trittleitern und ein langes schmales Holzbrett. Möchtest du dir in einer Viertelstunde das fertige Fenster anschauen, Elsa?«

»Gib mir einige Minuten länger, ich will versuchen, jemanden von den Kostümausstattern bei Paramount zu erreichen. Sie haben nachgefragt, ob wir für einen Historienfilm die Hauptdarstellerin einkleiden können. Sag dem Hausmeister Bescheid, damit er dir beim Transport hilft.«

Gerade wollte sie die Sekretärin bitten, eine Verbindung nach Hollywood anzumelden, als ihr einfiel, dass sie in Los Angeles niemanden erreichen würde. In Paris war es elf Uhr morgens, und an der Westküste der USA zwei Uhr nachts. Sie würde es gegen Abend versuchen müssen.

So blieb Elsa erst einmal Zeit, über eine Frage nachzudenken, die sie seit einiger Zeit umtrieb. Sie suchte nach einer Farbe. Einer ganz speziellen Farbe, die ihr Markenzeichen werden sollte. Sie sollte auf ihrem Briefpapier erscheinen, auf ihren Visitenkarten, den Einkaufstüten und in den Etiketten, die in ihre Kleider und in die Accessoires eingenäht wurden. Jeder sollte beim Anblick der Farbe sofort an *Schiaparelli* denken. Die Farbe sollte leuchtend sein, unverschämt, geschmackvoll und vital wie alles Licht, alle Vögel, Fische und Blüten der Welt zusammen. Eine Farbe, die sowohl den Orient als auch den Okzident verkörperte, eine schockierende Farbe, rein und unverfälscht.

Aus dem Kunstunterricht in der Schule wusste Elsa, dass es drei Primärfarben gibt. Was bedeutete, dass diese nicht durch das Mischen anderer Farben erzeugt werden konnten. Sie beschloss, Salvador Dalí zu bitten, ihr verschiedene Nuancen der Grundfarben Blau, Gelb und Rot anzumischen.

Wenig später stand sie zusammen mit Bettina draußen auf der Place Vendôme und begutachtete die Schaufensterdekoration, die ihre Mitarbeiterin gestaltet hatte. Ganz links und ganz rechts waren zwei Trittleitern aufgestellt. Auf den Stufen, etwa in Schulterhöhe der Passanten, lag ein langes Holzbrett, das fast die gesamte Fensterbreite einnahm. Auf dem Brett waren zwölf Papierhüte in der Form von Zweispitzen arrangiert. An der Stelle, wo bei dieser Kopfbedeckung üblicherweise die Kokarde saß, waren Broschen befestigt. Broschen von höchster kunsthandwerklicher Qualität in Form von farbigen Insekten, Blüten, Hummern und Sternzeichen. Darunter lag, aufgespannt und exakt auf die Fenstermitte ausgerichtet, der ausgediente Herrenschirm.

Bettina hatte sich ganz an die Vorgaben ihrer Chefin gehalten, dass ein Schaufenster derart gestaltet sein sollte, dass Vorübergehende erst stehen blieben, dann rätselten und danach neugierig den Laden betraten. Außerdem – und darauf legte die sonst so großzügige Elsa ebenfalls Wert – sollte für die Dekoration nicht viel Geld ausgegeben werden.

»Ich bin zufrieden. Und du?«

»Es ist perfekt, Bettina. Wenn du beim nächsten Mal umdekorierst, such dir eine Brosche aus, die du behalten möchtest.« Elsa machte einige Schritte zurück, um sich noch einmal das Fenster aus größerer Entfernung anzuschauen. Da spürte sie einen Stoß im Rücken, zu ihrer Linken rollte ein Herrenhut über das Pflaster.

»Pardon, Monsieur«, rief sie. Als sie sich umwandte, sah sie einen Mann, der die Kopfbedeckung aufhob und an seinem Ärmel ausklopfte.

»Aber nein, Madame, es war meine Schuld. Ich habe nicht aufgepasst.«

Der Mann war mittelgroß und schlank, hatte graublaue Augen und kurz geschnittenes, hellbraunes Haar. Sein knielanger, doppelreihiger Wollmantel zeugte von Qualitätsbewusstsein, wenngleich der Schnitt schon ein wenig aus der Mode gekommen war. Ein durchschnittlicher, unauffälliger Mann. Und doch war da etwas in seinem Blick, das Elsa faszinierte und das nicht zu seinem biederen Äußeren passte, etwas Rätselhaftes, Geheimnisvolles. Der Fremde verbeugte sich leicht, setzte seinen Hut auf und ging mit einem entschuldigenden Lächeln weiter in Richtung Hotel *Ritz*. Sie blickte ihm hinterher, bis er im Eingang des Hotels verschwand.

Aus den Kompositionen, die Dalí für sie angemischt hatte, wählte Elsa aus jeder der Grundfarben eine auffällige Schattierung aus.

Ein Gelb, das an eine am Baum hängende reife Zitrone in der gleißenden Mittagssonne denken ließ. Ein Blau, das an den klaren Sommerhimmel Südfrankreichs erinnerte, dessentwegen so viele Maler des späten 19. und frühen 20. Jahrhunderts in diese Region gereist waren, um dort zu arbeiten. Und ein blaustichiges Rot, ein Magenta, das sie bisher ausschließlich an Blüten gesehen hatte. An Rhododendren in englischen Parks oder einigen Nelken- und Rosensorten, die die Floristen des Hauses Lachaume zu kunstvollen Bouquets zu arrangieren wussten.

Als sie die drei Kartons nebeneinanderlegte, hatte sie sofort ihr bevorzugtes Kolorit ausgemacht. Dennoch wollte sie zusätzlich einige ihrer Vertrauten befragen, um die Entscheidung abzusichern.

»Alle Farben leuchten und sind ausdrucksstark. Mir gefällt das Gelb am besten. Es erinnert mich an die Sonnenblumen bei uns im Garten«, begründete Gabrielle ihre Entscheidung.

Blanche fand ebenfalls schnell ihren Favoriten heraus. »Ich bevorzuge Blau. So wie der Himmel, das Meer und – meine Augenfarbe.«

Bettina ging mit den Kartonbögen nach draußen vor das Geschäft, weil sie die Wirkung im Tageslicht prüfen wollte. »Pink, ganz eindeutig. Diese Farbe ist von allen die gewagteste. Sie passt am besten zu dir.«

Auch Sophie wollte Elsa befragen, weil ihr das Urteil einer Frau, die einen konservativen Geschmack hatte, ebenfalls wichtig war.

»Ich finde alle drei … schockierend.«

Jetzt fehlte ihr noch eine letzte Meinung. Schon wollte Elsa über die Place Vendôme laufen und vor dem Hotel *Ritz* in ein Taxi steigen, als ihr ein Besuch bei Leonardo einfiel, bei dem sie den Freund in Verlegenheit gebracht hatte. Damals hatte sie ihn unangemeldet besuchen wollen – und in seiner Wohnung einen unbekleideten Gast angetroffen.

Sie machte kehrt, ging zurück in ihr Arbeitszimmer und griff zum Telefon. Sie nannte der Vermittlung Leonardos Nummer und wartete, doch niemand meldete sich. Schon wollte sie den Hörer auflegen, als sie die Stimme des Freundes vernahm. Sie klang heiter und beinahe übermütig.

»Hast du eine halbe Stunde Zeit für mich, Leone? Ich brauche deinen Rat.«

»Tut mir leid, Schiap, heute passt es mir nicht …« Im Hintergrund war klar und deutlich eine Männerstimme zu hören. Es konnte sich also nicht um eine Stimme aus dem Radio handeln, denn die war immer von einem Rauschen begleitet. Leonardo hatte Besuch. Und das freute Elsa – wenn auch nicht in diesem Augenblick.

»Hat es Zeit bis übermorgen?«

Nein, es hat keine Zeit, nicht einmal eine Sekunde, rief es in ihr. Es geht um eine folgenschwere Frage, und ich muss deine Meinung wissen. Sofort! Ich könnte ja auch ohne dich entscheiden, aber ich will trotzdem hören, wie du darüber denkst. Du bist klug, du hast Geschmack, du kennst mich wie kein anderer Mensch …

»Natürlich, Leone«, antwortete sie.

»Gut, dann reserviere ich für uns einen Tisch.«

Giovanni Salvini, der Inhaber des Restaurants, war ein kleiner, drahtiger Italiener mit einem üppigen Oberlippenbart. Für seine beiden Gäste hatte er einen Tisch in einer Nische im hinteren Teil des Gastraums decken lassen. Kaum hatten sie Platz genommen, brachte er eine Karaffe Wasser mit zwei Gläsern und steckte die Kerzen auf dem Tisch an.

»Zu einem romantischen Rendezvous gehört immer stimmungsvolles Licht. Möchten Sie die Speisen auswählen, oder vertrauen Sie meiner Empfehlung, Signora Elsa und Signor Leonardo?«

»Wir vertrauen Ihnen«, antworteten beide wie aus einem Mund.

Leonardo beugte sich erwartungsvoll zu Elsa hinüber. »Du hast mich neugierig gemacht. Was möchtest du von mir wissen?«

Elsa zog die Kartonbögen aus der Tasche und legte sie vor Leonardo auf den Tisch. »Ich suche nach einer Farbe, die symbolisiert, was und wie ich bin. Ich will sie zu meinem Markenzeichen machen. Wer diese Farbe sieht, soll sofort an den Namen *Schiaparelli* denken … Aber kannst du dir bei dieser schummrigen Beleuchtung überhaupt eine Meinung bilden. Willst du die Bögen lieber bei Tageslicht sehen?«

»Das ist nicht nötig. Weil für dich ohnehin nur eine Farbe infrage kommt … Oh, da kommen der Wein und die Vorspeise. *Salute!*«

Elsa ließ sich die erste Kostprobe von Giovannis ›persönlicher Auswahl‹ schmecken und wartete gespannt auf Leonardos Begründung.

»Seit über zwölf Jahren entwirfst du Mode. Mode für Frauen. Als eine Couturière mit dem Hang zu Exzentrik und Provokation wäre es nur konsequent, wenn du als dein Markenzeichen – eine Männerfarbe wählst.«

Giovanni servierte den zweiten Gang. »*Buon appetito*. Ach ja, so verliebt müsste man noch mal sein …«, seufzte er theatralisch und zwirbelte seinen Schnurrbart. Leonardo zwinkerte Elsa zu und wandte sich den Leckerbissen auf seinem Teller zu.

Ihr Freund hatte recht. Es stimmte, dass sie sich mit Vorliebe Erwartungen widersetzte. Zu welcher Farbe also würde er ihr raten?

»Wir sind Kinder Italiens und mit den großen Malern der Renaissance und des Barocks aufgewachsen«, sagte Leonardo, nachdem er genüsslich seinen Teller geleert hatte. »Wir kennen uns mit Farben aus. Gelb hat die größte Strahlkraft, es ist die Farbe der Sonne, des Lichts und zeugt von der Anwesenheit Gottes. Blau ist die Farbe der Philosophen und Denker aber auch der Gottesmutter Maria. Denk nur an die Gemälde von Raffael, da Pontormo oder Tizian. Diese Maler haben Maria immer mit einem blauen Mantel oder Umhang dargestellt.«

»Bleibt noch die dritte und letzte Farbe. Wollen wir uns deine Erklärung für den Nachtisch aufheben?«, schlug Elsa vor.

Bei jedem weiteren Gang erkundigte sich Giovanni, ob es seinen Gästen schmecke und ob sie noch Wünsche hätten. So umsorgt zu werden hatte gegenüber dem Selberkochen durchaus seine Vorzüge, stellte Elsa fest, musste zum Schluss aber kapitulieren.

»Nimm du meinen Nachtisch, bevor ich noch hier am Tisch platze.«

Das ließ sich der Freund nicht zweimal sagen und zog zufrieden lächelnd ihren Teller mit der *Cassata Milanese* zu sich herüber. »Nun also zu Pink, das der Farbfamilie Rot entstammt. Rot ist die Farbe des Feuers, der Liebe und der Macht, die Farbe der Fürsten und Kardinäle. Und warum wohl sind die Strümpfe der spanischen Toreros, die als Inbegriff von Mut gelten, traditionsgemäß pink? … Deine Farbe ist Pink, weil sie eine Stärke symbolisiert, die üblicherweise nur Männern zugeschrieben wird.«

»Hat dir schon mal jemand gesagt, dass du ein ziemlich kluger Mann bist, Leone?«

»Selbstverständlich, das sage ich mir jeden Morgen vor dem Spiegel.«

Elsa schmunzelte und rührte einen Löffel Zucker in den Espresso. »Pink ist die Farbe, die auch ich gewählt habe, und zwar ganz spontan, ohne mir über die tieferen Beweggründe im Klaren zu sein. Du hast mich in meinem Urteil bestärkt.«

»Gern geschehen. Welchen Zunamen willst du der Farbe geben? *Schiaparelli Pink*?«

»Diese Farbe wird in die Modegeschichte eingehen unter dem Namen *Shocking Pink*.«

Kapitel 41

Elsa stattete den Galeries Lafayette wieder einmal einen Besuch ab. Sie wollte einen neuen Duft kreieren. Bisher hatte sie nur eine Idee für die Verpackung entwickelt, die das Parfum schützen sollte. Eine Schachtel, versehen mit ihrer eigenhändigen Signatur und selbstverständlich in der Farbe – *Shocking Pink*. Nun aber suchte sie in der Parfumabteilung nach Anregungen für einen Flakon. Nirgendwo sonst ließen sich mehr Parfumbehälter verschiedenster Hersteller vergleichen als in einem der großen Warenhäuser. In effektvoll beleuchteten Regalen waren Fläschchen in allen erdenklichen Farben und Formen versammelt. Miniatur-Kunstwerke, deren gläserne Hülle manches Mal mehr zu überzeugen wusste als der Inhalt. Doch sie konnte nichts entdecken, was sie zur Nachahmung gereizt hätte.

Der Weg zur großen Treppe führte an der Abteilung für Herrenhüte vorbei. Ihr fiel ein Kunde auf, der sich unterschiedlichste Hüte aufsetzte und dabei unschlüssig wirkte. Neben ihm stand ein Verkäufer, dem die Verlegenheit ins Gesicht geschrieben stand. Er war schmächtig und jung, sicher kaum älter als Gogo, und sah aus wie ein Schüler, den man in einen Anzug gesteckt hatte und der vor seiner Aufgabe am liebsten davongelaufen wäre. Mit zittrigen Händen nahm der Junge eine karierte Schirmmütze mit auf der Kopfmitte zusammengebundenen Ohrenklappen von einem Hutständer.

»Wir führen auch sportliche Hüte, Monsieur. Suchen Sie vielleicht so etwas?«

Der Kunde schüttelte den Kopf und blickte fragend um sich. Da erkannte Elsa in ihm den Mann, mit dem sie auf der Place Vendôme zusammengestoßen war, während sie zusammen mit Bettina die Dekoration für ihr Schaufenster geprüft hatte. Seither hatte sie fast täglich an diese zufällige Begegnung denken müssen. Und sich vorgestellt, wie es wäre, den Fremden erneut zu treffen und zu erfahren, wer und was er war. Genau dazu hatte sie jetzt die Gelegenheit, und die wollte sie sich keinesfalls entgehen lassen.

»Monsieur, wenn Sie auf einem Kostümfest als Sherlock Holmes verkleidet erscheinen wollen, dann ist diese Deerstalker-Mütze genau richtig für Sie. Im Vereinigten Königreich wird sie gern auf der Jagd getragen. Wenn Sie allerdings nach einer alltagstauglichen Kopfbedeckung suchen, mit der Sie sich formvollendet durch Paris bewegen können, sollten Sie ein anderes Modell wählen.«

Der Unbekannte sah überrascht zu ihr herüber, und dann bemerkte Elsa an seinem Blick, dass auch er sie wiedererkannte.

»Wir sind uns schon einmal begegnet, nicht wahr, Madame?«

Sein Lächeln war warm und seine Stimme sanft, und beides gefiel ihr.

»Richtig, Monsieur, auch damals war ein Hut im Spiel.«

»Zu welchem Modell würden Sie mir denn raten, Madame?«

Der junge Verkäufer ließ die Schultern hängen und senkte den Blick. Elsa tat der Junge leid. Vermutlich hatten seine Eltern darauf bestanden, dass er eine seriöse Ausbildung in einem seriösen Unternehmen machte und ihn zu etwas gedrängt, das ihm keinerlei Spaß bereitete. Sie wollte ihm die Möglichkeit geben, sich ohne Gesichtsverlust zurückziehen zu können.

»Bedienen Sie gern in der Zwischenzeit einen anderen Kunden, Monsieur«, sagte sie zu ihm. »Wir rufen nach Ihnen, wenn wir eine Frage haben.«

Als auch der Kunde seine Zustimmung durch ein Kopfnicken signalisierte, verschwand der Verkäufer eilig hinter einer Vitrine, in der Lederhandschuhe und Seidenschals ausgestellt waren. Elsa wandte sich dem Unbekannten zu. Noch nie hatte sie einen Mann in Kleidungsfragen beraten, und sie war gespannt, ob sie diesmal ebenso überzeugen könnte wie bei ihren Kundinnen.

»Zu welchen Gelegenheiten möchten Sie den Hut tragen? Und, was ebenso wichtig ist, welche Farbe hat Ihr Anzug beziehungsweise der Mantel? Möchten Sie in der vorgegebenen Farbpalette bleiben, oder bevorzugen Sie den Kontrast? Herrenhüte lassen leider kaum ausgefallene Experimente zu, aber auch mit einem Hutband kann ein Mann eine individuelle Note setzen.«

»Ihre Fragen beweisen, dass eine Expertin vor mir steht. Darf ich mich vorstellen, mein Name ist Antoine Dupont.« Er streckte ihr seine Hand entgegen.

Elsa ergriff sie, und als sich ihre Fingerspitzen berührten, verspürte sie ein Kribbeln von der Hand bis in den Arm, als würde etwas von der Energie ihres Gegenübers auf sie übergehen. Ein irritierendes Phänomen, das sie nie zuvor erlebt hatte.

»Angenehm, Monsieur Dupont, ich bin Elsa Schiaparelli.«

»Steht dieser Name nicht auch auf der Ladentür, vor der wir uns das erste Mal begegnet sind?« Und obwohl sein Mund lächelte, schien es ihr, als drückten seine Augen eine gewisse Zurückhaltung aus.

»Sie haben recht, ich bin die Inhaberin.«

»Respekt! Dem Urteil einer Couturière will ich mich natürlich gern beugen. Nun aber zu Ihren Fragen, Madame Schiaparelli. Ich suche einen Alltagshut, tragbar zu jedem Anlass. Er soll zu Hellgrau ebenso passen wie zu Dunkelblau und Anthrazit, zum Anzug wie zum Mantel. Und er muss auch einen Regenschauer vertragen können. Ich habe die Angewohnheit, meine Schirme zu verlieren.«

Elsa nickte verständnisvoll. Schließlich hatte sie ihre Schirmsammlung vergesslichen Menschen wie Monsieur Dupont zu verdanken.

»Zu welcher Farbe raten Sie mir, Madame?« Er griff nach einem cognacfarbenen Trilby.

»Davon rate ich Ihnen ab. Diese Nuance macht Sie zu blass. Nehmen Sie lieber einen warmen Burgunderton.«

»Tatsächlich? Diese Farbe empfand ich bisher immer als zu gewagt für einen Mann mittleren Alters. Ich mag es lieber unauffällig.«

Elsa fühlte sich in ihrem Element. Dieses Argument war ihr vertraut, auch ihre Kundinnen hatten oftmals Angst vor dem Ungewohnten. »Haben Sie Mut zum Wagnis, Monsieur Dupont. Burgunderrot setzt einen Kontrast zu Ihrem Haar und harmoniert mit allen von Ihnen erwähnten Kleiderfarben. Mit einem auswechselbaren Hutband können Sie die Farbe von Mantel oder Anzug aufgreifen und damit einen modischen Akzent setzen.«

Monsieur Dupont spitzte die Lippen zu einem lautlosen Pfiff. »Sie verstehen Ihr Metier, Madame Schiaparelli. Sicher können Sie auch einen Vorschlag zur Hutform machen.«

»Ich rate Ihnen zu einem Homburger. Allerdings nicht aus Wollfilz, sondern aus Haarfilz. Dieses Material behält sogar nach einem Regenschauer die Form.«

»Ich bin ganz Ihrer Meinung, Madame Schiaparelli. Auch wenn ich nicht weiß, was ein Homburger ist.«

Dieser Mann hatte einen leisen Witz und Humor, stellte Elsa fest und griff zu einem Filzhut mit hohem Kopf, eingefasster Krempe und einem Mittelkniff in der Krone. »Setzen Sie den Hut einmal auf. Nein, der ist zu groß … Wie sieht es mit diesem Modell aus? … Der Kopf ist zu flach … Und dieser hier?«

Mehr als ein Dutzend Hüte probierte Monsieur Dupont an, bis Elsa das passende Modell ausgemacht hatte.

»Sehen Sie, dieser Hut ist wie geschaffen für Sie. Die Proportionen sind in sich stimmig und passen außerdem zu Ihrer Gesichtsform und zur Körpergröße.«

Der Verkäufer steckte seinen Kopf hinter der Vitrine hervor, und Elsa gab ihm ein Zeichen, dass die Entscheidung gefallen war. »Der Herr benötigt zusätzlich auswechselbare Hutbänder in Hellgrau, Dunkelblau und Anthrazit.«

»Selbstverständlich, Madame. Eine ausgezeichnete Wahl, Monsieur«, beeilte sich der junge Mann hinzuzufügen, und Monsieur Dupont zwinkerte Elsa zu. »Eine ausgezeichnete Beratung, möchte ich meinen. Künftig werde ich mich also modisch akzentuiert durch Paris bewegen. Wie kann ich mich erkenntlich zeigen?«

Diesen auf Unauffälligkeit bedachten und für sie umso interessanteren Mann durfte sie nicht noch einmal aus den Augen verlieren. Sie wollte unbedingt mehr über ihn wissen und hatte sich während ihrer Plauderei vorsorglich eine gleichermaßen persönliche wie harmlose Antwort zurechtgelegt.

»Beratung gehört zu meinem Beruf, Monsieur Dupont. Aber ich lasse mich gern zu einer Tasse Kaffee einladen.«

Elsa rollte verschiedenfarbige Stoffballen aus Seide und gechintzter Viskose auf dem breiten Tisch in ihrem Arbeitszimmer aus. Sophies Aufschrei drang bis zu ihr hinauf in den ersten Stock.

»Hilfe! Eine Bestie!«

Neugierig ging Elsa die Treppe hinunter ins Erdgeschoss, wo sie in der Boutique die erschrockene Sophie geduckt hinter dem Verkaufstresen vorfand. Im Eingang stand Bettina umringt von kichernden Verkäuferinnen und deutete mit triumphierendem Lächeln auf einen übermannsgroßen Spielzeugbären in der Farbe – *Shocking Pink.*

»Darf ich vorstellen: Meister Petz. Ich habe ihn von Monsieur Dalí ausgeliehen. Er meint, eine Farbe entfalte ihre transzendente Realität am besten an einem Gegenstand surrealer Objektivität. Was meinst du, Elsa, soll ich dem Kerl etwas Schmuck anlegen, damit er nicht ganz so nackt dasteht?«

»Das hier ist ein … ein Tollhaus«, grummelte Sophie und huschte verängstigt ins Büro.

Kapitel 42

Das Schreiben von Paramount sorgte im Couture-Haus für Furore.

> *… Für den Film Every Day's a Holiday benötigt die Protagonistin eine ausdrucksstarke Garderobe. Der Film soll zur Zeit der Jahrhundertwende spielen, die Hauptrolle übernimmt Missis Mae West. Wir bitten Missis Elsa Schiaparelli, die Anfertigung der Kostüme zu übernehmen …*

»Hollywood … das ist genial«, meinte Bettina.

»Mae West … ist das nicht diese anrüchige Schauspielerin mit dem losen Mundwerk, die so viele Männer um den Verstand bringt?«, fragte Sophie.

»Schiaparelli, Mae West und Hollywood … das ist ein Dreiklang, der einen Skandal verspricht«, freute sich Elsa.

Vier Wochen später war der große Tag gekommen. Die Näherinnen, allesamt glühende Verehrerinnen der großen Hollywood-Diva, warteten aufgeregt auf deren Ankunft. Mae West fuhr mit zweistündiger Verspätung vor und rauschte wie ein Wirbelsturm durch die Boutique die Treppe hinauf in den Salon. Sie hatte den kräftigen Händedruck eines Bauarbeiters. Ihre Stimme war laut und rauchig mit einem ironischen Unterton.

»Missis Schiaparelli, Ihnen eilt der Ruf voraus, bei jeder Frau nur die besten Seiten hervorzuheben. Also dann: Heben Sie meinen Busen, schnüren Sie meine Taille ein, betonen Sie die Hüften. Die amerikanischen Zensoren haben die Angewohnheit, meine Dialoge zu kürzen oder sogar ganz herauszuschneiden, weil ich angeblich eine Gefahr für die Moral unbescholtener Bürger darstelle. Lassen Sie die Sprache der Verführung in Gestalt meiner Garderobe erklingen. An die kann sich kein Sittenwächter heranwagen.« Mae West erhob ihr Glas. »*Cheers, my dear.*«

Elsa hatte sich nach dem bevorzugten Getränk der Schauspielerin erkundigt und einen zwanzig Jahre alten Malt Whisky bereitgestellt. Im Gegensatz zu ihrer Kundin, die sich den Ruf einer trinkfesten Lady erworben hatte, nahm sie selbst nur einen kleinen Schluck.

»Sie sollen sich als die beste Version Ihrer selbst auf der Leinwand wiederfinden, Missis West. Wenn Sie mir nun in mein privates Ankleidezimmer folgen … Dann können wir bei Ihnen Maß nehmen.«

Während Elsa die Schauspielerin vom Hals bis zum Knöchel vermaß, notierte Lucille, die jüngste Première für Abendkleider, die Maße der Diva. Um die üppigen Kurven von Missis West formvollendet zur Geltung zu bringen, würde Elsa ein Schnürmieder zum Einsatz bringen müssen. Das Kleidungsstück, das symbolhaft für die Zeit der Belle Époque stand und das in keinem ihrer Entwürfe je hatte vorkommen dürfen. Weil nämlich ein Korsett die Frauen in ihrer Bewegung einschränkte und zu steifen Kleiderpuppen machte.

Diesmal aber war es ihre Aufgabe, einen Historienfilm auszustatten und Mae West ihre Bestimmung als *Femme fatale* auf den Leib zu schneidern. Beim Abschied erkundigte sich die Diva nach den besten Chocolatiers in Paris, und Elsa notierte die Adressen auf ihrem neuen, pinkfarbenen Briefpapier.

Die individuellen Maße der Schauspielerin würden auf eine Schneiderbüste übertragen werden, wie auch bei Stammkundinnen üblich. So ersparten sich die Damen den Aufwand, zu den Anproben ins Couture-Haus zu kommen. Sie konnten jederzeit und von überall, wo sie unterwegs waren, Kleider in Auftrag geben, die bei Erhalt die perfekte Passform hatten.

Sogleich machte Elsa sich an die Entwurfszeichnungen. Sie setzte auf betont enge Schnitte und dunkle Stofffarben, die durch helle Bordüren, Rüschen und Pelz aufgelockert wurden. Einen zusätzlichen dramatischen Akzent erzeugten die Hüte. Überzogen, übergroß und überdekoriert. So ausgestattet würde die Diva mit jedem Mann das machen, was sie – im Film wie im wahren Leben – am besten konnte: ihm den Kopf verdrehen. Ein Dutzend Kleider wurden innerhalb von vier Wochen in den Ateliers an der Place Vendôme hergestellt und anschließend mit dem Schiff nach New York und von dort auf dem Landweg nach Los Angeles verfrachtet.

Drei Monate waren seit Mae Wests Besuch im Atelier vergangen, als Sophie kurz vor Feierabend den Kopf durch die Tür zum Arbeitszimmer steckte. »Madame Schiaparelli, ein Gespräch aus Hollywood …«

Das Knacken und Pfeifen in der Telefonleitung signalisierten Elsa, dass Verbindungen von und nach Übersee zwar eine große technische Errungenschaft, aber durchaus verbesserungswürdig waren.

»Missis Schiaparelli?« Die Stimme klang sehr ungehalten. »Hier

Steve Miller von Paramount Pictures, Kostümabteilung. Wir haben gestern mit den Dreharbeiten für einen Historienfilm begonnen, in dem Missis West die Hauptrolle spielt. Und was soll ich Ihnen sagen? Keines der von Ihnen gelieferten Kleider passt. Das wäre bei uns in den Ateliers nicht passiert. Aber irgendein Idiot von der Produktion meinte ja, man müsse für diesen Film unbedingt ein französisches Modehaus verpflichten. So etwas würde mehr Prestige bringen … Jedenfalls ist Mister Sutherland, der Regisseur, außer sich.«

Elsa ließ sich auf dem bequemsten Stuhl am Arbeitstisch nieder und legte die Füße auf einen Hocker. Sie hatte lange genug in Amerika gelebt, um zu wissen, was von der Beschwerde dieses Hitzkopfes zu halten war. Wenn solche Heißsporne keine Pistole zur Hand hatten, schossen sie eben mit Worten um sich. Sie griff zu einem Glas Wasser mit Pastis und nahm einen tiefen Zug. »Sagen Sie, Mister Miller, sind die von mir gelieferten Kostüme zu eng – oder zu weit.«

»Zu eng natürlich, was denken Sie denn?«

»Ich denke, dass grundsätzlich beides möglich ist. Zu eng – und zu weit.«

Die Männerstimme wurde lauter. »Paramount wird Sie auf Schadensersatz verklagen!«

»Nun, Mister Miller, meine Anwälte sehen dem Anschreiben Ihrer Anwälte erwartungsvoll entgegen. Aber vielleicht interessiert Sie dennoch, wie französische Haute Couture entsteht. Ich erkläre es Ihnen. Zunächst einmal nehmen wir bei der Kundin Maß, danach fertigen wir eine Modellbüste an, und an dieser wird anschließend das Kleidungsstück abgesteckt. So sind wir auch bei Missis West vorgegangen, als sie bei uns war. Die Kleider, die Ihre

Filmgesellschaft erhalten hat, wurden präzise an der Büste Ihrer Hauptdarstellerin angepasst.«

Ihr Blick fiel durch die offenstehende Tür in den Raum, wo in meterlangen Regalen maßangefertigte Holzbüsten aufbewahrt wurden. Jeder Torso zeugte von der Individualität der jeweiligen Kundin.

»Und wie erklären Sie sich, dass die Kleider nicht passen?«, keifte der Choleriker von der Pazifikküste. Elsa trank in aller Seelenruhe von ihrem Pastis.

»Bei einer Frau gibt es zwei Gründe, weswegen ein Kleidungsstück zu eng sitzt. Erstens, weil sie guter Hoffnung ist. Und zweitens … aber darauf kommen Sie sicher auch selbst, Mister Miller.«

»Also, das ist doch … ist doch …« Am anderen Ende der Telefonleitung war ein Röcheln zu vernehmen, dann brach die Verbindung ab.

Sie lachte leise in sich hinein. Eine Schwangerschaft schien ihr bei einer Vierundvierzigjährigen als wenig wahrscheinlich. Vermutlich aber hatte die Frage der Diva nach den Adressen der besten Pariser Chocolatiers Auswirkungen auf ihre Figur gehabt. Nun würden die Kostümbildner von Paramount die Stoffe auseinandertrennen und neu zusammennähen müssen. Elsa wusste um die Unbeständigkeit weiblicher Formen. Deswegen wurden in ihrem Haus Säume immer großzügig bemessen.

Sie leerte das Glas. Irgendetwas zog sie in den Magazinraum mit den Büsten. Sie ging hinüber und las die Namen berühmter Kundinnen an den Schneiderpuppen, die in alphabetischer Reihenfolge hintereinander angeordnet waren. Joan Crawford, Marlene Dietrich, Greta Garbo, Katharine Hepburn, Wallis Simpson, Gloria Swanson … und ganz am Ende Mae West.

Sie nahm die Büste aus dem Regal, stellte sie auf einen Rollwagen und trat einige Schritte zurück. Mit zusammengekniffenen Augen betrachtete sie aus der Entfernung den Torso, dessen Silhouette an eine Sanduhr erinnerte.

Plötzlich wirbelten ihre Gedanken durcheinander. Eine Sanduhr war ein Gefäß, in das man eine Substanz füllen konnte, sowohl in fester als auch in flüssiger Form. Ein Gefäß, das man auf eine waagerechte Unterlage wie etwa einen Frisiertisch stellen und ebenso mit sich herumtragen konnte … in einer Handtasche beispielsweise.

Schon lange hatte Elsa über ein Behältnis für ihr neues Parfum nachgedacht. Auf einmal blitzte in ihrer Vorstellung etwas auf, und sie sah den Flakon in allen Details vor sich. Er hatte die Form einer Schneiderbüste, modelliert nach den Maßen einer amerikanischen Filmschauspielerin, die die Zuschauer gleichermaßen faszinierte wie schockierte: Mae West. Der Flakon würde von einer mit Seide ausgefütterten Schachtel in der Farbe *Shocking Pink* umhüllt sein, gleich einem Tresor, der sein kostbares Inneres schützt. Und dieser Duft konnte nur den einen Namen tragen: *Shocking*.

Kapitel 43

Der Einladung zum Kaffee waren weitere Treffen mit dem nunmehr gut behüteten Monsieur Antoine Dupont gefolgt. Mit Erstaunen und noch mehr Herzklopfen stellte Elsa fest, dass sie fortwährend an diesen Mann mit dem gewöhnlichen Äußeren und der ungewöhnlichen Ausstrahlung denken musste. Eine Empfindung, die sie sich aber erst zugestand, nachdem sie herausgefunden hatte, dass das Objekt ihrer plötzlich aufkeimenden Begierde weder verlobt noch verheiratet war. Was ihm ein zusätzliches Maß an Attraktivität verlieh.

Dupont arbeitete, so hatte er erzählt, als juristischer Berater im Innenministerium. Nach dem Unfalltod seines Vaters und seines älteren Bruders war er umgeben von Frauen aufgewachsen. Neben seiner Mutter zählten dazu seine Großmutter und zwei jüngere Schwestern. Er zeigte wenig Neigung, über seinen Berufsalltag zu sprechen. Seine Tätigkeit sei viel zu monoton und vorhersehbar, als dass es sich lohne, darüber viele Worte zu verlieren, befand er. Vielmehr wollte er alles über Elsas Kindheit in Rom, ihre Familie und ihren Aufstieg als Couturière erfahren.

Sie entschied, dass nach nunmehr zwei Verabredungen die Zeit gepflegter Konversation vorbei sein müsse. Bei ihrer nächsten Begegnung wollte sie zielbewusst zur Tat schreiten und ihn herausfordern – als Mann.

Bei ihrer letzten Verabredung in einem Bistro gegenüber der Opéra Garnier hatte Antoine Dupont ein Wiedersehen in privatem Rahmen vorgeschlagen und Elsa zu sich nach Hause eingeladen. Doch anstelle eines abendlichen Dîners hatte sie ein Déjeuner vorgezogen. Einen alleinstehenden Mann an einem Sonntag zur Mittagszeit zu besuchen, war für eine Frau, die auf ihren Ruf bedacht war, unverfänglich.

Schließlich war Elsa stadtbekannt, hatte eine halbwüchsige Tochter und wollte unter allen Umständen verhindern, dass Gogo unlautere Gerüchte über das Privatleben ihrer Mutter zu Ohren kamen. Zu welchen Indiskretionen sich die Klatschpresse hinreißen ließ, konnte man am Beispiel von Mademoiselle Chanel nachlesen. Auf jede Liaison folgte schon die nächste. Allerdings zeigte diese Modeschöpferin sich Journalisten gegenüber als recht auskunftsfreudig. Vielleicht, weil ihr jeder Artikel über ihre Person wichtig erschien? Wichtiger als dessen Inhalt? Auch auf diesem Gebiet wollte Elsa ihr keinesfalls nacheifern.

Sie bat den Taxifahrer, sie am Ende der Rue Royale abzusetzen und ging das letzte Stück zu Fuß. Monsieur Dupont wohnte an der Place de la Madeleine in einem vierstöckigen Stadthaus, dessen schwarze schmiedeeiserne Balkone einen eleganten Kontrast zu der hellen Sandsteinfassade bildeten. Die Concièrge war eine füllige Frau um die sechzig, die nur flüchtig aufschaute, als Elsa an ihrer Loge vorbeischritt. Sie war damit beschäftigt, einem Kanarienvogel Futter in den Käfig zu stellen. Dabei murmelte sie unverständliche Koseworte.

Kaum hatte Elsa den Klingelknopf im zweiten Stockwerk gedrückt, wurde die Tür geöffnet. Der Hausherr, gekleidet in einen hellgrauen Anzug, streckte ihr die Hand entgegen. Seine Augen leuchteten auf.

»Treten Sie ein, Elsa. Ich freue mich, Sie zu sehen.«

»Guten Tag, Antoine. Die Freude ist ganz meinerseits.« Monsieur Dupont nahm ihr Kostümjacke und Handtasche ab und machte eine einladende Handbewegung. »Wenn ich Sie zu einer kleinen Besichtigung einladen darf …«

Sie durchquerten den Salon, der dem Ausstellungssaal eines Antikenmuseums glich, mit Marmorskulpturen, Tempelfriesen und Säulenkapitellen. Elsa fühlte sich an ihr früheres Zuhause im Palazzo Corsini erinnert. Hatte sie es womöglich mit einem Altertumskenner zu tun? Juristen waren oftmals vielseitig begabte und interessierte Menschen, hatte sie festgestellt.

»Hier also wohnen Sie, Antoine.« Sie trat ans Fenster und schaute hinunter auf die Place de la Madeleine mit der gleichnamigen Kirche. Auf den Stufen vor dem Gotteshaus saßen einige junge Leute in der Mittagsonne. Die Mädchen in luftigen Kleidern, die Männer in hellen Baumwollanzügen oder langen Knickerbockerhosen und Weste. Sie wirkten unbeschwert und fröhlich. Bald schon würde auch Gogo sich mit Freunden verabreden, sie würden lachen, tanzen und miteinander diskutieren.

Antoine Dupont stellte sich neben sie. »Ich liebe diesen Ausblick, man fühlt sich immer wie mitten im Leben. Die Wohnung gehört eigentlich meinem Cousin. Er ist Archäologe und leitet zurzeit eine Grabung in Griechenland. Henri hat mir großzügigerweise sein Domizil überlassen. Bis vor zwei Monaten habe ich in Brüssel gelebt und nach meiner Ankunft in Paris nicht so rasch eine geeignete Wohnung gefunden. Also habe ich sein Angebot gern angenommen.« Er nahm ihre Hände und blickt sie eindringlich an. »Ich hatte gehofft, dass Sie meine Einladung annehmen, Elsa. Aber ich war mir nicht ganz sicher. Wissen Sie, dass Sie mich heute zum glücklichsten Mann von Paris machen?«

Ihr gefielen seine graublauen Augen mit dem dichten Wimpernkranz, sein warmes Lächeln und seine sanfte Stimme. »Aber ich habe doch zugesagt, Antoine. Und ich stehe zu meinem Wort.«

Dupont zog sie dichter zu sich heran. Sie mochte seinen entschlossenen Griff.

»Ich weiß, bitte entschuldigen Sie … Wahrscheinlich müssen wir uns erst noch besser kennenlernen.«

»Dazu wäre jetzt eine gute Gelegenheit.« Elsa lehnte ihren Kopf gegen seine Schulter und wusste, sie war zur richtigen Zeit mit dem richtigen Mann am richtigen Ort.

»Sind Sie hungrig? Der Chefkoch des Hotels *Elysée* hat ein kleines Menü für zwei Personen vorbereitet und vorsorglich ein Rechaud für die warmen Speisen mitgeliefert … falls wir nicht sofort zum Essen schreiten.«

Sie reckte sich empor und schlang die Arme um seine kräftigen, muskulösen Schultern. »Dann sollten wir die Umsicht des Koches wertschätzen und uns erst später den Speisen zuwenden. Meinen Sie nicht auch, Antoine?«

Seine Hände wanderten zu ihrem Nacken. Behutsam öffnete er den Reißverschluss ihres Kleides und streifte es ihr von den Schultern. Das war genau die Art von Antwort, die Elsa in diesem Augenblick der Sprache vorzog.

Nachdem der pinkfarbene Bär zu seinem Besitzer Salvador Dalí zurückgekehrt war, fehlte etwas in der Boutique. Ein Blickfang, etwas, das die Kundinnen schon beim Eintreten fröhlich stimmte.

Eines Morgens entdeckte Elsa auf dem Weg ins Couture-Haus ein neu eröffnetes Antiquitätengeschäft. Unvermittelt blieb sie stehen, weil sie durch die verglaste Ladentür etwas wahrgenommen hatte, das ihre Aufmerksamkeit erregte. Eine junge Frau mit roten Locken und silbrig funkelnden Ohrringen hängte soeben ein Schild mit der Aufschrift »Geöffnet« ins Fenster und schloss die Tür auf.

»Guten Morgen, Madame. Suchen Sie etwas Bestimmtes?«

»Was hat es mit der Holzfigur dort hinten auf sich?« Elsa deutete auf eine fast lebensgroße Gliederpuppe aus dunklem Holz.

»Dazu kann ich Ihnen leider gar nicht viel sagen. Der Kunde, der mir dieses Objekt brachte, ist vor Kurzem verstorben. Die Figur stammt wohl aus dem sechzehnten Jahrhundert und wurde in Deutschland hergestellt. Möglicherweise diente sie einem Maler als Studienmaterial. Sehen Sie, die Puppe ist mit dem Hinterkopf an einem Ständer befestigt. Sie hat bewegliche Gliedmaßen, kann aber auch eigenständig sitzen und liegen.«

Mit den Fingerkuppen tastete Elsa vorsichtig über die glattpolierte Oberfläche, bewegte nacheinander Beine, Arme, Hals und Handgelenke und wusste sofort: Diese geheimnisvolle Figur sollte das Maskottchen der Maison *Schiaparelli* werden und künftig die Kundinnen begrüßen. »Ich nehme die Puppe, Madame. Kann ich sie noch heute abholen lassen?«

»Oh, da kommt Pascal, unser neuer Kollege. Herzlich willkommen.« Die Holzfigur war soeben eingetroffen, und Bettina schob sie an die Stelle in der Nähe des Schaufensters, wo zuvor Dalís pinkfarbener Bär gestanden hatte. »Wo hast du das Findelkind aufgetan? Der Ärmste ist ja ganz nackt. Und das in einem Modehaus … Ich werde ihm etwas zum Anziehen besorgen.«

Elsa sah belustigt zu, wie ihre Pressereferentin den hölzernen Gesellen mit zwei zusammengeknoteten Seidenschals umhüllte und ihm eine Pelzstola um die Schultern legte. Als Kopfbedeckung wählte sie einen schwarzen Pompadour-Beutel mit einem pinkfarbenen, aufgestickten Spinnennetz, den sie ihm verkehrt herum aufsetzte.

»Jetzt gefällt mir Pascal schon viel besser. Was meinst du?«

»Ich persönlich habe nichts gegen nackte Männer.« Ein Bild tauchte in Elsas Erinnerung auf, eines, das ihren Herzschlag schneller werden und sie lautlos seufzen ließ. »Dennoch hast du recht, Bettina. In einem Modehaus sollte ein Mann, selbst wenn er aus Holz ist, bekleidet sein. Aber warum nennst du ihn Pascal?«

»Weil ich meine, dass er wie Pascal aussieht.«

Einen Monat später erhielt Elsa einen Anruf von der jungen Inhaberin des Antiquitätengeschäftes. Die Witwe des verstorbenen Kunden hatte eine weitere Gelenkpuppe auf dem Dachboden gefunden. Noch am Nachmittag nahm sie die Figur in Augenschein und beschloss, dass Pascal eine Gefährtin bekommen sollte. Am nächsten Tag konnte sie Bettina eine Überraschung ankündigen:

»Stell dir vor, Pascal bekommt eine Pascaline. Jetzt können sie zu zweit die Passanten beobachten, die draußen vor dem Schaufenster stehen. Was sie sich wohl erzählen mögen, wenn sie bei Nacht in der Boutique allein sind?«

An manchen Tagen wäre Elsa am liebsten durch die Räume an der Place Vendôme getanzt. Sie konnte sich nicht erinnern, wann sie sich zuletzt derart lebendig gefühlt hatte. Grund für diese Euphorie war ein juristischer Berater namens Antoine, den sie seit zwei Monaten jeden Sonntag in seiner Privatwohnung besuchte. Dieser

Mann verwöhnte sie mit Komplimenten und mit Zärtlichkeiten. Was ihn noch anziehender machte, war die Aura des Rätselhaften, die ihn umgab. In seinen Armen fühlte sie sich als eine Frau, die begehrte und begehrt wurde. Er gab ihr das Gefühl, vollkommen zu sein. Ihr Berufsleben erfüllte sie, ihr Privatleben erfüllte sie – konnte sie sich noch mehr Glück wünschen?

»Stell dir vor, Mom, Charlotte und ich sind von einigen Jungen aus der Abschlussklasse des *Lycée de Lausanne* zum Ball eingeladen worden.«

Elsa wunderte sich. Bei den wöchentlichen Telefonaten wirkte Gogo oftmals mürrisch und war kurz angebunden, als empfinde sie die Gespräche mit ihrer Mutter nicht als Gedankenaustausch, sondern als lästige Pflicht. Diesmal klang die Tochter bestens gelaunt. Aber dass Gogo zu einem Ball gehen wollte? Dazu war sie doch noch viel zu jung, erst … siebzehn. Schon siebzehn? Nein, das konnte nicht möglich sein. Die Tochter war erst vor Kurzem eingeschult worden. Sie waren gemeinsam nach Lausanne gefahren und hatten Torquette, die heißgeliebte Stoffgiraffe, mitgenommen und ihr ein Himmelbett gekauft …

»Ich habe nichts Passendes zum Anziehen.« Gogo wurde tatsächlich erwachsen, stellte Elsa verblüfft fest, denn nur erwachsene Frauen besaßen nichts Passendes zum Anziehen. Weswegen sie sich Saison für Saison neue Kleidung anschafften – und dadurch die Haute Couture am Leben hielten.

»Soll das heißen, dass du dir etwas Neues kaufen möchtest?«

»Ich dachte, dass du mir eines von deinen Kleidern schickst. Hattest du nicht gesagt, dass du für deine Frühjahr-/Sommer-Kollektion etwas mit Schmetterlingen entworfen hast?«

Elsa konnte sich nur wundern. Ihre Tochter, die bisher alles abgelehnt hatte, was mit Mode zu tun hat, erinnerte sich plötzlich, dass sie für die aktuelle Kollektion Seidenkleider mit aufgedruckten Schmetterlingen entworfen hatte.

»Sicher, Darling, ich kann dir ein Kleid per Kurier schicken. Ich habe sogar ein ganz bestimmtes Modell vor Augen, mit schmalen Trägern und einem leicht schwingenden Rock in Wadenlänge …«

»Gut, schickst du mir das Kleid?«

»Natürlich, noch heute. Möchtest Du die Schmetterlinge in Blau oder in Pink haben?«

»Das ist mir egal, such irgendeins aus. Ab dem nächsten Jahr musst du mir nichts mehr schicken, dann bin ich ja wieder in Paris und kann mich direkt an deinem Kleiderschrank bedienen … Jetzt muss ich mich aber beeilen. Die Jungen aus der Abschlussklasse veranstalten heute ein Tennisturnier, und ich habe eine Karte für die Ehrentribüne geschenkt bekommen. *Bye,* Mom, bis bald.«

Kapitel 44

Ihrem Parfum *Shocking* wie auch den vorherigen Düften wollte Elsa eine eigene Bühne bereiten. Ihr schwebte etwas vor, das sowohl transparent als auch in sich abgeschlossen war, etwas, das die Boutique im Erdgeschoss nicht dominierte, sondern akzentuierte.

Zu ihrem allmonatlichen Nachmittagstreffen hatten die drei Freundinnen sich in einem Teesalon auf den Champs-Élysées verabredet, wo die Gäste von jungen Frauen in original japanischen Kimonos bedient wurden. Elsa erzählte von Antoines Vorliebe für Trüffelpralinés. Blanche und Gabrielle bekannten augenzwinkernd, dass sie für einen phantasievollen Liebhaber jederzeit auf ihre geliebten Schokoladentrüffel verzichten würden.

Zur Erheiterung der Gäste trug ein Graupapageienpaar bei, das in einem überdimensionalen Käfig mit exotischen Grünpflanzen hockte. Einer der Papageien knabberte an einem Stück Holz, der andere kletterte an einem Tau hoch und artikulierte sehr deutlich Worte, die ihm vermutlich ein früherer Besitzer beigebracht hatte.

»Rattenpack.«

»Alte Schreckschrauben.«

»Stinkende Faulpelze.«

»Aufhängen! Alle aufhängen!«

»Der ist nicht auf den Schnabel gefallen. Aber in einem gesitteten Haushalt hat dieser Vogel sicher nicht das Sprechen gelernt«, kicherte Blanche.

Amüsiert folgte Gabrielle Elsas Blick. »Du schaust so interessiert zu dem gefiederten Lästerer hinüber. Willst du etwa auch einen sprechenden Papagei haben, der deine Kundschaft begrüßt? Natürlich in einer geziemenden Ausdrucksweise. Nun, warum auch nicht … Pascal und Pascaline halte ich auf dem Gebiet für äußerst unbegabt.«

Elsa schüttelte den Kopf. »Einen Papagei werde ich mir bestimmt nicht in den Laden holen. Aber einen Käfig.«

Fortan diente unmittelbar hinter der Eingangstür zur Boutique ein großer vergoldeter Bambuskäfig als Parfumzimmer. Vom ersten Verkaufstag an war *Shocking* eine Sensation, auch wegen des außergewöhnlichen Flakons. Eine Schneiderbüste als Vorbild zu verwenden, hatte noch niemand gewagt, und der Name *Schiaparelli* sorgte einmal mehr für Schlagzeilen. Die Kundinnen strömten scharenweise in den Parfumkäfig, um die Alternative zu Mademoiselle Chanels N°5 auszuprobieren. Einige Damen tränkten ihren Unterrock mit dem Parfum, und Christian Bérard träufelte sich den Duft auf seinen Bart.

Bei ihrem nächsten Sonntagsbesuch überraschte Elsa den Geliebten mit einem Flakon *Shocking*. Damit konnte er seine Bettwäsche parfümieren und würde so das Gefühl haben, dass sie jede Nacht bei ihm war.

»Hier ist die Einladung des *Syndicat de la Couture* für die Weltfachausstellung, Madame Schiaparelli.« Sophie, die verlässliche Mitarbeiterin mit dem konventionellen Geschmack, wagte mittlerweile modische Experimente. An manchen Tagen trug sie eine Brosche in Bienenform oder auch einen Ring mit einer emaillierten Sonne. Sie legte den geöffneten Brief auf den Schreibtisch und deutete auf etwas, das sich auf der Kommode neben dem Fenster befand. »Was ist das?«

Elsa widmete sich dem eng beschriebenen zweiseitigen Schreiben, in dem den Teilnehmern der Modeausstellung die Regeln mitgeteilt wurden. Sie brauchte nicht aufzusehen, um zu wissen, was ihre Sekretärin meinte. »Eine Handtasche, Sophie. Gefällt sie Ihnen?«

»Offen gestanden, nein. Das ist doch bestimmt wieder eine dieser verrückten Ideen dieses verrückten Malers.«

»Bravo, Sophie, Sie haben einen scharfen Blick für surrealistische Kunst entwickelt. Unser Freund Dalí hat mir eine Zeichnung für diese Tasche als Wiedergutmachung geschickt, weil ich an einem Tag dreimal vergeblich versucht hatte, ihn am Telefon zu erreichen. Eine goldgestickte Wählscheibe auf einer schwarzen Samthandtasche – das ist doch eine hübsche Idee.«

»Mein Freund ist Monsieur Dalí ganz bestimmt nicht, aber zumindest hat er nicht wieder einen toten Hummer genommen. Das will ich ihm hoch anrechnen.«

»Und was ist mit dem Sofa? Hatten Sie nicht selbst zugegeben, wie komfortabel man darauf sitzt?«

Dalí hatte für seine »verehrte und seelenvolle Verbündete« zur Eröffnung des Parfumzimmers ein Sofa entworfen, das Elsa in den Werkstätten ihres Inneneinrichters Jean-Michel Frank anfertigen ließ. In *Shocking Pink* und in Form von Lippen. Den Lippen der Frau, die auch für den neuen Parfumflakon Modell gestanden hatte: Mae West.

Ergeben zuckte Sophie mit den Achseln. »Sie haben recht, Madame Schiaparelli, ich will nicht mit Lob geizen. Monsieur Dalí hat auch einige gute Seiten.«

Die *Exposition International des Arts et Techniques dans la Vie Moderne 1937*, so der offizielle Titel der Ausstellung, würde zu beiden Ufern der Seine zwischen der Place de la Concorde im Osten und der Île aux Cygnes im Westen stattfinden. In 190 völlig unterschiedlich gestalteten Pavillons, die die Länder der Welt repräsentierten, wurden Kunst und Technik im modernen Leben gezeigt. Elsa hatte sich bei Monsieur Jouvet, dem Obermeister der Couture-Innung, angemeldet, um sich ein Bild von der Ausstellungsfläche zu machen.

Der korpulente, glatzköpfige Mann mit dem Monokel führte sie durch den französischen Pavillon, in dem gehämmert, gesägt und oftmals auch kräftig geflucht wurde. Wenn nämlich ein Hammer auf einem Daumen landete oder eine Leiter im Weg stand. Unzählige Handwerker bauten Stellwände auf, montierten Lampen oder rollten Teppiche aus. Monsieur Jouvet blieb an einer Stelle stehen, die mit Seilen zu den Seiten hin abgetrennt war. Auf dem Boden lag ein Pappschild mit der Aufschrift *HC – VII*.

»Wir befinden uns hier in der Abteilung für Haute Couture, Madame Schiaparelli, und die Nummer sieben ist Ihre Ausstellungsfläche. Um ein harmonisches Gesamtbild zu erzeugen, haben wir moderne, einheitliche Schaufensterpuppen ausgewählt. Schließlich soll das jeweilige Kleidungsstück im Vordergrund stehen. Nichts soll vom Können des Couturiers ablenken.«

Auf seinen Fingerzeig hin brachte einer der Handwerker einen großen Karton. Monsieur Jouvet blickte Elsa mit erwartungsvoller Miene an. Dann beugte er sich vor und klappte betont umständlich und langsam den Deckel zur Seite. *»Voilà!«*

Elsa schlug sich die Hand vor den Mund, um nicht laut aufzuschreien. Hätte eine Leiche im Karton gelegen, wäre sie keinesfalls erschrockener gewesen. Sie blickte in ein wachsbleiches Gesicht mit offenem Mund und groben Gesichtszügen. Brauen, Augen und Haare waren in schwarzer Farbe aufgemalt. Diese Figur mit den wie ausgezehrt wirkenden Gliedmaßen hätte in ein Schreckenskabinett gehört, nicht aber in eine Couture-Ausstellung, die von Menschen aus aller Welt besucht würde.

»Beschaffen Sie mir eine andere Puppe, Monsieur Jouvet. Die hier ist für meine Kleider gänzlich ungeeignet.«

»Bedaure, Madame Schiaparelli, aber wir haben die Figur sehr sorgfältig ausgesucht, alle in der Innung waren davon begeistert. Jedem Couturier steht ausschließlich dieses Puppenmodell zur Verfügung. So sieht es unsere Satzung vor.«

Elsa rang um Luft. »Monsieur Jouvet, Sie wurden als Innungsvorsitzender der Haute Couture und nicht der Bäcker oder Korbmacher gewählt. Sicher ist Ihnen schon einmal zu Ohren gekommen, dass Mode etwas Individuelles ist. Daher muss sie auch individuell präsentiert werden. Stellen Sie die Puppe meinetwegen nackt wie eine Büßerin in die Ecke oder hängen Sie sie in einem Schandkäfig auf. Eine derartige Schreckgestalt ist für meine Kleider indiskutabel. Ich werde mein Maskottchen mitbringen, eine Holzfigur aus dem sechzehnten Jahrhundert.«

Der Innungsmeister zuckte mit dem Auge und ließ sein Monokel in die geöffnete Handfläche fallen. »Ausnahmen können wir nicht gestatten, Madame Schiaparelli. Auch für Sie nicht.« Monsieur Jouvet bedachte sie mit einem strafenden Blick, der sie noch mehr anstachelte, ihre Forderung zu verteidigen. Elsa wollte kämpfen. Um ihre Mode und um ihren Ruf.

»Ich will mit Ihrem Vorgesetzten sprechen.«

»Ich bin der Vorgesetzte. Über mir ist niemand mehr.«

I don't give a damn!, schrie sie ihn lautlos an und wünschte sich, sie wäre eine antike Rachegöttin und könnte den Ignoranten für die Dauer der Ausstellung auf eine ferne Insel verbannen.

»Und was willst du jetzt machen?« Bettina war ebenso entsetzt wie Elsa, als sie von den Auflagen der Messeleitung erfuhr. »Der Puppe einen Schleier über das Gesicht ziehen und den Körper unter einem voluminösen Mantel verstecken? Dazu noch Stiefel, Handschuhe und einen breitkrempigen Hut … Dann wäre die Vogelscheuche komplett, und du hättest jede Menge Schlagzeilen.«

Unwillkürlich musste Elsa über Bettinas nicht sonderlich ernst gemeinten Vorschlag lachen. Doch ihr ging es nicht um Schlagzeilen, sondern um die Meinungs- und Kunstfreiheit. Und die wollte sie sich nicht nehmen lassen. Von niemandem!

Dennoch fügte sie sich den Anweisungen der Innung und bekleidete ihre Puppe mit einem Tagesensemble aus Seidengeorgette. Über das pinkfarbene Kostüm mit goldener Stickerei drapierte Elsa einen schwarzen Samtmantel, hängte der Puppe eine Telefontasche über den Arm und setzte ihr einen Hut in Form eines zerknautschen Zylinders auf den Kopf.

Am Abend vor der Eröffnung, als einige wenige Handwerker zum letzten Mal die Beleuchtung und die Befestigung der Teppichkanten prüften, eilte Elsa zielstrebig durch den französischen Pavillon zu ihrem Stand. Man erkannte sie und grüßte sie freundlich. Niemand störte sich daran, dass sie in Begleitung eines hochgewachsenen Mannes kam, der eine Schubkarre mit Jutesäcken vor sich herschob.

Leonardo wusste, was er zu tun hatte. Er zog eine Wäscheleine aus der Manteltasche und spannte sie zwischen zwei Stellwände.

Dank seiner Körpergröße benötigte er dazu keine Leiter. Dann nahm er einen Sack mit Torf von der Schubkarre und verteilte den Humus auf dem Boden.

In der Zwischenzeit hatte Elsa die Puppe entkleidet. Sie legte die Figur nackt, wie sie aus der Fabrik gekommen war, auf den Torf und griff in den zweiten Sack. Zusammen mit dem Freund verteilte sie pinkfarbene Rosen und Ranunkeln auf dem wachsbleichen Körper.

Leonardo trat einige Schritte zurück und betrachtete mit zusammengekniffenen Augen ihr gemeinsames Kunstwerk. »Hast du auch an die Wäscheklammern gedacht, Schiap?«

»Selbstverständlich. Hier, du darfst halten.« Sie drückte dem Freund ihre geöffnete Tasche in die Hand und befestigte, wie nach dem Waschtag einer eleganten Frau, die gesamte Kleidung auf der Leine, sogar Höschen, Büstenhalter, Strümpfe und Schuhe.

»Wie lautet das Urteil, Euer Ehren?«, fragte Elsa bewusst theatralisch und klemmte rasch ein noch fehlendes Strumpfband fest.

Leonardo ging auf ihren Tonfall ein. »Ich spreche die Angeklagte frei vom Vorwurf der Ordnungswidrigkeit. Der von offizieller Seite bereitgestellte, einheitliche Typus der Schaufensterpuppe wurde pflichtgemäß in die Ausstellungsfläche integriert. Auch den übrigen Anordnungen des *Syndicats* wurde in untadeliger Weise Folge geleistet.«

Am nächsten Tag erschien Elsa zur Mittagszeit am französischen Pavillon. Um nicht erkannt zu werden, hatte sie sich eine blonde Perücke und eine kreisrunde Brille aufgesetzt. Vor dem Eingang hatte sich eine Menschenschlange gebildet. Von den Umstehenden schnappte sie einzelne Gesprächsfetzten auf.

»Alle wollen die nackte Puppe mit den Blumen sehen.«

»Die Polizei musste den Stand absichern, so viel Gedränge herrscht dort.«

»Ein Büstenhalter auf der Wäscheleine ... skandalös!«

»So etwas darf man keinesfalls die Kinder sehen lassen.«

Elsa war mit sich zufrieden. Sie hatte die Anweisungen der Innung erfüllt – auf ihre Weise. Ausgerechnet damit würde sie doch wieder Schlagzeilen bekommen.

Sie wandte sich um und ging hinüber zum spanischen Pavillon. Pablo Picasso hatte ihr von einem Auftrag erzählt, den ihm die spanische Regierung erteilt hatte. Auf einer Fläche von fast dreißig Quadratmetern hatte er ein Wandbild geschaffen, das die Zerstörung der baskischen Stadt Guernica zeigte. Was Elsa besonders empörte, war, dass bei dem Luftangriff ein Jahr zuvor nicht nur deutsche, sondern auch italienische Soldaten beteiligt gewesen waren. Ihre eigenen Landsleute hatten in der Heimat eines ihrer Freunde eine gesamte Stadt zerstört, hatten Hunderte Unschuldiger umgebracht, und dafür schämte sie sich zutiefst.

Lange blieb sie vor dem Bild stehen, fühlte Zorn und Ohnmacht angesichts der Vernichtungswut eines einzelnen Herrschers und des Leids, das unschuldigen Menschen angetan wurde – wie es auch in Zukunft immer wieder geschehen würde. Weil diese Demagogen nicht willens waren, aus den Fehlern der Geschichte zu lernen und ihren Nächsten so zu lieben wie sich selbst. Sie bewunderte Picasso für die Kraft und Intensität, mit der er diese flammende Anklage gegen Wut, Hass und Zerstörung geschaffen hatte. Sie konnte nur hoffen, dass der Appell des Malers und Mahners gehört wurde – und inständig dafür beten, dass in diesem Jahrhundert die ganze Welt nicht ein zweites Mal in einen Krieg geriete.

Kapitel 45

Elsa drehte sich auf die Seite und legte ihren Kopf auf die glatte, warme Männerbrust. Sie fühlte sich matt und energiegeladen zugleich und spürte den Herzschlag unter ihrer Wange. »So könnte ich ewig liegenbleiben.«

Antoine streichelte ihr Haar und zupfte zart an einer Strähne. »Das glaube ich dir nicht. Du würdest irgendwann unruhig werden und dein Skizzenheft hervorholen. Was geht dir gerade durch den Kopf, planst du den nächsten Skandal?« Seine Frage klang liebevoll und ohne jeden Vorwurf.

»Antoine, wie kannst du so etwas fragen? Ich bin die Harmlosigkeit in Person. Seit meiner Kindheit. Daran hat sich bis heute nichts geändert. Manchmal allerdings werde ich – missverstanden.«

»Wolltest du mir nicht die Geschichte mit der Beichte erzählen? Ich bin ziemlich neugierig und möchte von allen deinen Sünden wissen.« Antoine legte den Arm um ihre Schulter und zog sie fester zu sich heran.

»Wollte ich das?« Elsa tat, als müsse sie nachdenken. Sie liebte die Selbstverständlichkeit und die Hingabe, mit der Antoine und sie die Sonntagnachmittage verbrachten. Sie war die Besucherin, konnte kommen und gehen, wann sie wollte, war frei zu entscheiden, was und wie viel sie geben wollte. Keiner von ihnen stellte an den anderen Forderungen. Einig waren sie sich, dass ihre Zusammenkünfte unter dem Mantel der Verschwiegenheit stattfinden würden.

Elsa war eine Person öffentlichen Interesses. Man beobachtete sie und berichtete über sie. Doch sie wollte ihr Privatleben für sich behalten, nutzte Perücken, Sonnenbrillen und Hüte, um etwaige Verfolger abzuschütteln. Niemanden ging etwas an, was die Couturière Elsa Schiaparelli sagte, dachte und tat, nachdem sie ihre Geschäftsräume an der Place Vendôme verlassen hatte. Aber gerade diese Vorsicht, dieses Heimliche, Verborgene machte ihre gemeinsamen Stunden umso aufregender. Und auch die Art, wie Antoine ihr mit gespannter Aufmerksamkeit zuhörte und keinen noch so skurrilen Einfall ausreden wollte. Vielmehr konnte sie in seinen Worten immer den Klang von Wertschätzung und Respekt hören.

Sie tippte Antoine mit dem Finger auf die Nasenspitze. »Was wolltest du wissen? Ach ja, die Geschichte mit der Beichte. Also, ich war ungefähr acht Jahr alt. Unser Religionslehrer, Padre Gregorius, hatte uns Schülerinnen gelehrt, dass kleine Sünden leichter vergeben werden als große. Je größer die Sünde war, desto mehr musste Gott vergeben, so erklärte er. Also dachte ich, ich sollte von vornherein eine große Sünde beichten. Mit diesem Bekenntnis hoffte ich die größtmögliche Vergebung zu erhalten.«

»Und was hast du gebeichtet?«

»Daran erinnere ich mich genau, meine Worte waren: Ich habe Unzucht begangen, Hochwürden.«

Antoine lachte laut auf, sein Brustkorb vibrierte. »Hast du überhaupt gewusst, was du da gesagt hast?«

Elsa richtete sich auf und blickte mit gespielter Strenge auf den Geliebten. »Selbstverständlich nicht! Ich war doch erst acht. Irgendwo hatte ich aufgeschnappt, dass Unzucht treiben eine ziemlich große Sünde ist.«

Antoine konnte nicht aufhören zu lachen. Er griff nach ihrer Hand und presste seine Lippen auf den Handrücken. »Eine großartige und verrückte Geschichte … Was haben deine Eltern dazu gesagt? Ich vermute, der Beichtvater hat sie umgehend informiert.«

»Ja, das hat er. Offen gestanden waren sie nicht amüsiert. Der Vorfall sprach sich bald im ganzen Viertel herum, und ich hatte meinen ersten Skandal.«

»Und du sagtest vorhin, du seiest die Harmlosigkeit in Person.«

»Das bin ich auch«, rechtfertigte sich Elsa. »Aber schon damals wurde ich – missverstanden.«

Antoine vergrub sein Gesicht in ihrem Haar und küsste ihren Nacken. »Habe ich dir schon verraten, dass ich eine Vorliebe für skandalöse Frauen habe, *mon amour*? Doch halt, ich übertreibe, meine Vorliebe gilt nur einer einzigen – nämlich dir.«

Kapitel 46

»Vergessen Sie nicht den Geburtstag von Madame Dalí am nächsten Donnerstag, Madame Schiaparelli«, erinnerte Sophie. »Ich bin gespannt, mit welcher bizarren Idee der Meister Sie diesmal anstecken wird.«

»Drauf sind Sie tatsächlich gespannt?«, fragte Elsa und tat überrascht.

Sophie klappte das Terminbuch zu und dachte kurz nach, dann musste sie unwillkürlich lachen. »Offen gestanden, nein.« Sie hatte sich von Bettina überreden lassen, ihr grau gewordenes Haar färben zu lassen. Nun trug sie wieder ihren ursprünglichen Kupferton und sah damit attraktiv und verjüngt aus. Wie schade, dass diese geradlinige und liebenswerte Person kein zweites Mal geheiratet hatte, dachte Elsa manches Mal. Sophie hatte in der Ehe mit ihrem verstorbenen Mann so viel Glück erlebt, dass dieses für den Rest ihres Lebens ausreichte, so ihre Begründung. Was Elsa zugleich freute, denn so musste sie nicht auf die beste Sekretärin von allen verzichten.

Das vielsprachige Stimmengewirr im Atelier war bis auf die Straße zu hören. Gala Dalí hatte zu ihrer Geburtstagsfeier ausschließlich Frauen eingeladen, Schulfreundinnen aus Russland, Freundinnen aus der Schweiz, wo sie eine Weile gelebt hatte, und Französinnen, deren Bekanntschaft sie in ihren zurückliegenden Pariser Jahren gemacht hatte. Ihr Mann Salvador trug einen nachtblauen Kimono, dazu eine hohe, goldfarbene Kochmütze. Er hatte sich zur Aufgabe gemacht, den Damen nachzuschenken, sobald diese auch nur einen Schluck aus ihrem Glas genommen hatten. Und so war er fortwährend in Bewegung, tänzelnd, sich um die eigene Achse drehend, in jeder Hand eine Flasche.

Elsa zog es zu den Gemälden, die sich im hinteren Teil des Ateliers befanden, abgetrennt durch ein Seil, das mit einer meterlangen Blumengirlande aus frischen Margeriten umwickelt war. Sie sah springende Tiger, fliegende Pferde, zerfließende Uhren, Spiegeleier, zerbrochene Telefonhörer, Schubladenmenschen und eine brennende Giraffe. Ein Potpourri aus Träumen, Alpträumen und Illusionen. Zeugnisse eines phantasiebegabten Geistes und außergewöhnlichen Malers.

Verführerische Gerüche durchzogen das Atelier. Ein Koch hatte auf Wunsch der Gastgeberin Gerichte aus deren russischer Heimat zubereitet. Borschtsch, Filet Stroganoff, gefüllte Teigtaschen, Pfannkuchen mit Lachs und Kaviar, Käsefladen und Eis, das mit brennenden Wunderkerzen dekoriert auf das Buffet gebracht wurde.

Das Erscheinen einer weiteren Gästin ließ die Feiernden kurz innehalten. Gala eilte auf die schmale, distinguierte Person in Schwarz zu und begrüßte sie herzlich.

»Willkommen, Coco. Sie haben soeben das Beste verpasst: Eis in Flammen … Salvador ist heute unser Sommelier, aber er hat sicher auch ein Glas Wasser für Sie.«

Sofort war der Hausherr mit einem Henkelglas in Form eines Totenkopfes zur Stelle. *»¡Salud!«*

Gala klatschte in die Hände. »*Chères amies*, wer Mademoiselle Coco Chanel noch nicht kennt, hat heute die Gelegenheit, sie kennenzulernen. Kommen Sie alle ans Buffet, essen Sie, trinken Sie und amüsieren Sie sich.«

Elsa, die nie eine Gelegenheit ausließ, ungewohnte Geschmacksnuancen zu probieren, kostete von allem etwas und vom Eis etwas mehr. Die Eingeladenen waren allesamt vielseitig interessierte und begabte Frauen. Sie diskutierte mit einer russischen Konzertpianistin über Beethovens Klaviersonate *Appassionata*, die ihr Freund Leonardo zu besonderen Anlässen aufspielte, stieß mit einer Zuckerbäckerin aus Versailles an und erörterte mit einer Zürcher Buchhändlerin, ob der schweizerische Freiheitskämpfer Wilhelm Tell eine historische Figur oder eine Sagengestalt wäre.

»Ist es nicht erstaunlich, mit welch nutzlosen Gesprächsthemen manche Menschen ihre Zeit vergeuden?«, hörte Elsa plötzlich neben sich eine Stimme. Sie wandte sich zur Seite und setzte ein strahlendes Lächeln auf.

»Wie schön, Sie zu treffen, Mademoiselle. Leider kann ich Ihre Frage nicht beantworten. Ich habe den ganzen Abend noch kein einziges nutzloses Gesprächsthema vernommen. So viele geistreiche Frauen mit so vielen bemerkenswerten Ansichten machen dieses Beisammensein zu etwas Außergewöhnlichem. Stimmen Sie mir zu?«

Mademoiselle Chanel verzog den Mund, als hätte sie auf ein Stück Zitrone gebissen, und entschwand Richtung Küche. Gala versammelte ihre Gratulantinnen um einen nierenförmigen Tisch, der von der Decke des Ateliers heruntergelassen wurde. Ihre Augen glänzten, ihre Stimme wurde feierlich: »Sie, *chères amies*, sind die Ersten, die erfahren sollen, zu welchen transzendentalen Operationen mein geliebter Gatte mich angespornt hat. Hier zeige ich Ihnen meine neuesten Lichtbildnisse.«

Sie breitete die Fotografien auf dem Tisch aus, die alle ein und dasselbe Motiv zeigten: ihren Ehemann. Mit übereinandergeschlagenen Beinen saß dieser in einem Sessel, richtete seinen starren Blick direkt in die Kamera, dann zeigte er sich im Profil mal von rechts, mal von links. Er trug einen dunklen Anzug und auf dem Kopf – einen Damenschuh. Einen spitzen, hochhackigen Damenschuh.

Die Stimmung wurde immer ausgelassener, und so endete die Feier weit nach Mitternacht. An diesem Abend hatte Elsa nicht nur außergewöhnliche Frauenpersönlichkeiten kennengelernt, sie hatte auch eine Anregung für ein Projekt erhalten, die sie dem Gastgeberehepaar verdankte. Und nun konnte sie kaum erwarten, ihren Plan stoffgewordene Realität werden zu lassen.

Als Elsa am nächsten Morgen in ihr Arbeitszimmer kam, hatte sie bereits mehrere neue Entwurfszeichnungen dabei. Sie musste umgehend mit Esther, ihrer erfahrensten Modistin sprechen.

»Können Sie eine solche Hutform modellieren? Die Schuhspitze soll weit nach vorn über die Nase hinausragen, und die Spitze des Absatzes soll sich ungefähr oberhalb der Stirn befinden.«

Esther, eine grauhaarige Schönheit mit feinen Gesichtszügen und zupackenden Händen, warf einen anerkennenden Blick auf die Skizzen. »Was für eine originelle Idee, Madame Schiaparelli. Es macht uns allen große Freude, für Sie Hüte zu gestalten. Ihre Entwürfe sind immer so … besonders. Geben Sie mir zwei Tage Zeit, dann habe ich die gewünschte Holzform fertig und wir können den Hutstumpen darauf aufziehen.«

»Wunderbar, Esther. Ich stelle mir folgende Varianten vor.

Eine ganz puristische aus schwarzem Haarfilz. Eine weitere mit farbiger Laufsohle, natürlich in *Shocking Pink,* und die dritte mit schwarzem Kopfteil, schwarzer Laufsohle und pinkfarbenem Absatz.«

Die Modistin war sofort Feuer und Flamme. »Am liebsten würde ich schon jetzt den fertigen Hut in den Händen halten … Ich schlage vor, die pinkfarbenen Teile in Samt anzufertigen. Unterschiedliche Materialien erzeugen eine zusätzliche Spannung.«

Insgeheim musste Elsa sich loben, dass sie diese einfühlsame Modistin als erste Hutmacherin in der Rue de La Paix eingestellt hatte. Esther hatte ihren Mann gegen Kriegsende auf den Schlachtfeldern von Verdun verloren und zehn Jahre später den einzigen Sohn bei einem Flugzeugabsturz in Südfrankreich. Die einst so schweigsame Frau ohne Ausbildung und ohne Lebensmut war im Couture-Haus aufgeblüht und zu einer unentbehrlichen Mitarbeiterin geworden. Ebenso wie sie selbst hatte Esther das Wort *unmöglich* aus ihrem Wortschatz gestrichen.

Wie immer versorgte Sophie ihre Chefin mit den neuesten Klatschgeschichten über Coco Chanel, die Chefin ihrer Patentochter. »Stellen Sie sich vor, Ninette erzählt, dass Mademoiselle in letzter Zeit besonders oft schlechte Laune hat und die vor allem an den ganz jungen Verkäuferinnen auslässt. Es gibt Tage, an denen kann man ihr nichts recht machen. Sie hat gefordert, dass die Seiten in den Modezeitschriften, auf denen der Name Schiaparelli auftaucht, herausgetrennt werden müssen, bevor die Sekretärin sie ihr auf den Schreibtisch legt.«

Warum nur reagierte diese Frau so verbissen?, fragte sich Elsa. Wollte oder musste sie fortwährend sich und anderen ihre Einzigartigkeit beweisen? Dabei hatte Mademoiselle Chanel doch allen Grund, stolz zu sein. Das einstige Waisenmädchen war mit viel Ehrgeiz und Disziplin zu einer weltweit anerkannten Couturière aufgestiegen, sie pflegte Kontakte bis in die allerhöchsten Regierungskreise. Überdies verdiente sie ein Vermögen. Ihre Lebensleistung nötigte Elsa Respekt ab. Sie selbst konnte mit Neid und Missgunst nur schwer umgehen, derartige Gefühle waren ihr fremd. Elsa, »die Künstlerin, die auch Mode machte«, wie Mademoiselle Chanel so treffend formuliert hatte, wollte der sieben Jahre Älteren keinesfalls Konkurrenz machen. Sie entwarf Mode, weil ihr die Arbeit Spaß machte und sie mit ihrer Freude auch andere anstecken wollte.

Bettina kam fröhlich vor sich hin summend ins Büro. Niemals hatte sie schlechte Laune, nie war sie ungeduldig oder gereizt. Sie trug einen weißen Leinenpullover, eine weiße Hose, silberne Sandaletten und – einen Schuhhut. »Ich habe Esther gebeten, exklusiv für mich ein Sondermodell in *Shocking Pink* und mit schwarzer Laufsohle anzufertigen. Wie gefalle ich euch?«

Mit offenem Mund starrte Sophie die Kollegin an. Bettina trat auf die Sprachlose zu und legte ihr belustigt die Hand auf die Schulter. »Sophie, wo bleibt Ihre Begeisterung? Was ich auf dem Kopf trage, ist ein Hut. Ich bin überzeugt, er wird das neue Markenzeichen der *Maison Schiaparelli*. Oder sind Sie etwa anderer Meinung?«

Resigniert schüttelte Sophie den Kopf. »Diesem Phantasten ist wirklich nichts verrückt genug.«

»In dem Fall muss ich unseren Freund Dalí in Schutz nehmen«, schaltete Elsa sich ein. »Es war Gala, die ihren Mann mit einem Damenschuh fotografiert hat. Ihr verdanke ich die Anregung.«

»Hat der Wirrkopf jetzt also auch noch die eigene Ehefrau infiziert«, seufzte Sophie mitfühlend.

»Inspiriert, meine Liebe«, korrigierte Elsa die beste Sekretärin von allen und zwinkerte ihr zu.

Kapitel 47

Elsa konnte kaum glauben, dass Gogos Schulzeit mit einem Mal zu Ende war. Ende Juni, kurz nach ihrem achtzehnten Geburtstag, fand die Abschlussfeier in der blumengeschmückten Aula der *École de filles de Lausanne* statt. Elsa saß neben Danielle und Victor Sardou, den Eltern von Gogos langjähriger Freundin Charlotte. Das Schulorchester spielte Bach und Beethoven, die Theatergruppe führte die Geschichte von Wilhelm Tell auf, der Schulleiter hielt eine lange Rede … und als die Schülerinnen der Reihe nach aufgerufen wurden, um ihre Matura-Zeugnisse entgegenzunehmen, konnte Elsa die Tränen nicht mehr zurückhalten. Es waren Tränen des Glücks und der Dankbarkeit. Von Gogos Krankheit war nur ein leichtes, kaum merkliches Hinken übriggeblieben. Sie war Klassenbeste geworden und hatte sich zu einer Schönheit entwickelt, der die jungen Männer in Paris demnächst hinterherpfeifen würden.

Den beiden Freundinnen Gogo und Charlotte fiel der Abschied schwer. Seit ihrem dritten Lebensjahr waren sie unzertrennlich, sie hatten gemeinsam die Schulbank gedrückt, miteinander gespielt, gelacht und geweint. Sie versprachen, sich regelmäßig zu schreiben, zu telefonieren und im nächsten Sommer zuerst einige Tage bei Charlottes Patentante in London zu verbringen und danach zu Gogos Verwandten nach Rom zu reisen. Beide wollten sich einen Fotoapparat zulegen, um sich gegenseitig Schnappschüsse aus ihrem Alltagsleben zu schicken.

Auch Elsa verspürte Wehmut, als sie dem Ehepaar Sardou Lebewohl sagte. »Ich weiß gar nicht, wie ich Ihnen dafür danken soll, dass Sie immer für Gogo da waren. Ohne Ihre Unterstützung hätte ich meine Tochter damals nicht ruhigen Gewissens allein nach Lausanne schicken können. Kommen Sie uns bald in Paris besuchen, Sie sind uns jederzeit willkommen.«

Charlotte begleitete sie zum Bahnhof, wo die Mädchen unter Tränen voneinander Abschied nahmen. Als der durchdringende Pfiff des Schaffners die Abfahrt ankündigte, kletterte Gogo ins Abteil und öffnete das Fenster.

»Ich vermisse dich schon jetzt«, schluchzte sie und zog ein zerknülltes Taschentuch aus der Manteltasche.

»Ich dich auch. Schick mir ein Telegramm, wenn du …«

Das Pfeifen der Dampflokomotive übertönte Charlottes Worte. Langsam setzte der Zug sich in Bewegung. Auch Elsa lehnte sich aus dem Fenster und winkte so lange, bis die zierliche Person auf dem Bahnsteig nicht mehr zu sehen war.

Innerlich aufgewühlt sank Elsa in das weiche Polster. Sowohl Gogo als auch sie waren an einem Wendepunkt in ihrem Leben angekommen. Für Gogo war die Kindheit zu Ende gegangen, ab jetzt würde sie erwachsen werden. Würde ihr eigenes Leben gestalten, immer unabhängiger werden und irgendwann den ersten Heiratsantrag erhalten.

Und dann waren sie wieder da, all die Fragen, die sie sich in den vergangenen Jahren oftmals gestellt und auf die sie nie eine Antwort gefunden hatte. War es wirklich richtig gewesen, Gogo in jungen Jahren allein fortgehen zu lassen, auch wenn eine medizinische Behandlung der Grund für diese Trennung gewesen war? Hätte sie auf ihre eigene Entwicklung und ihren Erfolg als Couturière verzichten und einen anderen Weg gehen sollen, um der Tochter, die ohne Vater aufwachsen musste, näher zu sein? Würde Gogo ihr eines Tages vorwerfen, sie abgeschoben zu haben, um ein selbstsüchtiges, kapriziöses Leben zu führen?

Sie wusste es nicht und konnte nur hoffen, dass Gogo in ihr immer die liebende, verlässliche Mutter sehen würde. Ihr fiel ein Zitat des dänischen Philosophen und Theologen Søren Kierkegaard ein: »Verstehen kann man das Leben nur rückwärts, doch leben muss man es vorwärts.« Nun war Elsa gespannt auf das ungewohnte, neue Zusammenleben von Mutter und Tochter unter einem Dach.

Kapitel 48

In einem Warenhauskatalog entdeckte Gogo zuerst ein Himmelbett mit geschnitzten Löwenfüßen und dann einen mehrtürigen Kleiderschrank mit Spiegeln an der Innenseite. Für die bodentiefen Fenster ihres Zimmers, das zur Gartenseite hin lag, wählte sie duftige Vorhänge mit Blumenmuster. Die Wände wurden dekoriert mit unzähligen gerahmten Fotos. Häufigstes Motiv waren Gogo und ihre Freundin Charlotte beim Segeln, Wandern, Schwimmen oder wenn sie sich gegenseitig frisierten.

Elsa war über den Geschmack der Tochter verwundert. Die Einrichtung geriet gänzlich unspektakulär, ohne irgendeine Überraschung oder Provokation. Aber Gogo war in einem konservativen Internat aufgewachsen, fern von Paris und nahezu ohne mütterlichen Einfluss. Also wollte sie der Tochter bei der Einrichtung der eigenen vier Wände freie Hand lassen und sich mit jeglichem Kommentar zurückhalten.

Besonders stolz war Gogo auf einen Polydor-Plattenspieler. Mindestens einmal in der Woche besuchte sie den Musikalienhandel von Leonardo, der für sie die neuesten Schallplatten mit Country Music bestellte. Seitdem sie bei einem Konzert des *Lycée de Lausanne* zum ersten Mal Western Swing gehört hatte, konnte sie von dieser rhythmischen, lebensfrohen Musik gar nicht genug bekommen.

Das Zusammenleben mit der fast erwachsenen Tochter erforderte Geduld und Einfühlungsvermögen. Ein gemeinsames Frühstück, wie Elsa es sich vorgestellt hatte, fand während der Woche nur selten statt. Meist schlief Gogo noch, wenn sie aus dem Haus ging, und sie ließ die Tochter gewähren.

»Die Regeln im Internat waren so streng … morgens mussten wir auf die Minute pünktlich aufstehen und abends pünktlich im Bett sein. Immer nur gab es Vorschriften und Strafen. Ich habe oft davon geträumt, einmal so lange auszuschlafen, bis ich von selbst aufwache«, hatte sie der Mutter erklärt.

Nachmittags oder abends traf Gogo sich häufig mit Blanches Tochter Lora, die drei Jahre älter und somit volljährig war. Die Mädchen waren Spielkameradinnen gewesen, als sie klein waren, dann aber hatten sich ihre Wege getrennt und sie hatten sich aus den Augen verloren. Lora studierte an der Sorbonne Philosophie. Elsa war es nur recht, wenn Gogo mit einer älteren und besonnenen Freundin unterwegs war. Lora kannte das Leben in der Großstadt von klein auf und wusste auch um die Gefahren.

Gogo hatte versprechen müssen, nach einem Theaterbesuch oder einer Tanzveranstaltung mit dem Taxi nach Hause zu fahren. Trotzdem fand Elsa erst dann Schlaf, wenn sie die Haustür zuschlagen hörte und wusste, dass Gogo nach Hause gekommen war. Diese angespannte Wachsamkeit war für sie ein völlig neues Gefühl.

Der Sonntag war der einzige Tag in der Woche, an dem auch Elsa ausschlief. Dann saß sie im Morgenmantel bei einem italienisch-französisch-amerikanischen Frühstück mit einer Kanne starken Caffès, einem Croissant mit Kirschkonfitüre und Pancakes. Gogo strich sich die Konfitüre auf den kleinen Pfannkuchen und trank eine große Tasse Milchkaffee. Ihre Vorliebe für dieses Getränk hatte sie erst kürzlich entdeckt, im Internat gab es ausschließlich Kräutertees.

Behutsam erkundigte sich Elsa nach den Zukunftsplänen der Tochter. »Hast du dir schon einmal überlegt, was du demnächst tun möchtest? Vielleicht willst du studieren oder lieber eine Ausbildung beginnen. Du weißt, dass du im Couture-Haus jederzeit alles austesten könntest ...«

Gogo rollte mit den Augen. »Ja, ja, du und dein Geschäft. Aber Mode bedeutet nicht alles im Leben, Mom. Erst einmal will ich herausfinden, was mir Spaß macht. Ich muss in Ruhe darüber nachdenken.«

Elsa zeigte sich verständnisvoll und nickte. Als sie in Gogos Alter war, wusste sie lediglich, dass sie niemals Wäscherin, Handarbeitslehrerin oder Nonne werden wollte. »Was möchte Charlotte denn einmal machen?«

»Darüber will sie erst nachdenken.«

»Ihr beiden seid euch wieder einmal einig«, lachte Elsa und fragte sich, wie Gogo die so viel hübschere Ausgabe ihrer selbst hatte werden können. Mit weichen, gleichmäßigen Gesichtszügen, welligem Haar und feingliedrigen Händen, die jeden Ring und jedes Armband noch mehr veredelten.

»Ich treffe mich nachher mit einer Freundin«, erwähnte Elsa so beiläufig wie möglich und hoffte, dass ihre Stimme sie nicht verriete. Wie immer am Sonntag würde sie sich heimlich mit Antoine treffen und seine Verführungskünste herausfordern. Sein Liebesgeflüster wärmte ihr Herz, in seinen Armen empfand sie Geborgenheit. Dass ihre achtundvierzigjährige Mutter einen Liebhaber hatte, brauchte Gogo nicht zu wissen. Dazu war sie noch viel zu jung und zu arglos. Eigentlich brauchte sie es auch nie zu erfahren.

»Wahrscheinlich bin ich schon unterwegs, wenn du zurückkommst. Loras Philosophieklasse hat heute Semesterabschlussfeier. Darf ich mir ein Kleid von dir ausleihen, wenn ich bei mir nichts Passendes finde? Wir haben doch dieselbe Kleidergröße.«

»Aber sicher. Woran hast du denn gedacht?«

»Ich habe noch an gar nichts gedacht, ich suche mir irgendetwas heraus. Danke, Mom.«

Erst als der Taxifahrer sie an der Place de la Madeleine abgesetzt hatte und schon weitergefahren war, fiel Elsa ein, dass Antoine am Tag zuvor umgezogen war. In die Wohnung eines Freundes, der Klarinettist war und mit seinem Orchester zu einer Konzerttournee durch Nord- und Südamerika aufgebrochen war. Antoines Cousin hatte seinen Forschungsauftrag in Griechenland beendet und war nach Paris zurückgekehrt. Zusammen mit seiner frisch angetrauten Ehefrau, einer britischen Fotografin.

Elsa ging zu Fuß Richtung Boulevard Haussmann, getarnt mit einem grauen Schal, den sie um Kopf und Hals geschlungen hatte. Für ihre Besuche bei Antoine wählte sie immer wechselnde Kopfbedeckungen und weite, dunkle Kleidung ohne jeglichen Zierrat. So wirkte sie ausdruckslos und bieder, niemandem würde eine solche Frau auffallen.

Unterwegs entdeckte sie eine Buchhandlung, die sich auf ausländische Bücher spezialisiert hatte. Hier wollte sie demnächst einmal stöbern und nach englischsprachiger Lektüre für Gogo suchen. Schließlich war ihre Tochter in Amerika geboren und sollte mit der Literatur dieses Landes vertraut sein. Nach wenigen Minuten Fußweg erreichte Elsa die Rue de Castellane, eine ruhige Nebenstraße mit mehreren kleinen Geschäften und einer Wäscherei, vor deren Eingang ein zotteliger schwarzer Hund lag. Er blinzelte Elsa kurz an, zuckte kaum merklich mit der Schwanzspitze, dann döste er weiter.

Sie wurde bereits sehnsüchtig erwartet, wie Antoine sie unmissverständlich fühlen ließ. Jedes Mal war sie aufs Neue erstaunt über das tiefe Verständnis, das zwischen ihnen herrschte. Mit und auch ohne Worte. Sie brachten sich gegenseitig zum Lachen, hatten oftmals zur selben Zeit denselben Gedanken und wussten, dass die gemeinsamen Stunden rar und daher umso wertvoller waren.

Elsa hatte es sich auf einem grünen Samtsofa bequem gemacht, das, wie die gesamte Einrichtung, für ihren Geschmack zu groß, zu schwer und zu dunkel war. »Macht es dir nichts aus, wieder in einer fremden Wohnung zu leben, Antoine? Hättest du nicht lieber eine eigene?«

»Keinesfalls, Elsa, es hat durchaus seinen Reiz, wenn sich das häusliche Ambiente von Zeit zu Zeit ändert. Solange du mir unverändert gewogen bleibst und wir uns weiterhin sehen können, *mon amour* …« Er rückte seinen Sessel ganz dicht heran, nahm ihre Hand und küsste sacht die Fingerspitzen. »Was hast du deiner Tochter eigentlich erzählt, wie du den Nachmittag verbringen wirst.«

»Ich habe gesagt, ich würde mich mit einer Freundin treffen.«

Antoine zog eine Braue in die Höhe. »Du scheust doch sonst keinen Konflikt. Warum bist du ausgerechnet bei deiner Tochter übervorsichtig?«

Diese Frage hatte Elsa sich auch schon gestellt, doch sie hatte nur die eine Erklärung gefunden. »Ich mag zwar eine Couturière sein, die die Provokation liebt und gern Tabus bricht, aber als Mutter bin ich durch und durch konservativ. Irgendetwas steckt tief in mir drin, das möglicherweise mit meiner Herkunft zu tun hat. Ich will, dass Gogo ein anständiger Mensch wird, und dazu braucht sie als Vorbild eine Mutter mit moralischen Tugenden. Seit ihrem sechsten Lebensjahr habe ich wenig zur Erziehung meiner Tochter beigetragen, diese Aufgabe haben Lehrer in der Schweiz übernommen. Vielleicht kann ich jetzt ein klein wenig nachholen.«

Kapitel 49

Sofern Gogo nicht mit Lora auf ein Studentenfest oder in einen Tanzclub in Saint-Germain-des-Prés ging und auch Elsa zu keinem Empfang eingeladen war, nahmen Mutter und Tochter das Abendessen gemeinsam ein. Zu Elsas Erstaunen hatte Gogo ihre erste *Minestrone* zubereitet und wartete nun gespannt auf ihr Urteil.

»Wunderbar, die Suppe schmeckt genau so, wie ich sie aus meiner Kindheit in Erinnerung habe. Ich wusste gar nicht, dass du kochen kannst, Darling. Habt ihr das in der Schule gelernt?«

»Natürlich, aber mir hat der Unterricht keinen Spaß gemacht. Die Lehrerin war eine alte Gewitterziege und hat mit uns immer nur Rösti, Geschnetzeltes und Gerichte mit ganz viel überbackenem Käse gekocht. Ach ja, und Grießpudding mit Himbeersoße. Bäh. Am Wochenende habe ich meistens bei Charlotte übernachtet, und dann haben wir zusammen mit ihrer Mom gekocht. Das war immer lustig.« Gogo gab drei Löffel geriebenen Parmesan über ihren Suppenteller und aß mit sichtlichem Appetit. Wie die meisten jungen Menschen in ihrem Alter konnte sie Unmengen essen und behielt doch ihre grazile Figur.

»Und was hat dich auf die Idee gebracht, ausgerechnet ein italienisches Nationalgericht zu kochen?«

»Wer … nicht was. Ich habe heute meine neue Schallplatte bei Leonardo abgeholt. Die müssen wir unbedingt einmal zusammen anhören. Ich wette, dir gefällt Country Music … und da erzählte er mir, dass Minestrone früher sein Lieblingsgericht war. Ich habe ihn gefragt, welche Zutaten man braucht und wie lange die Suppe kochen muss. *Voilà.*«

Elsa entging nicht das Glitzern in den Augen, wie immer, wenn die Tochter von Leonardo sprach. Er war ihr Schwarm seit Kindertagen und war es offenbar immer noch. Was Elsa gut nachvollziehen konnte.

»Leonardo ist so sensibel und gebildet und sieht so attraktiv aus. Alle Kundinnen himmeln ihn an.« Was Elsa ebenfalls nachvollziehen konnte.

»Ich habe mir etwas überlegt. Leonardo hat oft viele Kunden gleichzeitig in seinem Laden. Der eine will Orchesternoten für eine Offenbach-Operette, eine Mutter sucht ein Unterrichtsbuch für Blockflöte, dann möchte jemand einen Original-Brief des jungen Mozart einsehen oder eine Jazz-Schallplatte kaufen … Ich glaube, er könnte manchmal Unterstützung gebrauchen.«

»Du möchtest ihm zur Hand gehen? Das halte ich für eine gute Idee. In seinem Geschäft würdest du etwas über Musik lernen, über Verkauf und Buchhaltung, du hättest Kontakt mit Kunden … Ich will mit Leonardo telefonieren und ihm vorschlagen, dass er dich als Aushilfe einstellt.«

»Spar dir die Mühe, Mom, ich habe Leonardo längst gefragt, und er hat Ja gesagt. Ab morgen arbeite ich zwei Nachmittage in der Woche bei ihm. Magst du noch etwas von der Minestrone?«

»Spreche ich mit der Mutter der bezauberndsten Mitarbeiterin, die ich je beschäftigt habe?«

Elsa schloss die Tür zu ihrem Arbeitszimmer, wie immer, wenn sie private Telefonate führte.

»Leone, schön deine Stimme zu hören. Ich glaube, ich habe dich in letzter Zeit vernachlässigt, seitdem ich … nun ja, vermutlich ahnst du den Grund. Es ist etwas geschehen, was mich selbst überrascht und womit ich nicht gerechnet habe. Ich habe einen Mann kennengelernt und treffe mich regelmäßig mit ihm.«

Leonardo lachte, und sein tiefes, raues Timbre klang sogar durch eine Telefonleitung aufregend und verwirrend. »Ich kenne dich lange genug, um zu wissen, dass du niemals ohne triftigen Grund auf meine Gegenwart verzichten würdest. Ich habe eine wichtige Mitteilung für die Mutter der vorhin erwähnten charmanten Person: Gogo ist ein Sonnenschein. Du darfst stolz auf deine Tochter sein, Schiap.«

»Das bin ich. Und ich bin ebenso froh, dass du ihr hilfst herauszufinden, was ihr Spaß macht und wo ihre Stärken liegen.«

»Aber das ist doch selbstverständlich für einen Patenonkel.«

»Patenonkel … wie meinst du das?«

»Nun, hätte ich seinerzeit in New York gelebt, wäre ich doch bestimmt Gogos Patenonkel geworden. Oder etwa nicht?«

»Aber natürlich!« Elsa musste lachen, weil Leonardo so genau wusste, wie sie entschieden hätte – hätte sie diese Option gehabt.

»Du hättest regelmäßig den Babysitter spielen und mit der Kleinen am Sonntag im Central Park Enten füttern dürfen.«

»Ich fühle mich nachträglich geschmeichelt … Und jetzt ist diese Patentochter groß und schickt sich an, meinen Kunden den Kopf zu verdrehen. Ich habe den Verdacht, dass einige junge Männer ganz bewusst an den Tagen kommen, wenn Gogo im Laden ist.«

»Tust du mir den Gefallen und gibst ein wenig auf meine Tochter acht, Leone? Sie ist noch so jung und unerfahren …«

»Schiap, was erzählst du da? Gogo ist fast erwachsen. Außerdem glaube ich kaum, dass sie sich von irgendjemandem beeinflussen lässt. Schließlich kenne ich ihre Mutter.«

Wie so viele Künstler aus Elsas Freundes- und engerem Bekanntenkreis war auch Jean Cocteau ein vielseitig begabter Mann. Als Schriftsteller, Filmregisseur und Maler war er seit Jahren erfolgreich. Nun wollte er die Fotografie ausprobieren und lud Elsa zu sich in sein Atelier ein, um einige Beleuchtungs-Experimente durchzuführen. Der hagere Tausendsassa mit dem prägnanten Profil war nie um ein Bonmot verlegen. Dieser Fototermin bedeutete für Elsa nicht nur angestrengtes Stillsitzen, sondern auch einen amüsanten und fruchtbaren Gedankenaustausch.

»Sie sind eine Meisterin der Täuschung, wenn Sie mir diese zugespitzte Bemerkung erlauben, Elsa. Zuerst hatten Sie mit Ihrem legendären Schleifenpullover das Auge getäuscht, dann mit dem Abendkleid mit aufgemalten Plisseefalten … Ist es nicht an der Zeit, dass Sie wieder einmal ein Trompe-l'œil-Motiv in Ihrer Kollektion zeigen?«, hatte er gefragt und vorgeschlagen, einige Einfälle zu diesem Thema zu Papier zu bringen und sie ihr zu schicken.

Nur wenige Tage später wurden Cocteaus Skizzen ins Couture-Haus geliefert. Elsa breitete die Zeichnungen auf dem großen Tisch in ihrem Arbeitszimmer aus und nahm jedes Blatt in die Hand, hielt es ins Licht und legte es wieder ab. Wie zauberhaft, dachte sie.

»Wie zauberhaft«, hörte sie neben sich Bettinas Stimme. Ihre Stellvertreterin und engste Mitarbeiterin war auf der Suche nach einem Stoffmuster, das sie Pascaline wie einen Turban um den

Kopf wickeln wollte. Eine Weile standen sie nebeneinander und bestätigten sich gegenseitig nur durch ein Kopfnicken, dass diese Skizzen von einem Meister seines Fachs stammten.

»Ich ahne, was du mit den Zeichnungen vorhast …« Zielsicher zog Bettina einen gelbseidenen Stoff mit aufgedruckten schwarzen Sonnenblumen aus der Schubladenkommode. »So, jetzt wird Pascaline herausgeputzt … Hast du schon einmal darüber nachgedacht, wie dankbar dir all die Moderedakteure sein müssen, Elsa? Zweifellos bieten Couturiers wie Edward Molyneux, Jean Patou, Jeanne Lanvin und auch Mademoiselle Chanel ausreichend Material für die gewohnten, durchschnittlichen Reportagen. Diese Modemacher haben Erfolg, ihre konservative Kundschaft schätzt handwerkliche Qualität und unaufgeregte Eleganz. Allerdings ist ihre Mode seit Jahren – vorhersehbar.« Bettina wickelte sich den Stoff wie einen Turban um den Kopf und warf einen prüfenden Blick in den Spiegel über der Kommode. Dann verzog sie den Mund zu einem schelmischen Lächeln und wandte sich wieder ihrer Chefin zu. »Du dagegen überraschst jede Saison mit phantasievollen, extravaganten Details. Niemand außer dir schneidet Löcher in ein Abendkleid, kein anderer würde eine Puderdose in Form einer Telefonscheibe entwerfen oder einen Hut in Form eines Schuhs. Du lieferst den Stoff, der Journalistenherzen höher schlagen lässt.«

Elsa legte ihre Hand auf Bettinas Arm. Die Worte ihrer Freundin und Mitarbeiterin rührten sie. »Darüber habe ich zwar noch nicht nachgedacht, wohl aber, dass ich dir Dank schulde, Bettina. Weil du dich um die Angestellten, die Presse und so viele andere Belange hier im Haus kümmerst, so dass ich den Kopf frei habe für meine Arbeit. Wärest du nicht die einfühlsame Mittlerin und müsste ich mich um alles selbst kümmern, hätten die Journalisten weitaus weniger Stoff, der ihr Herz erfreut.«

Bei der Präsentation der neuen Kollektion galten die Lobeshymnen der Presse insbesondere Elsas neuesten Trompe-l'œil-Modellen. Jenen optischen Täuschungen, die die Betrachter aufforderten, genau hinzuschauen, um die Grenzen zwischen Realität und Illusion zu erkennen. Aus Cocteaus Zeichnungen hatten die Mitarbeiter des Hauses Lesage gestickte Träume geschaffen. Umjubelt wurde ein beiges Leinenjäckchen mit dem zarten Profilumriss einer Frau. Ihre Haarpracht ergoss sich als goldene Stickerei von der Schulter bis ganz hinunter in den rechten Ärmel. Ein Arm umfasste die Taille des Jäckchens wie ein Gürtel. Die Trägerin wurde gleichsam umarmt.

Ein »Meisterwerk der Komplexität«, wie *Harper's Bazaar* es ausdrückte, war ein weiteres stoffgewordenes Vexierbild. Auch hier diente eine Zeichnung von Cocteau als Vorlage, die Elsa auf den Rücken eines Abendmantels drucken ließ. So konnte man in den von Lesage nachgestickten goldenen Linien die Profilumrisse zweier Gesichter sehen – oder auch die Form eines Pokals. Die Schulterpartie bildeten plastisch ausgearbeitete Seidenrosen in der Farbe *Shocking Pink*. Die *Vogue* schrieb:

Man muss Madame Schiaparelli für ihre Kreativität und ihren Mut bewundern. Künstler wie Salvador Dalí, Cecil Beaton oder Jean Cocteau fühlen sich magisch von ihr angezogen. Diese einzigartige Couturière macht den Surrealismus zur Mode, indem sie sein Prinzip, gewöhnliche Objekte aus der vertrauten Umgebung zu reißen und in einem ganz anderen Kontext zu zeigen, für ihre Kollektionen übernimmt.

Kapitel 50

»Ich habe Angst, Antoine. Angst, dass wir uns alle bald an einem Abgrund befinden könnten. Sieh dir nur an, was Franco in Spanien anrichtet. Er kämpft gegen sein eigenes Volk und wird dabei noch von anderen Despoten in Europa unterstützt. Picasso hat die Tragödie, die daraus entstanden ist, in einem beeindruckenden Bild eingefangen. Ich habe es auf der Weltausstellung gesehen. Jetzt will Mussolini Nord- und Ostafrika unter sein Protektorat bringen, und in Deutschland schürt Hitler den Hass gegen jüdische Mitbürger. So wurde im Radio berichtet. Wenn ich daran denke, wie viele von meinen Freunden Juden sind, bin ich nur noch fassungslos und wütend. Am liebsten würde ich alle diese größenwahnsinnigen Irren auf eine unbewohnte, weit entfernte Insel schicken, wo sie sich gegenseitig in Stücke reißen können.«

Antoine legte seinen Arm um Elsa und zog sie fest an sich. »So ernst bei unserem wunderbaren Rendezvous? Wir hatten in diesem Jahrhundert bereits einen Krieg. Die Menschen wollen etwas zu essen, ein Dach über dem Kopf und vor allem wollen sie Frieden. Ich bin Optimist und glaube fest daran, dass die Vernunft siegen wird.«

Elsa lehnte ihren Kopf gegen Antoines Schulter und streckte die Beine auf dem Sofa lang aus. »Über den Jahreswechsel will ich für zwei Wochen mit Gogo und ihrer Freundin Charlotte zum Skilaufen nach St. Moritz fahren. Sofern die Welt bis dahin nicht untergegangen ist.«

»Die Diplomatie wird so etwas zu verhindern wissen. Glaub mir, du kannst unbesorgt in die Schweiz fahren«, erklärte er ruhig und bestimmt.

Sie stutzte. »Wie kannst du dir so sicher sein, Antoine? Kennst du denn Diplomaten? Arbeiten die auch im Innenministerium? Du erzählst nie, was du den ganzen Tag machst. Ich denke, ich habe das Recht, mehr darüber zu erfahren.« Plötzlich fühlte sie, dass schon länger etwas in ihr rumorte, das aber erst in diesem Moment in ihr Bewusstsein drang. Abrupt richtete sie sich auf und ließ die Blicke argwöhnisch durch den Salon mit dem zwölfarmigen Kristallleuchter schweifen. »Das hier ist mittlerweile die dritte Wohnung, in der ich dich besuche, und wieder ist angeblich ein Freund auf Reisen. Klingt das nicht ein wenig seltsam?«

Erinnerungen drangen an die Oberfläche, mit denen sie offenbar immer noch nicht abgeschlossen hatte. Sie war schon einmal betrogen worden, von einem heuchlerischen Ehemann, den sie daraufhin verlassen hatte. Und nun beschlich sie der Verdacht, dass auch ihr Liebhaber sie betrog. Aber sie würde sich kein zweites Mal zum Narren halten lassen!

»Was verschweigst du mir, Antoine? Eine andere Geliebte, die nichts von unserem Verhältnis wissen darf?« In ihren Ohren war ein Rauschen, das Bild vor ihren Augen verschwamm. Nein, sie wollte jetzt nicht ohnmächtig werden. Sie wollte Haltung bewahren, stark sein, sich durch nichts erschüttern lassen, auch wenn sie in diesem Moment zu fühlen meinte, wie sich eine Messerspitze in ihr Herz bohrte. »Oder bist du in Wahrheit doch verheiratet und gibst es nur nicht zu? Wie kann ich sicher sein, dass du die Wahrheit sagst?«

Er strich ihr vorsichtig über das Haar und blickte sie eindringlich an. »Die Wahrheit hat viele Gesichter, Elsa. Ich versichere dir, ich bin weder verheiratet noch anderweitig liiert. Du hast recht, ich erzähle nur wenig über meine Arbeit. Diese Vorsicht dient meinem Schutz – und auch deinem. Leider kann ich keine Beweise vorlegen, ich kann dich nur bitten, mir zu glauben.«

Antoines ausweichende Antwort bestätigte sie in ihrem Misstrauen. »Ich will nicht glauben, Antoine, ich will wissen! Weil ich schon einmal tief verletzt worden bin, und weil ich diesen Schmerz kein zweites Mal ertragen möchte. Verstehst du das nicht? Was machst du wirklich? Wer bist du?« Etwas schnürte ihr die Kehle zu. Sie war sich so sicher gewesen, diesem Mann vertrauen zu können, ihn auf den Grund ihrer Seele blicken zu lassen. Mit einem Mal war da etwas, das sie ins Wanken brachte.

In seinen Augen lag eine Mischung aus Unbeugsamkeit und leiser Traurigkeit. »Ich weiß, dass mich mein Schweigen nicht gerade vertrauenswürdiger macht. Aber ich kann und darf dir nicht mehr sagen.«

Wie erstarrt saß Elsa da und ließ die Worte in sich nachklingen. Sie hätte nicht sagen können, wie lange sie so auf dem Sofa verharrte. Eine Sekunde lang? Eine Minute? Eine Ewigkeit? Dann aber sprang sie blitzschnell auf, schlüpfte in ihre Schuhe, die unter dem Sofa standen, und lief in den Flur. Antoine folgte ihr und hielt sie am Ärmel fest. »Elsa, bitte hör mir zu, ich …«

»Du kannst nichts sagen – dann will ich auch nichts mehr von dir hören!«, schleuderte sie ihm mit überschlagender Stimme entgegen. Und da war sie auch schon mit ihrer Handtasche und ihrem Mantel zur Tür hinaus, flog geradezu die Stufen im Treppenhaus hinunter und rannte quer über die Straße auf ein Taxi zu, das mit quietschenden Reifen anhielt. Sie riss die Wagentür auf und ließ sich auf die lederne Rücksitzbank sinken. »Rue de Berri. Schnell, ich habe es eilig.«

Während der Fahrt zitterte sie am ganzen Körper. Doch sie wollte sich nicht selbst bemitleiden. Hatte sie sich nicht fest vorgenommen, standhaft zu bleiben, nie wieder einem Mann zu vertrauen, nie wieder ihr Herz zu verschenken? Beinahe hätte sie die eigenen Prinzipien verraten. Hätte geglaubt, dass sie nicht nur Erfolg im Beruf, sondern auch Glück in der Liebe haben könnte, mit Antoine. Wie töricht war sie doch! Sie war nicht geschaffen für die Zweisamkeit und würde es niemals sein. Es wurde Zeit, dass sie Antoine ganz schnell vergaß und sich um das kümmerte, was wirklich im Leben zählte: ihre Tochter und ihr Geschäft.

In diesem Augenblick konnte sie die Tränen nicht länger zurückhalten.

Gabrielle hatte ihre Freundinnen zu sich nach Hause eingeladen, um ihnen »eine wichtige Neuigkeit« mitzuteilen. Gespannt warteten Elsa und Blanche auf die Erklärung für diese rätselhafte Andeutung. Doch Gabrielle ließ sich Zeit, plauderte erst über eine Aufführung in der Comédie Française und dann über eine junge Autorin, deren ersten Roman sie gerade mit großem Vergnügen redigierte.

»Du spannst uns auf die Folter. Was ist der Grund, dass du mit uns am Nachmittag Champagner trinkst?«, wollte Blanche wissen.

Gabrielle erhob das Glas. »*Santé, chères amies*. Ich verlasse Paris. Vielleicht nicht für immer, aber doch für eine Weile. Das sage ich mit einem lachenden und einem weinenden Auge.«

Elsa und Blanche sahen sich verdutzt an und stellten ihre Gläser wieder ab.

»Die Überraschung ist dir gelungen, Gabrielle«, gab Elsa zu. »Was ist der Grund für deinen Entschluss?«

»Es gibt mehrere Gründe, den wichtigsten nenne ich euch zuerst: Frédéric. Aber der Reihe nach. Paris ist mir mit den Jahren zu laut und zu hektisch geworden. Seitdem die Kinder ihre eigenen Wege gehen, lebe ich allein in einem viel zu großen Haus, von dem ich höchstens drei Zimmer nutze. Früher habe ich oft davon geträumt, einmal am Meer zu wohnen, und diese Gelegenheit ist jetzt gekommen.«

»Frédéric?«, vermutete Blanche.

Gabrielles glückliches Lächeln ließ sie plötzlich um Jahre verjüngt aussehen. »Frédéric habe ich nach der Schule kennengelernt. Er hatte damals ein Jurastudium begonnen und war sehr verliebt in mich. Dann tauchte Henri auf, und ich gab Frédéric den Laufpass. Ein großer Fehler, wie sich später herausstellte. Seither hatten wir nichts mehr voneinander gehört – bis wir uns vor einigen Wochen zufällig bei einem Konzert wiedersahen. Es war, als hätten wir uns nie aus den Augen verloren.«

»Ihr habt euch in Paris kennengelernt, seht euch in Paris wieder, und jetzt willst du die Stadt verlassen und ans Meer ziehen … wie passt das zusammen?«, rätselte Elsa und nahm einen kräftigen Schluck von ihrem Champagner. Damit wollte sie die Erinnerung an einen feigen juristischen Berater im Innenministerium hinunterspülen, die jäh in ihr aufkam.

Gabrielles Wangen nahmen eine zartrosa Farbe an. »Frédéric lebt seit zwanzig Jahren in Nizza, er hat dort eine Anwaltspraxis. Er war in Paris nur zu Besuch, weil sein Bruder Geburtstag feierte. Letzte Woche hat Frédéric mir geschrieben, dass er nie aufgehört hat, an mich zu denken, und dass ich zu ihm an die Côte d'Azur kommen soll. Er ist seit fünf Jahren verwitwet und hat eine große Wohnung. Ich bin geschieden und frei … was also hält mich in Paris?«

Elsa biss sich auf die Lippen. Nein, sie wollte nicht davon sprechen, dass sie Antoine den Laufpass gegeben hatte. Jedenfalls nicht heute, wo Gabrielles neues Glück so offenkundig war. Doch anders als die Freundin würde sie selbst niemals einem Mann folgen. Sie brauchte auch keinen. Hin und wieder für eine unverbindliche Liebelei vielleicht, zum Zeitvertreib, aber nicht für eine dauerhafte Beziehung. Sie hatte einen besten Freund, Leonardo. Was konnte sie sich mehr wünschen?

Mit zitternden Fingern zog Gabrielle ein spitzenbesetztes Taschentuch aus dem Ärmel und tupfte sich eine Träne aus dem Augenwinkel. »Allerdings werde ich meine beiden ältesten und besten Freundinnen vermissen. Ihr besucht mich doch bald in Nizza, nicht wahr?«

In den Wochen nach der Trennung rief Antoine mehrmals im Modehaus an der Place Vendôme an, meldete sich bei Sophie unter verschiedenen Namen und nannte verschiedene Gründe, weswegen er dringend mit Madame Schiaparelli verbunden werden wollte. Doch sobald Elsa seine Stimme hörte, legte sie den Hörer auf. Sie war keine Frau, die ein Mann belügen und betrügen konnte. Sie war frei, unabhängig und stark. Mit jedem Tag würde sie weniger an Antoine denken, und irgendwann, vielleicht schon bald, hätte sie ihn ganz vergessen.

Kapitel 51

Die Zeit in St. Moritz mit zwei halberwachsenen Mädchen wollte Elsa in vollen Zügen genießen. In diesem luxuriösen schweizerischen Ferienort in den Alpen hatte sie bereits mehrere Skiferien mit Gogo verbracht. Hatte staunend und voller Stolz beobachtet, wie die Tochter Jahr für Jahr geschickter die Berghänge hinunterfuhr und die Blicke der männlichen Feriengäste auf sich zog.

Und obwohl sie sich abgespannt fühlte, fand Elsa in den ersten Nächten kaum Schlaf. Immerzu musste sie an ihr Haus an der Place Vendôme denken, an die Interviews und Fototermine, die noch ausstanden, und an ihre nächste Kollektion. Unter welchem Motto sollte sie erscheinen? Welche Provokationen würden der Nachwelt in Erinnerung bleiben?

Bisher war das Schicksal auf ihrer Seite gewesen, hatte sie von Erfolg zu Erfolg eilen lassen. Mit ständig neuen Einfällen, gutsituierten Kundinnen und Lobeshymnen in der Presse, sowohl der französischen als auch der internationalen. Aber konnte solch ein Aufstieg ewig währen? Während ihres Urlaubs hielt Bettina, ihre loyale Stellvertreterin, die Fäden im Couture-Haus fest in der Hand, allein das sollte sie zuversichtlich stimmen. Doch wenn sie tief in sich hineinhorchte, war da noch etwas, das sie unruhig schlafen ließ. Etwas, das weniger die Couturière Elsa Schiaparelli betraf als vielmehr die Privatperson.

Es waren die alarmierenden Nachrichten über das, was derzeit in Europa geschah. Wenige Wochen zuvor, in der Nacht vom 9. auf den 10. November 1938, waren in Deutschland Synagogen, jüdische Geschäfte, Wohnungen und Friedhöfe zerstört worden. Und nur wenige Tage später gingen deutsche Wehrmachtssoldaten auch im polnischen Danzig gegen jüdische Bürger vor. Was Elsa in besonderem Maße erschütterte, war, dass der französische Außenmister Georges Bonnet gegen diese menschenverachtende Haltung nicht protestierte, sondern sie sogar befürwortete. Wohin mochten so viel Verblendung und Zynismus noch führen?

Wenn sie dann am Morgen mit Gogo und deren Freundin Charlotte bei klarer Wintersonne die Pisten hinunterfuhr und als Erste ihre Spuren in den frischen Schnee zeichnete, fühlte sie neue Zuversicht. Alle Müdigkeit und alle dunklen Gedanken waren wie weggeblasen, und sie wurde eins mit der sie umgebenden Natur.

Am Abend wärmte sie sich im Hotel am Kamin auf und diskutierte mit den beiden Mädchen bis tief in die Nacht über Gott und die Welt. Darüber vergaß sie sogar, dass sie beinahe auf einen Feigling hereingefallen wäre, der nicht den Mut gehabt hatte, über sein wahres Ich zu sprechen.

Die drei Frauen verbrachten zwei erholsame Wochen und auch den Jahreswechsel in St. Moritz. Wieder zurück in Paris fühlte Elsa sich erfrischt. Sie hatte Abstand gewonnen zu allem, was sie umtrieb und auch das Kapitel Antoine endgültig abgeschlossen. Jetzt blickte sie wieder tatkräftig nach vorn.

Der Januar endete mit milden Temperaturen und ließ manchen Pariser bereits an Frühling denken. Elsa saß über Skizzen gebeugt in ihrem Büro, als Sophie anklopfte. »Der Notar ist gekommen, Madame Schiaparelli.«

Noch bevor Elsa etwas entgegnen konnte, hatte sich ein Mann mit einer Aktentasche unter dem Arm an Sophie vorbeigedrängt und lüftete seinen Hut. Er war mittelgroß und schlank, hatte kurz geschnittenes hellbraunes Haar und trug eine altmodische, schwarz geränderte Brille.

»Ich habe den Vertrag ausgearbeitet, Madame Schiaparelli.«

»Sophie, ich …«, rief Elsa ihrer Sekretärin zu, doch die hatte sich bereits diskret zurückgezogen. Sie wollte zur Tür laufen, aber der Mann verstellte ihr den Weg und hielt ihr die Hand vor den Mund.

»Wenn du jetzt schreist oder wegläufst, provozierst du genau den Skandal, den du unbedingt vermeiden möchtest. Denk an deine Tochter.«

Wütend trat Elsa einen Schritt zurück und verschränkte die Arme vor der Brust. »Was willst du, Antoine? Was soll diese lächerliche Brille und dieser Auftritt?«

»Ich will, dass du mir glaubst.«

»Wie denn? Du darfst doch nichts sagen.« Sie lachte leise, und es klang höhnisch.

»Vielleicht hast du in der Vergangenheit spüren können, was ich für dich empfinde. Du bedeutest mir viel, sehr viel sogar. Ich will dich nicht verlieren, aber ich brauche dein Vertrauen – so wie auch ich dir vertraue. Sonst nämlich hätte ich dich nie in mein Leben gelassen. Das ist alles, was ich dir sagen kann.« In seinen Augen lag ein verzweifeltes Flehen, das Elsa für den Bruchteil einer Sekunde schwanken ließ. Sie rettete sich in Sarkasmus.

»Wenn dein Leben so unsagbar geheimnisvoll ist, dann lass mich doch raten. Wie du weißt, habe ich eine lebhafte Phantasie … Ich wette, du bist ein Einbrecher auf der Flucht und versteckst dich vor der Polizei.«

Wortlos schüttelte Antoine den Kopf.

Elsa stemmte die Hände in die Hüften und blickte ihn herausfordernd an. Sie verspürte große Lust, diesen Verschwiegenen zu provozieren. »Nun gut, du bist also kein Verbrecher, machen wir weiter … Womöglich bist du ein Scharfrichter. Du hast schon mehrere Todesurteile vollstreckt und lebst in der Angst, Angehörige eines Verurteilten könnten dich erkennen und sich an dir rächen wollen. Weswegen du ständig neuen Unterschlupf suchst.«

Erneut schüttelte Antoine den Kopf.

»Soso, kein Henker.« Mit einem Mal fand sie Gefallen an diesem makabren Ratespiel, und sie redete sich in Rage. »Tja, dann … ich habe dir erzählt, dass ich mir schon als Kind fortwährend abenteuerliche Geschichten ausgedacht habe … dann bist du ein Agent. Allerdings kein Spion einer fremden Staatsmacht, sondern einer, der auf der richtigen Seite steht und für unser Land kämpft. Du versteckst dich hinter der Maske eines Biedermannes, und die wechselnden Wohnungen dienen deiner Tarnung. Habe ich recht?«

Antoine nickte, doch so schnell wollte Elsa sich nicht abfertigen lassen. »Meine Frage war ironisch gemeint.«

»Meine Antwort nicht.«

Schon wollte Elsa den Schlagabtausch fortsetzen, als sie plötzlich innehielt. »Was sagst du da?«

»Du hast richtig verstanden.«

Lautlos und mit angehaltenem Atem wiederholte sie seine Worte. Sie ließ sich nicht leicht aus der Fassung bringen, aber genau das war Antoine gelungen. Also war er – ein Agent im Auftrag der französischen Regierung. War ihr nicht schon bei der ersten Begegnung auf der Place Vendôme aufgefallen, dass diesen Mann etwas Rätselhaftes, Geheimnisvolles umgab? Was ihn für sie so anziehend gemacht hatte … Ihr wurde schwindelig. Haltsuchend lehnte sie sich gegen den Schreibtisch und stotterte. »Ich weiß nicht, was ich sagen soll, Antoine, es tut mir leid, wenn … weil ich … und ich werde dich auch nie wieder fragen …«

Das Telefon klingelte. Entgeistert starrte Elsa auf den Apparat, als sähe sie dieses Gerät zum ersten Mal. Antoine griff nach der Aktentasche, nahm seinen Hut und schritt eilig zur Tür. Im Hinausgehen rief er laut und deutlich in ihre Richtung: »*Au revoir*, Madame Schiaparelli, wir sehen uns in meiner Kanzlei.«

Antoines neue Bleibe war wie aus der Zeit gefallen, vollgestellt mit Möbeln, die an das Boudoir einer eleganten Dame aus der Zeit des Empires erinnerten. Doch Elsa kümmerte es nicht, in welcher Umgebung sie und Antoine künftig zusammenkamen. Sie hatten wieder zueinander gefunden, voller Hingabe und Zärtlichkeit, und das allein zählte. Sie hatte den Geliebten vermisst, auch wenn sie sich das Gegenteil eingeredet hatte. Gedankenversunken nahm sie seine Hand und schmiegte ihre Wange in die Innenfläche. Er zog ihren Kopf zu sich heran und küsste sie sanft und lange. Sie wusste, dass von nun an ein geheimes Band sie beide verknüpfte, eines, das aus gegenseitigem Verständnis und Vertrauen bestand.

Plötzlich wandte sie den Kopf zur Seite und schnupperte. »Sag einmal, was ist das für ein Geruch in dieser Wohnung? So würzig und aromatisch … ein Parfum ist es nicht.«

Antoine lachte und deutete auf eine schlichte Holzschachtel auf dem Beistelltischchen. »Ich bin unter die Pfeifenraucher gegangen. Früher bin ich mir zu jung dafür vorgekommen, aber jetzt, mit fast fünfzig, habe ich das richtige Alter erreicht.«

Kapitel 52

Elsa saß mit ihrer Tochter beim Frühstück und war in die Zeitungslektüre vertieft. Die Meldungen sprachen eine eindeutige Sprache. Hitler hatte die deutsche Wehrmacht in Prag einmarschieren lassen und damit Großbritannien, Frankreich und Italien vor den Kopf gestoßen. Was, wenn dieser Diktator irgendwann auch die Grenzen im Westen überschritte, hinter denen die Niederlande, Belgien, Luxemburg und Frankreich lagen?, fragte sich Elsa besorgt. In der Geschichte waren es immer wieder blindwütige, machtgierige Herrscher gewesen, die Tausende Männer mit Waffen losgeschickt hatten, um zu töten. Gewissenlose Unterdrücker, die den Frauen die Ehemänner, Söhne und Brüder genommen hatten, deren Ziel die Zerstörung von Menschen, Seelen, moralischen Werten und Städten war. Hatten diese Unterdrücker denn kein Gewissen?

Die Diplomatie wird den Menschen den Weg der Vernunft weisen, so hatte Antoine gesagt. Hoffentlich behielt er recht.

»Ich möchte Medizin studieren«, riss Gogo sie aus ihren Gedanken. Die Tochter war ausnahmsweise früh aufgestanden, weil sie Lora helfen wollte, ihr Zimmer umzuräumen.

»Aha, wie bist du darauf gekommen?«, fragte Elsa verblüfft.«

»Durch Charlotte, wir haben im Skiurlaub darüber gesprochen. Ich will etwas machen, womit ich anderen Menschen helfen kann.«

»Ja, das ist eine wunderbare Idee. An ein Medizinstudium habe ich noch gar nicht gedacht …« Für sie als Mutter war es nicht entscheidend, was die Tochter einmal machte. Wichtig war allein, dass Gogo eine Tätigkeit fand, die ihr Spaß bereitete und die sie erfüllte. So wie sie es selbst in ihrem Beruf erlebte.

»Ich habe der Medizin viel zu verdanken. Ich kann gehen, tanzen, springen und skilaufen«, setzte Gogo ihre Überlegungen fort. »Und als ich damals mit meiner Blinddarmentzündung im Krankenhaus lag, da hat sich eine ganz junge Krankenschwester, sie hieß Hermine, um mich gekümmert. Sie hat mir zu trinken gebracht und Waden- und Armwickel angelegt, wenn das Fieber stieg, und sie hat mir zugehört und mich getröstet, wenn ich geweint habe, weil ich so allein war.«

Elsa schluckte. Sie hatte seinerzeit um Gogos Leben gebangt und war jeden zweiten Tag mit dem Nachtzug von Paris nach Lausanne und wieder zurückgefahren. Doch natürlich hatte Gogo recht, sie war nicht immer am Krankenbett gewesen, wenn die Tochter sie brauchte. »Meine Unterstützung hast du. Es gibt nur wenige Ärztinnen. Ich habe mich oft gefragt, warum. Denn nicht Männer schenken Leben, sondern Frauen. In der Medizin geht es um das Leben, also sollte man doch annehmen, dass gerade Frauen für den Arztberuf prädestiniert sind. Du könntest mit deiner Entscheidung sicher auch andere junge Frauen ermutigen, Medizin zu studieren. Allerdings musst du hart im Nehmen sein und viel Leid und vor allem Blut ertragen können.«

»Blut … hm, ich weiß nicht. Ich glaube, ich muss mit Lora reden. Einer ihrer Freunde studiert Medizin. Er kann mir bestimmt erklären, worauf es in diesem Beruf besonders ankommt.«

Elsa erhob sich vom Frühstückstisch und hauchte Gogo einen

Kuss auf die Wange. »Ich habe eine kluge und selbständige Tochter, auf die ich sehr stolz bin. Aber jetzt muss ich mich beeilen. Eine kanadische Journalistin hat sich zum Interview angekündigt, und Bettina braucht noch Informationen für ihre nächste Pressemitteilung. Bis heute Abend, Darling. Dann reden wir weiter.«

Beim abendlichen Zusammensein überraschte Gogo die Mutter mit neuen Plänen. Anfang Juni wollte sie mit Charlotte einige Tage bei deren Patentante in London verbringen und anschließend nach Rom reisen. So hatten es die Mädchen im vergangenen Jahr bei ihrer Abschlussfeier in Lausanne abgesprochen. Außerdem hatte Gogo sich überlegt, zunächst einmal auszuprobieren, ob sie tatsächlich für den Medizinberuf geeignet wäre, bevor sie ein Studium begann. Weswegen sie sich im *American Hospital of Paris* als Hospitantin anmelden wollte.

»Heute Nachmittag habe ich den Kommilitonen von Lora getroffen. Paul meint, wenn ich diese Probephase sechs Wochen durchstehe, dann ist Medizin das Richtige für mich. Er hat ebenfalls ein Praktikum vor seinem Studium gemacht. In einem Krankenhaus erfährt man ganz viel über Chirurgie, Säuglingspflege, die Versorgung von Wunden, über Impfungen, Lungenkrankheiten …«

Wie selbstständig und couragiert Gogo war, stellte Elsa erstaunt fest. Leonardo hatte recht, sie konnte stolz auf ihre selbstbewusste Tochter sein, in der sie sich manches Mal wiedererkannte. »Du bist gut informiert, Gogo. Dieses Hospital gilt als eines der renommiertesten in Paris. Patienten kommen von weit her, um sich dort behandeln zu lassen. Leonardo wird hoffentlich den Schwund an Kunden verschmerzen, wenn du nicht mehr bei ihm im Musikalienhandel arbeitest.«

»Aber natürlich bin ich weiterhin zwei Nachmittage in der Woche in der Rue de Milan. Das werde ich mit dem Krankenhaus so verhandeln. Ich kann einen Freund doch nicht im Stich lassen.«

Nahezu täglich berichteten Zeitungen und Rundfunk über neue Bündnisse innerhalb der europäischen Staaten, über Mobilmachungen und Nichtangriffspakte, über Putschversuche und die Abtretung von Territorien. Diesem Wirrwarr an Informationen und Geschehnissen wollte Elsa etwas entgegensetzen: einen ganz persönlichen stummen und dennoch beredten Kommentar als Couturière. Für ihre neue Kollektion plante sie eine Schau, die alles bisher Gezeigte in den Schatten stellen würde. Ein Modespektakel wie ein Paukenschlag, eine Flucht aus der Realität in die Welt der Phantasie. Das Motto dieser wilden und übermütigen Kollektion sollte heißen: *Zirkus*.

Elsa skizzierte wie im Rausch. Eine Jacke, deren Vorderteil mit tanzenden Elefanten bestickt war, ein Oberteil, ähnlich einer Korsage, wie Seiltänzerinnen sie tragen, einen hüftlangen Kasack mit einem Zirkuszelt aus Pailletten auf dem Rücken …

Über Wochen saß sie allein bis spät in die Nacht in ihrem Arbeitszimmer im Couture-Haus, trank mehrere Tassen Espresso mit Zitronensaft, damit sie wach blieb, um nach nur wenigen Stunden Schlaf am nächsten Morgen weiterzuzeichnen. Mit ihrer unbändigen Energie steckte sie die Atelierleiterinnen, Schneider, Näherinnen, Lehrlinge und Verkäuferinnen an. Alle waren wie im Fieber und warteten auf den Tag der Premierenschau, der für Publikum und Presse zu einem unvergesslichen Ereignis werden sollte.

Das Spektakel im Großen Salon an der Place Vendôme wurde tatsächlich für alle Beteiligten unvergesslich! Man sah Bälle als

Taschen, Gamaschen als Handschuhe und Eistüten als Hüte. Knöpfe waren wie Clowns, Elefanten und Trapezkünstler gestaltet. Ein Dutzend Mannequins präsentierte mit Charme und Grazie diese außergewöhnliche Kollektion. Ein Trommelwirbel erklang, und dann geschah etwas, womit niemand im Publikum gerechnet hatte.

Zirkusartisten sprangen in einem wilden Tanz von der Treppe herunter, schlugen Purzelbäume und vollführten Salti. Jongleure warfen Reifen und Bälle in die Luft. Zwischen zwei hohe Podeste wurde ein Seil gespannt, und schon schwebte eine Ballerina mit ihrem Spitzenschirm anmutig über die Köpfe der geladenen Gäste hinweg. Ein Clown balancierte mehrere Teller gleichzeitig auf einem Stock und schlängelte sich in gewagtem Tempo zwischen den Mannequins hindurch. Die Zuschauer hielten den Atem an und wussten nicht, wohin sie zuerst blicken sollten. Überall tauchten plötzlich Akrobaten auf und zeigten ihre Kunststücke.

Draußen vor dem Eingang des Modehauses blieben Passanten staunend stehen. Feuerschlucker nahmen eine brennende Fackel in den Mund und löschten mit ihrem Atem die Flamme. Hunde sprangen durch Reifen oder tanzten auf den Hinterbeinen. Ein Zauberkünstler ließ eine Taube aus einem Zylinder auftauchen und wieder verschwinden. Die Place Vendôme war gänzlich in der Hand von Zirkuskünstlern.

Ein Aufschrei ging durch die Menge, als zwei Zebras und ein Elefant über den Platz galoppierten. Den Erwachsenen war schnell klar, dass sich unter den täuschend echt anmutenden Kostümen Artisten befanden. Doch die Kinder suchten Schutz hinter dem Rücken ihrer Eltern und beobachteten aus der sicheren Deckung, wie der Elefant mit seinem Rüssel über den Kopf der Zebras strich.

Nach einer ausgelassenen Feier ging Elsa erst zu später Stunde zu Bett. Wie schade, dass Gogo die Premiere nicht miterlebt hatte. Sie war allein mit dem Zug nach Lausanne gereist, um den Geburtstag von Danielle Sardou, der Mutter ihrer Freundin Charlotte, zu feiern. Während der gesamten Schulzeit war Danielle eine Ersatzmutter und wichtige Bezugsperson für Gogo gewesen. Elsa musste akzeptieren, dass der Tochter dieser Geburtstag wichtiger war als eine von ihr inszenierte Modenschau. Das war der Preis, den sie als Mutter für ihren Erfolg als Couturière zahlen musste.

Am nächsten Morgen betrat Elsa noch schläfrig die Boutique, als ihr unerwarteter Beifall entgegenbrandete. Vom Erdgeschoss über die Treppe bis hinauf in das oberste Stockwerk waren die Angestellten aus ihren Räumen gekommen und hatten sich der Reihe nach aufgestellt, um ihr zu applaudieren. Sie schüttelte mehrere Hundert Hände und dankte jedem Einzelnen, denn es waren ihre Mitarbeiter, die Saison für Saison durch ihr Können und ihre Ausdauer eine neue Kollektion erst möglich machten.

Bettina und Sophie holten eine Flasche Champagner aus dem Keller. Dort befand sich ein respektabler Vorrat an Getränken für besondere Besucher und besondere Anlässe. Zu dritt setzten sie sich an Elsas großen Arbeitstisch. Sophie breitete die Zeitung aus.

»Haben Sie schon den Bericht im *Figaro* gelesen? *Der offenbar grenzenlose Ideenreichtum von Madame Schiaparelli muss einmal mehr hervorgehoben werden. Mit ihrer Zirkuskollektion hat sie den Ausdruck ›Theater der Mode‹ wörtlich genommen.* Ach, ich freue mich jeden Morgen auf dieses Tollhaus. Ich wüsste nicht, wo ich lieber arbeiten würde.«

Elsa blinzelte, aber sie hatte sich nicht getäuscht. Zu einer schlicht geschnittenen kragenlosen Jacke trug ihre sonst so zurückhaltende Sekretärin eine Halskette – mit einem tanzenden Elefanten als Anhänger.

Routiniert öffnete Bettina die Flasche und füllte die Gläser. »Mit dem gestrigen Modespektakel hast du Maßstäbe gesetzt, Elsa. Jeder, der fortan eine Modenschau zeigt, sei es, dass er ein tropisches Gewächshaus, eine Schneelandschaft mit Berghütten oder auch einen Konzertsaal inszeniert, wird immer nur ein Nachahmer sein. Du bist das Original, an dem jeder Couturier und jede Couturière in Zukunft gemessen werden.«

Fröhlich prostete Elsa ihren beiden Mitarbeiterinnen zu. »*Santé*, auf zu den nächsten Tollheiten.«

Kapitel 53

Als hätten sie sich untereinander abgesprochen, redeten Blanche und Leonardo Elsa ins Gewissen, sie solle mit ihren Kräften haushalten und endlich einmal eine Pause einlegen.

»So kannst du nicht ewig weitermachen«, erklärte Blanche wenige Wochen später beim Afternoon Tea in einem mondän eingerichteten Lokal auf den Champs-Élysées. »Du mutest dir zu viel zu. Kaum war die Premiere für die Zirkuskollektion vorüber, hast du dich sofort an die nächste Kollektion gemacht. Du gehst auf die Fünfzig zu, Elsa, du solltest deinem Körper und auch deinem Geist hin und wieder Erholung gönnen. Du möchtest doch sicher für Gogo noch lange da sein und erleben, dass sie dich zur Großmutter macht, oder etwa nicht?«

Nie zuvor hatte Blanche so ernst und so eindringlich mit der Freundin gesprochen. Aber hatte Blanche nicht maßlos übertrieben? Auch wenn sie manchmal schlecht schlief und gelegentlich eine innere Unruhe verspürte, fühlte sie sich stärker und belastbarer als zur Zeit ihrer Heirat fünfundzwanzig Jahre zuvor.

»Ich mache mir Sorgen um dich, Schiap. Weil ich befürchte, dass du eines Tages innerlich völlig ausgelaugt bist und keinen Zeichenstift mehr in die Hand nehmen willst. Oder dass du inmitten deiner Schneiderbüsten tot umfällst. Dein Tempo ist im wahrsten Sinne des Wortes Atem-beraubend. Du bist zwar ein Ausbund an Energie, aber kein Rennpferd«, mahnte Leonardo am

Telefon und reservierte für sie beide einen Tisch bei *Giovanni*, um Elsa zumindest für einen Abend von allem abzulenken, was das Couture-Haus betraf.

Elsa war gar nicht aufgefallen, wie rastlos sie in den zurückliegenden Jahren geworden war. Kaum war ein Plan ausgeführt, hatte sie den nächsten Einfall. Doch was trieb sie zu dieser Eile an? War es immer noch der Wunsch, Genugtuung für die Demütigung zu erhalten, die ein untreuer Ehemann ihr angetan hatte? Aber sie hatte doch längst alles erreicht, was sie sich damals in New York vorgenommen hatte. Sie war unabhängig, reich und erfolgreich. Sie musste dem Treulosen sogar dankbar sein, weil sie erst durch sein Verhalten zur »kreativsten und expressivsten Couturière«, wie die *Vogue* sie bezeichnete, hatte werden können. Der Treulose war inzwischen tot – und sie selbst eine Unternehmerin mit fast sechshundert Angestellten. Überdies hatte sie einen geheimnisumwobenen Mann kennengelernt, der sie als Frau und Künstlerin wertschätzte.

Oder plagte sie insgeheim die Angst, etwas zu versäumen und womöglich nicht mehr genug Zeit zu haben?

Wie geplant war Gogo mit Charlotte Anfang Juni nach London und anschließend nach Rom gereist. Allerdings war die Freundin vorzeitig zur Hochzeit ihrer ältesten Cousine nach Lausanne zurückgefahren. Ein Telefonat mit Gogo, die von einem Ballettabend im Teatro dell'Opera di Roma schwärmte, brachte Elsa auf eine Idee. Sie wollte nach Rom reisen, dort einige Tage mit der Tochter verbringen und später gemeinsam mit ihr nach Paris zurückfahren. Gogo würde sich freuen, ihre Verwandten würden sich freuen, und die Pariser Freunde würden erkennen, dass sie deren Bedenken ernst nahm. Vielleicht würde eine Verschnaufpause ihr sogar zusätzlichen Schwung für die nächste Kollektion verleihen.

Zwei Tage später saß Elsa im Zug nach Rom. Sie genoss es, losgelöst von allen beruflichen Verpflichtungen, mit der Tochter durch die Stadt zu bummeln, sämtliche Eiscafés im Viertel auszuprobieren und vom Ufer des Tibers den Sonnenuntergang über der Vatikanstadt zu betrachten. In einem kleinen Restaurant in der Nähe des Kolosseums trank Gogo zum ersten Mal einen Schluck Wein.

Weil die Tochter die Verwandten in diesen Ferien schon mehrfach besucht hatte und noch ein Geburtstagsgeschenk für Charlotte kaufen wollte, machte Elsa sich allein auf den Weg zu ihrer Mutter. Auch wenn das Verhältnis nie sehr herzlich gewesen war, so hatte Elsa in all den Jahren doch regelmäßig mit ihr telefoniert oder gelegentlich einen Brief mit einem Zeitungsbericht über eine Premierenschau geschickt. Maria Schiaparelli war keine Briefeschreiberin und hatte nie auf die Post aus Paris geantwortet, aber das hatte Elsa auch nicht erwartet. Als sie immer gebrechlicher wurde, war Elsa froh, dass ihre ältere Schwester Beatrice die Mutter bei sich in ihrem Haus in der Via dei Riari aufgenommen hatte und sie liebevoll umsorgte. Das Einkaufen und Kochen war Maria Schiaparelli zuletzt schwergefallen, trotzdem hatte sie sich lange dagegen gewehrt, ihre eigene kleine Wohnung gegenüber der Kirche San Giacomo alla Lungara aufzugeben.

Maria Schiaparelli legte ihr Hörrohr auf das Beistelltischchen mit der Spitzendecke und zog mit zittrigen Händen einige alte Fotografien aus dem Karton. »Das bist du im Alter von zehn Jahren, Elsa, und das ist dein Onkel … wie heißt er denn?«

»Das ist Onkel Giovanni, aber das Mädchen auf dem Foto ist Beatrice.«

»Nein, das ist nicht möglich.«

»Aber ja, Mamma. Ich habe niemals Zöpfe getragen.«

»Zeig einmal her.« Beatrice, deren ebenmäßige Gesichtszüge trotz ihrer achtundfünfzig Jahre noch immer an ein Madonnenporträt von Raffael erinnerten, warf einen kurzen Blick auf das Foto. »Elsa hat recht, das Mädchen bin ich … Meint ihr nicht auch, dass es Zeit für einen *Liquore alle erbe* wird?«

Ohne eine Antwort abzuwarten, erhob sich Beatrice und kam kurz darauf mit einem Tablett mit einer Karaffe selbstgemachten Kräuterlikörs und drei Gläsern zurück. Sie füllte die Gläser randvoll. »Auf die Gesundheit. *Salute.*«

Der Likör war nach einem alten Familienrezept hergestellt und erinnerte Elsa an ihren Vater, der nach jeder Mahlzeit ein Gläschen davon getrunken hatte. Waren seither tatsächlich dreißig Jahre vergangen? Was war nicht alles geschehen in dieser Zeit …

»Wie geht es eigentlich Gianna, unserer früheren Köchin? Hat sie nicht eine Tochter?«, wollte Elsa von ihrer Schwester wissen.

»Gianna lebt jetzt in einem Damenstift. Die Tochter hat spät geheiratet, einen Deutschen, und ist nach Berchtesgaden gezogen. Ganz in der Nähe hat sich der deutsche Reichskanzler auf einem Berg ein feudales Anwesen geschaffen. Er empfängt dort ausländische Staatsmänner, seine Generäle und andere unangenehme Zeitgenossen.«

»Das wusste ich gar nicht, dass Gianna einen General geheiratet hat und jetzt auf einem Berg lebt.« Maria Schiaparelli schüttelte verwundert den Kopf und schaute sehnsüchtig zu der Karaffe hinüber. Beatrice schenkte ihrer Mutter ein zweites Glas Kräuterlikör ein, das diese mit einem zufriedenen Lächeln zum Mund führte. Elsa warf ihrer Schwester einen fragenden Blick zu, die mit einem Schulterzucken antwortete. Die Mutter hörte nicht mehr gut und brachte manche Dinge durcheinander, das war ganz offensichtlich.

Beatrice räumte den Karton mit den Fotos in einen Vitrinenschrank, der sich früher einmal im Arbeitszimmer des Vaters befunden hatte. »Sag einmal, Elsa, was stand denn in dem Brief, der heute morgen für dich abgegeben wurde? Er hatte ein Siegel und so sah so offiziell aus.«

Elsa machte eine wegwerfende Handbewegung. »Es handelte sich um eine Einladung. Ministerpräsident Benito Mussolini, unser selbsternannter Duce, möchte mich kennenlernen.«

»Gott bewahre. Was willst du diesem Unmenschen antworten?«, fragte Beatrice erschrocken.

»Dass ich aus persönlichen Gründen umgehend nach Paris zurückfahren muss.«

Eine Woche nach der Rückreise aus Rom begann Gogo ihr Praktikum im *American Hospital of Paris*. Elsa erlebte eine engagierte und strebsame Tochter. Beim Abendessen erzählte Gogo ausführlich, was sie am Tag Neues gelernt hatte, welche Patienten mit welchen Krankheiten eingewiesen wurden, in welchem Zustand sie nach Tagen oder Wochen die Klinik verließen – oder auch nicht.

»Heute ist ein achtjähriger Junge gestorben, ist das nicht schrecklich, Mom? Der kleine David kam vor einer Woche mit starken Kopf- und Gliederschmerzen in die Klinik. Am nächsten Tag bekam er hohes Fieber, konnte nicht mehr aufstehen und phantasierte von Drachen und Engeln. Niemand wusste, an welcher Krankheit er litt. Die Medizin kann so viel Gutes bewirken – und in manchen Fällen so wenig«, stellte Gogo fest und wirkte mit einem Mal grüblerisch und ernst.

Zu ihren neuen und recht unangenehmen Erfahrungen gehörte aber auch, dass sie nicht nur von Patienten, sondern auch von Ärzten zu hören bekam, ein so hübsches junges Mädchen wie sie solle lieber Krankenschwester werden und einen Arzt heiraten.

Verächtlich zog Gogo die Mundwinkel nach unten. »Menschen können schrecklich dumm sein … Wenn ein Patient große Schmerzen hat und ich ihn davon befreien kann, was spielt es da für eine Rolle, ob ich ein Mann oder eine Frau bin? Bei solchen Kommentaren werde ich jedes Mal richtig wütend.«

»Ich verstehe deine Wut, und was die Dummheit der Menschen angeht, hast du leider recht«, erwiderte Elsa.

Mit der Gabel spießte Gogo eine Weintraube auf ein Käsestückchen und schob sich beides in den Mund. »Hast du das auch erlebt, Mom, dass jemand glaubte, du könntest kein Modehaus führen, weil du eine Frau bist?«

»Glücklicherweise nicht, aber ich habe einen Beruf, in dem seit einiger Zeit auch Frauen arbeiten. Ich weiß jedoch nicht, welche Hindernisse sich mir in den Weg gestellt hätten, wenn ich Männermode entworfen hätte.« Elsa schenkte sich ein Glas Kräuterlikör ein, vom dem ihre Schwester Beatrice ihr eine Flasche mitgegeben hatte. »Einem Mann traut man ohne Weiteres zu, Mode für Frauen zu machen. Allerdings kenne ich keine einzige Frau, die Kleidung für Männer kreiert. Und daran wird sich vermutlich auch in Zukunft nicht viel ändern.«

Beim Einschlafen dachte Elsa über das Gespräch mit Gogo und

ihre eigenen Worte nach. Warum hatte sie nie Mode für Männer kreiert? Und wenn sie es doch einmal ausprobieren würde? Es musste ja nicht unbedingt ein Anzug oder Mantel sein …

Am nächsten Morgen stand für Elsa fest: Sie würde einen Herrenduft kreieren. In Gedanken sah sie schon den Flakon vor sich: eine gläserne Pfeife, die sowohl liegen als auch aufrecht stehen konnte, deren Kopf ein Glasbehälter und deren Mundstück in Wirklichkeit ein Verschluss war. Eingebettet werden sollte der Flakon in einen Karton, der an eine Zigarrenkiste erinnerte. Sie wollte den Duft *Snuff* nennen, und er sollte eine Liebeserklärung an den Mann sein, der Pfeifenraucher war, der ihr die schönsten Komplimente machte, sie zum Lachen brachte und seine ganz persönlichen Geheimnisse pflegte.

Kapitel 54

Die Schlagzeile im *Figaro* ließ Elsa den Atem stocken.

1. September 1939 – Überfall auf Polen –
Deutschland verstösst gegen das Völkerrecht

Nun war etwas eingetreten, was sie insgeheim befürchtet, von dem sie aber gehofft hatte, dass es so oder so ähnlich nie eintreffen würde. Weil doch die Stimme der Vernunft lauter war als die der Feindschaft, weil Freiheit und Barmherzigkeit höhere Werte waren als Tyrannei und Rache. So hatte sie glauben wollen. Der Feldzug Hitlers würde verheerende Folgen haben, dessen war sie sich ganz sicher. Mit dem Einmarsch der Deutschen in Polen hatte sich die Spirale aus Machtwillen, Hass und Vergeltung in Bewegung gesetzt und würde nach gerade einmal zwei Jahrzehnten Atempause neuerliches Elend in die Welt hinaustragen.

Ab jetzt herrschte in Europa Krieg!

Sophie war die Aufregung deutlich anzumerken. »Madame Schiaparelli, stellen Sie sich vor, was Ninette erzählt hat. Mademoiselle Chanel hat die komplette Belegschaft entlassen und ihr Modehaus geschlossen. Sie ist an die Côte d'Azur gereist, weil sie sich dort sicherer fühlt als in Paris. Viele befürchten, dass die Deutschen sich rächen, nachdem Frankreich und England ihnen nach dem

Überfall auf Polen den Krieg erklärt haben. Was wird nun aus uns? Werden Sie auch schließen?«

Diese Frage hatte Elsa in den vergangenen Tagen schlaflose Nächte gekostet. Aber sie wollte nicht so schnell das aufgeben, was sie sich in über fünfzehn Jahren mit Fleiß und Ausdauer erarbeitet hatte. Ihre Firma hatte die Weltwirtschaftskrise überstanden, da würde sie doch nicht wegen einiger infantiler Möchtegern-Potentaten ihr Modehaus schließen. »Wir machen weiter, Sophie. Allerdings haben schon mehrere der Premièren und Näherinnen angekündigt, dass sie nicht in der Stadt bleiben, sondern zu Verwandten aufs Land fahren wollen. Hoffen wir dennoch, dass alles nicht so schlimm kommt, wie manche befürchten.«

Vor einigen Tagen hatte man damit begonnen, unter der französischen Bevölkerung Gasmasken zu verteilen. Des Weiteren wurden die Bürger über die nächstgelegenen Schutzräume und das Verhalten bei Probealarm informiert. Beim Sonntagsfrühstück sprach Elsa mit Gogo über deren Zukunftspläne.

»Möchtest du weiterhin Medizin studieren, jetzt, nachdem dein Praktikum beendet ist? Du könntest dich sogar noch rechtzeitig für das Wintersemester einschreiben.«

»Ich glaube, ich will nicht studieren. Bis ich Patienten behandeln kann, dauert es Jahre.« Gogo ging in die Küche und kam mit einem Glas Brombeermarmelade zurück. Sie verteilte die Konfitüre großzügig auf dem Pancake und steckte sich ein Stück in den Mund. »Hm … davon kann ich nie genug bekommen.«

»Dann willst du also Krankenschwester werden«, vermutete Elsa und stellte sich Gogo in einer weißen Tracht und mit Schwesternhaube vor. Sie würde zweifellos hübsch aussehen.

»Auch das dauert mir viel zu lange. Ich will lieber sofort Menschen helfen«, erklärte Gogo kauend und mit halbvollem Mund. »Gestern habe ich mit Charlottes Dad telefoniert, und der schlug mir vor, mich als freiwillige Helferin beim Roten Kreuz zu melden.«

»Ist Charlottes Vater nicht Leiter der Rot-Kreuz-Zentrale in Genf?«, meinte Elsa sich zu erinnern.

»Richtig. Ich soll dich übrigens herzlich grüßen.« Gogo tupfte sich mit der Serviette den Mund ab und sprang von ihrem Stuhl auf. »Jetzt muss ich mich aber beeilen. Leonardo hat eine Verabredung mit einem Sammler, und ich vertrete ihn heute im Geschäft. Und danach feiert ein Freund von Lora Geburtstag. Warte nicht mit dem Abendessen auf mich«, erklärte Gogo ihrer verblüfften Mutter, packte eine Gasmaske in die Handtasche und eilte zur Tür.

Elsa brühte sich einen extra starken italienischen Caffè auf und ließ sich in ihrem Lieblingssessel am Fenster nieder. Wieder einmal hatte Gogo eigenständig gehandelt, ohne einen mütterlichen Rat einzuholen. Aber wie hätte sie Gogo verübeln können, dass sie über ihr Leben selbst bestimmte, nachdem sie zwölf Jahre im Internat verbracht hatte und bei vielen Entscheidungen auf sich allein gestellt war. Sie hatte eine selbstbewusste Tochter, die sensible und kluge Ratgeber um sich hatte. Was konnte sie sich als Mutter Besseres wünschen?

Antoine hatte ein neues Domizil an der Place de la Bastille bezogen. Er wirkte ungewöhnlich schweigsam und sog an seiner Pfeife. Elsa kauerte neben ihm auf dem Sofa, presste seine freie Hand gegen ihre Wange und blickte ihn sorgenvoll von der Seite an.

»Ich habe Angst um meine Tochter. Aber ich konnte sie nicht

zurückhalten. Ich gebe zu – als ich in ihrem Alter war, habe ich mir auch von niemandem Vorschriften machen lassen … Gogo ist mit einem Verpflegungskonvoi des Roten Kreuzes Richtung Maginot-Linie unterwegs. Seit Wochen harren unsere Soldaten dort in den Festungen aus und signalisieren Abwehrbereitschaft. Was aber, wenn die Deutschen uns tatsächlich angreifen, wie es manche Berichterstatter vorhersagen? Oder glaubst du immer noch an einen Sieg der Vernunft?«

»Ich muss daran glauben, *mon amour*, sonst würde ich meine Ideale verraten. Krieg ist immer ein Zeichen von Versagen. Meine Mitstreiter und ich verwenden unsere ganze Kraft darauf, Autokraten und Diktatoren daran zu hindern, ihre Interessen mit Gewalt durchzusetzen. Wir brauchen den Dialog, wir dürfen den Gesprächsfaden niemals abreißen lassen. Es geht um die Zukunft Europas und um den Frieden weltweit.«

In Elsas Worten lag tiefe Bitterkeit. »Was geht in den Köpfen von Menschen vor, die das Ziel haben, andere zu vernichten? Und warum sind es immer Männer, die solche Pläne schmieden?«

»Ich weiß es nicht, und ich kann derartige Gedanken nicht nachvollziehen. Allerdings bin ich überzeugt, dass es in der Welt friedlicher zuginge, wenn Frauen mehr zu sagen hätten. Frauen schenken Leben, sie vernichten es nicht. Für ein Land wie Frankreich, das vor hundertfünfzig Jahren die Menschen- und Bürgerrechte erklärt hat, ist es ein Armutszeugnis, dass Frauen kein Wahlrecht haben. Hoffentlich erleben wir noch, dass dieser Missstand behoben wird.«

Ein grauer Novemberhimmel wölbte sich über der Stadt, als zur Mittagszeit die Sirenen ertönten. Innerhalb weniger Minuten füllte sich der Schutzraum im Keller des Couture-Hauses. Einige Näherinnen hatten in der Eile ihre Gasmasken in den Ateliers vergessen und klammerten sich angstvoll aneinander, keiner sagte ein Wort, alle versuchten, das Unbegreifliche zu begreifen. Die Jüngeren, die noch nie einen Alarm erlebt hatten, und die Älteren, die wussten, was dieser an- und abschwellende Heulton bedeutete, weil sie sich erinnerten. Etwa eine halbe Stunde verharrte die Belegschaft wie erstarrt, dann gaben die Sirenen Entwarnung.

Nur zögerlich wagten sich die Ersten nach oben auf die Straße. Als sie feststellten, dass keines der prächtigen Gebäude an der Place Vendôme beschädigt und sogar Napoléon auf seiner Säule stehen geblieben war, riefen sie die anderen herauf. Am Nachmittag wurde im Radio gemeldet, deutsche Flugzeuge hätten Paris überquert. Offenbar hatte es sich um ein Übungsmanöver gehandelt.

Im Couture-Haus an der Place Vendôme meldeten sich jeden Tag Mitarbeiter ab. Sie fühlten sich in Paris nicht mehr sicher und wollten zu Verwandten oder Freunden in den Süden oder nach Marokko und Algerien ziehen. So schwer ihr dieses Abschiednehmen auch fiel, so erleichtert war Elsa, niemandem die Kündigung aussprechen zu müssen. Zuletzt blieben ihr noch hundertfünfzig Angestellte. Mehr benötigte sie nicht, denn die großen Aufträge blieben aus.

Sie empfand Ohnmacht und Wut, weil einige größenwahnsinnige Männer offenbar Gefallen daran fanden, ihre Machtphantasien auszuleben. Auch wenn sie keine Stimme hatte, die von einem dieser Kriegstreiber gehört wurde, so hatte sie doch eine Stimme als Bürgerin und als Couturière, und die wollte sie nutzen, um auf ihre Weise dieses groteske Verhalten zu kommentieren.

Die Idee kam ihr, als sie eines Morgens im Radio ein Chanson des beliebten Sängers und Schauspielers Maurice Chevalier hörte. Elsa hatte den Frauenschwarm bei einem Kostümball von Monsieur Main Bocher kennengelernt und mit ihm höchst amüsant über seine Zeit in Hollywood und seine Begegnung mit Mae West geplaudert. Die Diva hatte versucht, ihn für einen Liebesfilm mit ihr zu gewinnen, so erzählte er mit leisem Augenzwinkern.

Chevaliers Lied war eine Erinnerung an vergangene Zeiten und zugleich eine düstere Prophezeiung für die Zukunft. Sie wählte die letzte Strophe aus und ließ sie auf ein Halstuch drucken:

Montag kein Fleisch, Dienstag kein Alkohol, Mittwoch keine Butter, Donnerstag kein Fleisch, Freitag kein Fisch, Samstag kein Alkohol. Aber Sonntag: immer wieder Liebe.

Kapitel 55

In den Gärten und Parks waren bereits die ersten Krokusse zu sehen, als unerwartet eine Woche vor Ostern der Winter mit dichtem Schneetreiben zurückkehrte. Blanche hatte, was für sie ungewöhnlich war, ihren Besuch im Modehaus telefonisch angekündigt. Sie wollte »eine wichtige Neuigkeit« mitteilen. Unwillkürlich musste Elsa an die »wichtige Neuigkeit« denken, die Gabrielle ihnen eröffnet hatte, bevor sie zu ihrem Anwaltsfreund nach Nizza gezogen war. Würde Blanche etwas Ähnliches planen und von Paris fortgehen wollen? Gründe gab es viele, die Zeiten hatten sich geändert, leider nicht zum Besten.

Die beiden Freundinnen saßen in Elsas privatem Salon im zweiten Obergeschoss zusammen, während draußen vor dem Fenster dicke Schneeflocken tanzten. Napoléon auf seiner Säule verschwand im Dunst. Blanche, die das Leben meist leichtnahm, wirkte nachdenklich und ernst. Um ihre meeresblauen Augen, die früher nur von Lachfältchen umzogen waren, hatten sich Sorgenfalten gebildet.

»Ich will nicht um den heißen Brei herumreden, ich verlasse Frankreich.«

Elsa schluckte schwer und konnte diesen Entschluss dennoch verstehen.

»Vor einer Woche hat Lora ihr Examen gemacht, und ich frage mich, welche Perspektive eine junge Frau in einem Land hat, das vermutlich schon bald von einer fremden Macht beherrscht wird.« Sie tupfte sich mit einem Taschentuch über die Stirn und holte tief Luft. In ihre Stimme mischten sich Wut und Anklage. »Vor einem halben Jahr haben die Deutschen Polen angegriffen. Sie haben Krakau erobert, Warschau bombardiert, in diversen Schlachten Tausende von Männern in den Tod geschickt und Zigtausende von Kriegsgefangenen gemacht. Worauf wollen wir Franzosen noch warten? Dass die Nationalsozialisten bald auch über die Champs-Élysées marschieren?«

»Was der Himmel verhüten möge«, erwiderte Elsa energisch. »Wie sehen eure Pläne aus?«

Blanche blickte auf das Schneetreiben draußen auf der Place Vendôme und schüttelte sich, als ob sie fröstele. »Meine Schwester in Brooklyn liegt uns schon lange in den Ohren, dass wir sie wieder einmal besuchen. Lora würde sicherlich auch in New York eine Anstellung finden, und wir könnten von dort beobachten, wie sich die Zustände in Europa entwickeln. Was ist mit dir, Elsa, wie lange willst du noch bleiben?«

»Ach, Blanche, ich bin Pariserin, ich habe ein Geschäft und Mitarbeiter. Ich will die Hoffnung nicht aufgeben und keine Fahnenflucht begehen, bevor ein feindlicher Soldat seinen Fuß über die Schwelle meines Geschäftes gesetzt hat.«

»Dann kann es bereits zu spät sein. Hast du dir schon einmal über Gogos Zukunft Gedanken gemacht? Du hast über die Jahre ein Modeunternehmen aufgebaut, weil die Zeitumstände dies erlaubten. Du hast dich frei entfalten und deine Talente ausleben können. Solche Möglichkeiten hat deine Tochter nicht. Zumindest nicht in einem Europa, das dabei ist, sich selbst zu zerstören. Gogo ist amerikanische Staatsbürgerin, wenn sie mit uns kommen möchte, kann sie erst einmal bei uns wohnen. Jetzt, nachdem die Kinder ausgezogen sind, hat meine Schwester genug Platz in ihrem Haus in Brooklyn. Alles Weitere findet sich.«

Leise seufzend schüttelte Elsa den Kopf – und nickte dann. Mit jedem ihrer Worte hatte Blanche recht. Sie musste Gogo gehen lassen, auch wenn dies für sie erneut eine schmerzliche Trennung von der Tochter bedeutete. Kaum dass sie sich daran gewöhnt hatten, ein gemeinsames Zuhause zu haben. Angesichts der ungewissen Verhältnisse war jedoch Gogos Sicherheit wichtiger. Sofern die Tochter damit einverstanden war, in das Land zu gehen, das ihr zwar fremd, aber in dem sie geboren war.

Gogo hatte *Minestrone*, ihr neues Lieblingsgericht, gekocht und aß mit großem Appetit. Elsa verspürte kaum Hunger und nahm nur wenige Löffel von der Suppe.

»Was bedrückt dich, Mom?« Gogo füllte sich eine zweite Portion auf. Nachdenklich erzählte Elsa von ihrem Gespräch mit der Freundin.

»Ich glaube, Blanche hat recht. Was, wenn der Krieg auch Frankreich erfasst? In diesen unsicheren Zeiten bist du in Amerika besser aufgehoben.«

»Und was ist mit dir? Bist du etwa in Paris besser aufgehoben als ich?«

»Ich muss mich um mein Geschäft und um die Mitarbeiter kümmern. Du bist jung und ohne Verpflichtungen, du musst dir eine Zukunft aufbauen.«

Gogo legte den Finger an die Nasenspitze, wie manchmal in letzter Zeit, wenn sie angestrengt über etwas nachdachte. »Ich habe viel über Amerika gelesen und möchte das Land unbedingt kennenlernen. Dann muss ich aber für Leonardo eine Aushilfsverkäuferin suchen … Und was ist mit meinem Dienst beim Roten Kreuz?«

»Leonardo wird bald sehr viel weniger Kundschaft haben, denn immer mehr Menschen verlassen Paris.« Elsa schob ihren halbvollen Teller zur Seite und versuchte, optimistisch zu klingen. »Deine Arbeit für das Rote Kreuz kannst du in Amerika fortsetzen. In einer Stadt wie New York lebt eine Vielzahl von Menschen, die jeden Tag Hilfe nötig hat.«

»New York … nun ja, ich hätte Lora und Blanche in der Nähe und Amy Adams, auch wenn ich mich gar nicht mehr daran erinnere, wie mein früheres Kindermädchen aussieht. Bestimmt würde Charlotte mich besuchen kommen und vielleicht sogar länger bleiben wollen.«

Elsa war erleichtert, dass Gogo eine Übersiedelung nach Amerika nicht von vornherein ablehnte. »Du könntest unbeschwert feiern, dich mit Freunden treffen, auf Bälle und in Tanzclubs gehen …«

»Nein, ich will nicht, dass du allein in Paris zurückbleibst. Entweder gehen wir beide nach Amerika, oder ich bleibe hier«, erklärte Gogo entschieden und nahm sich einen Traubenstiel aus dem Obstschälchen.

»Aber ich bin nicht allein. Ich habe Leonardo und Bettina, meine Malerfreunde und die vielen Redakteure und Redakteurinnen, die ich seit Jahren kenne, meine Angestellten …«

»Ich weiß nicht, ob ich nach Amerika gehen will. Ich muss erst einmal darüber schlafen.« Gogo stand auf und nahm das Geschirr mit in die Küche. Seitdem Elsa ein hochmodernes, sündhaft teures Haushaltsgerät angeschafft hatte, einen elektrischen Geschirrspüler, räumte Gogo sogar freiwillig den Tisch ab.

Am nächsten Morgen saßen Mutter und Tochter beim Sonntagsfrühstück zusammen. Gogo tupfte sich den Brombeermarmeladenmund mit der Serviette ab. »Warum genau meinst du, dass ich nach Amerika gehen sollte, Mom?«, fragte sie unvermittelt und leerte in einem Zug die Tasse mit dem Milchkaffee.

»Wir dürfen uns nichts vormachen, Gogo, Frankreich rechnet mit einem militärischen Angriff. Warum sonst würden unsere Soldaten an der Maginot-Linie die Grenze zu den östlichen Nachbarländern bewachen? Du hast die Festungen und Bunker gesehen, als du den Versorgungskonvoi nach Verdun begleitet hast. Ich könnte ruhiger schlafen, wenn ich dich in einem Land wüsste, das jenseits des Atlantiks liegt und in dem Frieden herrscht. Das dir eine Zukunft bietet, die du in Frankreich derzeit nicht finden kannst.«

Gogo rückte mit ihrem Stuhl ganz dicht an ihre Mutter und schlang ihr die Arme um den Hals. »Wenn ich tatsächlich gehe, versprichst Du mir dann, dass du rechtzeitig nachkommst, bevor fremde Soldaten in Paris einmarschieren?«

»Ja, Gogo.« Elsa streichelte die Hand der Tochter und hoffte, dass sie ihr Versprechen niemals einhalten müsste. Weil Antoine doch recht behalten sollte, dass die Diplomatie und die Vernunft der Menschen Hand in Hand gingen. Und weil sie da leben wollte, wo auch Antoine war. Er hatte ihr Herz erobert, und dagegen konnte und wollte sie sich nicht wehren.

»Ganz gleich, was aus deinem Geschäft wird?«

»Ja, auch wenn es mir schwerfallen wird.«

»Es geht nicht nur um mich, Mom, es geht um unser Leben und um unsere Zukunft. Versprichst du mir das mit deinem Ehrenwort?«

»Ehrenwort.«

Gogo gab ihrer Mutter einen festen Kuss auf die Wange und schaute auf ihre Armbanduhr.

»Schon fast zwei, du musst dich beeilen.«

»Ja, aber wieso meinst du …?«, fragte Elsa irritiert.

»Weil heute Sonntag ist. Lass alles stehen, ich räume nachher den Tisch in Ruhe ab.«

»Das ist lieb von dir, ich muss tatsächlich los. Eine Freundin, mit der ich mich treffen will …«

Gogo stemmte die Hände in die Hüften und sah halb vorwurfsvoll, halb belustigt zu ihrer Mutter hinüber. »Vor mir musst du nicht den Tugendengel spielen. Warum triffst du deinen Liebhaber eigentlich immer nur sonntags und immer nur nachmittags? Warum kommt er niemals hierher? Wäre es nicht viel schöner, wenn ihr auch einmal die Nacht zusammen verbringen würdet?«

»Aber Gogo, was sagst du da? Wie kommst du denn auf so etwas?« Elsas Hand, die die Kaffeetasse hielt, zitterte.

»Wie ich darauf komme? Vielleicht, weil ich Ohren habe, die hören, mit welcher Stimme du am Sonntag sagst, dass du dich mit einer Freundin treffen willst. Und weil ich Augen habe, die sehen, wie du danach mit einem Leuchten in den Augen nach Hause kommst.«

»Also, ich weiß gar nicht, wie … was …«, stotterte sie verlegen. Ihre Tochter sollte in ihr doch immer ein moralisches Vorbild sehen, und nun wusste Gogo alles, was sie nie hätte wissen dürfen.

»Soll ich dir ein Geheimnis verraten, Mom? Ich bin nicht mehr das sechsjährige Mädchen, das du mit einer Stoffgiraffe ins Internat nach Lausanne gebracht hast. Ich bin erwachsen.«

Kapitel 56

Am letzten Apriltag, eine Woche nach ihrer Abreise, meldete sich Gogo aus New York. Erst von dem Moment an war Elsa beruhigt. Ihre Tochter war in Sicherheit. Überrascht war sie allerdings, dass Gogo in dem halbstündigen Telefonat von einem gutaussehenden jungen Amerikaner namens Robert schwärmte, den sie während der Schiffspassage kennengelernt hatte. Er wollte ihr die Stadt zeigen und sie demnächst zu einem Konzert in die Metropolitan Opera einladen. Gogos Verliebtheit war aus jedem ihrer Worte herauszuhören.

Mit einem Mal spürte Elsa, wie sich die Anspannung legte und ihre Energie zurückkehrte. Kaum hatte sie das Skizzenheft in der Hand, zeichnete sie wie von selbst Linien und Schraffuren.

Bettina ging an den Kleiderstangen in der Kabine der Mannequins entlang, wo dicht an dicht die neuen Modelle auf Bügeln hingen. Sie nickte beifällig. »Provozierend und elektrisierend, wie immer.«

»Du weißt, ich habe diese Kollektion hauptsächlich aus Prestigegründen entworfen. Die Mitarbeiter, die noch geblieben sind, sollen sich nicht überflüssig vorkommen. Und die Welt draußen soll wissen, dass wir nach wie vor unsere Arbeit tun und die französische Couture lebendig ist«, erklärte Elsa fest und entschieden.

Bettina zog einzelne Kostüme und Mäntel hervor. »Unsere Nationalfarben Blau, Weiß und Rot kommen diesmal zu besonderen Ehren. Und überall sind große aufgenähte Taschen. Deswegen auch das Motto *Cash and Carry* …«

»Richtig, damit eine Frau, wenn sie unterwegs ist, immer alles dabeihat, was ihr wichtig ist.« Inmitten der Kostüme suchte Elsa nach einem bestimmten Kleidungsstück. »Hier ist ja der Overall. Ich habe Wollflies gewählt, weil das Material leicht ist und warmhält. Wenn Fliegeralarm kommt, braucht eine Frau nur hineinzuschlüpfen und kann sofort in den Schutzkeller laufen.«

Unter den Tageskleidern hatte Bettina eines entdeckt, das am Saum asymmetrisch gerafft war. Sie hielt es sich vor den Körper und betrachtete sich im Spiegel.

Elsa deutete auf ein Band an der Saumseite innen. »Das ist eine Tarnung. Wenn du auf dem Weg zu einem eleganten Dinner aus dem Bus oder der Metro steigst, musst du nur an diesem Band ziehen, und das Tageskleid verlängert sich zu einem Abendkleid.«

»Genial«, lobte Bettina.

Sophie brachte eine Hutschachtel voller Gasmasken und stellte sie unter einem der Schminktische ab. »Ich finde es furchtbar, dass jetzt sogar Mannequins bei einer Modenschau sich mit diesen Masken zeigen. Was ist das für ein Leben, Madame Schiaparelli? Man hat nur noch Angst und betet, dass wir kein zweites Mal in eine Katastrophe schlittern.«

»Die Gasmasken sind leider ein notwendiges Übel, Sophie. Aber sie können Leben retten. Diese Kollektion soll eine heitere Stimmung verbreiten und dem allgemeinen Pessimismus etwas Positives entgegensetzen.«

»Sie haben recht, man darf die Hoffnung nicht aufgeben. Fühlt Gogo sich wohl in New York? Bestimmt vermissen Sie Ihre Tochter.«

»Ich habe ihr versprochen, dass wir uns spätestens zu Weihnachten sehen. Aber sie möchte unbedingt, dass ich sie schon im Sommer besuche. Allerdings hätte ich dann das Gefühl, ich würde meine Mitarbeiter im Stich lassen …«

»Wie kannst du so etwas sagen?«, widersprach Bettina entrüstet. »Du weißt doch, dass wir uns immer um den Betrieb gekümmert haben, wenn du im Urlaub oder auf Geschäftsreise warst. Du kannst ganz beruhigt zu Gogo fahren.«

Sophie nickte bekräftigend. »Auf uns ist immer Verlass.«

Sie hatte mit Antoine vereinbart, dass sie sich nicht mehr in seinen wechselnden Wohnungen trafen, sondern bei ihr in der Rue de Berri. Nicht nur sonntags, sondern an allen Tagen, an denen seine Arbeit dies zuließ. Gogo war in New York, außerdem wusste sie über die Existenz eines Liebhabers Bescheid. Diesmal aber war es Antoine, der vorsichtig sein wollte. Nie kam er vor Einbruch der Dunkelheit, und immer ging er vor der Morgendämmerung. Um in die Wohnung zu gelangen, benutzte er manchmal eine Feuerleiter, die vom Garten zu Elsas Terrasse führte. In den Garten und wieder hinaus gelangte man durch ein Tor in der Rue d'Artois.

An den gemeinsamen Abenden verwöhnte sie den Geliebten mit italienischer Küche und wurde ihrerseits mit seiner Hingabe und einer Flut an Zärtlichkeiten verwöhnt. Doch ihr entging nicht, dass Antoine immer häufiger erschöpft wirkte.

»Willst du deine Tochter nicht bald einmal besuchen?«, fragte er eines Abends nach dem Essen. »Im Central Park beginnt gerade die Fliederblüte, und die muss wunderschön sein, habe ich mir sagen lassen.«

Elsa setzte sich zu ihm auf den Schoß und küsste seine Schläfe, spürte den pulsierenden Herzschlag unter der dünnen, zarten Haut. »Heißt das, du willst mich loswerden?«

Antoine umschlang sie fest mit den Armen und schmiegte seine Wange gegen ihre Schulter. »Im Gegenteil. Am liebsten würde ich dich sogar an mir festbinden. Aber ich darf nicht nur Idealist, ich muss auch Realist sein. Die Lage in Europa spitzt sich dramatisch zu, und ich mache mir Sorgen. Um dich.«

Sie vergrub ihre Nase in seinem Haar, roch den holzig-würzigen Duft von *Snuff*, dem Parfum, das sie nie entwickelt hätte, hätte sie diesen Mann nicht kennengelernt. »Was bereitet dir Sorge, *chéri*?«

»Du bist Italienerin und leitest seit Jahren in Paris ein Unternehmen, das international bekannt ist. Du reist in die Schweiz, nach London, Moskau, New York … Du pflegst enge Kontakte zu Menschen aus der ganzen Welt. Man könnte dich leicht für eine Spionin halten – oder dich als solche anwerben wollen. Und daran hätten sogar mehrere Staaten Interesse.«

»Was für ein absurder Gedanke …« Entrüstet schüttelte Elsa den Kopf, wie um einen lästigen Gedanken zu vertreiben. »Als freiheitsliebende Bürgerin und Modeschöpferin will ich durchaus Stellung beziehen und Zeichen setzen. Aber in erster Linie möchte ich meine Arbeit tun und dabei Spaß haben. Für die Planspiele irgendwelcher Geheimdienste bin ich gänzlich ungeeignet.«

Er strich ihr über die Wange und küsste ihre Halsbeuge. »Ich will dir keine Angst einjagen, Elsa. Wir werden weiterhin die Macht der Worte nutzen, damit Frankreich vor einer Katastrophe verschont bleibt. Dennoch solltest du dich bereithalten.«

»Bereit wofür? Mich feige aus dem Land zurückzuziehen, dem ich alle meine Erfolge verdanke, anstatt ihm mit Nadel, Faden und Schere zu dienen?«

»Nein, dich klug zu verhalten und für eine Weile die Lage aus der Ferne zu betrachten. Nur so lange, bis Europa seinen Frieden wiedergefunden hat.«

»Und wie lange mag das dauern?«

Antoine hob die Schultern und ließ sie wieder fallen. In Elsas Ohren klangen seine Worte nicht so überzeugend, wie er vermutlich beabsichtigt hatte. »Nicht länger als einige Monate, hoffe ich. Der große Krieg, der vor zwanzig Jahren zu Ende ging, dauerte vier Jahre und vier Monate. Diese Tragödie darf sich nicht wiederholen.«

Kapitel 57

In den Tagen darauf überschlugen sich die Ereignisse. Deutsche Streitkräfte griffen Belgien, Luxemburg und die Niederlande an. Die niederländische Königin Wilhelmina und ihr Kabinett flohen nach London ins Exil. Dann geschah, was kaum ein Franzose für möglich gehalten hätte: Panzer der Wehrmacht durchbrachen bei Sedan die Maginot-Linie.

Um nicht in einem Schockzustand zu verharren, ignorierte Elsa von nun an bewusst alle beängstigenden Meldungen und Nachrichten. Die Kämpfe fanden mehrere Hundert Kilometer von Paris entfernt statt, und sie wollte sich weder ihren Lebensmut noch die Freude an ihrem Beruf nehmen lassen. Sie würde weiterhin ihre Arbeit tun und sich durch nichts und niemanden einschüchtern lassen.

Weshalb sie beschloss, Boutique und Salon im Couture-Haus zu verändern. Sie bat Jean-Michel Frank zu sich an die Place Vendôme, um mit ihm ein neues Konzept zu erörtern. Da sie die Vorlieben ihres langjährigen Innenarchitekten kannte, hatte sie seine Lieblingswhiskymarke bereitgestellt.

»Mein Geschäft erlebt gerade eine schwierige Zeit, Frank, es kommt immer weniger Kundschaft. Wie könnte Ihrer Meinung nach ein Ambiente beschaffen sein, das dennoch Kundinnen anlockt und in dem sie die beklemmende Realität zumindest für die Zeit ihres Einkaufes vergessen können?«

Frank hörte kaum zu, als sie ihm weitere Fragen stellte. Er steckte sich eine Zigarette nach der nächsten an und wirkte fahrig und nervös. Offenbar schlief er zu wenig, er hatte dunkle Ringe unter den Augen, die Wangen wirkten eingefallen.

»Fühlen Sie sich nicht gut, Frank? Möchten Sie lieber einen italienischen Caffè anstelle des Whiskys?«

Frank machte eine abwehrende Handbewegung und leerte sein Glas in einem Zug. Er sprach sehr erregt und schnell. »Sie haben recht, ich fühle mich nicht gut. Ich sage Ihnen auch, warum. Schon vor einem Jahr hat der deutsche Reichskanzler Hitler verkündet, er werde im Falle eines Weltkrieges die jüdische Rasse in ganz Europa vernichten. Vor zwölf Tagen haben deutsche Soldaten die Maginot-Linie überwunden, und seither ist dieser Weltkrieg in unserem Land angekommen.« Er zog ein Taschentuch aus dem Jackett und wischte sich damit hektisch über das Gesicht. Seine Augenlider zuckten. »Was bedeutet: Ab jetzt sind wir Juden in Frankreich Freiwild.«

»Ein solches Unrecht würden die Machthaber aller anderen Staaten aber doch zu verhindern wissen«, versuchte Elsa ihn und auch sich selbst zu beruhigen.

»Ich glaube nicht daran, dass sich irgendjemand für uns einsetzen würde. Seit Jahrhunderten werden wir geächtet und verfolgt …«

»Ach, Frank, ich kann Ihre Besorgnis verstehen, aber sehen Sie die Lage nicht allzu pessimistisch? Haben Sie so wenig Hoffnung?«

»Ich habe überhaupt keine Hoffnung. Hören Sie, Elsa, ich kann Ihren Auftrag nicht annehmen. Ich verlasse das Land.«

»Sie also auch …« Sie seufzte leise auf, und obwohl sie sonst nie Whisky trank, füllte sie ihr Glas halbvoll.

»Es ist nur eine Frage der Zeit, bis die Deutschen in Paris einrücken. Und dann wird es zu spät sein für mich, den Juden, der sich noch dazu mit Männern abgibt. Dann bin ich einer der Ersten auf ihrer Fahndungsliste.«

Energisch schüttelte Elsa den Kopf, weil sie derart dunkle Prophezeiungen nicht glauben wollte. »Wohin werden Sie gehen? Nach Amerika, wie die meisten?«

»So habe ich es zumindest geplant. Allerdings mache ich mir größte Sorgen um meine Verwandten in Amsterdam. Ich habe meinem Onkel dringend geraten, für sich und seine Familie die Ausreise zu beantragen. In den Niederlanden sind sie nicht mehr sicher.«

»Aber in Amerika sind sie sicher. Bald können Sie und Ihre Verwandten in New York ein Wiedersehen feiern.« Elsa schenkte ihrem Gast und auch sich selbst Whisky nach. Heute war ein Tag, an dem sie etwas Hochprozentiges brauchte, etwas, das in der Kehle brannte und den Kopf aufhellte.

Frank zog seine Brieftasche aus dem Jackett und nahm ein Foto heraus. »Das ist meine Cousine. Sie wird am zwölften Juni elf Jahre alt.«

Mit leicht zusammengekniffenen Augen betrachtete Elsa die Aufnahme. »Die Verwandtschaft ist unverkennbar. Sie ist noch so jung, und trotzdem spürt man eine starke Willenskraft. In zehn Jahren ist Ihre Cousine so alt wie Gogo jetzt, und Sie werden für sie und ihren zukünftigen Ehemann die Einrichtung für die erste Wohnung entwerfen.«

Frank lachte leise auf. »Das ist ein schöner Gedanke. Da fällt mir ein … ich wollte ja noch ein Geburtstagsgeschenk besorgen und ihr schicken. Aber das kann ich jetzt gar nicht mehr, weil ich doch …«

»Warum suchen wir nicht gemeinsam etwas für Ihre Cousine aus? Kommen Sie, in einem Couture-Haus lässt sich auch für ein junges Mädchen etwas finden.«

Elsa führte ihren Gast in den dritten Stock, wo sich das Magazin für Zubehör wie Gürtelschnallen, Reißverschlüsse, Federn und Pailletten befand. Aus einem der Regale zog sie einen Karton, in dem mehrere kleine Kästen gestapelt waren. »Wie wäre es mit Knöpfen? Mit nur einem einzigen Knopf kann man unerwartete Effekte erzielen, man kann eine Bluse verzieren, ihn an eine Baskenmütze nähen oder auf die Rückseite eines Handschuhs ...«

Sie rollte ein Stück dunkelblauen Samt auf einem der Arbeitstische aus und legte mehrere Knöpfe nebeneinander. Knöpfe in Form von Himmelskörpern und Louis-d'or-Münzen, von Fischen, Muscheln, Seesternen, Hummern, Insekten, Meerjungfrauen, von Elefanten, Zirkuspferden und Artisten. Knöpfe, die sie in Zusammenarbeit mit ihren surrealistischen Freunden erdacht hatte und die ihren Kleidern das gewisse Extra verliehen und zu dem machten, was in den Modemagazinen als »unverkennbar Schiaparelli« bezeichnet wurde.

»Die sind – wunderschön. So etwas habe ich noch nie gesehen«, staunte Frank und fuhr mit den Fingerspitzen über die kunstvoll gestaltete Oberfläche, die mal mit Gold verziert war, mal metallen schimmerte oder in allen erdenklichen Farben leuchtete.

»Wie viele Knöpfe möchten Sie nehmen?«

»Für jedes Lebensjahr einen. Oh, da wird die Freude groß sein ...« Er wählte elf Exemplare aus, und Elsa legte sie zwischen die Falten eines seidenen Halstuchs in ein Kästchen, so dass jeder Knopf geschützt war.

»Wenn Sie möchten, bringe ich das Päckchen morgen für Sie zum Postamt, Sie müssen mir nur die Adresse aufschreiben.«

Über Franks Gesicht huschte ein flüchtiges Lächeln. »Danke, Elsa, damit tun Sie mir einen großen Gefallen.« Er zückte sein Notizbuch und notierte die Adresse. Dann riss er die Seite heraus und steckte sie in das Kästchen.

Irgendetwas ließ ihr die Kehle eng werden. Vielleicht hätte sie doch keinen Whisky trinken sollen. Oder lag es gar nicht am Whisky? »Wann werden Sie Paris verlassen?«

»Übermorgen. Ich will zunächst nach Bordeaux fahren und dort ein Visum beantragen. Sobald ich die Papiere in den Händen halte, werde ich nach Amerika weiterreisen.«

Elsa schluckte und verspürte leichten Schwindel. »Wir sehen uns wieder, Frank. Bei ihrer Abreise habe ich meiner Tochter versprochen, sie spätestens zu Weihnachten in New York zu besuchen. An Silvester gehen wir alle gemeinsam in eine Revue am Broadway, und danach kommen Sie, Ihre Verwandten und alle unsere Freunde zu mir, und wir stoßen gemeinsam auf das neue Jahr an.«

Am nächsten Morgen suchte Elsa ein aquamarinblaues Sommerkleid mit Bolero aus, das sie Gogo schicken wollte, außerdem mehrere Broschen, drei Paar Handschuhe und Seidenschals für Lora, Blanche und deren Schwester, die Gogo so großzügig Unterkunft gewährte. Sie wollte das große Paket und das Päckchen mit den Knöpfen für Franks Cousine zum Postamt in die Rue Saint Honoré bringen und auf dem Rückweg frischen Blumenschmuck kaufen. Leonardo hatte sich zum Essen angesagt, und sie wollte den Tisch besonders festlich gestalten.

Als sie die Kartons verpackt und mit pinkfarbenem Schleifenband verschnürt hatte, nahm sie den Zettel, den Jean-Michel Frank ihr am Vorabend gegeben hatte, und schrieb die Adresse auf das Päckchen:

Mademoiselle Anne Frank
Merwedeplein 37
Amsterdam
NEDERLAND

Kapitel 58

Leonardo machte es sich in dem roten Vis-à-vis-Sofa, das Jean-Michel Frank für den Salon in Elsas Privathaus entworfen hatte, bequem und griff zu einem Glas Grappa. »Beste Zutaten nach italienischer Tradition zubereitet, danach einen edlen Tropfen Tresterbrand … das nenne ich leben wie Gott in Frankreich.« Augenzwinkernd erhob er sein Glas. »Auf dich, Schiap, mit meinem Dank für die Einladung und die hervorragende Beköstigung. *Salute!*«

Elsa zog die Beine an und kauerte sich in ihren Sitz. »Weißt du, dass du der Einzige bist, der mich Schiap nennen darf?«

»Selbstverständlich weiß ich das, und ich bin mir dieser Ehre durchaus bewusst.«

»Warum hast du mir damals diesen Spitznamen gegeben?«

»Weil mir der Name Elsa nicht gefiel und weil ich lieber mit dir gespielt habe als mit meinen Klassenkameraden. Schiap klingt viel energischer und mutiger. Und was ist mit dir? Warum hast du mich immer Leone genannt?«

»Weil mir der Name Leonardo nicht gefiel und weil ich lieber mit dir als mit meinen Schulfreundinnen gespielt habe. Leone klingt viel sanfter und warmherziger.«

»Das verstehe ich gut.«

Elsa lehnte die Wange gegen die Rückenlehne und betrachtete den Freund von der Seite. Ein altersloser, schöner Mann mit makellosem Profil, einem Blick, der bis tief in das Innere seines Gegenübers drang, und einem Lächeln, das in diesem Innern Flammen entzünden konnte. Ihr Spielkamerad aus Kindertagen und ihr Vertrauter, seit sie sich vor fünfzehn Jahren in Paris wiedergetroffen hatten.

»Hast du von Gogo gehört, wie geht es ihr? Als selbsternannter Patenonkel möchte ich über alle wichtigen Ereignisse informiert sein.«

»Gogo erzählt fast nur von Robert, dem jungen Amerikaner, den sie während der Überfahrt kennengelernt hat. Beide scheinen sehr verliebt zu sein.«

Schmunzelnd hob Leonardo die Brauen. »Somit wirst du bald deinen Schwiegersohn in spe kennenlernen wollen.«

»Ach, Leone, ich bin hin- und hergerissen. Einerseits würde ich am liebsten sofort zu Gogo reisen, andererseits ist es die unsichere Lage, die mich hier hält. So widersprüchlich das klingen mag. Ich will mein Geschäft nicht schließen und die Mitarbeiter nach Hause schicken, so wie Mademoiselle Chanel es getan hat. Frankreich hat mich zu dem gemacht, was ich bin. Diesem Land, und auch meinen Angestellten, schulde ich Loyalität.« Sie griff zu einem der Nougat-Trüffel, die Leonardo als kleines Gastgeschenk mitgebracht hatte, und ließ die feine Schokolade auf der Zunge langsam schmelzen.

Mit gerunzelter Stirn blickte Leonardo sie an, dann nickte er. »Ich kann deinen Zwiespalt verstehen, Schiap. Aber Frankreich befindet sich im Kriegszustand. Unsere Freiheit ist in Gefahr.«

»Weißt du, was ich zutiefst verurteile? Dass Italien Deutschland seine Unterstützung zugesichert hat.« Sie stockte und schüttelte den Kopf, wie um einen schrecklichen Gedanken abzuwehren.

»Sollten jemals deutsche und italienische Soldaten Seite an Seite gegen Frankreich vorgehen … wie kann ich dann noch in den Spiegel schauen? Italien ist mein Vaterland, aber Frankreich ist meine Heimat.«

Leonardo blickte gedankenvoll in sein Glas und schwenkte die bernsteinfarbene Flüssigkeit. »Du bist mein bester Freund, Schiap, und wenn du möchtest, können wir heiraten. Dann bist du die Ehefrau eines französischen Staatsbürgers und loyale Französin.« Er griff nach ihrer Hand und zog sie an seine Lippen. »Wir würden zwar nur den Tisch teilen, aber immerhin haben wir schon einmal einen Sarkophag geteilt, den eines römischen Beamten aus dem zweiten Jahrhundert vor Christus. Im Palazzo Corsini, erinnerst du dich? Dein Vater hatte nach dir gesucht, weil du einen mittelalterlichen Folianten bunt ausgemalt hattest. Wir sind mucksmäuschenstill liegengeblieben und haben uns nicht gerührt … Also, was sagst du zu meinem Angebot.«

Elsa schenkte dem Freund ein schwaches Lächeln. »Danke, Leone, aber ich bin und bleibe Italienerin, daran wird kein Machthaber dieser Welt etwas ändern können. Außerdem sind wir beide nicht für die Ehe geschaffen.«

»Wären wir nicht gerade deswegen ein ideales Paar?«

Liebevoll strich sie ihm über das kinnlange Haar, wie sie es schon in Kindertagen getan hatte, wenn der Freund sich das Knie blutig aufgeschlagen hatte oder wenn er traurig war, weil die Klassenkameraden ihn hänselten und ihn einen Pummel nannten. »Ich habe Angst, dass man dich zum Militärdienst einberuft, sollte es tatsächlich zum Äußersten kommen.«

»Mir wird nichts geschehen. Während des Studiums bekam ich zum ersten Mal einen epileptischen Anfall. Glücklicherweise liegt mein letzter fünfundzwanzig Jahre zurück. Ein guter Freund von mir ist Arzt, er würde sofort bescheinigen, dass ich für den Kriegseinsatz untauglich bin.«

»So viele meiner Freunde wollen Paris verlassen. Ray, Duchamp, Ernst, Beaton, Frank, Dalí mit seiner Frau … Antoine meint, ich solle für eine Weile zu Gogo fahren und die weitere Entwicklung abwarten.«

»Ein Lob dem, der diesen weisen Vorschlag machte. Doch wer ist Antoine?«

Elsa nahm einen Trüffel und steckte ihn Leonardo in den Mund. »Ich habe dir von ihm erzählt, aber wahrscheinlich seinen Namen nicht genannt. Antoine ist mein Liebhaber.«

»Dann bin ich ja beruhigt. Ich dachte schon, ich hätte Grund zur Eifersucht.«

Eine Weile saßen sie schweigend nebeneinander, wie sie es als Kinder getan hatten, wenn sie über ein ernstes Thema gesprochen hatten und jeder noch eine Weile seinen Gedanken nachhing. Leonardo unterbrach die Stille.

»Antoine hat recht. Geh nach New York, Schiap, du hast eine Tochter, für die du Verantwortung trägst. Für sie wie auch für deine künftigen Enkel. Wenn die Deutschen erst einmal erkennen, dass sie gegen unsere Streitkräfte nichts ausrichten können, werden sie kehrtmachen, und du bist in ein paar Monaten zurück in Paris. Du bereitest für uns, so wie heute, ein exquisites Mahl zu. Ich empfinde mich bereits als eingeladen. Und nach dem Dessert spiele ich dir die neue Bagatelle vor, die ich für dich komponieren werde.«

Kapitel 59

Elsa sichtete die Post, die Sophie ihr wie jeden Morgen ins Büro gebracht hatte, und trank dazu eine Tasse italienischen Caffè. Rechnungen für Futterstoffe und Garne waren zu begleichen, und sie fragte sich, wann sie wohl das nächste Mal eine neue Bestellung aufgeben würde. Das, was im Lager vorhanden war, würde für einen längeren Zeitraum ausreichen. In den Ateliers wurden nur wenige Stunden am Tag gearbeitet, es kamen kaum noch neue Aufträge. Gabrielle schickte eine Postkarte aus Nizza, sie lud Elsa ein, sie über den Sommer zu besuchen. Eine langjährige Kundin aus Belgien stornierte ihre gesamte Sommergarderobe, weil sie von ihrem Mann verlassen worden war und dringend auf Unterhalt wartete, den ihr Mann zu zahlen aber nicht bereit war.

Auf dem letzten Umschlag stach ihr sofort die amerikanische Briefmarke ins Auge. Das Schreiben stammte vom *Columbia Lecture Bureau* und enthielt die Einladung, eine Vortragsreihe über französische Couture zu entwickeln und durchzuführen. Elsa solle die Finessen der Schneiderkunst an eigenen Modellen erläutern. Die Vorträge sollten in verschiedenen großen Städten im ganzen Land gehalten werden. Der Vertrag zur Unterzeichnung war bereits beigefügt. Ein angesichts der bedrohlichen Lage, in der Frankreich sich derzeit befand, äußerst verlockendes Angebot, das sie jedoch eine Nacht überschlafen wollte.

Weil sich seit Tagen keine Kundin später als vier Uhr an der

Place Vendôme eingefunden hatte, hatte sie mit Bettina vereinbart, das Geschäft bereits am Nachmittag zu schließen. Also würde Elsa an diesem Tag früher zu Hause sein, als es ihr in den vergangenen Jahren möglich gewesen wäre. Um sich von allen finsteren Gedanken abzulenken, wollte sie zuerst ein wenig Musik hören, ein Klavierkonzert von Schumann oder von Brahms, und dann ein leichtes Abendessen vorbereiten. Vielleicht einen Salat und *Scaloppine* mit Gorgonzolasauce und Pasta, weil sie Antoine damit immer eine Freude bereiten konnte.

Kaum hatte sie zu Hause die Schuhe abgestreift, schaltete sie das Radio ein und ließ sich auf dem Sofa nieder, wo sie es sich unter einer Mohairdecke gemütlich machen wollte. Sie wusste nicht, was sie dazu antrieb, denn nie zuvor hatte sie um diese Uhrzeit einen Radiosender gehört. Doch dann saß sie reglos da, hörte und konnte nicht verstehen, hörte immer wieder und konnte immer noch nicht verstehen … Nicht nur Hitler attackierte Frankreich. Der italienische Diktator Mussolini hatte wenige Stunden zuvor verkündet, seine Soldaten in Frankreich und England einmarschieren zu lassen! Somit hatte sich ihre schlimmste Befürchtung bewahrheitet.

Elsa stützte den Kopf in die Hände und begann zu weinen. Irgendwann hörte sie Antoines Stimme, die ihr zärtliche Worte zuflüsterte. Sie hatte gar nicht mitbekommen, wie er ins Haus gekommen war.

»Du bist nicht allein, Elsa, ich bin bei dir.« Antoine reichte ihr ein Glas mit Grappa, und sie ließ den Tresterbrand die trockene Kehle hinunterrinnen. Doch plötzlich hatte sie keine Tränen mehr und verspürte nur noch eine unbändige Wut.

»Wie können sie es wagen, Antoine? Italien, mein Vaterland erklärt Frankreich, meinem Heimatland, den Krieg!«

»Die Lage ist ernst, du musst fort von hier. Wir haben Informationen, dass die Deutschen sich aufstellen. In drei, spätestens in vier Tagen werden sie in Paris sein.«

Als Antoines Worte nicht nur ihr Ohr, sondern auch ihr Bewusstsein erreicht hatten, richtete sie sich kerzengerade auf. Ihre Wut war dabei, sich in Entschlossenheit zu verwandeln. »Ich habe so sehr gehofft, dass die Dinge sich anders entwickeln und dass ich bleiben kann. Aber dann würde ich mir wie eine Verräterin vorkommen. Außerdem habe ich Gogo versprochen, die Stadt zu verlassen, bevor ein fremder Soldat seinen Fuß in mein Geschäft setzt. Es stimmt, ich muss fort, mir bleibt keine Wahl.« Sie stockte einen Moment und fuhr trotzig fort. »Doch wenn ich jetzt gehe, dann nur, um möglichst schnell wiederzukommen. Bis dahin sind alle Despoten besiegt, habe ich recht?«

Antoine nahm ihre Hände und drückte sie fest gegen seine Brust. »Ich bin froh, dass du die Gefahr einsiehst, auch wenn mir nichts lieber wäre, als dich in meiner Nähe zu wissen.«

Ein Hoffnungsschimmer blitzte in ihren Augen auf. »Komm mit, *chéri*. Du hattest von der Fliederblüte im Central Park gesprochen. Lass uns gemeinsam mit einem Ruderboot unter der Bow Bridge herfahren oder ein Konzert am See hören.«

Mit leisem Bedauern schüttelte Antoine den Kopf. »Ich kann nicht, ich habe einen Eid geschworen, meinem Land treu zu dienen … Wie lange brauchst du, um das Nötigste zu packen?«

»Höchstens zwei Stunden. Aber … ich komme doch ohne Visum gar nicht aus Frankreich heraus.«

»Ich schicke dir morgen früh einen Fahrer mit den Ausreisepapieren. Er bringt dich nach Biarritz an die spanische Grenze, von dort aus reist du nach Lissabon und fliegst weiter nach New York.«

Sie hielten einander eng umschlungen fest. Irgendwann löste Elsa sich aus der Umarmung. Mit einem Mal waren ihre Gedanken so klar wie schon seit Langem nicht mehr.

»Ich muss meinen engsten Vertrauten mitteilen, dass ich abreise. Sorgst du dafür, dass alle meine Nachricht erhalten?«

»Selbstverständlich.«

»Wie viel Zeit hast du noch, bevor du gehen musst?«

»Ungefähr eine Stunde.«

»Komm.« Sie nahm seine Hand und zog ihn in ihr Schlafzimmer. »Ich will diese Stunde mit dir verbringen und mich später an jede Sekunde unseres Zusammenseins erinnern …«

Irgendwann legte Elsa ihren Kopf auf seine Brust und verspürte den schwachen Duft von *Snuff* in ihrer Nase. Es gab keine Vergangenheit, keine Zukunft, nur diesen kostbaren Augenblick im Jetzt.

Antoine streichelte ihr zärtlich über Schultern und Rücken. »Wenn ich einen Wunsch frei hätte, dann den, dass wir für immer zusammenbleiben. Obgleich jetzt wohl nicht der richtige Zeitpunkt ist, dich zu fragen, ob du dir so etwas auch vorstellen kannst. Zumal du gesagt hast, dass du nie wieder eine Ehe riskieren würdest.«

»Antoine, ich weiß nicht, was ich …«

»Ich erwarte keine Antwort, mir genügt, wenn du mir versprichst, darüber nachzudenken.«

»Ja, das will ich.« Sie schlang die Arme um seinen Hals und küsste ihn mit Leidenschaft und Wehmut. »Ich wünsche mir, dass wir bei unserem Wiedersehen dieselbe Glut in uns spüren wie heute.«

Ein letztes Mal ließ er seine Hand über ihre nackte, warme Haut streichen. »Ich muss gehen, *mon amour.*« Antoine stand auf und zog sich wortlos und beherrscht an. Dann beugte er sich zu Elsa hinunter, presste seine Lippen zärtlich auf ihr Haar, ihre Stirn, ihren Mund. »Wir telefonieren, sooft es uns möglich ist, wir schreiben uns, und wir denken aneinander, so lange, bis dieser absurde Krieg vorbei ist. Versprich mir, dass du tatsächlich abreist. Nicht, dass du es dir bis morgen anders überlegst.«

»Ich fahre, ganz bestimmt.« Sie griff nach seiner Hand und hielt sie für einen Moment fest. »Sei vorsichtig, Antoine, ich möchte nicht, dass dir etwas zustößt.«

»Ich passe auf mich auf, das verspreche ich dir.«

Als Elsa in die nüchterne Realität zurückgefunden hatte, packte sie innerhalb einer Stunde drei Koffer, so viele, wie sie bei ihrer Ankunft in Paris bei sich hatte. Offenbar war der Juni ihr Schicksalsmonat. Zwanzig Jahre zuvor, am fünfzehnten Juni, war Gogo geboren worden. Vor achtzehn Jahren war sie mit ihrer kleinen Tochter von New York nach Paris gereist, um ihren Erinnerungen zu entfliehen. Hier, im Schatten des Eiffelturmes, hatte für Gogo und sie eine neue Zukunft begonnen, hier hatte sie ihre glücklichste Zeit verbracht und staunend erlebt, wie ihr Name rund um den Globus bekannt wurde. Im Juni vor fünf Jahren hatte sie ihr Modehaus an der Place Vendôme bezogen. Und jetzt, im Juni neunzehnhundertvierzig, machte sich davon aus einem Land, das ihr zur Heimat geworden war, um in die Stadt zurückzukehren, aus der sie einst aus Kummer über einen charakterlosen Ehemann geflohen war.

Ihr Grübeln wurde unterbrochen von einer plötzlichen Erkenntnis, die sie leise auflachen ließ. Denn innerhalb weniger Tage hatte sie zwei Heiratsanträge erhalten. Einen von ihrem besten Freund und einen von ihrem Liebhaber.

Wie immer bei seelischer Anspannung verspürte Elsa nicht den geringsten Hunger, nur großen Durst. Nach mehreren Gläsern eisgekühlten Wassers bereitete sie sich, um wach zu bleiben, einen doppelten Espresso mit Zitronensaft zu. Dann ging sie in den Salon und setzte sich an den Sekretär, den sie zusammen mit Gogo bei einem Antiquitätenhändler in der Rue Auber entdeckt hatte und der, wie es hieß, einst im Besitz von Marie Antoinette gewesen war. Als Erstes unterzeichnete sie den Vertrag für die Vortragsreihe in Amerika. Ein solches Angebot hätte sie wohl zu keinem günstigeren Zeitpunkt erhalten können. Dann schrieb sie einen Brief an Leonardo und bat ihn, er möge sich während ihrer Abwesenheit um ihre Wohnung kümmern. Der nächste Brief war für ihren Geschäftsführer bestimmt und ein weiterer für Bettina und Sophie mit der Bitte, die Firma gemeinsam mit dem Geschäftsführer in ihrem Sinne weiterführen.

Als sie den vierten und letzten Brief zu schreiben begann, war es bereits weit nach Mitternacht. Bettina würde ihn den verbliebenen Schneidern, Premièren und Modistinnen vorlesen. Diese Zeilen waren ihr persönlicher Dank an ihre Angestellten.

… und so werde ich am heutigen 11. Juni 1940 Paris verlassen und auf eine Vortragsreise durch Amerika gehen. Dort will ich ein Loblied auf die französische Haute Couture singen und Sie alle erwähnen. Denn ohne Sie gäbe es keinen Mantel, kein Abendkleid oder plissierten Umhang, keine Stickerei auf Boleros, keinen Hut und auch keine Handtaschen. Sie haben das Haus Schiaparelli zu dem gemacht, was es heute ist. Eine Stätte der

Phantasie und der Leidenschaft, wo Kunst und Mode sich treffen.

Hoffen und beten wir gemeinsam, dass dieser irrwitzige Krieg bald vorbei ist. Dann sind wir alle wieder vereint, und ich verspreche Ihnen, wir werden die verrückteste, verwegenste, glanzvollste Kollektion, die Paris je gesehen hat, dem Publikum präsentieren.

Ich umarme Sie alle, passen Sie gut auf sich und Ihre Familien auf. Au revoir!

Ihre Elsa Schiaparelli

Pünktlich um acht Uhr morgens stand der Fahrer vor der Tür und reichte Elsa eine grünlederne Mappe. »Das soll ich Ihnen übergeben, Madame Schiaparelli.«

Sie nahm im Fond Platz, und der Fahrer startete den Motor, fuhr die Rue de Berri Richtung Nordosten und bog in die Rue du Faubourg Saint-Honoré ein. Ruhig und gefasst blickte sie aus dem Fenster, sah die Straßen und Häuser, die ihr über die Jahre so vertraut geworden waren, sah den Arc de Triomphe, den Eiffelturm, den Bois de Boulogne, dachte an die Menschen und Begebenheiten, mit denen diese Orte für sie verknüpft waren.

Sie würde nicht lange fort sein, nur so lange wie unbedingt erforderlich. Sie wollte sich ihr Leben, ihr berufliches und auch ihr privates, nicht von machtgierigen, hasserfüllten Männern bestimmen lassen. Sie würde das tun, was sie für richtig hielt, was die Augen und Sinne der Menschen erfreute, was sie provozierte, zum Nachdenken anregte und sie vielleicht sogar zu kritischeren Bürgern machte. Sie würde weiterhin Mode entwerfen, weil es ihr so großes Vergnügen bereitete und weil es ihre Bestimmung war, und sie würde auch an ihr privates Glück denken und alles dafür tun, es zu halten.

Als sie hinter der Stadtgrenze am Pont de Sèvres die Seine überquerten und Richtung Süden weiterfuhren, zog Elsa ihre Reisepapiere aus der Mappe. Zwischen den Dokumenten befand sich ein Brief, der an sie adressiert war und der den Duft von *Snuff* verströmte. Ihr Herz schlug schneller. Sie öffnete den Umschlag, faltete den Briefbogen auseinander und begann zu lesen …

Elsa Schiaparellis Vermächtnis, Lady Gaga und ein Couturier aus Texas

Am 14. Juni 1940 marschierten deutsche Soldaten in Paris ein. Im Juli 1945 kehrte Elsa Schiaparelli nach Paris zurück – fünf Jahre und einen Monat nach ihrer Abreise. Zwei Monate zuvor, am 8. Mai 1945, hatte die deutsche Wehrmacht kapituliert. Der Zweite Weltkrieg in Europa war beendet. Etwa 60 Millionen Menschen waren in diesen Jahren ums Leben gekommen: Soldaten, Zivilisten, Frauen und Kinder.

Während der Kriegsjahre hatte Elsa Schiaparelli mehrere Vortragsreisen durch die USA unternommen, um für französische Mode und Kultur zu werben. Ihre Tochter Gogo heiratete den amerikanischen Diplomaten Robert Berenson, den sie bei der Überfahrt nach New York im Frühjahr 1940 kennengelernt hatte. Sie bekam die Töchter Marisa Berenson, die Model und Schauspielerin wurde, und Berinthia Berenson, die Fotografin und ebenfalls Model und Schauspielerin war.

Nach ihrer Rückkehr führte Elsa Schiaparelli ihre ausgefallenen Kollektionen fort, doch ihre schmal geschnittenen Kleider mit der klar umrissenen Silhouette und den phantasievollen Extras waren nicht mehr gefragt. Der Modegeschmack hatte sich geändert, nach den entbehrungsreichen Kriegsjahren sehnten sich die Frauen nach augenfälligem Luxus. Tonangebend unter den Pariser Couturiers wurde der einstige Galerist Christian Dior mit seinem

New Look. Er schuf eine Mode, die die Frau als exquisites Attribut des Mannes inszenierte, mit betonter Taille und verschwenderischer, wadenlanger Stofffülle.

1954, siebenundzwanzig Jahre nach der Gründung, musste Elsa Schiaparelli ihr Couture-Haus aus finanziellen Gründen schließen. Im selben Jahr erschien ihre auf Englisch verfasste Autobiografie unter dem Titel *Shocking Life*. Seither schneiderte Yves Saint Laurent ihre Kleider. Nach wie vor traf sich die Pariser Kunst- und Modewelt in ihrer Wohnung in der Rue de Berri. Ihre Parfums wurden weiterhin erfolgreich vertrieben – und werden es bis heute. Elsa Schiaparelli starb 1973 im Alter von 83 Jahren in Paris.

2012, fast sechzig Jahre nach ihrem Verschwinden, feierte die Modemarke Schiaparelli ein vielbeachtetes Comeback. An genau der Stelle, wo sich auch früher schon die Ateliers und Verkaufsräume befanden: in Paris, an der Place Vendôme Nummer 21. Die Kundinnen von heute sind einflussreiche Frauen aus den Bereichen Kunst, Film, Musik und Politik, ähnlich wie zu Zeiten von Elsa Schiaparelli.

Derzeitiger Chefdesigner des Couture-Hauses ist der Texaner Daniel Roseberry. Er entwarf das Kleid, das die Sängerin und Schauspielerin Lady Gaga im Januar 2021 bei der Amtseinführung Joe Bidens als 46. Präsident der Vereinigten Staaten trug.

Wie es zu diesem Buch kam

Madame Elsa Schiaparelli trat alles nieder, was alltäglich war. Sie war unvergleichlich. Ihre Vorstellungskraft kannte keine Grenzen. So etwas gibt es nicht noch einmal.

Yves Saint Laurent (1936–2008)

Elsa Schiaparelli – dieser zungenbrecherische Name begegnete mir das erste Mal während des Studiums, als ich ein Referat über Malerei des Surrealismus hielt. Bei der Recherche für meinen Roman *Merci, Monsieur Dior* tauchte der Name Schiaparelli erneut auf. Unmittelbar nach dem Zweiten Weltkrieg hatte Christian Dior mit seinem *New Look* die Modewelt revolutioniert. Wie aber sah die Mode aus, bevor ein unheilvoller Krieg für mehr als ein halbes Jahrzehnt nahezu alle schöpferischen Kräfte erstarren ließ?, fragte ich mich und begab mich auf Spurensuche.

Und so traf ich auf eine Frau, die gänzlich unbekümmert alle bisher geltenden Regeln der Mode auf den Kopf stellte. Obwohl sie nie das Modehandwerk erlernt hatte, faszinierte Elsa Schiaparelli Saison für Saison ihre Kundinnen und die Fachwelt durch ihre überbordende Phantasie. Niemand vor ihr hatte gewagt, Handschuhe mit goldenen Fingernägeln zu versehen, Löcher in ein Abendkleid zu schneiden oder sich einen hochhackigen Schuh aus Filz wie einen Hut auf den Kopf zu setzen. Sie war ein Mensch voller Widersprüche. Temperamentvoll und leise, zwischen Lebenslust und Melancholie pendelnd, zielbewusste Geschäftsfrau und eine von schlechtem Gewissen geplagte berufstätige Mutter.

Die aus dem italienischen Bildungsbürgertum stammende Schiaparelli wurde 1890 geboren. Als sie Mitte der 1920er Jahre in Paris ihre ersten Entwürfe auf den Markt brachte, war nur wenige Jahre zuvor der Erste Weltkrieg zu Ende gegangen. Für ihre Kollektionen, die sie als Freizeitmode verkaufte, verwendete Schiaparelli – ähnlich wie die sieben Jahre ältere Coco Chanel – weiche, nachgiebige Stoffe. Frauen sollten eine unkomplizierte, ihrem Lebenstempo angepasste Kleidung tragen, so ihr Grundsatz. In ihrer Schlichtheit, Geradlinigkeit und Bequemlichkeit ähnelte sich für kurze Zeit der Stil beider Modeschöpferinnen.

Das änderte sich, als Schiaparelli drei Jahre nach Eröffnung ihres eigenen Geschäftes die ersten Cocktail- und Abendkleider entwarf. Ihre sehr persönliche Handschrift bestand von nun an aus Extravaganz, Glamour, Theatralik und Provokation. Über Nacht war der Name Schiaparelli in der ganzen Welt bekannt – wie auch der ihrer illustren Kundschaft aus dem europäischen Adel, der internationalen Kunstszene und der Filmindustrie Hollywoods.

Während Chanel Mode als ein Handwerk verstand, bedeutete für Schiaparelli Mode zu entwerfen, Freude an der Verkleidung und Lust zur Übertreibung. In der Zusammenarbeit mit Malern des Surrealismus wie Salvador Dalí, Jean Cocteau und Pablo Picasso schuf sie eine Brücke zwischen Kunst und Mode.

Viele der nachfolgenden Couturiers und Couturières ließen sich von Entwürfen Elsa Schiaparellis inspirieren: Cristóbal Balenciaga, John Galliano, Christian Lacroix, Alexander McQueen, Issey Miyake, Thierry Mugler, Yves Saint Laurent, Vivienne Westwood, die Modisten Stephen Jones und Philip Treacy. Wer meint, Jean Paul

Gaultiers weltbekannter Parfumflakon in Form eines männlichen und weiblichen Torsos sei ein eigenständiger Entwurf, möge sich das Parfum *Shocking* aus dem Jahr 1937 anschauen. Die Idee zu einem derartigen Flakon hatte – Elsa Schiaparelli.

Ähnlich die rote Laufsohle an schwindelerregend hohen Absatzschuhen, die zwar Markenzeichen, aber keinesfalls eine Erfindung des Pariser Schuh- und Taschendesigners Christian Louboutin ist. Diese Farbkombination hat Schiaparelli bei ihren Schuhhüten vorweggenommen. Mehr als ein halbes Jahrhundert vor Louboutin.

An der Entstehung eines Buches wirken viele Personen mit, alle auf ihre ganz spezielle Art. Direkt, indirekt, inspirierend und bestärkend.

Während der Stunden, die ich allein an meinem Schreibtisch verbracht habe, hatte ich Mutmacherinnen an meiner Seite, und so gilt mein Dank:

- meiner Tochter Pauline, die immer an mich geglaubt hat. Wie in jedem meiner vorherigen Romane hat sie sich für eine Figur besonders eingesetzt. Es fiel mir leicht, ihrem Rat zu folgen,
- meiner wunderbaren Agentin Franka Zastrow, die sich von dem außergewöhnlichen Lebensweg Elsa Schiaparellis hat begeistern lassen und wusste, bei welchem Verlag diese Geschichte am besten aufgehoben ist,
- Dr. Maike Kleihauer, meiner fachkundigen und einfühlsamen Lektorin. Sie hat mich davor bewahrt, mich in den Wirren der Monate vor dem Zweiten Weltkrieg zu verirren,
- meiner Freundin Urte Schink, die seit vielen Jahren mein Leben und die Entwicklung meiner Charaktere begleitet und

weiß, dass Schokolade aus einer Baumfrucht hergestellt wird und somit gesund ist,

- meiner großartigen Testleserin Marlies Umlauft, die die Ängste, Träume und Bedürfnisse meiner Romanfiguren manchmal besser kennt als ich selbst und diese Zusammenhänge folgerichtig und überzeugend erklären kann,
- meinen befreundeten Kolleginnen Heidi Rehn, der ich manchen hilfreichen Zeitungs-, Buch- und Filmtipp verdanke, Monika Buttler, die eine begeisterte Diskussionspartnerin bei Modethemen ist, Ute Baur-Timmerbrink, die auf alle meine Fragen zur Chronik des 20. Jahrhunderts eine Antwort weiß und Friedel Wahren, mit der ich fünf Bücher gemeinsam machen durfte und die meine Telefonseelsorgerin für die Wechselfälle im Alltag einer Autorin ist,
- Inka Ihmels, Foreign Rights Manager im Aufbau Verlag, die mit ihrem Gespür für Lesevorlieben und erzählerische Strömungen dafür sorgt, dass meine Bücher auch in anderen Teilen der Welt gelesen werden,
- und natürlich dem Team von Stefanie Werk und allen im Verlag, die dazu beigetragen haben, dass aus einer zunächst vagen Idee ein Buch geworden ist.

Es war mir eine besondere Freude, dem Phänomen Elsa Schiaparelli in einer ebenso aufregenden wie verworrenen Epoche zu begegnen. Diese Freude wollte ich mit Ihnen, liebe Leserinnen und Leser, teilen und Sie mitnehmen auf eine Zeitreise in die 1920er und 1930er Jahre. Nach Paris, in die Stadt der Liebe und der Mode. Ich hoffe, Sie haben sich verzaubern lassen.

Ihre Agnès Gabriel

Literaturauswahl zum Weiterlesen

Artusi, Pellegrino: La Scienza in cucina e l'Arte di mangiar bene. Florenz-Mailand 2020 (Nachdruck).

Baxter-Wright, Emma: The little book of Schiaparelli. London 2012.

Brodskaïa, Nathalia: Surrealism. New York 2020.

Carron de la Carrière, Marie-Sophie (Hrsg.): Shocking! Les mondes surréalistes d'Elsa Schiaparelli, Ausstellungskatalog Musée des Arts Décoratifs. Paris 2022.

Knipp, Kersten: Paris unterm Hakenkreuz. Alltag im Ausnahmezustand. Darmstadt 2020.

Koda, Harold und Andrew Bolton: Schiaparelli and Prada. Impossible Conversations. Exhibition Catalogue Metropolitan Museum of Art. New York 2012.

Lehnert, Gertrud: Coco Chanel und Elsa Schiaparelli. Zwei Frauen leben ihren Traum. Berlin 2015.

Mackin, Jeanne: The last Collection. A Novel of Elsa Schiaparelli and Coco Chanel. New York 2019.

Palmer, White: Empress of Paris Fashion. London 1996.

Schiaparelli, Elsa: Shocking Life. The Autobiography of Elsa Schiaparelli. V&A Publications, London 2007.

Secrest, Meryl: Elsa Schiaparelli. A Biography. New York 2014.

Talley, André Leon et alii: Schiaparelli and the Artists. New York 2017.

Watt, Judith: Vogue on Elsa Schiaparelli. München 2013.